SECRETOS AL ALBA

GABRIELA EXILART

SECRETOS AL ALBA

PLAZA JANÉS

Primera edición: noviembre de 2023

© 2023, Gabriela Exilart
© 2023, Penguin Random House Grupo Editorial, S. A. U.
Travessera de Gràcia, 47-49. 08021 Barcelona

Printed in Spain – Impreso en España

ISBN: 978-84-01-03405-3
Depósito legal: B-15647-2023

Compuesto en Mirakel Studio, S. L. U.

Impreso en Black Print CPI Ibérica
Sant Andreu de la Barca (Barcelona)

L034053

Para Anita Barberini, un ser de luz

CAPÍTULO 1

Camino a Burgos, España, 1956

El día que Lorena encontró la nota, su mundo dio un vuelco. Presentía que un oscuro secreto rodeaba la historia de su familia, pero nunca creyó que su propia vida se vería afectada por el descubrimiento.
Después de enfrentarse a su madre y no encontrar ninguna respuesta aceptable, se armó de valor y abordó a su padre, quien con su dureza de siempre le negó la palabra.

Miré lo que había escrito; no me gustaba. Fruncí la nariz, gesto que me caracterizaba, y negué con la cabeza. Tomé la hoja e hice una bola con ella. Pensé que nunca lo lograría. Quizá no estuviera hecha de buena madera para escribir y mis ilusiones se desintegrarían en el olvido. Tantas lecturas me habían llenado la cabeza de historias fascinantes y quería ser, al menos por una vez, la autora de alguna. Después de leer poesía había descubierto las novelas y sabía que era un camino sin retorno. *Cumbres borrascosas*, de Emily Brontë, me había conmovido en exceso, y todavía no lograba sobreponerme a tamaña imaginación y maestría en el arte de narrar. Cuando tenía quince años, a escondidas de mi madre, me había hecho con un ejemplar de *Persuasión*, escrito por Jane Austen, que había sido publicado en la Colección Universal de la editorial Cape en 1919. Había llegado a mis manos ajado y algo sucio, pero mis ojos y mi mente romántica quedaron fascinados con esa historia.

Quería ser como ellas, contar una buena trama, pero, a la vista de que nada de lo que escribía me gustaba, mi ánimo decaía.

El paisaje en la ventanilla había variado, el tren había dejado atrás el verde y se veían pueblos medievales respaldados por suaves colinas. Por las horas que llevaba viajando pensé que ya estaría cerca de la ciudad de Burgos. Estiré las piernas y relajé los hombros y el cuello. Ansiaba llegar y empezar mi búsqueda, esa que había iniciado con la resignación de papá y las dudas de mamá, sin contar las burlas de Ferrán.

Apoyé la cabeza en el vidrio y cerré un rato los ojos, pensando y pensando en esa historia que quería escribir, mezcla de ficción y realidad.

Cuando el tren se detuvo desperté; todavía llevaba entre los dedos el lápiz y las hojas. Guardé todo en el pequeño bolso de mano, cogí mi maleta y descendí del vagón.

El bullicio de la estación al mediodía era mayúsculo, madres con niños, mozos, agentes, vendedores, hasta perros. La estación del Norte era grande, pude distinguir tres partes: el pabellón central donde había oficinas y se vendían los billetes, un cuerpo lateral a la izquierda, con salas de espera y estafeta de correos, y otro cuerpo a la derecha, con salas de equipaje, cantina y algunos despachos de maquinistas, vigilantes o personal.

Busqué la salida y me encontré en la calle. Algunos coches circulaban por la que parecía ser una arteria importante; no sabía hacia dónde debía caminar. Saqué del bolsillo del abrigo el papel con el nombre, un nombre desconocido que me llenaba de esperanzas. Sabía ese nombre de memoria, pero así y todo miré la nota, sucia y amarillenta. No entendía por qué mi padre nunca había querido buscar, saber algo más de su pasado, enterrando en el olvido esas líneas que a mí me parecían tan intrigantes. Pero ahí estaba yo, en una ciudad que me era desconocida, rastreando sus raíces.

Por lo poco que papá me había contado, lo habían abandonado entre unas rocas cuando era apenas un bebé. Lo había hallado María Carmen, una buena mujer a quien Dios no le había dado hijos, y lo había adoptado como si fuera propio, junto con su marido. Para ocultar la mentira, y ante el temor de que alguien fuera a reclamarles la criatura, el matrimonio se había ido del pueblo donde vivían y se habían instalado a orillas del mar, en la ciudad costera de Gijón. Con el nombre de Bruno Noriega mi padre tuvo una infancia feliz, hasta que una noche escuchó la verdad de boca de quienes creía que eran sus verdaderos padres. Así, escondido detrás de una pared y con dolor de barriga, se había enterado de su origen. Al principio se enfadó por el engaño, pero cuando su madre dijo que él había sido una bendición para la familia, decidió perdonar. Nunca le había contado a nadie ese secreto, ni siquiera a mi madre, a quien ama con locura. Una tarde, me puse a buscar viejas fotos familiares y di con la nota. Una nota gastada por los años en la cual una mujer le decía que ella podía echar luz a su pasado. A saber por qué mi padre decidió ocultarnos esa historia guardada en un baúl.

Esa noche mis padres discutieron, pude oír a mi madre recriminarle que no hubiera confiado en ella. Las voces se escucharon solo durante un breve rato; ellos no suelen pelear ni alzar la voz. De seguro limaron sus asperezas porque al día siguiente ambos estaban unidos, como siempre.

De pie en la ciudad de Burgos no sabía por dónde empezar a buscar; decidí que lo primero era encontrar alojamiento. Tenía dinero suficiente, había trabajado durante un año con el objetivo de comprar una máquina de escribir, que finalmente me había regalado mi abuelo para alentarme en mi sueño de ser escritora.

Pregunté por una pensión, suponía que debería haber alguna cerca de la estación. A unos metros se divisaba el cartelito que la identificaba. Crucé la calle y me dirigí hacia allí cuando un fuerte golpe me tiró al suelo. Sentí que me arrancaban el bolso a la vez que mi mano derecha soportaba el peso de mi cuerpo, ocasionándome un horrendo dolor. Mi sombrero voló con la caída y la estrecha falda se rajó.

Con lágrimas en los ojos levanté la vista y vi que un muchachito corría y se llevaba mi dinero y mis anotaciones. Grité pidiendo ayuda.

Una pareja acudió en mi auxilio; el hombre me tendió el brazo para que pudiera levantarme.

—¿Se encuentra bien? —preguntó la mujer.

—Sí, pero me han robado todo lo que tenía —dije. ¿Qué haría sin dinero?

El frío otoñal se metió por donde la tela se había roto y advertí que estaba mostrando las piernas y parte de la cadera; el abrigo corto no llegaba a cubrirme. Sentí vergüenza.

—Podemos ayudarla —ofreció el hombre, pero fue interrumpido por una voz ronca y pausada que dijo:

—Aquí tiene su cartera, señorita. —El sujeto extendió la mano y ahí estaba mi bolso.

Pese al dolor de la muñeca esbocé una amplia sonrisa y pronuncié un «gracias» quizá demasiado efusivo. La mujer estornudó y su compañero le susurró algo al oído. La observé, tenía la nariz colorada y signos de catarro; decidí liberarlos de la responsabilidad de auxiliarme.

Insistieron en quedarse, pero el recién llegado dijo que él se haría cargo de mí. Me molestó un poco esa soberbia, como si yo no pudiera ocuparme de mí misma, hasta que reparé en que además de la muñeca me había lesionado el pie; el tobillo se había hinchado y empezaba a latir.

Cuando la pareja se fue, posé los ojos en el hombre que se había quedado a mi lado y lo miré con detenimiento: me quitó el aliento. Era muy atractivo.

Su piel era blanca, pero su cabello, algo largo, era como el carbón, al igual que sus ojos. Tenía una nariz imponente, algo torcida en su eje, y una mandíbula afilada cubierta por una ligera barba. De haber llevado bigote sería un Jesús de ojos oscuros. No se adaptaba a los cánones actuales de belleza; sin embargo, emanaba una fuerza impresionante que me cautivó sin retorno.

—Antón Navarro. —Extendió la mano y me sacó de mi ensoñación.

—María de la Paz Noriega. —Le di la mía.

Instalada en la pensión cercana a la estación acepté el té caliente que la casera me ofreció; también un emplasto de hierbas malolientes que según ella ayudarían a bajar la inflamación de la muñeca y del tobillo.

—Solo es cuestión de dejar pasar las horas —dijo.

Hacía frío, estaba dolorida y sucumbí al sueño. Cuando desperté era media tarde, tenía hambre. Me levanté con esfuerzo y rengueando llegué hasta la cocina, donde fui agasajada con un tardío almuerzo.

—Gracias —murmuré, y me sentí una carga.

—¿Qué la trae a Burgos? —preguntó la dueña de la casa.

Dudé en decirle la verdad, y me puse a pensar en cuál era la verdad, si la novela que quería escribir o el pasado de mi padre. Finalmente le conté una versión mezclada diciéndole que me proponía investigar para un libro.

—Aquí puede recurrir a los museos, y quizá a algún archivo de diarios —indicó.

—Es lo que tenía en mente —respondí; no tenía ganas de ofrecer demasiadas explicaciones sobre mis pasos, si es que podía dar alguno después de mi caída.

Para mi suerte, el ladronzuelo no había logrado llevarse nada; el señor Navarro lo había visto en el instante mismo en que me tiró al suelo y se había lanzado en su búsqueda. Lo había pillado a unas manzanas y tras darle un puñetazo le había quitado mis pertenencias.

Al recordar la escena posterior mis mejillas se pusieron casi tan rojas como mi cabello. Tras la presentación mi salvador se había quitado el abrigo y lo había anudado a mi cintura para cubrir la parte de mi piel que había quedado expuesta. Murmuré algo en agradecimiento mientras sentía que su brazo pasaba por mi cintura y me sostenía con fuerza para ayudarme a caminar.

—¿Puede hacerlo? —preguntó. Debí parecerle idiota porque solo balbuceaba, estaba turbada ante la situación.

Así, con él tomándome del talle, llegamos a la pensión, donde, después de explicarle la situación a la casera, me deseó que me recuperara y se fue.

¿Volvería a verlo? Era poco probable. Busqué mi bolso y saqué las hojas y el lápiz y me dispuse a escribir, aunque fue poco lo que pude hacer porque mi mente estaba dispersa. Tuve suerte de caer sobre el lado derecho; de otra manera, mi mano hábil hubiera quedado inutilizada.

Ese día estaba perdido. Recordé que había prometido llamar por teléfono a casa; mis padres se preocuparían, pero en mi estado no podría cumplir mi promesa. Deseé con todas mis fuerzas estar mejor al día siguiente para poder comenzar con mi investigación.

Por la mañana la hinchazón había menguado y pude apoyar el pie, no con normalidad, pero al menos podría desplazarme, con lentitud. Desayuné en compañía de otra pensionista, una viuda que tenía ganas de hablar y contar su historia, quizá entusiasmada porque la casera le había dicho que yo era escritora. Me envanecí un poco con ello, pero ante sus preguntas sobre qué había publicado tuve que contarle la verdad: que ahora estaba dando mis primeros pasos.

Cuando finalmente pude salir lo primero que hice fue buscar dónde hablar por teléfono.

Mamá me llenó de preguntas tras recriminarme por no haber llamado la víspera y me pidió que me comunicara con frecuencia.

—Vuelve pronto. —Fue su manera de despedirse.

De pie en medio de la calle no sabía por dónde empezar cuando una idea maravillosa iluminó mi mente. Acaso en la compañía de teléfonos pudieran darme la dirección de la persona que buscaba. Pero la telefonista, después de un rato de espera, me dijo que no había nadie registrado con ese nombre. Insistí, pero la respuesta fue la misma. ¿Dónde buscar?

Tal vez en la comisaría de policía pudieran ayudarme, aunque de inmediato deseché la idea. A menos que fuera delincuente... Desistí. Si nadie la conocía en la ciudad tendría que viajar hasta el convento de Nuestra Señora de la Perseverancia, ubicado a unos cuantos kilómetros de Burgos. Allí se habían refugiado, en secreto, heridos republicanos durante la Guerra Civil, como era el caso de mi padre, dado que Burgos había sido declarada capital de la zona sublevada.

Cansada de dar vueltas me senté en un banco, el tobillo lesionado empezaba a dolerme y me agaché para verlo: estaba hinchado otra vez, señal de que la caminata no me había hecho nada bien. Resoplé y, al mezclarse el aire tibio con el frío, vi el vapor dibujar formas extrañas frente a mis ojos. Mi imaginación de escritora novel inventó historias que descarté de inmediato, tenía algo más de lo que ocuparme, y era el pasado de mi padre.

Después de un rato de descanso volví a la pensión, donde la casera se interesó por mis progresos.

—No encontré lo que buscaba —dije. El desaliento pintaba mi rostro.

—¿Está usted buscando algo en particular? —Se sentó frente a mí y me obsequió con una taza de chocolate caliente; el aroma me subió hasta la nariz y se lo agradecí con una sonrisa.

—Estoy buscando a alguien.

—Entiendo que no quiera contar demasiado —dijo al notar mi reserva cuando de hablar del caso se trataba—, pero si lo comparte conmigo prometo ser una tumba. Quizá juntas se nos ocurra algo.

La miré, no parecía de esas mujeres que nacen para el chisme; por el contrario, su interés tenía más que ver con su vocación de servicio.

—Estoy buscando a una mujer. —Delia continuó mirándome, era evidente que eso no significaba mucho para ella—. A una enfermera, o voluntaria durante la guerra, no lo sé a ciencia cierta.

—¿Y qué le hace pensar que está en Burgos? Han pasado casi veinte años... —Me observó con detenimiento y añadió—: Usted era una cría, si es que había nacido. —Sus ojos y sus gestos me dijeron que estaba imaginando historias que no eran. Me apresuré a aclarar:

—No estoy buscando a mi madre, si eso es lo que cree. Ya le dije que es para escribir una novela.

—Claro —dijo, pero ambas sabíamos que no me creía—. En ese caso, supongo que la novela estará basada en una historia real.

—Así es. —Siguió mirándome, me instaba a continuar, no olvidaba que había dejado una pregunta pendiente—. En tiempos de la guerra ella vivía en un pueblo cercano, dejó una nota.

—Han pasado muchas cosas... —Delia meneó la cabeza—. Quizá ya no viva por aquí, o puede que ya no viva.

No había contemplado esa opción, pero me negué a aceptarla. Estaba decidida a averiguar el verdadero origen de mi padre, más allá de mi interés en escribir la novela. Algo me impulsaba a correr el velo de esa parte del pasado de mi familia porque intuía que había algo más que no me habían contado. Cada vez que se hablaba de mi infancia y de cómo mis padres se habían enamorado, el aire se volvía denso y ambos evitaban tocar el tema. Me daba cuenta de que no era por pudor frente a su hija mayor, sino que había otra cosa de la cual no querían hablar. Quizá tuviera relación con ese pasado desconocido de mi padre, un pasado que ni siquiera él había querido remover.

Al encontrar la nota entre sus cosas mientras buscaba fotos de infancia, que, por cierto, casi no había, mi curiosidad me había lanzado de lleno a las preguntas, y las explicaciones de mis mayores no me satisficieron lo suficiente como para olvidar el asunto.

Esperé la ocasión de hablar a solas con mi madre, pero ella me dio la misma versión que papá: él era feliz con la familia que había formado y con los padres que lo habían criado, no tenía sentido indagar por qué su madre biológica lo había abandonado.

Tampoco querían hablar de mi tío Marco, fallecido en la guerra, como si esa muerte aún les doliera. Su nombre estaba tácitamente prohibido; tampoco había fotografías de él ni nada que lo recordara. Sus actitudes me quitaban el sueño, mas no obtuve respuestas de ninguno de ellos.

En casa de mis abuelos maternos tampoco se hablaba del tema; cuando quise preguntar a mi abuela Purita, me envolvió con sus palabras y desvió la conversación hacia cuestiones más interesantes, al menos para ella.

De modo que tales misterios me habían lanzado a la búsqueda de explicaciones.

CAPÍTULO 2

La radio funcionaba en los bajos del Teatro Principal de Burgos, en el paseo del Espolón, y hacia allí me dirigí, no porque tuviera ánimos de pasear, sino porque me pareció buena idea la sugerencia de Delia.

—Quizá si la citan en la radio, algún pariente se acerque y le dé algún dato —había dicho mi casera.

Le di las gracias y partí hacia allí a media mañana. Hacía mucho frío, pero eso no me impidió apreciar la belleza del entorno.

El teatro era un edificio de la época isabelina y estaba situado al comienzo del paseo, junto al palacio de la diputación provincial.

No quise detenerme para admirar la construcción; me empujaban mis deseos de saber si me dejarían entrar primero y emitirían mi solicitud después.

Al entrar me di cuenta de inmediato de que estaba en un mundo típicamente masculino, lo olí en el ambiente.

Imaginaba que la radio sería mucho más sofisticada, con grandes aparatos y salones, pero me llevé una sorpresa por la modestia y la poca gente que había.

Me detuvieron no bien di dos pasos más allá de la entrada.

—¿Qué se le ofrece, señorita? —El hombre que había hablado tenía aspecto bonachón y juzgué que sería fácil convencerlo de que me permitiera poner un anuncio. Le sonreí y le hice ojitos antes de decir:

—Necesito hacer un anuncio en la radio.

—¿Tiene cita?

Titubeé; iba a mentir, pero tardé más de lo necesario y mi interlocutor lo advirtió.

—Yo... No, pero...

—Entonces no será posible. Todos los anuncios son con cita previa y pagados.

No soy buena juzgando a las personas, y su físico rechoncho y su mirada de cura me habían confundido. Por más que insistí, no logré mi cometido.

—¿Hay algún procedimiento que deba seguir para poder hacer mi anuncio? —intenté, ya cerca de la puerta, porque el grandullón me había ido guiando sutilmente hacia la salida.

—Los pedidos se realizan a principios de mes, luego son evaluados por el director... y si son acordes al perfil de alguno de los programas...

—¿Perfil de los programas? —Puse mi mejor cara de boba y volví a pestañear—. Soy escritora y estoy haciendo una investigación sobre voluntarios durante la Guerra Civil. —Me maravillé ante mis dotes de improvisación—. Necesito dar con una persona, o con algún familiar de esa persona. ¿Cree que se adecúa al perfil de alguno de los programas?

El hombre vaciló; quizá mi referencia a la guerra y la investigación le hizo creer que mi asunto era verdaderamente serio.

—Espere aquí. —Señaló un asiento y me sentí dichosa de alejarme de la puerta de salida.

Regresó al cabo de unos minutos, parecía contrariado.

—Aguarde un rato más —pidió—. Está a punto de terminar uno de los programas. El director la recibirá.

Se lo agradecí con una sonrisa de oreja a oreja y esperé. Pasaron unos cuantos minutos hasta que sentí el ruido de una puerta y voces que se acercaban. Eran dos hombres, venían conversando, pero callaron al verme.

Uno de ellos susurró algo al otro y se acercó hacia mí. Era alto y estaba vestido con elegancia, aunque su vestimenta no contrarrestaba la fealdad de su rostro. O quizá era que, en comparación con el que venía detrás, parecía un monstruo. Su compañero no era otro que Antón Navarro, quien, si sintió sorpresa al verme, no lo manifestó.

Nuestras miradas se cruzaron un instante y sentí que me ruborizaba. Él, por su parte, permaneció imperturbable, excepto por la ligera inclinación de cabeza que hizo a modo de saludo. Justo en ese momento advertí que tenía un ojo a la funerala.

—Señorita... —dijo el hombre feo.

—Noriega, María de la Paz Noriega —respondí poniéndome de pie y tomando la mano que me extendía.

—Soy Juan de la Riviera, director de la radio. Me dijeron que quiere hablar conmigo. —Sus ojos de perdiz sonrieron y se achicaron un poco más—. Ve, Antón, y cuida la derecha —dijo al tiempo que el señor Navarro se alejaba en dirección a la salida después de formular un saludo—. Señorita Noriega, pasemos a mi oficina.

Lo seguí a través de un corto y oscuro pasillo. De reojo pude ver el cuarto desde donde transmitían; para mi desilusión, no era gran cosa.

Una vez en su escritorio me invitó a tomar asiento.

—Cuénteme esa historia que quiere escribir.

Resumí sin contar los detalles:

—Necesito localizar a una mujer que fue voluntaria en la guerra; no sé si era enfermera, pero ella será la protagonista.

—¿Y por qué cree que está aquí?

—Porque encontré una nota de ella en un viejo uniforme —mentí—. Sé que esa mujer tiene algo muy importante que contar. Dice que vivía cerca de Burgos, y por eso vine.

—¿De dónde es usted?

—De Gijón.

—Hermosa ciudad... —reflexionó—. Tengo amigos allí, aunque hace mucho que no los veo.

No me interesaban sus amigos, pero sonreí.

—¿Y? ¿Qué me dice? ¿Podremos buscarla a través de alguno de sus programas? —insistí.

De la Riviera suspiró y noté que el triunfo era mío.

—Está bien. —Mi exclamación de alegría lo hizo sonreír también—. Anunciaremos el nombre durante tres días seguidos.

Se lo agradecí y le pregunté cuánto le debía, pero desistió de cobrarme.

—Veo que es usted una joven con mucho entusiasmo en su carrera, le auguro un gran éxito. —Quise creer que eso sería cierto, aunque todo lo que había escrito había terminado en una bola en la papelera.

Salí de la radio con expresión de triunfo en la mirada, plena de una nueva energía, aun cuando todavía me dolían la muñeca y el tobillo.

Apoyado sobre el frente del teatro estaba el señor Navarro. Fumaba con indolencia, uno de sus pies apoyados en la pared; supe que estaba esperándome.

—¿Logró su cometido? —preguntó no bien me vio. Abandonó su pose, se enderezó y tiró la colilla que aplastó con su zapato.

Me detuve frente a él.

—¿Qué le pasó en la cara? —Observé que además del ojo negro tenía un corte encima de la ceja.

—¿Siempre contesta con una pregunta?

—Sí, obtuve lo que quería.

—Vaya… debe ser usted muy convincente. De la Riviera es un hueso duro. —Lo miré, insistiendo con mis gestos que le tocaba responder a él—. Gajes del oficio —dijo por toda respuesta, y no me animé a seguir indagando; estaba visto que el señor Navarro no era muy locuaz.

Empecé a caminar y él se emparejó a mi lado. De repente, me sentí nerviosa, no sabía de qué hablar; a él parecía no importarle.

Recorrimos callados el paseo del Espolón y me maravillé ante los plátanos orientales que entrelazaban sus ramas formando una cúpula. Imaginé que en verano sus copas llenas de hojas verdes formarían un techo proyectando su sombra.

El sitio era hermoso, había mucho para ver, desde el Arco de Santa Ana y los cuatro reyes hasta la catedral, cuyas puntas góticas, un poco más atrás, señalaban al cielo. Hubiera necesitado toda una tarde para recorrerlo por completo, pero mi tobillo se hizo sentir y empecé a renguear de nuevo.

Antón lo advirtió y propuso sentarnos en uno de los bancos, debajo del entramado de árboles.

—Debería descansar —dijo mientras encendía otro cigarrillo—. Su pie no tiene buen aspecto.

—¿Qué hacía en la radio? —La pregunta se me escapó de los labios, suelo ser impulsiva. Iba a disculparme por la brusquedad de mis palabras cuando él habló.

—Trabajo allí.

Quise saber más, su parquedad me molestaba; no sabía si lo hacía adrede para importunarme o si de verdad era un hombre al que había que arrancarle las palabras de la garganta.

Un viento frío levantó las hojas que el otoño había desprendido de los árboles y miles de partículas se elevaron en el aire haciéndome estornudar.

Antón me miró; apenas llevaba una chaqueta por encima de la blusa.

Frunció el ceño.

—Debería ir más abrigada, lo último que falta es que pille una pulmonía —masculló entre dientes.

Aspiré profundo; no quería ser maleducada y soltarle una mala contestación. Decidí hacer caso omiso a su comentario y volví al ataque con mi pregunta:

—¿Y qué clase de trabajo hace en la radio? —De un bolsillo extrajo otro cigarro y lo encendió; después dio una profunda calada y exhaló con fuerza. No pude distinguir si era porque acostumbraba a hacerlo así o porque le molestaba mi pregunta. Después de pensar un instante respondió:

—Tengo una columna. —Quizá anticipando que yo volvería a preguntar, añadió—: De fútbol y deporte en general.

Sin terminar su cigarrillo se puso de pie y lo apagó en el suelo, costumbre que le vería repetir en lo sucesivo.

—Vamos, se está poniendo fresco. —Me tendió la mano y la acepté. Su contacto volvió a electrizarme, como cuando me había ayudado después del robo. Todo mi cuerpo se tensó y eso me ocasionó dolor en el tobillo resentido. Él debió notarlo—. ¿Podrá caminar?

—Tengo que poder.

Lo intenté, pero al dar dos pasos sentí que el dolor había aumentado. Me detuve y miré: estaba todo hinchado. Antón también observó y meneó la cabeza en forma de negativa.

—No podrá andar mucho así, será mejor que la lleve hasta un coche de alquiler. —Sin darme tiempo me alzó como si fuera un paquete y echó a andar.

—¡Bájeme! —exigí, pero no me prestó atención.

Un trueno quebró el aire, varios pájaros salieron volando y una fuerte lluvia descargó sobre el pavimento.

Gruesas gotas caían sobre nosotros y Antón apresuró su marcha hasta el punto de empezar a correr. Pude sentir los tendones de su brazo sujetándome las piernas y la seguridad de su mano al apretarme la cintura. Contra mi costado, la firmeza de su pecho; ese hombre parecía estar hecho de puro músculo, algo extraño para un locutor, o periodista, no sabía cuál era su profesión. Los golpes que tenía en el rostro, según él producto de los gajes del oficio, me desconcertaban. La lluvia nos empapó la ropa y el frío se hizo sentir. Antón buscó refugio debajo de un portal, parecía un mausoleo o algo similar; allí todo era monumental y esplendoroso.

Me depositó en el suelo y se sacudió el cabello, cual perro mojado. Me hizo sonreír, pero oculté mi sonrisa cuando él elevó los ojos y me miró de pies a cabeza. Noté un cierto destello en su mirada, oscurecida por la sombra del zaguán y la tormenta que se desataba afuera.

Nunca había besado a nadie y en ese instante en lo único que pensaba era en que él lo hiciera. Estuve tentada de dar el paso yo; sentía que mi cuerpo entero quería seguir en contacto con ese hombre. Pero hubo algo que me detuvo y fue como un jarro de agua fría, más aún que la de la lluvia que me había empapado. Un detalle que no había visto antes se abrió paso como un huracán cuando él elevó la mano para despejar uno de sus cabellos que, rebelde, había caído sobre su ojo derecho: un anillo de boda.

CAPÍTULO 3

Pola de Lena, España, 1901

—No se vaya, madre. —Mezcla de miedo y furia vestían sus ojos color miel.

—Debo ir, necesitamos el dinero. —Echó un vistazo, quería dejar todo ordenado. Una nueva punzada en el abultado vientre le hizo fruncir el ceño.

—¡Por favor! ¡Lléveme con usted, podría ayudarla!

—Debes preparar la cena para cuando venga tu padre. —Le acarició la cabeza y le despeinó el flequillo.

—¡Él no es mi padre! ¡No quiero quedarme con él!

—Pues te quedarás, y sanseacabó. —Avanzó hasta la salida y miró todo otra vez—. Ya sabes lo que tienes que hacer.

La puerta se cerró tras ella; la casa fría y silenciosa fue testigo del llanto. Llanto de impotencia, que venía de las entrañas, del dolor de saber lo que le esperaba cuando los goznes volvieran a crujir y su padrastro entrara en la vivienda.

Después de llorar hasta quedarse casi sin lágrimas, se armó de valor y se recompuso. No era la primera vez que esa escena ocurría, siempre con el mismo resultado: su madre se iba y daba libertad a su nuevo marido.

Después de la muerte de su padre, hacía ya casi una década, habían vivido años duros, de hambruna y soledad, donde la niñez no había tenido espacio. Siempre las obligaciones habían estado por delante: llenar la olla había sido la prioridad de Alicia Uría. Sin más familia que sus cansadas osamentas, se habían refugiado mutuamente formando un vínculo fuerte y amoroso, donde no faltaban el cariño ni las noches de cuentos susurrados al oído antes de dormir en el angosto colchón que se había salvado de la venta de todo lo demás. Alicia tuvo que desprenderse hasta de las herramientas, y cultivaban con mucho esfuerzo la huerta que el padre había labrado en vida. Codo con codo le ganaron a la tierra y pudieron comer, aunque fuera en escasas cantidades. Pero incluso en esa extrema pobreza, eran felices.

Hasta que llegó él y acabó con todo. Omar Ponte apareció una mañana; pasaba por la casa, camino al pueblo. El hombre semejaba una aparición, alto y flaco, apenas hacía sombra en el suelo. Llevaba una boina que ocultaba la melena negra, aunque no impedía que unas mechas le acariciaran la nuca. Los ojos eran dos carbones, parecían pozos ciegos donde la luz no se animaba. Sus rasgos eran afilados, sus huesos, largos y fuertes.

Estaba sediento bajo el rayo del sol, y Alicia siempre decía que un vaso de agua no se le negaba a nadie. Después de beber, Omar le dijo que le esperaba un trabajo en la panadería, era maestro pastelero. De solo pensar en pan recién horneado Alicia sintió que su estómago rugía; él lo advirtió cuando le devolvió el jarro donde ella le había servido el agua.

—Pase por allí —dijo y clavó sus ojos en el bello rostro de Alicia—. Le recompensaré el gesto.

Después inclinó la cabeza y partió, no sin echar una mirada a la criatura que detrás de las faldas de la madre lo miraba con desconfianza.

Las idas de Alicia a la panadería se hicieron frecuentes; cada vez volvía con más productos que rellenaban las mejillas y alejaban el hambre.

En agradecimiento, Alicia invitó a Omar a cenar y el panadero apareció con un jamón, algo que hacía tiempo habían dejado de comer, y una botella de vino.

La cena transcurrió en medio de risas y frases sugerentes entre la madre y el hombre, mientras que la criatura de apenas seis años lo observaba todo en silencio, presagiando que nada bueno saldría de esa repentina comunión que veía en ellos.

Al despedirse, Omar se atrevió a tomar las manos de Alicia y, al ver que ella no oponía resistencia, la besó en los labios.

—Mañana vendré a arreglar el techo —dijo antes de irse.

Con la ilusión de que un hombre se ocupara de la casa otra vez, Alicia esperó a su festejante con un vestido de su vida anterior, que antes le colgaba del cuerpo y que debido a la comida ahora contenía sus generosas formas. Era del color de los jazmines y ella se sentía una princesa.

Al verla, Omar se la comió con los ojos, pero fiel a su promesa se dedicó a las reparaciones a las que se había comprometido.

A partir de ese día Omar fue una presencia cada vez más asidua en la casa. Llegaba después de la panadería, siempre con las manos llenas de alimento. Alicia se sentía agradecida y entusiasmada; no tenía ganas de estar sola, era una mujer joven todavía y su cuerpo se conmovía ante la cercanía de ese hombre que solo tenía buenos gestos para con ella.

Hasta que una noche se quedó a dormir en el colchón grande que él mismo había conseguido para volver a poblar la habitación nupcial. A la mañana siguiente, dejó a Alicia feliz y desnuda sobre el lecho y se fue a trabajar. Regresó al atardecer; cargaba algunos bultos que conformaban todo su capital.

La vida de esa familia de dos, tan unida y feliz, se vio invadida por un tercero que poco a poco empezó a horadar ese vínculo cual gota en la piedra. Se acabaron los cuentos por la noche y las charlas. Alicia se unió a Omar en cuerpo y en alma; estaban tan amalgamados que se casaron en la capilla del pueblo.

—Ahora somos una familia de verdad —dijo Omar cuando regresaron los tres a la vivienda. Miró a la criatura y agregó—: Puedes llamarme papá.

Alicia sonrió, emocionada, y unas lágrimas escaparon de sus ojos enamorados. Sin embargo, la palabra papá no volvió a escucharse en esa casa.

Al principio todo parecía ir sobre ruedas, pero al poco tiempo Omar perdió su trabajo en la panadería y Alicia tuvo que salir a trabajar más horas. La casa y todo lo demás quedaba a merced de Omar. La oscuridad de su alma se esparció y aprovechó la ausencia de su mujer para hacer lo que su deseo le gritaba. La violencia fue sostenida a base de amenazas.

Habían pasado ya nueve años y la criatura había crecido. Los quince años le habían cambiado la figura, la voz y también la determinación. Ahora era como una sombra oscura y callada, de ojos siempre abiertos, más que abiertos, alertas, como si estuvieran esperando la mínima señal para ordenar la huida al resto del cuerpo. La madre era ciega a ese cambio.

Alicia trabajaba y su esposo se ausentaba durante horas en busca de algún curro, pero era poco lo que lograba. Regresaba enojado la mayoría de las veces y descargaba su frustración con todo lo que se le cruzaba en el camino. Había tomado la costumbre de golpear cosas: vidrios rotos, muebles astillados, plantas arrancadas…

Cuando llegaba Alicia, tras ver el nuevo desastre, intentaba calmarlo con su cariño y sus palabras de aliento, dándole esperanzas que ni ella tenía.

—Ya verás que este niño —decía señalando el vientre abultado— viene con un pan bajo el brazo.

Lejos de calmarse, Omar se ponía peor ante el lejano recuerdo del trabajo perdido. Nadie, excepto él, sabía la causa; de un día para el otro lo habían reemplazado por un nuevo maestro pastelero. Ante las preguntas de su mujer había esgrimido excusas tan inverosímiles que ella terminó por aceptar y callar.

Alicia volvía cada vez más tarde, lavaba ropa ajena y cocinaba en casas más pudientes; en su hogar ya tenía quien cocinara, y no era Omar.

La situación se sostenía con miradas puntiagudas y palabras no dichas, pero la madre permanecía ciega, aun cuando ese sol que la había obnubilado años atrás se estaba apagando.

Ni siquiera sospechó ese día, cuando se negó al ruego de esos ojos color miel. Jamás sabría Alicia lo que había desencadenado su indiferencia esa mañana.

CAPÍTULO 4

Burgos, finales de 1936

Otra vez, pasaba otra vez después de varios años. Tomás se sentó en la cama, flexionó las rodillas y apoyó la cabeza en ellas. Su mujer le acarició los cabellos primero y se abrazó a su espalda después.

—No te preocupes, todo está bien —consoló.

Él gruñó, no estaba bien. Los viejos problemas habían vuelto y no elegían el mejor momento. De madrugada se iría al frente y ni siquiera podía despedirse de su esposa haciéndole el amor.

—Vamos, Tom, ven aquí. —Intentó levantarle el rostro. La pasión se había apagado ante su falta de respuesta, pero siempre quedaba el amor—. Vamos, abrázame esta última noche.

El hombre elevó la mirada; los ojos de miel parecían dos carbones encendidos, el enojo lo volvía fiero. Con su paciencia infinita, Alina logró calmarlo, entre palabras susurradas y caricias tiernas.

Se acostaron de nuevo y se abrazaron debajo de las mantas. Hacía frío, aún la luna reinaba en el cielo, pero ambos sabían que no volverían a dormirse.

Alina apoyó la cabeza en el pecho de su esposo y le deslizó la mano por el vientre. Él la cubrió con la suya y se negó a cerrar los ojos. No quería que viejas imágenes le recordaran aquello que había creído olvidar, pero, a la vista del episodio de hacía unos minutos, estaba allí, agazapado cual bicho traicionero, listo para saltar.

Sin querer se dejó llevar a los primeros días de su noviazgo con Alina, su primera novia, lejos en el tiempo. Ella era una muchachita jovial e inocente hasta que llegó él para arruinarle la juventud. Porque se la había arruinado, de eso no tenía dudas. Con su oscuridad a cuestas había ido apagando todas sus luces hasta convertirla en una sombra de lo que había sido. Y pese a todo, ella se había enamorado de él. La escasa luz que le había quedado iluminaba apenas por los dos, aunque a veces no era suficiente.

Alina le había aguantado los cambios de humor, la impotencia y las reacciones violentas cuando en una conversación no se ponían de acuerdo y él rompía objetos o pegaba puñetazos a cualquier cosa para dejar salir su furia. Ella siempre estaba ahí, pronta para él, lista para satisfacer sus deseos o para escuchar sus quejas. Bien sabía Tom que no era un hombre fácil.

Mientras todas las muchachitas iban de verbena, ella se quedaba a su lado, algunas veces contando estrellas y soñando un futuro; otras, sumidos en el silencio de su taciturnidad.

Pasaron varios años de noviazgo, muchos en realidad. La pareja se mantenía gracias al enorme amor de la muchacha, que aguantaba los cambios de humor de su novio y soportaba como podía esa amistad tan estrecha que él mantenía con aquella otra mujer. Alina hacía a un lado los celos y trataba de creer en las palabras de Tomás, que le juraba que solo eran amigos.

Como la propuesta de matrimonio no llegaba y Alina ya estaba cerca de los treinta, el padre se puso firme: o se comprometían o Tom dejaba el camino libre en vez de estar calentando la silla.

Tom tuvo que tomar la decisión pese al miedo que ello le causaba. Su amor por Alina lo llevó al altar. Ella estaba feliz, también él, y su suegro empezó a mirarlo con otros ojos, aunque la desconfianza siempre formaba parte de su mirada.

Alina había entrado en la familia de Tom hacía años; la habían recibido como a una hija más, entre sus tantos vástagos. A la familia Castro le gustaba sumar, y así habían pasado por su casa nueve hijos; Tom era el menor.

Los mayores ya habían volado del nido y habían traído a sus propios hijos. Cuando se reunían para algún cumpleaños o festejo debían sacar la mesa al patio, a la cual añadían tablones, pero nada opacaba la felicidad de esa familia.

—¿Me escribirás? —Las palabras de Alina lo devolvieron al presente.

—Claro que sí.

—No sé qué haré para pasar las horas.

Tom apretó la mandíbula. No había sido capaz de hacerle un hijo; al menos con un niño estaría acompañada y entretenida.

—Algo se te ocurrirá —murmuró.

—Quizá me ofrezca como voluntaria, tu hermana está ayudando...

—Mejor quédate en casa, pasa desapercibida, no vaya a ser que te pongan el sambenito de «roja» y te ejecuten en el monte. —Se refería al monte Estépar, donde eran fusilados y enterrados los contrarios al régimen.

—No tienes que ser tan cruel —pidió Alina, estremeciéndose.

Desde la sedición, la población estaba dividida, aunque destacaban los que apoyaban a los sublevados. No era el caso del matrimonio Castro, ambos republicanos, como las familias de las que provenían. Tom era campesino, pero se iba esa madrugada a luchar por la república, se había unido a las milicias populares. Escaparía a las montañas, donde se estaba formando un ejército para hacer frente a los nacionales. Temía dejar sola a su esposa, pero más temía si se quedaba y Franco continuaba extendiendo su poder.

—Lo siento. —La cobijó entre sus brazos.

A la hora señalada, antes de que la luz empezara a filtrarse por las cortinas, Tom Castro se desprendió de los cálidos brazos de su mujer. Le dio un beso en los labios y salió del cuarto.

Necesitaba partir, la guerra era una buena excusa para expiar sus pecados. No soportaba el infierno de su mente; las pesadillas habían regresado.

Sola en la cama, Alina ocupó el espacio que él había dejado y olió la almohada y las sábanas, queriendo grabarse su olor para siempre.

Tom se unió a sus compañeros y enfilaron hacia las montañas, donde se estaba formando el ejército para hacer frente a los sublevados de Franco.

Los días que siguieron no fueron nada fáciles; eran pocos los que tenían instrucción militar, el resto eran en su mayoría campesinos, agricultores y pastores.

En los cerros, bajo el sol que apenas entibiaba las piedras, decenas de hombres se adiestraban para el combate. Muchos lo hacían con verdadero entusiasmo; otros, con miedo, reflexionando si estaban haciendo lo correcto.

La vida cambió para todos; lejos de sus familias y afectos, algunos comenzaron a dudar. No faltaron las bromas cargadas de reproche que trajeron de la mano las discusiones. Más de una vez quien estaba a cargo tuvo que ejercer su autoridad para evitar que ese improvisado ejército fuera a la lucha armada entre ellos mismos.

Los ánimos tardaron unos días en calmarse hasta que estuvieron listos para partir a enfrentarse a los nacionales.

En distintas columnas y vehículos enfilaron hacia sus destinos; se sentían seguros y plenos de confianza.

A Tom Castro lo destinaron a reforzar el Frente Norte, y, pese a que no había pensado que lo mandarían tan lejos de su hogar, allá fue, obediente, con la plena convicción de que estaba haciendo lo correcto. Durante el camino, que no fue sencillo dado que tuvieron que enfrentarse varias veces con los rebeldes que también iban hacia sus puestos, intentaba alejar los demonios que nuevamente lo visitaban en las pesadillas cada vez más frecuentes. Recordaba el rostro de su esposa, pero otro se le superponía y lo llevaba por senderos que hacía rato intentaba dejar atrás.

El viaje se hizo largo; marchaban al abrigo de la noche, la oscuridad era una amiga en quien podían confiar. De día permanecían quietos en un lugar, descansando por turnos y juntando fuerzas. Estaban rodeados de nacionales, era una zona por demás peligrosa. Cuando llegaron al Frente Norte las asperezas ya se habían limado y podía decirse que era un grupo uniforme. Debían unirse a las tropas que estaban apostadas desde hacía unos días en la llamada «Maginot del Cantábrico».

Allí fueron recibidos por un ejército variado; había fervientes republicanos, milicias populares, comunistas y mujeres.

Para Tom fue una sorpresa encontrarse con las representantes de Mujeres Libres y su efervescencia, no estaba al tanto de que ellas también fueran al frente. Pensó en Alina y no la imaginó empuñando un arma, no era ese el futuro que quería para ella.

Por las noches reflexionaba sobre su vida y caía en pozos de tristeza. Lejos de su mujer, la única que lo había amado, se sentía como un niño abandonado. Inevitablemente recordaba su pasado y todo lo que había dejado atrás. Las lágrimas rodaban por sus mejillas y se odiaba por ello. Al día siguiente cualquier excusa era buena para emprenderla a puñetazos con quien tuviera la desgracia de cruzárselo. Ante una mínima diferencia, ya fuera un roce o una mirada torcida, Tom se iba a las manos e intentaba con ello alejar toda su furia.

Sus superiores ya lo tenían entre ojos y más de una vez tuvieron que sancionarlo. Había hecho nuevos compañeros que le tenían estima pese a su carácter tan cambiante.

Con las mujeres no tenía demasiado trato, prefería mantenerlas al margen de su vida; solo Alina ocupaba su mente y su corazón.

En uno de los ataques cayó herido y pasó varios días febril, a merced de las voluntarias que se ocupaban de coser carnes y vendar cuerpos. Durante su convalecencia fue un paciente quejoso y molesto, malhumorado porque no podía moverse a su antojo y alucinado por las pesadillas que lo volvían loco.

Sus gritos se escuchaban desde las trincheras de enfrente y se convirtió en una verdadera molestia.

Cuando la fiebre se retiró, la paz, si podía llamarse paz a una línea defensiva en medio de la guerra, volvió junto a los combatientes.

Ajeno a lo que había sucedido, se enfrentó, sin comprenderlas, a las miradas de reproche que sus compañeros le dirigían, hasta que se envaró con uno de ellos. Estaba por irse de nuevo a las manos cuando otro miliciano lo atajó y se lo llevó del brazo a un aparte para explicarle.

—Estuviste una semana gritando, día y noche. Parece que sufres pesadillas muy feas, tío —dijo.

Tom se pasó la mano por la frente y despejó los cabellos que le caían sobre los ojos.

—Lo siento —murmuró.

—Vamos. —El hombre le palmeó la espalda y lo llevó hacia una roca donde sus compañeros estaban en ronda, conversando—. Todos tenemos nuestros propios infiernos.

CAPÍTULO 5

Burgos, 1956

Acostada en mi cama de la pensión no podía conciliar el sueño. Rememoraba una y otra vez lo que había pasado esa tarde. Más que lo que había pasado, lo que había sentido: una fuerte atracción por ese hombre que no era más que un desconocido que la casualidad había puesto frente a mí dos veces. Nada más que eso. Un hombre demasiado varonil que había roto mis esquemas y me había distraído del objetivo de ese viaje: la investigación sobre el pasado de mi padre y mi futura novela.

A ese paso, cavilaba que no iba a escribir nada. No había logrado ni una página que juzgara decente, solo había garabateado escenas que no terminaban de convencerme; ni siquiera tenía claro quién sería el o la protagonista de mi historia.

Delia me había llevado la cena a la cama y me había reprendido por haber andado tanto con el tobillo todavía resentido; me hizo pensar en mi madre.

—No debería volver a salir hasta que la inflamación haya desaparecido por completo —había proclamado, con los brazos en jarra y el gesto adusto.

—Tiene razón, Delia, lo intentaré —había respondido para que dejara de sermonearme como si fuera una criatura. Después de todo tenía casi veinte años.

Al quedarme sola sentí un escalofrío en todo el cuerpo y me sorprendió un estornudo. Lo único que me falta es enfermarme, pensé. Y así fue, tuve que permanecer en cama durante cuatro días a causa de la fiebre, pero al menos sirvió para que la hinchazón del tobillo desapareciera. Cuando estuve nuevamente en pie ya no me dolía nada.

Volví a la radio; quería saber si alguien se había presentado ante los avisos que yo misma había escuchado en el programa de la tarde, pero no había noticias. Al parecer nadie conocía a esa persona que yo creía que tenía datos sobre el pasado de mi padre.

—¿Está seguro de que nadie ha venido o llamado? —insistí ante el mismo hombre rechoncho y bonachón de la vez anterior.

—Nadie, señorita Noriega. El señor De la Riviera pidió expresamente que cualquier novedad se le comunicara directamente a él, pero hasta ahora... —Abrió los brazos en gesto de «qué le va usted a hacer» y nuevamente me condujo hasta la salida.

—Volveré pasado mañana —dije antes de irme. Quería que tuviera la certeza de que no iba a librarse de mí tan fácilmente.

Deshice mis pasos y me senté en el mismo banco que había compartido con el señor Navarro, con la vana ilusión de que él apareciera, quizá advertido de mi presencia en la radio, o tal vez porque me estaba predestinado. Tuve la lucidez de recordar su alianza de matrimonio y me repetí que era un hombre prohibido. ¿Sería cosa de familia ese capricho de meterse con hombres casados? Evoqué con cariño a mi abuela Purita, quien se había enamorado del marido de su mejor amiga. Mi abuela pudo concretar su amor y casarse con el hombre que había cautivado su corazón, mi amado abuelo Aitor Exilart, a la muerte de su amiga Olvido.

Pensar en ellos me hizo añorar mi casa y mi familia; por un instante hasta eché de menos a mi hermano Ferrán, aunque aparté de inmediato ese sentimiento cuando sus burlas e ironías se materializaron en mi mente.

En vista de que hacía ya casi una semana de mi llegada a Burgos y no había conseguido nada, decidí hacer una visita al convento de Nuestra Señora de la Perseverancia. Quizá allí hubiera alguien que recordara a la voluntaria que había dejado esa extraña nota a mi padre.

El viento frío me envolvió y me obligué a volver a la pensión. Debía apurar mi investigación porque, si bien tenía dinero, no quería gastarlo en pagar alojamiento; prefería reunir todos los retazos de ese rompecabezas para armarlo en casa, en la seguridad del hogar, con mi máquina de escribir.

De camino pregunté la manera de llegar hasta el convento, que distaba unos cuantos kilómetros de la ciudad. No había otra forma de arribar que no fuera en coche; me resigné a que tendría que tomar uno de alquiler, pues no conocía a nadie que me hiciera el favor.

Concerté la cita con un gallego que me generó confianza y quedamos para el día siguiente, temprano.

—¿Usted quiere que la espere mientras hace su excursión o prefiere que pase a recogerla a una hora determinada? —Le había contado la misma historia de la investigación; la gente se ilusionaba con la idea de que una escritora confiara en ellos. Tal vez pensaban que serían mencionados en la obra cumbre.

—Quizá sea mejor que me espere, al menos hasta saber si podré hacer el recorrido.

Nos despedimos y volví entusiasmada a la pensión, donde Delia me aguardaba con el almuerzo tardío y cara de reproche.

—¡Oh, lo siento! —dije—. Me demoré más de lo pensado. —Y para evitar un episodio similar al día siguiente, añadí—: Mañana no vendré a comer.

Un signo de interrogación se dibujó en su rostro; era evidente que me juzgaba una muchachita indefensa, quizá por la poca edad que tenía o tal vez por el robo del que había sido víctima. Estaba claro que Delia no advertía que a los veinte años una señorita podía conducirse sola, sin un padre o un marido que la llevara de la mano. Aunque su generación era cercana a la de mis padres, era muy distinta a ellos. ¿La habría marcado la guerra de otra forma? En mi familia cada uno debió sobrevivir como pudo.

Vengo de una generación de mujeres de armas tomar, no en el sentido literal de la frase. Todas, empezando por mi bisabuela Piedad, que cruzó los mares para emigrar a la Argentina a finales del siglo anterior, siguiendo por mi abuela Purita y mi tía abuela Prudencia, personaje riquísimo para escribir una novela, y terminando por mi madre, Marciana Exilart, desafiaron un entorno hostil e hicieron frente a la pobreza y las carencias echando mano de los recursos que se les ofrecían.

Nací cuando estalló la Guerra Civil y el sueño de mis primeros años fue arrullado por las bombas que caían sobre la ciudad de Gijón. Me acostumbré al miedo, a los soldados en las calles, y fui testigo de la transformación del mundo hasta ese entonces conocido por mis padres en otro cuyo paso era marcado por el ritmo militar.

La imagen de mi padre con su parche de pirata y su único ojo dio origen a cuentos de aventuras e historias de marinos, pese a que nunca subí a un barco. Pero tenía a mi abuela Purita para relatarme sus peripecias cuando debió volver a España desde aquella lejana Argentina.

Mientras yo recordaba, Delia me miraba en esa pose que ya le conocía y que significaba que esperaba una respuesta. Decidí ser sumisa y esconder mis garras; después de todo, solo se preocupaba por mí.

—Iré de excursión al convento del que le hablé.

—¿Quiere que la acompañe? —se ofreció, solícita.

—No hace falta, Delia. —Sin darle oportunidad para que insistiera me refugié en mi cuarto y no salí hasta la hora de la cena. Aproveché para escribir y para mi satisfacción pude redactar, sin romper ninguna hoja, un capítulo de mi novela. Al menos era algo.

El coche de alquiler pasó puntual a las ocho de la mañana. Tuve que prepararme el desayuno porque Delia comenzaba a servirlo a partir de las nueve, y no quise molestarla. Le dejé una nota para que no se preocupara.

El chófer se llamaba Manolo y sabía mucho de historia. Además de conducirme hacia las afueras de la ciudad empezó a relatarme la vida en Burgos en épocas de la sublevación. A diferencia de Gijón, que había resistido durante más de un año antes de caer en manos de los nacionales, Burgos había sido sede del Gobierno de Franco. La vida para sus habitantes había sido muy distinta a la que habían tenido que padecer mis padres y mis abuelos.

—El convento que usted busca está a poco más de dos horas de aquí, de camino al castillo de Frías —dijo—. Si quiere podemos hacer una parada allí para que lo vea, es un hermoso sitio para una escritora. —Me guiñó un ojo y le sonreí, agradecida—. La villa se desarrolló en torno a él.

—Quizá de regreso —respondí—, quisiera recorrer el convento primero.

—Como guste, señorita.

Viajamos hacia el norte y pude ver todo tipo de colores y paisajes; era un sitio muy bello, con sus riscos y sus verdes.

—Si hiciera calor, la llevaría a la cascada —dijo de pronto.

—¿La cascada?

—Sí, la de Pedrosa de Tobalina, que recibe las aguas del río Jerea, afluente del Ebro. Tal vez pueda ir en verano.

Pensé que no estaría allí para el verano; me esperaba el mar de Gijón, con sus playas conocidas y sus arenas doradas.

—Tal vez —dije en un murmullo, y mis ojos y mi mente se perdieron en el entorno.

Finalmente llegamos a destino. El convento de Nuestra Señora de la Perseverancia era muy distinto a lo que había imaginado. Tenía un aspecto netamente románico y me dio la impresión de ser un edificio austero, pese a ser monumental.

Descendí del automóvil y me quedé mirándolo; me sentí de repente muy pequeña.

La puerta principal era majestuosa, de grandes dimensiones y profusión decorativa. Se abría a la que juzgué era la nave central. El vano estaba bajo un tímpano rodeado por curvas semicirculares, donde se alternaban los dientes de sierra con florones de cuatro pétalos y botón central. La estructura inferior de la puerta estaba constituida por cuatro pares de columnas en cuyo alto aparecían varias figuras de cabezas humanas entre el follaje.

No creí que ese convento, casi perdido entre las montañas, fuera tan imponente.

A la izquierda se veía una puerta más pequeña y sencilla, que llevaba a otra de las naves. Caminé con la intención de rodear la enorme construcción y vi más entradas; supuse que eran las que conducían hacia otras dependencias claustrales.

Manolo tosió; el pobre hombre permanecía a mis espaldas, aguardando seguramente a que alguien me recibiera y saber así si podría hacer el recorrido.

—¿Cuál cree que es la entrada por la que debo anunciarme? —pregunté.

Se encogió de hombros y no me quedó más opción que seguir mi intuición.

Fui hacia los fondos y hallé, casi mirando a las montañas, un acceso desprovisto de toda la floritura de los frentes. Golpeé y esperé. Al cabo de unos instantes un hombre me abrió y me observó con sorpresa por encima de sus anteojos de grueso marco.

—Buenos días —dije—. Mi nombre es María de la Paz Noriega, soy escritora. —Extendí la mano y el hombre imitó el gesto sin dejar de escrutarme con aquellos ojos aumentados detrás del vidrio—. Estoy llevando a cabo una investigación para mi libro y necesito hablar con quien esté a cargo del lugar. —Ya estaba dicho, de repente había vomitado toda la información sin saber quién era la persona que estaba frente a mí.

—Aguarde aquí. —Desapareció detrás de otra puerta que pude vislumbrar desde el exterior donde me encontraba. Debí parecerle de poca confianza porque no me invitó a pasar.

Al cabo de unos minutos, que se me hicieron interminables a causa de mi ansiedad y del frío que me ocasionaba el viento que se había levantado, reapareció.

—Pase, la madre superiora la recibirá en un momento. —Lo seguí a través de varias puertas y pasillos, y acabé desorientada. Pensé en Manolo, esperando mis directivas, pero no podía volver atrás.

El interior del convento era oscuro y húmedo, había olor a velas y a encierro. Las piedras de esas paredes guardaban muchos secretos, pude sentirlo, como si horas distantes hubieran callado de repente.

A medida que avanzábamos sentía que me hundía más y más en un pasado remoto, transportándome a otro siglo. ¿Mi padre había estado ahí? Recordé sus escuetas palabras y, sí, era el convento de Nuestra Señora de la Perseverancia donde se había recuperado de sus heridas, donde le habían extraído el ojo lesionado en el frente, donde esa mujer le había dejado la nota.

Encontramos el reducto de la religiosa al final de un sinuoso corredor custodiado por varias puertas cerradas. Tras llamar a la puerta mi acompañante me franqueó la entrada.

El despacho era pequeño y mal iluminado, solo tenía un ventanuco en lo alto que apenas dejaba pasar la luz del día, un pequeño escritorio sobre el cual se inclinaba una figura, dos sillas y un ropero. Al escucharnos, la mujer se quitó los anteojos, masajeó el puente de la nariz y se puso de pie. Me miró; se la veía cansada e intuí que agradecía la pausa.

—Ya no tengo los ojos de antes para leer estos viejos registros —dijo por saludo, señalando el libro que se desplegaba en la mesa. Pude apreciar que se trataba de un añejo ejemplar gastado por el tiempo; sus hojas amarillentas escritas en tinta antigua gritaban pasado—. Soy Juana. —Extendió la mano, le di la mía.

—¿Usted es...?

—Sí, soy la madre superiora. —Sonrió—. No lo parezco, lo sé. —Su espontaneidad me arrancó una sonrisa.

—Soy María de la Paz Noriega.

—La escritora —completó ella—. Aunque tampoco lo parece, ¿verdad? ¿Quiere tomar un chocolate caliente? —ofreció—. Se nota que tiene frío.

—Me encantaría.

Una vez solas y frente a sendas tazas humeantes hablé sobre lo que había ido a buscar.

—Mi padre estuvo aquí, cuando la guerra.

—Ya veo... y usted quiere escribir su historia. —Clavó en mí sus ojos azul celeste.

—Sí y no. —Frunció las cejas y me apresuré a aclarar—: Estoy escribiendo una novela, pura ficción, no quiero escribir sobre la vida de mi padre.

—Pero... —me animó a continuar.

—Hay algo en su pasado que me gustaría descifrar y creo que aquí encontraré las respuestas. —El chocolate estaba delicioso, el calor se expandió por mi cuerpo.

—¿Su padre está de acuerdo? Quiero decir, él está...

—¡Oh, sí! Está vivo. —Sonreí ante su recuerdo—. Perdió un ojo, fue aquí mismo donde lo operaron... —Como no había respondido a su pregunta volvió a la carga con su mirada—. No se ha negado a que viniera, si eso es lo que quiere saber.

Sor Juana suspiró y buscó en su memoria.

—Aquí se amputaron muchos miembros y se sacaron muchos ojos... —Su mente parecía estar en el pasado—. ¿Está segura de querer remover viejos escombros?

—Quiero conocer mi historia.

—A veces es mejor dejar el pasado donde está. —Imité su estilo y clavé en ella la mirada—. Vaya, es usted muy insistente. —Sonrió y unos hoyuelos se dibujaron en sus blandas mejillas—. ¿Qué es lo que anda buscando?

—A una mujer, una enfermera, o voluntaria quizá.

—Hubo muchas mujeres que colaboraron... —Miró hacia el techo como si los recuerdos estuvieran suspendidos allí—. Las viudas venían de los pueblos cercanos... el hambre las traía. Este sitio fue cobijo de huérfanos y mutilados. Había días en que no dábamos abasto. —Posó de nuevo los ojos en mí y dijo—: Usted ha visto el paisaje que nos rodea, es hermoso. —Asentí—. Imagine el cielo atravesado por esos pájaros de la muerte, el humo de las explosiones, la devastación. —Me arrepentí de hacerle revivir esos momentos; pude percibir debajo de su carácter afable un hondo penar—. Lo más triste eran los chicos, buscando desesperados a sus madres...

—Madre Juana, lamento haber traído esto de nuevo.

Suspiró y bebió un sorbo de su chocolate.

Recordé los pocos relatos de mi abuela, mi madre era reacia a hablar de la guerra. Yo apenas me acordaba de nada, y mamá decía que era mejor así.

—¿Quién era esa mujer? —preguntó, volviendo a fijar su atención en mí.

—Ella cuidaba de mi padre, por lo poco que me contó estaba pendiente de él. —Por la mirada de Juana percibí que imaginaba alguna historia romántica entre ellos, algo que quise aclararle—. No, no es lo que está pensando.

—¿Acaso lee mentes? —Su ocurrencia me hizo reír.

—Mi padre nunca entendió el porqué del interés de esa mujer hasta que encontró una nota en el bolsillo, mucho tiempo después.

—Una nota de ella. —Asentí—. ¿Y qué le decía?

—Algo sin sentido, al menos para mí en ese momento.

—¿Y para su padre?

Reflexioné. Para mi padre era mucho. Había sido un bebé abandonado; quizá esa mujer sabía algo de su pasado, aunque a juzgar por su edad era poco probable. Mi padre me había dicho que ella era algunos años mayor que él, pero que no tenía los años suficientes como para ser su madre. ¿Sería su hermana, quizá?

Levanté los ojos; sor Juana seguía mirándome, aguardaba una respuesta. Le conté la historia de papá.

—¿Por qué insiste en hurgar en el pasado? Está visto que a su padre no le interesa saber más... ¿Es feliz? No me refiero a usted, sino a él.

—¡Oh, sí, es feliz! —Cuando terminé de asegurarlo con tanta firmeza, dudé. En verdad no sabía si mis padres eran completamente felices. ¿Cómo podía afirmar algo tan efímero como la felicidad?

—Veo que duda. —Esa mujer era sabia. Sonreí, apenas.

—Tiene razón, he dudado. Mis padres están muy unidos, se aman de verdad. —Al recordarlos, una lágrima se me enredó en los ojos—. Son compañeros, me parece la mejor definición del amor. Aunque en el fondo de sus miradas siempre hay un resto de tristeza, como si se les hubiera perdido algo en el camino. —Me sorprendí confesándole a una extraña mis más hondos sentimientos—. Durante mucho tiempo se lo atribuí a la guerra y sus secuelas, pero ahora... —Levanté los hombros—. Ahora no lo sé.

—Las pérdidas dejan su huella, querida mía. —Me palmeó la mano—. Debería plantearse si quiere remover antiguos recuerdos. ¿Qué les dirá si encuentra algo que los haga sufrir?

—Pensé que sería importante para mi padre conocer sus orígenes, ¿no cree?

—A veces es más sano permanecer en la ignorancia.

Pasaría un buen tiempo hasta que recordara esas palabras. ¡Cuánta razón tenía! No fui capaz de prever que ese pasado me arrastraría y me mostraría lo que con tanto celo habían ocultado. Pero mi curiosidad era mucho mayor que mi prudencia y quise seguir adelante.

—Quiero saber —dije.

Como si anticipara el vendaval, sor Juana meneó la cabeza e hizo una mueca.

—¿Cuál es el nombre de esa mujer?

Se lo dije.

CAPÍTULO 6

Convento de Nuestra Señora de la Perseverancia,
mediados de 1937

No había llegado sola. Junto con ella, otras mujeres a las que les habían puesto el sambenito de «rojas» habían escapado de sus casas en medio de la noche.

Alina había cargado solo un atado de ropa, la foto de su boda y las pocas pesetas que le habían quedado. Después, salió sin mirar atrás y se unió a sus vecinas, que además arrastraban hijos y jaulas; no iban a dejar a merced de los rebeldes las pocas aves que tenían.

Ocultas por un cielo oscuro, caminaron hacia el convento escondido entre las montañas, donde se susurraba que estaban acogiendo heridos republicanos. Quizá allí pudieran necesitarlas, o al menos darles abrigo.

Las recibió el encargado de los animales, que dormía en el cobertizo con un ojo abierto, arma en mano, listo para cualquier intromisión inoportuna.

Al escuchar los pasos sobre las piedras de la entrada, el hombre les apuntó con una escopeta, pero al ver que no eran más que mujeres y niños depuso su actitud. No iba a despertar al cura a esa hora, no hizo falta preguntar qué buscaban tampoco. Les dio cobijo entre unos fardos hasta que se hizo de día.

La llegada de las mujeres coincidió con la de una carreta que traía heridos de uno de los frentes.

A media mañana sor Viviana repartía órdenes entre las monjas y las recién llegadas por igual. Dos fueron destinadas a la lavandería; con tanta sábana manchada de sangre había que hervir las telas y aclararlas para que pudieran servir otra vez.

Alina y otra mujer, dado que ambas tenían aspecto de no asustarse con nada, fueron elegidas para incorporarse al séquito de improvisadas enfermeras. La crudeza de la guerra era tal que se sentían desbordados. No tenían infraestructura hospitalaria, apenas era un convento que se apiadaba de los caídos en batalla. Se había corrido la voz de que allí podían cuidar a los que no presentaban heridas de gravedad, pero con el correr de los días habían empezado a llegar lesionados de todo tipo. Había sido decisión de la madre superiora montar un hospital republicano en medio de zona franquista. Una verdadera locura.

Una de las religiosas había cuestionado su resolución.

—¿Pretende que los dejemos morir? Son hermanos también, bien lo sabe Dios.

La mujer la miró con gesto de reproche antes de decir:

—Si se entera el Generalísimo nos matarán a todos. —Y haciéndose la señal de la cruz había añadido—: Dios nos libre y guarde.

—¿Quién va a sospechar que aquí, en un convento perdido entre las montañas, hay heridos republicanos?

La monja omitió recordarle que entre los republicanos también había anarquistas y comunistas que incendiaban todo aquello que oliera a cirio pascual, pero prefirió callar; sabía que la decisión ya había sido tomada.

A falta de médico habían sido las mismas hermanas las que habían tomado la dirección de ese imprevisto hospital; hacían lo que podían, desde enderezar miembros quebrados hasta cortarlos.

Alina pensaba en su esposo, ¿cómo estaría? Temía verlo llegar en uno de esos carros que por lo general arribaban de noche y traían el dolor convertido en grito y palabras de desconsuelo.

Sentía pena por esos muchachos que lloraban ante la ausencia de una pierna o la muerte de un amigo. Alina les prestaba su oído y conocía sus historias. Nunca faltaba el que la confundía con una novia o una hermana, algunos deliraban presos de la fiebre y ella los dejaba creer. Tomaba sus manos y acariciaba sus frentes. ¿Qué mal podía hacerles?

Se compadecía de todos y por las noches, en las pocas noches que podía acostarse a descansar un rato, cerraba los ojos y soñaba con Tom. Lo veía herido, echado sobre una camilla en medio de la guerra, mientras de uno y otro lado se libraba la batalla. Las balas le sobrevolaban, él quería escapar, pero no podía, estaba atado a la esterilla.

Despertaba sudada y la realidad le decía que Tom estaba lejos, quién sabía dónde, librando su propia guerra. ¿Estaría bien?

¿Habrían vuelto para él las pesadillas? La noche de la despedida lo habían visitado y ella no había podido ayudarlo.

Recordó cuando él le abrió su corazón y le contó los orígenes de sus miedos.

—Júrame que nunca repetirás lo que te voy a contar —había pedido Tom antes de hablar. Y ella había jurado.

Le dolió su pasado y entendió su presente. Sus arranques de violencia estaban más que justificados, ¿qué hubiera hecho ella en su lugar? Pese a todo, Tom jamás le había levantado la mano a ella, su furia siempre iba dirigida a los objetos, nada se salvaba cuando el ayer acometía, furioso.

—Alina. —Sor Viviana la rescató del recuerdo—. Necesitamos su ayuda.

—Iré enseguida. —Dejó lo que estaba haciendo, guardó los utensilios de costura y la siguió por el estrecho pasillo. Pese a que la primavera estaba avanzada y faltaba poco para el verano, los muros de piedra continuaban fríos, como si anidaran un permanente invierno.

En silencio siguió a la religiosa que de vez en cuando se asomaba a alguna puerta y verificaba que todo estuviera en orden.

Cuando llegaron al ala norte del convento —podía identificarla pese al laberinto de corredores y puertas por ser la más iluminada—, sor Viviana entró en la sala que solían utilizar para las operaciones mayores.

Sobre la larga mesa de madera que otrora sirviera en el comedor había un hombre. Estaba adormecido, dedujo que le habían suministrado algo para alejar su conciencia. Era un sujeto joven y corpulento, tenía las ropas desgarradas, iba descalzo. Una venda ensangrentada le cubría los ojos.

—Este hombre llegó anoche, hemos mandado a buscar un doctor al pueblo —explicó sor Viviana—. No podemos hacer mucho por su ojo...

—¿Qué tiene en el ojo? —preguntó Alina acercándose.

—¡No le quite el paño! —advirtió la monja—. Es impresionante. —Alina la miró y por su gesto dedujo que era más grave de lo que creía. Ante la muda pregunta la religiosa agregó—: Le explotó una granada cerca, habrá que extirparlo.

—Entiendo.

—Ayúdeme a higienizarlo, no queremos que una infección se le meta por las heridas.

Entre ambas se pusieron manos a la obra y le quitaron la ropa. Las esquirlas habían impactado por todo su cuerpo y pequeñas lesiones habían marcado su piel. Con paños limpios lo enjuagaron lo mejor que pudieron, quedando expuestos los cortes mayores.

—Aquí habría que coser —dijo sor Viviana.

—Yo me encargo —se ofreció Alina.

En un primer momento Alina no distinguió las manchas; fue más tarde, tras la operación, cuando descubrió que ese hombre tenía esas marcas de nacimiento; una en el cuello y otra en el vientre. ¿Podía ser él? Tenía que averiguarlo, esperar a que despertara e indagar.

Los días que siguieron fueron duros para la recuperación del recién llegado, a quien tenían adormecido para que no sufriera tanto las secuelas de esa operación realizada con lo mínimo.

El doctor se había afanado en extirpar el ojo sin afectar el resto de sus órganos y tejidos; había estado operando durante casi cuatro horas. Después, había vuelto al pueblo y el herido había quedado a disposición de las monjas y las voluntarias.

Pasó un mes hasta que el «tuerto», como lo habían apodado algunas mujeres, despertó. No sabían quién era ni de dónde venía. El interrogatorio preliminar lo realizó sor Viviana, a quien le tocó la tarea de explicarle dónde estaba y qué le había ocurrido.

Alina no perdió el tiempo y se ofreció para ocuparse de él, pero, por mucho que intentó obtener información, Bruno Noriega no dijo nada. Solo pudo saber que era de Gijón.

Los días pasaban y Bruno se mostraba taciturno y de mal humor, no había manera de derribar sus defensas. Alina quería forzar una conversación que no llegaba; por momentos se sentía incómoda, no quería que él se formara una idea distorsionada de ella. ¡Lo último que quería era que él pensara que tenía interés amoroso! Pero necesitaba saber, quizá así pudiera aliviar esa pena.

Cuando Noriega empezó a deambular por los pasillos, adaptado a su media visión, Alina supo que pronto se iría. Estaba en una encrucijada; por un lado, quería decirle abiertamente lo que discurría por su mente, formular esa pregunta callada de manera directa, pero por el otro estaba de por medio su promesa.

CAPÍTULO 7

Convento de Nuestra Señora de la Perseverancia, 1956

—¿Alina? —La madre Juana me miró como si hubiera escuchado el nombre de un fantasma; luego descubriría que era así.

—Sí, Alina Valedor. ¿La recuerda?

—¡Cómo no recordarla! —Juana se puso de pie y se dirigió hacia la puerta. La imité, no sabía si me estaba echando o qué—. Salgamos —propuso.

La seguí por el pasillo interminable donde los ecos de un ayer parecían atrapados en las piedras. Sentí frío y lamenté no haber llevado otro abrigo.

La religiosa caminaba con pasos cortos y rápidos; ya me había perdido en ese laberinto de corredores —pensé en el Minotauro de Creta—, cuando al final vi la luz. Provenía de una puerta doble, abierta de par en par, que daba a un pequeño jardín cerrado.

—Mire estas rosas —dijo sor Juana acercándose a un capullo. Se agachó para olerlo—. Venga, acérquese. ¿Le gustan las flores?

—Sí —vacilé; en verdad nunca les había prestado demasiada atención—. Huelen muy bien.

—Este rosal está aquí desde hace más de veinte años... Ha sobrevivido al clima, a la falta de cuidados y a las guerras.

No entendía a dónde quería llegar con esa perorata; por respeto la escuché. Pensé en el pobre Manolo, esperándome fuera del convento, y en lo caro que me saldría ese viaje. ¿Y si mejor volvía a casa y me dejaba de hurgar en ese pasado que solo me interesaba a mí?

Pero había algo más poderoso, una extraña sensación en el cuerpo que me decía que tenía que seguir.

—Esta trepadora es más joven, pero también ha resistido, a pesar de que nadie la ha cuidado en todo este tiempo —continuó sor Juana—. Se preguntará a qué viene todo esto. —Giró y clavó en mí sus ojos inquisidores. Asentí—. A veces es la fuerza interior la que nos mantiene vivos. —Seguí sin comprender—. Y ese es el caso de Alina.

—No entiendo…

—La mujer que usted busca. —Una súbita corriente fría recorrió mi espalda, un estremecimiento inusual me tomó por sorpresa. Me abracé para aliviar la sensación.

—Volvamos dentro —dijo la religiosa, como si adentro hiciese más calor—. Tiene frío.

Recorrimos el largo pasillo y desembocamos en una sala también oscura, más amplia que el despacho anterior. El fuego ardía en un brasero que juzgué tenía tantos años como la primera piedra de ese convento.

—Siéntese. —Me ofreció una silla y ella lo hizo en un sillón de un cuerpo—. Alina está aquí. —Abrí los ojos y un «ah» se me escapó de la boca—. Nunca se fue después de la guerra. —No supe qué decir; no esperaba que esa mujer que podría tener relación con el origen de mi padre estuviera tan cerca, detrás de alguna de aquellas paredes de piedra.

—¿Está aquí? —repetí como una boba.

—Así es.

—Me gustaría verla, hablar con ella. —Apreté mi cartera donde tenía su nota, esa nota que había abierto la compuerta de las dudas y mis ganas de saber.

—Hoy no será posible —dijo Juana para mi sorpresa.

—Pero… acaba de decirme que Alina está aquí. Necesito hablar con ella.

—Querida mía, ella no puede recibir la visita de una extraña así, sin prepararse.

—No lo comprendo. —Me incliné hacia adelante, acercándome a ella, como si esperara una confesión.

—La pobre mujer no quedó bien después de lo que pasó con su esposo; su razón a veces está en tinieblas.

—¿Enloqueció? —No sabía qué había ocurrido con su marido, pero podía suponerlo; la guerra seguramente lo habría devorado a él también, como a tantos otros. Pensé en mi tío Marco, de quien sabía poco y nada.

—No, no al punto de la locura. Tiene sus momentos de lucidez, pero recibir a alguien de repente no sería bueno para ella. —Sor Juana se recostó sobre el respaldo—. Fue una gran colaboradora durante la contienda, y cuando… cuando pasó lo que pasó, decidieron que se quedara aquí, al cuidado de las monjas.

—¿Decidieron? ¿Quiénes?

—Sus cuñados… —Bajó la vista—. La guerra se llevó al resto.

—Lo siento —murmuré.

—Alina es una mujer fuerte, pero a veces su mente es un embrollo… Divaga bastante, pobrecilla.

—Me gustaría verla de todas formas.

Juana suspiró y sentí que sus ojos me estudiaban.

—Llegará lejos, jovencita. Usted sí que sabe insistir.

—No sé cómo explicarle, madre, pero siento que hay cosas que debo averiguar. —Me llevé las manos al pecho como si allí nacieran mis emociones—. No pierdo nada con intentarlo.

—No se trata de lo que usted pierda, sino de lo que a ella pueda ocasionarle. —Me avergoncé por mi egoísmo; en ningún momento había pensado en Alina, solo quería indagar sobre esa nota y su significado.

—Lo siento —formulé a modo de disculpa.

—Alina no está acostumbrada a recibir visitas.

—¿Los familiares no vienen a verla? —pregunté con asombro.

—Al principio venían, en especial una de sus cuñadas; llegaba con su pequeña hija y le decía que saludara a esa tía tan extraña.

—¿Y ella las reconocía?

—Sí, claro, se alegraba de verlas. —Juana se alzó de hombros—. Después dejaron de venir.

Me dio pena por Alina, olvidada entre esos fríos muros de piedra. Me puse de pie; no me sentía con ánimos de seguir insistiendo, al menos no ese día. Tenía que liberar a Manolo, pues habían pasado ya casi dos horas desde nuestra llegada. Lo mejor sería pedir a la madre superiora los datos sobre la familia de Alina; tal vez ellos pudieran ayudarme. Juana se levantó también y me acompañó hacia la salida. Afuera me sorprendió que el sol brillara en medio del cielo despejado, era un hermoso día.

—Vuelva el miércoles —dijo la religiosa para mi sorpresa. La miré con mezcla de asombro y gratitud—. Me ocuparé de que Alina esté preparada para recibirla.

CAPÍTULO 8

Pola de Lena, 1901

El embarazo de Alicia estaba avanzado. Faltaba poco para que diera a luz y seguía lavando ropa ajena, remendando y cocinando en casa de los más pudientes porque Omar seguía sin conseguir un trabajo estable. Lo poco que traía se lo gastaba en vino, pese a las protestas y consejos de su esposa.

—Omar, querido, deja ya de beber… no te ayuda para nada —le decía cada día. Pero él no le respondía como ella deseaba; el alcohol era su refugio, su madriguera, donde el tiempo pasaba sin que él se diera cuenta.

Cuando Omar bebía, caía en el sopor, se volvía torpe, las palabras resbalaban de sus labios y su mirada se entristecía. Se quedaba horas en la cama, a veces con la vista perdida en algún pasado desconocido, otras durmiendo.

«Al menos no es violento», se consolaba Alicia.

—Ve a despertar a tu padre —solía pedir; del otro lado la respuesta era siempre la misma: no es mi padre.

Alicia se debatía entre esos dos amores, porque bien sabía que la relación entre ambos era nula. Ella había intentado que Omar ocupara el vacío que había dejado su anterior esposo, pero no lo había logrado. La familia que había soñado se desintegraba. Deseaba que el bebé en camino cambiara las cosas.

Justificaba la falta de trabajo de Omar. «No ha tenido suerte», pensaba. Ella, como su esposa, tenía que apoyarlo, ya vendrían tiempos mejores. Pero ahora que el embarazo le impedía el esfuerzo y que pronto habría otra boca más para alimentar, tenía miedo.

Cada vez que salía de la casa lo hacía con un nudo en el estómago, dejaba atrás unos ojos color miel que ya no suplicaban que se quedara. Ojos que en el fondo anidaban un profundo rencor que ella no quería ver.

Más allá de ese mudo reproche, se iba confiada en que pronto las cosas cambiarían; la esperanza era su faro, su guía.

Nunca fue capaz de imaginar que cuando sus pasos de pies hinchados la alejaban de la casa, adentro un monstruo se erguía sobre la cama para ir tras la presa que, indefensa, solo era capaz de temblar. Mientras Alicia lavaba la ropa ajena conteniendo la respiración en cada contracción anticipada, la lana del colchón se humedecía de lágrimas y sudor, de fluidos y horrores callados.

La primera vez había sido hacía ya unos años y las amenazas habían surtido efecto; nadie quiere ver a su madre degollada. La visión del cuello desgarrado y la sangre fluyendo la vida había sido demasiado horrenda en la mente infantil. Prometió callar y lo hizo. La infancia se borró de un solo golpe y sembró de oscuridad la mirada color miel. A partir de ese día, su vida dio un vuelco y, pese a que quiso, no pudo detener la adolescencia en el cuerpo. Esa adolescencia que revolvía su sentir y transformaba su humanidad. Esa adolescencia que le hizo sentir el espanto. Después venían la culpa y la suciedad del alma, la vergüenza y el odio que iba creciendo como el vello que vestía su piel.

El día que Alicia rompió aguas el patrón fue a avisar a la casa. Tuvo que sacar al marido de la cama donde dormía la siesta tras haberse agotado en sus prácticas sexuales. Sin una pizca de culpa, Omar soportó la mirada de reproche de su vecino, se vistió tranquilo y antes de salir buscó con la mirada al objeto de sus deseos. Al no verlo, se fue sin siquiera dejarle una nota.

Desde lo alto de un árbol, los ojos miel siguieron a las figuras que se alejaban en el carro, adivinando la noticia. ¿Qué hacer? El nuevo integrante de la familia llegaría en pocas horas. Una furia repentina se instaló en su mirada y supo que tenía que tomar una decisión. ¿Pero cuál? Descendió, entró en la casa y aprovechó la soledad para asearse; siempre después del acto salía corriendo a esconderse, no fuera a ser que Omar quisiera repetir. Muchas veces había llegado a la cocina y tomado el mejor cuchillo, el que su madre utilizaba para destripar conejos, cuando tenían la dicha de conseguir alguno. Con él en la mano se había asomado a la habitación donde su padrastro dormitaba después del placer. Se había aproximado con sigilo, los ojos púrpuras de odio, con ganas de matarlo, de clavar el puñal en la carne y hundirlo hasta ver que se quedaba sin vida. Reírse en su cara desfalleciente era lo que más había soñado, esa fantasía se repetía en sus noches de congoja.

Las pesadillas recurrentes interrumpían el descanso, el temor se manifestaba en su inconsciente, pero la madre era incapaz de ver las ojeras oscuras que bordeaban sus ojos hundidos.

Esa noche la familia no volvió a la casa. Desde su lecho de parto, Alicia preguntaba dónde estaba; Omar la tranquilizaba diciéndole que se había quedado para recibirlos cuando regresaran con el nuevo integrante. El nacimiento había sido en la casa del patrón, quien la apreciaba demasiado como para dejarla ir en su estado. Él mismo había costeado los gastos de la comadrona y la había invitado a quedarse a pasar esa noche. A Omar le había dado un lugar en el cobertizo; no lo quería dentro de su hogar. Entre hombres se habían entendido a la primera mirada y ambos repelían la presencia del otro. Pero no era momento de altercados, y los dos decidieron disimular.

Al día siguiente, Alicia regresó a su nido montada en el carro de su patrón conducido por uno de sus empleados. Cargaba en sus brazos un bebé rozagante de vida y profundos ojos negros. El parto había sido largo y doloroso, el niño era grande y había costado sacarlo, pero la pericia de la partera había logrado el triunfo. Enseguida se había prendido al pecho, donde la leche tibia manaba cual manantial. Pese a los dolores y el sangrado, la madre estaba feliz con ese nuevo integrante; ahora sí serían una familia de verdad, ese era su sueño, que sus dos hijos se amaran y se criaran juntos. Tenía la íntima esperanza de que el bebé acercara los vínculos, que tendiera lazos y que la palabra «papá» fuera moneda corriente en la casa.

Y también que ese niñito de apenas unas horas de vida trajera un pan debajo del brazo porque si Omar no encontraba con qué llenar la olla, en pocos meses, caerían en la miseria.

Trabajando duro había conseguido ahorrar algo, pero sabía que no duraría demasiado.

A medida que se acercaban a la casa el pecho se le oprimió. Vista desde la distancia era una cabaña torcida hacia un costado, oscura y sin vida. Las plantas que otrora la bordeaban se habían marchitado y ni siquiera los perros se habían quedado. Una opresión horrible le apretó el corazón y percibió que algo no andaba bien. Miró a su esposo, que, indiferente, fumaba un cigarro, y sintió que estaba frente a un desconocido. Hacía tiempo que no conversaban como antes, ni siquiera tenían gestos de cariño. ¿Qué había pasado que ella no se había dado cuenta? Posó sus ojos plenos de amor en el bebé que dormía entre sus brazos y sonrió. Volvió la vista hacia el hogar que ya no parecía tal, buscando a su otro amor; quizá los estuviera esperando en la puerta, pero tampoco estaba.

Cuando llegaron, Omar la ayudó a descender y se despidieron del hombre que los había guiado.

El silencio de la vivienda era profundo. Alicia pidió a su esposo que abriera las ventanas. Se sentó en la mecedora que había conservado desde el primer embarazo y le dio de mamar al bebé. Una figura delgada y larga se recostó en el umbral, los ojos miel se cruzaron con los de la madre; los primeros permanecieron fijos en la criatura, los segundos se llenaron de lágrimas.

—Ven a conocer a tu hermano.

Omar se había sentado también, los miraba a los tres; parecía orgulloso de su hijo varón.

—Ven —insistió la madre.

—¿Cómo se llama? —preguntó con voz trémula mientras se agachaba para apreciar los rasgos de su hermano.

Justo en ese momento Alicia advirtió que no le habían puesto un nombre. Miró a su esposo y le formuló una muda súplica. No era mala la idea que se le acababa de ocurrir para unir a esos hermanos.

—Aún no tiene nombre. ¿Quieres elegirle uno? —dijo Alicia.

—Jesús —dijo enseguida. «Y que él nos salve», pensó.

CAPÍTULO 9

Burgos, 1956

De vuelta en la pensión me di cuenta de que tenía hambre. El día anterior le había dicho a Delia que no iría a comer y no me había guardado nada.

Me tiré en la cama y estiré las piernas; mi estómago empezó a gruñir pidiendo alimentos. Miré a mi alrededor; no había nada, tenía que salir.

Mientras me calzaba de nuevo sonreí ante el recuerdo de Manolo. El buen hombre no me había cobrado las horas de espera, solo el trayecto, pero lo había hecho bajo la condición de que cuando volviera al convento lo hiciera en su coche. Me había dejado una tarjeta con su teléfono, así podía llamarlo para concertar el viaje.

Salí a la calle y me metí en la taberna de la esquina. No sabía de la calidad de su comida, pero tenía necesidad de alimentarme cuanto antes; cualquier bocadillo me vendría bien.

Sentada junto a la ventana saqué mi cuaderno y empecé a tomar nota de los pocos datos que había recabado sobre Alina. Su esposo, ¿cómo habría muerto? Quizá pudiera encontrar a su cuñada, o a su sobrina, y conversar con ellas. Advertí mi primer error: no había pedido sus nombres. Aunque sor Juana había dicho cuñados, en plural, debía haber más gente a la que contactar. Formulé preguntas que debería ir completando a medida que avanzara en la investigación.

Cuando me trajeron la comida cerré el cuaderno y me dediqué a observar por la ventana. Era distinta una ciudad sin mar, el aire olía diferente. Me di cuenta de que en todos los trayectos que había hecho siempre estaba buscando la costa, como si fuera a descubrirla detrás de alguna esquina, escondida en un recodo. Advertí que me gustaba mi propia ciudad, con su paseo costero, sus arenas doradas y sus orillas blancas de espuma.

Terminé mi tardío almuerzo y escogí otra página de mi cuaderno para volcar en él mis emociones. Sentía nostalgia.

Al salir busqué un teléfono y llamé a mi madre.

—¿Cómo estás? —preguntó con voz que denotaba su preocupación por mí. Era la primera vez que me iba de casa, y encima sola.

—Estoy bien, madre. ¿Cómo está todo por allí?

—Estamos bien, pero te echamos de menos. —Cerré los ojos, de repente me sentía angustiada.

—¿Y papá? —Siempre tuve mejor relación con mi padre que con mamá… cosa extraña, porque ella había sido la más permisiva de ambos; era él quien me ponía los límites. Quizá por eso lo admiraba. Sabiendo que yo era la luz de sus ojos, de su único ojo en realidad, papá podía ser inflexible ante mis caprichos de infancia. En cambio, mamá era más fácil de convencer.

—Preguntando por ti todo el tiempo, que si has llamado y que cuándo vendrás a casa. —Sabía que era un reproche velado y una pregunta.

—Dígale que sigue siendo mi pirata preferido. —A la distancia la imaginé sonriendo.

—Y tú nuestra princesa. ¿De veras estás bien? Te noto algo… nostálgica.

Sonreí al escucharla y una lágrima se me escabulló. ¡Cómo me conocía mi madre!

—Estoy bien; ya escribí un capítulo, mi investigación avanza.

—Pues ten cuidado con lo que traes… Sabes que tu padre no quiere remover el pasado.

—Lo sé.

Nos despedimos bajo mi promesa de telefonear más a menudo y volví a la pensión. Delia me recibió con un sobre en la mano.

—Dejaron esto para usted.

—Gracias.

Sin darle explicaciones me dirigí a mi cuarto. Sobre la cama lo abrí; era una nota del director de la radio.

Srta. Noriega:

Alguien respondió al aviso. Cuando pueda pasar por la radio le contaré.

Atte.,

Juan de la Riviera

Me dispuse para volver a salir, aunque pronto oscurecería, pero no quería perder tiempo.

Delia me miró con cara de recriminación, pero no dijo nada. Le dediqué una sonrisa y partí.

Tomé un taxi y en unos minutos estaba en el paseo del Espolón. Caminé hasta el Teatro Principal de Burgos y entré en la oficina donde funcionaba la radio.

—Señorita Noriega —dijo el hombre de la entrada poniéndose de pie—. Avisaré al señor De la Riviera que está usted aquí.

—Gracias.

Mientras esperaba miré hacia afuera, el lugar era hermoso. El sol caía y sus reflejos rojizos teñían la superficie de los paseos peleando con la sombra que avanzaba.

—Bienvenida, señorita Noriega. —La voz a mi espalda me anunció la llegada del director. Giré y me encontré con una mirada sugestiva, distinta a la de la vez anterior. Quizá creyera que por hacerme un favor lograría de mí algún tipo de actitud complaciente. No me conocía.

—Señor De la Riviera. —Nos dimos un apretón de manos—. Recibí su mensaje.

—Claro, adelante, pase a mi oficina. —Se situó detrás de mí y me escoltó.

En su despacho, que lucía desordenado, me ofreció asiento y después lo hizo él.

—Aquí está. —Tomó un papel y lo desplegó—. Esta mañana se presentó una mujer que dijo tener datos de Alina Valedor. Dejó su dirección, vive en un pueblo cercano. Al parecer vino a la ciudad por otros trámites y se acercó hasta aquí.

—Veo que sus programas tienen gran alcance entre la población. Lo felicito. —Me daba cuenta de que era un hombre al que le gustaban los halagos.

—Me preocupo de que se ofrezca una gran variedad, hay para todos los gustos. —Tomó el papel donde supuse estaban los datos de esa mujer y lo extendió hacia mí—. Covarrubias está a unos cincuenta kilómetros de aquí. Es un viaje largo para que lo realice una mujer sola. —Me miró y sus ojos insinuaban mucho más de lo que su caballerosidad decía—. Me ofrezco para acompañarla, puedo llevarla en mi coche.

—Es usted muy amable, señor De la Riviera —dije mientras me hacía con el papel antes de que se arrepintiera—, pero ya tengo quien me acompañe, no se preocupe. —Sabía que esa frase le generaría intriga; mejor así.

—¡Oh!, entiendo.

Me puse de pie dando por finalizado el encuentro. Él me imitó. Sin palabras salimos del despacho. En el vestíbulo se encontraba Antón Navarro, quien clavó los carbones de sus ojos en mí y recorrió mi cuerpo con descaro. Esta vez tenía, además del ojo morado, el labio partido e hinchado. Me pregunté qué clase de problemas tendría ese hombre para aparecer siempre con marcas de golpes.

—¡Antón! —dijo De la Riviera palmeando su hombro—. Veo que otra vez…

Navarro no lo dejó continuar:

—Hola, Juan —dirigiéndose a mí agregó—: Buenas tardes, señorita Noriega.

—Buenas tardes —respondí. Me volví hacia De la Riviera y me despedí extendiendo la mano—. Muchas gracias por lo que ha hecho por mí.

—Vuelva cuando quiera. —Apretó mis dedos y sonrió con un gesto demasiado empalagoso.

Salí sin advertir que Antón también se iba. Se me puso a la par y encendió un cigarrillo.

—¿Quiere? —ofreció. Rechacé con un gesto—. Me enteré de que tiene que ir a Covarrubias; mi familia es de allí.

—Vaya, veo que no hay demasiada privacidad por estos lados.

—Si le interesa saberlo, yo leí su anuncio en la radio y lo hice reproducir en todos los programas.

—Creí que...

—De la Riviera no iba a hacerlo; él solo quería que usted volviera una y otra vez preguntando.

—¿Y por qué haría una cosa así? —pregunté, inocente. Antón largó una carcajada y me sentí tonta.

—¡Pues para verla! —Se detuvo y me miró, con una media sonrisa entre divertida y burlona—. A él debe parecerle bonita.

Elevé las cejas, incrédula ante tamaño desparpajo.

—¿Y usted qué cree? —De inmediato me arrepentí y sentí que el rubor me teñía la cara. Ese hombre me gustaba mucho, pero estaba casado; no debía jugar con fuego.

Estábamos frente a frente sumidos en la penumbra. Sin darme cuenta se había hecho de noche y los árboles del paseo nos rodeaban. Podía ver el brillo de sus ojos y los dientes blancos que escapaban de esa boca que yo deseaba.

—Yo creo que es usted una joven muy linda, pero valoro mucho más a una mujer inteligente. —Le dio la última calada a su cigarro, lo tiró al suelo y lo aplastó con el pie. Permanecía inmóvil, como hechizada—. Y ahora no lo está siendo.

Me enfrenté a él con la mirada y supe que me estaba perdonando la imprudencia. La tensión entre nosotros se cortaba con un suspiro; sin embargo, presentí que él no iba a hacer nada que pudiera ponerme en riesgo. Pese a su aspecto de matón a causa de su cuerpo y las marcas de su rostro, era un caballero.

—Será mejor que me vaya —dije, y la voz me salió temblorosa.

—La acompañaré, no es seguro que ande sola.

Asentí en silencio; ese hombre me ponía muy nerviosa. Traté de concentrarme en los datos del papel que llevaba en mi cartera. Quizá encontrara una pista más sobre Alina Valedor que me acercara a la infancia de mi padre.

Cuando salimos del paseo del Espolón Antón enfiló hacia un vehículo que estaba estacionado. Me frené en seco.

—Es mi coche, te llevaré hasta la pensión. —De repente me tuteaba. Abrió la puerta del lado del acompañante y como hipnotizada subí.

Hicimos el viaje sin decir palabra; su cercanía me alteraba, todo él causaba en mí un estado de excitación constante. Quería llegar por fin y alejarme de él.

Lo miré de reojo, iba concentrado. Admiré su perfil anguloso, los nervios de sus brazos y la firmeza de sus manos apretando el volante. Las imaginé acariciándome el cuello y un intenso calor se apoderó de mí.

—Mañana iré a Covarrubias —interrumpió mis pensamientos—. Si quieres puedo llevarte. Quizá me quede hasta el domingo, pero conseguiré quien te traiga de vuelta. —Entonces caí en que el día siguiente era viernes, de modo que él pasaría el fin de semana en el pueblo. Tal vez su mujer estuviera allí y a causa de su trabajo él vivía en la ciudad—. ¿Qué dices?

Respondí sin pensar:

—Acepto.

Antón pasó a buscarme por la pensión a media tarde. El día estaba algo nublado y el frío se hacía sentir. Esperaba que la mujer a la que iba a ver estuviera en su casa; solo tenía un nombre y una dirección. El paisaje era precioso, una mezcla de colores me acariciaba la vista.

—Deduzco que no conoces el pueblo —dijo Antón.

—No, no he viajado mucho.

—Covarrubias parece detenido en el tiempo —explicó—, es un pueblo medieval. Hay mucho para ver, aunque sé que no vas de paseo.

—No. ¿Tú sí? —Me animé a preguntar.

—Compromisos varios.

Estaba claro que no iba a contarme para qué iba, lo cual aumentaba mis sospechas de que iba a ver a su mujer.

—Cuando vuelvas con tiempo podrías recorrerlo. Hay sitios muy bonitos a la vera del río. La ciudad estuvo totalmente amurallada hasta que una peste la asoló y se mandaron derribar algunas murallas —explicó Navarro— para que el viento barriera con la enfermedad.

—¿Y dio resultado?

—No lo sé. Ahora se conservan solo algunos muros en el lado del río y otros en el interior de la ciudad.

—¿Vienes a menudo?

—No tanto como quisiera. —Fijó sus ojos en el camino y por el tono de su voz intuí que nuestra conversación había terminado.

El cielo había oscurecido de repente, unas nubes enormes cubrían todo. Supe que la tormenta caería sobre nosotros enseguida.

No me equivoqué. Al rato, gotas gigantes golpeaban contra el parabrisas y dificultaban la visión. Antón debió advertir mi nerviosismo porque dijo:

—No te preocupes, estamos cerca.

Y así fue. Al recodo del camino apareció el pueblo. Entramos en él cuando el diluvio estaba en su máximo apogeo. No pude apreciar mucho debajo de la cortina de agua. Lamenté no haber llevado un paraguas; seguro que me empaparía al bajar.

Antón condujo con pericia pasando por varias plazas y callecitas tortuosas.

—¿Quieres presentarte ahora en casa de esa mujer o prefieres esperar a que amaine?

No supe qué responder. ¿Qué haría si no? Como si me leyera la mente agregó:

—Puedo llevarte a casa de mi familia mientras tanto.

¿Me presentaría a su esposa? La idea me parecía inapropiada, pero a la vez me causaba intriga. Sin pensar respondí:

—Creo que será lo mejor.

Dobló por una callejuela angosta que parecía sacarnos del pueblo y las casas empezaron a espaciarse. El empedrado había desaparecido y noté que el coche se balanceaba más de lo conveniente, íbamos sobre tierra, cada vez más blanda a causa de la lluvia.

—Ya casi llegamos —anunció tomando una pequeña loma. Temí que no la subiríamos, pero finalmente mi acompañante lo logró. Detuvo el motor.

Al frente había una casa alargada y baja, totalmente construida en piedra. Tenía dos ventanas y de la chimenea salía humo. La rodeaban unos árboles flacos y de pocas hojas, y a un costado divisé un corral vacío. A la derecha se veía un cobertizo con las puertas abiertas de par en par, pero la lluvia impedía ver más allá de la cortina de agua.

—Vamos —dijo Antón mientras me ofrecía una manta que sacó del asiento trasero—. Cúbrete con ella.

Sin darme tiempo a replicar bajó y corrió alrededor del coche para abrirme la puerta. Quise taparlo también, pero rechazó el refugio y me empujó ligeramente hacia la entrada.

Sin golpear siquiera abrió la puerta y entramos. Lo primero que sentí fue el olor a sopa caliente y a algo más que no supe definir.

La estancia era grande, parecía ocupar todo el frente de la vivienda. Estaba vacía. A la derecha, el hogar encendido custodiaba dos sillones hechos en madera, bastante rústicos, cubiertos por frazadas tejidas con varios colores. A la izquierda había una mesa larga y sillas. Varios tapices colgaban de las paredes, todos eran paisajes coloridos; me pregunté quién los habría bordado. Unas flores morían en un jarrón que había sobre el saliente del hogar; quizá el calor las había vencido. ¿A quién se le había ocurrido poner un florero allí?

De algún lado apareció un gato gris que se frotó en mis piernas logrando que me asustara.

—¡Pero si es Angelito! —dijo Antón agachándose para tomarlo en sus manos. Lo acarició un momento y luego lo bajó al suelo. Satisfecho, el felino volvió a su escondite—. Acércate al fuego, debes tener frío; seguramente te has mojado los pies.

Miré hacia abajo; tenía razón. Mi calzado se había mojado en el corto trayecto del coche a la casa.

—Ve —repitió—. Volveré enseguida.

Mientras él se perdía detrás de una puerta que no había visto me acerqué al hogar y me calenté las manos. ¿Qué estaba haciendo allí? En casa de un desconocido, en un pueblo medieval buscando a una mujer que a nadie le importaba excepto a mí.

El ruido de unos pasos me hizo girar. Allí estaba Antón en compañía de una mujer, una bella mujer. Sentí una opresión en el pecho y quise huir. Ella era un poco más baja que él, de piel blanca y cabellos castaños. Sus ojos eran también oscuros, pero una chispa parecida a la felicidad los alumbraba. Me sonrió mientras avanzaba hacia mí y justo en ese momento advertí su vientre: estaba embarazada.

—Bienvenida —dijo—. Soy Sara. Antón me ha dicho que te quedarás hasta que pase la tormenta.

—Hola, sí... bueno, no quiero ser una molestia —balbuceé.

—Los amigos de Antón son mis amigos. —Giró para volver a la cocina, deduje, dado que llevaba un delantal y un trapo en la mano—. Ven, estoy terminando la cena —me invitó. No tuve más opción que seguirla; pensé que aún era temprano para cenar.

De camino vi que la casa tenía otras habitaciones y Antón se perdió en una de ellas.

Sara me pidió que revolviera una olla donde se hervía un guiso. Obedecí mientras ella se ocupaba de terminar un postre a base de natillas. No sabía de qué hablar; el silencio me ponía incómoda, aunque ella parecía de lo más contenta, como si estuviera acostumbrada a recibir amigas de su esposo. No me cabía duda de que Antón era su marido: lucía en la mano un anillo igual al que tenía él.

—Me dijo Antón que eres escritora. —Me sorprendió que en el escaso tiempo que me había dejado sola frente al hogar le hubiera contado tanto.

—Así es.

—Qué bonito debe ser tener tanta imaginación —dijo—. Toma, lleva los cubiertos a la mesa. —Me entregó cuatro platos; me pregunté quién más comería.

Mientras los repartía miré por la ventana; oscurecía. Rogué para que la tormenta amainara; quería irme de allí cuanto antes.

Unos pasos y una conversación anunciaron la entrada del cuarto comensal. Venía del brazo de Antón y era una anciana.

—Ella es mi abuela María —informó él.

Dejé los cubiertos y me acerqué. La señora extendió las manos para que yo las tomara y me sonrió.

—De modo que tú eres amiga de Antón. —Había ilusión en sus ojos, tan oscuros como los de su nieto; no supe qué decir—. Vaya que es bonita —añadió guiñándole un ojo.

Sentí que el rubor otra vez se adueñaba de mí. ¿Qué le pasaba a esa gente? ¿A nadie le molestaba que un hombre casado apareciera con una amiga en la casa?

—Ven, querida —continuó la abuela—. Ayúdame a sentarme.

Tomó mi brazo y me condujo hacia la silla que estaba en la cabecera de la mesa.

Sara apareció con la olla humeante y la ubicó en el centro. Le pidió a Antón que sirviera mientras ella iba en busca del pan.

Resultó ser un guiso de alubias rojas, chorizo, costillas adobadas y tocino. El suculento plato sumado al vino que me sirvieron acabó con el frío que subía desde mis pies mojados.

La conversación se tornó difusa y empecé a sentir sueño. Miré hacia la ventana; el diluvio era cada vez más intenso. No recuerdo qué más pasó, las imágenes son confusas.

Cuando desperté estaba acostada en el sillón frente a la chimenea. Estaba tapada con una manta tejida. Vi que mis zapatos estaban en el suelo, me dolía la cabeza. Me incorporé a medias; la luz del día se había ido. ¿Cómo había dormido tanto? El fuego crepitaba en el hogar y se oía el ruido de la lluvia y el viento.

Me levanté, algo mareada, y busqué mi cartera. La encontré encima de la mesa pequeña que había a un costado. La abrí; temía que me hubieran robado, pero estaba todo. Tenía que irme, era una locura lo que había hecho. Dejar que un desconocido me llevara a ese pueblo y luego a su casa.

Con sigilo me puse el abrigo y los zapatos, y me dirigí a la puerta.

Estaba por alcanzar mi objetivo cuando una voz me detuvo:

—¿Te vas a escapar en medio de la noche?

Antón estaba detrás de mí; pude sentir su presencia aun sin verlo. Giré. Iba descalzo, cubierto apenas por un pantalón, llevaba el torso desnudo. Sentí un escalofrío al imaginar mis manos sobre su pecho; también envidia al saberlo junto a Sara.

Avanzó y yo retrocedí hasta que la puerta contra mi espalda me detuvo.

—Si quieres irte no voy a detenerte. Pero ¿a dónde vas a ir bajo la lluvia a las diez de la noche?

—Yo...

—¿De qué tienes miedo? —Dio un paso más y me pegué a la puerta. Su cercanía era lo que me provocaba miedo.

—No tengo miedo, solo que no sé qué hago aquí.

Antón rio. Pude ver sus dientes blancos al reflejo de la poca luz que desplegaba la caprichosa luna.

—¿Debo explicártelo? —No entendí su broma y moví la cabeza en señal de intriga. Debí parecerle muy tonta porque se alejó unos pasos—. Vuelve al sillón y duerme. Mañana te llevaré a casa de esa mujer.

Se dirigió hacia la puerta por donde había entrado y, al ver que no me movía, agregó:

—¿Quieres que te tape?

Avergonzada y furiosa fui hasta mi improvisada cama y me acosté. Tardé mucho en dormirme, horas; no podía quitarme su imagen de la cabeza.

CAPÍTULO 10

Alrededores de Burgos, 1903

La familia Castro era grande, grande y bulliciosa. En el pueblo los conocían como «los Castro» porque era imposible recordar los nombres de todos, muy parecidos. Los abuelos aún vivían y recibían todos los domingos a sus hijos y nietos. Sacaban los tablones al patio y festejaban lo que hubiera que festejar, y si no había nada especial, celebraban el hecho de estar juntos y sanos.

Tomás había llegado el último, aunque ya tenía diecisiete años. Después le seguían los ocho hermanos: Juan José, como el abuelo, José Miguel, como el abuelo materno, Miguel Ángel, como el padre, Ángel Ramón, como el hermanito muerto en cuanto nació, Fermín, nacido el 7 de julio, Raimundo, cuyo nombre no tenía un porqué, y las niñas: Teresa, como la madre, y Eulalia, como la comadrona que la había traído al mundo.

Muchos primos y primas, tíos y tías, más los agregados que aparecían, seducidos por la alegría de esa familia, y se quedaban, pasando a ser tíos y primos postizos.

La adolescencia de Tomás era especial, distinta a la que veía en los demás muchachos. A él le faltaba esa chispa de travesura que caracterizaba al resto y a menudo doña Teresa se encontraba preguntándole qué le ocurría. La respuesta era siempre la misma: nada.

A la madre le preocupaba ese chico que escondía detrás de sus ojos algo que nadie podía discernir; después de tantos hijos advertía que algo no andaba bien con él. Cuando el muchacho se daba cuenta de que lo estaban observando cambiaba su actitud y se unía a las locuras desenfrenadas del resto.

Con quien más congeniaba Tom era con Raimundo porque era quien estaba más cerca en edad, dado que tenía veinte. Los demás eran mayores y con las hermanas tenía un vínculo más distante, quizá porque no sabía cómo tratarlas.

Con Raimundo se ocupaban de los animales. Después de recoger los huevos que las caprichosas gallinas dejaban aquí y allá se alejaban con las cabras y los perros. A menudo se detenían a la sombra de algún árbol a la vera de un arroyo, brazo del río que pasaba cerca. Se tiraban a mirar el cielo y a fumar a escondidas del padre.

A veces Raimundo le hacía preguntas que Tom no quería responder; entonces el mayor cambiaba de tema y volvía a la carga con el asunto de las mujeres.

—Deberías iniciarte, Tom. —Era su reiterado discurso.

—Ya llegará el momento. —Al responder, Tom se ponía rojo de vergüenza; de solo pensar en el sexo sentía que la sangre le hervía.

—Mira que Lola anda loca por ti. —Se refería a la hija del carbonero.

—Pues que ande...

—Cuando le tomes el gusto... —anticipaba Raimundo—, ya no querrás hacer otra cosa.

Pero Tom no respondía.

Una noche los hermanos, preocupados por su falta de iniciativa, le tendieron una emboscada. Con la excusa de un festejo de cumpleaños de uno de los amigos, a quien Tom había visto solo una vez, y ante la insistencia de la madre, que quería que el muchacho tuviera una vida normal, se dejó conducir al pueblo.

Resultó ser que el festejo no era tal. En lugar del cumpleañero, Tom se encontró a solas en un granero con la joven Lola, que acababa de estrenar su voluptuoso cuerpo a manos de la mayoría de los muchachos del pueblo.

—Tiene la fiebre allí abajo —se rumoreaba.

Los hermanos lo metieron engañado y cerraron la puerta, trabándola por fuera con un listón de madera.

Al advertir la treta, Tomás quiso escapar, aun si con su actitud hería los sentimientos de la muchacha, que lo aguardaba con una seductora sonrisa en los labios. Pero sus puños no pudieron con la resistencia del portón.

—No tengas miedo —susurró la joven, acercándose—, ya verás qué bien lo pasamos.

Tom había perdido el habla, estaba pálido y un sudor helado le corría por la espalda.

—Yo también tuve miedo la primera vez —continuó Lola, desabrochando los pequeños botones de su vestido y mostrando sus aptitudes—. ¿A que nunca probaste de estos? —dijo acercando sus pechos blancos y llenos a la cara del debutante.

En contra de lo que cualquier joven en su sano juicio hubiera hecho, Tom empezó a temblar.

—Mmmm, me excitas más así que si te hubieras arrojado como una bestia sobre mi cuerpo. —La muchacha, al ver que él no iba a hacer nada, se agachó. Con agilidad empezó a desabotonar el pantalón de Tom, quien permanecía inmóvil excepto por el temblor de su cuerpo—. Vaya, esto sí que es novedoso para mí —dijo al bajar la ropa. Debajo del calzoncillo no se evidenciaba movimiento alguno, nada, la muerte misma. Lola elevó los ojos y vio que Tom los tenía cerrados, los puños apretados a los lados del cuerpo. Creyó que era un desafío revivir el cadáver que el joven tenía entre las piernas. Los dedos tibios y expertos lo tomaron; la flaccidez era toda una afrenta para ella. Lo llevó a la boca y lo chupó. Nada. Ofendida, lo soltó y exclamó—: Vaya, vaya, me parece que a ti te gustan los tíos.

Al escuchar esas palabras, Tom reaccionó de la manera menos pensada. Su puño cerrado golpeó la mandíbula sonriente de Lola, desestabilizándola. La muchacha cayó al suelo de tierra y él, indefenso y aturdido, empezó a llorar.

Azorada y confundida, Lola se puso de pie lentamente. Acomodó su boca y alejó el leve dolor. Se abrochó los botones del vestido sin dejar de mirar ese rostro bello y triste. Sintió pena en vez de enojo. Fuera lo que fuera lo que le pasaba a Tom, era grave.

—Lo siento… —murmuró—. Lo siento, Tom.

El muchacho reaccionó y abrió los ojos, pero tenía la mirada perdida, vacía.

—Tom... —No se animaba a tocarlo de nuevo—. Dije que lo siento.

Algo en su mente lo hizo regresar, volver a su presente, a ese presente bochornoso, de pantalones bajos y sexo inerte. Atolondrado se subió la ropa y se secó las lágrimas.

—¿Te hice daño? —preguntó al fin.

—No, creo que yo te hice más daño a ti —murmuró ella—. Perdona, creí que eras tímido. No pensé que...

—No vuelvas a decir una cosa así —interrumpió Tom—. No me gustan los hombres, si eso es lo que crees. —Bajó la mirada, incapaz de proseguir aquella conversación absurda.

—No entiendo... —Lola se miró, incapaz de creer que ella podía serle indiferente a un hombre, fuera cual fuera su edad o condición—. Entonces soy yo quien no te gusto.

Tom la miró, pero su mirada no pudo encenderse en el deseo.

Sonrió con pena.

—No eres tú, Lola, soy yo. Quizá no estoy listo todavía.

Una pizca de ilusión se coló en los ojos verdes de la muchacha.

—Será cuando tú digas entonces. —Coqueta, se acercó un poco a él, pero al ver su mirada se detuvo—. Este será nuestro secreto, ¿quieres?

Tom vaciló.

—Tus hermanos no te dejarán en paz... —Él asintió—. Salvaremos nuestra imagen, Tom. Lo que ocurrió aquí solo lo sabremos tú y yo.

—Yo cumpliré mi palabra. ¿Y tú?

—Yo también.

Y Lola cumplió.

De la mano, con sonrisas impuestas por la situación, salieron a la noche.

CAPÍTULO 11

Covarrubias, 1956

Algo cálido se restregaba sobre mi cuello, me hacía cosquillas. Traté de apartarlo, pero advertí que era pesado. Abrí los ojos; un gato gris me miraba con seriedad. Salí del letargo y recordé dónde estaba.

La luz del día se filtraba por la ventana, ¿qué hora sería? A mi alrededor el silencio era interrumpido por el crepitar del fuego. No llovía, eso me alentó.

Me incorporé y espié por encima del respaldo del sillón, no deseaba encontrarme a nadie mientras me arreglaba el pelo y me limpiaba los ojos; por suerte el salón estaba vacío.

Después doblé la manta que me había cubierto y la dejé sobre el sofá. Caminé hacia la ventana; estaba despejado, podría salir y buscar a esa mujer. ¿Qué hora sería? Dirigí los ojos al reloj de la pared, ¡casi las nueve de la mañana! ¡Qué vergüenza! ¿Qué dirían mis anfitriones? No quería que pensaran que era una holgazana... Había dormido muchas horas, demasiadas.

Escuché voces detrás de la puerta que iba a la cocina y sentí el rubor subiendo por mis mejillas. Golpeé para anunciar mi llegada y oí que una voz me daba la bienvenida. Allí estaban Sara y la abuela María, cocinando otra vez. Los olores se mezclaban en el aire denso de la estancia, pero eran agradables y abrieron mi apetito.

—Buenos días —dijo la más joven.

—Hola, perdón... No creí que fuera tan tarde.

—Al parecer necesitabas descansar —terció la abuela—. Ven, hay un poco de leche caliente.

Se lo agradecí y me senté. De inmediato Angelito se subió a mi falda.

Bebí la leche y sentí un sabor diferente.

—¿Es de cabra? —pregunté.

—Así es —dijo Sara—, recién ordeñada. —Dejó frente a mí unos panecillos tibios que se me deshicieron en la boca.

No quise preguntar por Antón, pero no se lo veía por la casa. Debía irme cuanto antes, no deseaba cruzármelo. Como si me leyera la mente la abuela dijo:

—Mi nieto se tuvo que ir temprano, pero dejó encargado a uno de los chicos para que te lleve a donde tienes que ir.

Iba a responder que me arreglaría por mis propios medios cuando Sara añadió:

—Los caminos quedaron muy embarrados con la tormenta de anoche, de modo que será mejor que vayas en el carro. —Se secó las manos en el delantal y se sentó frente a mí—. Si quieres puedes ir ahora, así regresas a tiempo para comer. —Volví a sentir el calor en el rostro al recordar cuánto había dormido.

—Volveré a Burgos directamente…

—¡De ninguna manera! —interrumpió la abuela—. Antón no nos perdonaría que te dejáramos partir sin probar la sopa que está preparando Sarita.

—Se lo agradezco, pero… —Quería irme de allí cuanto antes; pese a su hospitalidad me sentía incómoda. Seguramente era la culpa por haber puesto los ojos en ese hombre prohibido para mí.

—Antón ya tiene arreglado tu regreso —me sorprendió Sara—, le encargó el viaje a uno de los comerciantes de aquí, que tiene que ir a Burgos a buscar mercadería.

Antón, Antón, el superhombre que todo lo decidía. Apreté los labios; esas mujeres no tenían la culpa, solo querían ser amables conmigo. Acepté.

Finalicé mi tardío desayuno y bajo la dirección de Sara salí a buscar al muchachito que me llevaría hasta la casa de la mujer que se había presentado en la radio.

El viaje en carro resultó llamativo, era la primera vez que me subía a uno y debo reconocer que me gustó sentir el viento en la cara, despeinándome los cabellos y alejando el rubor que me había invadido en la casa de Antón.

El día estaba despejado, ni señales de la tormenta de la víspera. Pude apreciar el pueblo en su extensión; era realmente bello, con sus construcciones de piedra, de estilo medieval.

La gente era agradable, todos saludaban al paso del carromato y me vi respondiendo «buenos días» a personas que no conocía, que me sonreían desde las puertas de las casas.

—Es aquí —dijo mi chófer deteniéndose frente a una vivienda—. La esperaré.

—Gracias. —Me tendió la mano para ayudarme a bajar y le sonreí.

Frente a esa puerta desconocida respiré hondo. Por momentos me preguntaba qué hacía allí, cuestionándome si era verdad que iba a escribir una novela, de la cual apenas había avanzado poco o nada, o si era una excusa para encontrar algo más que ni yo misma sabía qué era. Alejé las dudas y llamé.

Un niño de unos diez años me abrió y me preguntó qué quería.

—Busco a Lucía. —Venía repitiendo ese nombre en mi mente como una oración.

El jovencito se volvió a internar en la casa, sentí voces, ruidos, y finalmente alguien se asomó.

—¿Es usted Lucía? —Frente a mí había una mujer de unos cuarenta años, alta y delgada.

—Sí, ¿y usted es…?

—Soy María de la Paz Noriega. Puse el aviso en la radio buscando a…

—A Alina Valedor —me interrumpió—. Venga, pase, es a mi madre a quien busca entonces.

Por un momento creí que Alina Valedor estaba ahí adentro, pero luego recordé que estaba en el convento.

—¿Su madre? —pregunté mientras la seguía por un pasillo que dejaba atrás un comedor y una sala, que desembocó en una habitación pequeña y agradable. En el centro había una cama y debajo de la luz de la ventana una mecedora. Sobre ella, una mujer de cabellos largos y blancos dormitaba.

—Madre —susurró Lucía—. Madre, despierte.

Me sentí incómoda; no quería interrumpir el sueño de la anciana.

—Quizá deba regresar en otro momento —expuse.

—No, está bien, solo está durmiendo. Le hará bien un rato de distracción. —Y posando su mano sobre la mujer insistió en despertarla.

Cuando lo hizo, unos ojos nublados que alguna vez fueron verdes me miraron con intriga.

—Madre, ella es la mujer que puso el aviso en la radio, la que busca a Alina.

—Ah, vaya, pero si es una jovencita... —Hizo un gesto con la mano para que me acercara—. Siéntate —pidió y señaló la cama.

—Las dejo solas —anunció Lucía—, estaré en la cocina.

Me senté y junté las manos encima de las rodillas.

—Yo fui joven también —empezó la anciana—, y muy bella, como usted, pero con otro estilo. —Me sorprendió su manera de hablar, tan suelta y moderna—. Era mucho más voluptuosa —rio mientras se señalaba los pechos, que habían sido vencidos por la gravedad—. Los muchachos enloquecían conmigo. —Su mirada estaba ahora lejana, quizá recordaba tiempos felices—. Los tuve a todos, la mayoría se hizo hombre en mi cuerpo. —Sentí vergüenza al escuchar esas revelaciones; yo todavía era virgen y me incomodaba un poco ese comentario—. Vaya, vaya —dijo mirándome ahora a los ojos—, ¿qué tenemos aquí? ¿Eres casta? —Hizo un gesto con la mano—. Aprovecha mientras puedas, niña, mira que luego te conviertes en esto.

—Agradezco sus consejos —decidí interrumpir para llegar al tema de mi interés—. Vine desde Gijón, estoy buscando a...

—Sí, sí, a Alina. No estoy desmemoriada, pero los jóvenes de hoy son tan impacientes... —Se puso de pie con agilidad, sorprendiéndome—. ¿Qué creías? —dijo al ver mi cara—. ¿Qué no podía caminar? —Lanzó una carcajada y no pude por menos que sonreír. Esa mujer era una caja de sorpresas. Se acercó a la ventana y miró hacia afuera—. Como te contaba... todos los muchachos de la zona pasaron por mi cuerpo, excepto uno. Y ahí es donde entra Alina Valedor, que es lo que a ti te interesa. —Asentí—. Alina apareció un tiempo antes de estallar la Gran Guerra. —Supuse que se refería a la Primera Guerra Mundial—. Su familia se instaló en la zona y de inmediato se relacionaron. Ella tenía quince años, era muy dulce y bella. Sentí celos, aun cuando la doblaba en edad. —Sonrió y me miró—. Sí, siempre fui vanidosa. —No supe qué responder, pero ella no esperaba respuesta alguna—. Los muchachos más jóvenes empezaron a rondarla como abejas a la miel, como antes los de mi generación hacían conmigo. Pero Alina no les prestaba atención, siempre parecía estar más allá, como si se aburriera con los de su edad. Hasta que sus padres empezaron a confraternizar con los padres de él y ellos trabaron una intensa amistad. —Quise interrumpir y preguntar quién era él, pero la anciana no me dio tiempo—. Y así fue como Alina Valedor se llevó al único hombre que no había pasado por mi cuerpo. —No había rencor en sus palabras, sino más bien pesar—. Ella supo darle lo que yo nunca pude. Ella pudo sanar sus heridas.

Sonaba a una historia de amor y superación, aunque seguramente me faltaban muchos fragmentos para reconstruirla. De todas maneras, todo eso no me acercaba a lo que había ido a buscar, a esa nota hallada entre las pertenencias de mi padre que me llevarían a su pasado y a su historia.

—Es interesante… —dije por decir algo—. ¿Quién era él? —Me miró como si hubiera dicho una barbaridad.

—¡Pues Tom! ¿Quién otro iba a ser?

—¿Tom? —repetí.

—Claro, Tom Castro. El único hombre que no se rindió a mis atributos. El único hombre que amé en la vida.

De nuevo en el carro pensaba en lo que me había contado la anciana. Lola había conocido a Tom cuando eran adolescentes, ella un año mayor que él. Habían iniciado una amistad después de un extraño episodio al que no pude acceder porque llegado a ese punto la mujer no había querido seguir avanzando.

Me contó anécdotas de los grupos de amigos, entre los cuales había varios hermanos y primos de Tom Castro.

—Con sus hermanas nunca fuimos amigas —había dicho con gesto de malestar—, para ellas yo era muy... ligera de cascos.

Lola era amiga de todos. A Tom lo había adoptado como si fuera un perro apaleado y poco a poco había logrado sacarlo del ostracismo y contagiarle algo de la vida juvenil. Pese a todo, el tal Tom nunca había sido un muchacho normal.

Mi interés había estado centrado en Alina, pero de ella no supo decirme mucho. Solo que le había robado la atención de Tom. La amistad entre Tomás y Alina se volvió cada vez más íntima, tanto que el padre de ella lo había obligado a definir la situación porque no quería que se rumoreara por el pueblo que su hija andaba de aquí para allá con él sin compromiso ni fecha. De modo que finalmente, cuando ya Alina era una adulta y Tom un hombre hecho y derecho, porque le llevaba varios años, se casaron. Pero de esa unión no había habido descendencia.

—Después vino la guerra... —Al decirlo sus ojos nublados se habían llenado de brillo—. Todos nos desparramamos de aquí para allá, enfrentados por bandos... Alina huyó a un convento y se hizo enfermera voluntaria, no volví a verla. Y él... él murió.

El carro se detuvo en la casa de Antón. Descendí con la ayuda del muchachito y aún no había llegado a golpear la puerta que allí estaba Sara, abriéndome.

—Llegas justo para comer. —Me franqueó el paso con una sonrisa. ¿Cómo no iba a amarla Antón si era adorable? El embarazo, incluso, le sentaba bien.

—Gracias; lamento haberme demorado, hubiera querido ayudar —me excusé.

—Eres nuestra invitada.

La seguí hasta la cocina y ayudé con los últimos retoques para la mesa. Solo había tres lugares, de modo que respiré tranquila.

—Mi nieto se acaba de ir, tuvo que adelantar su partida —anunció la abuela María—, pero ya dejó todo listo para tu regreso a la ciudad. Dijo que te verá allí.

Sentí de nuevo el rubor en las mejillas y noté que la abuela me miraba y sonreía. A Sara parecía no importarle ese futuro encuentro y me pregunté qué tipo de sangre corría por sus venas. ¿Sería la maternidad la que la habría puesto así?

La sopa estaba deliciosa y la acompañamos con un postre de queso y miel. Ayudé a levantar todo y me ofrecí para lavar los platos, pero Sara no me lo permitió.

—Por favor —insistí.

—De ninguna manera; no estoy enferma, solo llevo un bebé en la panza.

—¿Qué se siente? —La pregunta se me escapó de la boca; de inmediato me arrepentí.

—Es la sensación más extraña y única del mundo. Por momentos es incómodo, no voy a negarlo, pero cuando se mueve… —Su rostro se iluminó aún más—. Es hermoso.

—¿Cuánto falta para que nazca?

—Tres meses… —Y llevando sus ojos al cielo, añadió—: Espero que su padre esté aquí para cuando llegue el momento.

Me dio pena. Era obvio que Antón no estaba mucho en la casa, tenía su trabajo en Burgos, que pese a no estar tan lejos, llevaba su tiempo de viaje. ¿Y si Sara se sentía indispuesta alguna noche? ¿Quién la auxiliaría? La abuela era mayor para ocuparse…

—Seguro que sí —dije para animarla. Pero noté que ella no estaba triste, por el contrario, sus ojos sonreían de nuevo.

Sin que me diera cuenta me tomó la mano y se la llevó al vientre.

—¿Lo sientes? —dijo. Y allí estaba el bebé, moviéndose al calor de mi mano. No pude reprimir la emoción, mis propios ojos se llenaron de estrellas—. A eso me refería cuando dije que es hermoso.

—¡Vaya si lo es! —La miré, nos sonreímos, creí que podríamos ser amigas si Antón no estuviera en el medio.

Separé mi mano, tenía que irme. No deseaba encariñarme con esa gente, su gente. No quería verlos nunca más.

Me despedí de la abuela con un abrazo y no pude evitar el que me dio Sara.

—Vuelve cuando quieras —dijo en la puerta—. Dile a Antón que te traiga más a menudo.

Asentí sin comprender y me dejé llevar por el muchacho del carro, que me transportaría hasta la vivienda del hombre que me conduciría a la ciudad.

El sujeto en cuestión resultó ser un vendedor de telas que debía ir por un encargo que le había llegado tardíamente. El viaje fue ameno; mi chófer habló durante casi todo el tiempo sobre su familia, sus hijos y su último nieto. Por momentos tenía la tentación de dormirme, pero debía responder de vez en cuando y eso impidió que cayera en el sopor. De todas maneras, mis respuestas eran más bien monosílabos, y él se contentaba con eso.

Cuando llegamos a Burgos atardecía. Necesitaba un baño y la soledad de mi cuarto. Quizá lo que me había contado Lola podía servirme para una historia de amor, aunque no había sido esa mi primera intención.

Delia me recibió con cara de preocupada y un sermón a flor de labios. La atajé antes de que me soltara su diatriba.

—Descansaré un rato antes de la cena. —Sin darle oportunidad, me encerré en la habitación.

Tenía que llamar a casa; sabía que mi madre estaría preocupada, pero por ese día ya había tenido demasiadas emociones. Mañana, me dije. No imaginaba lo que sufre una madre ante la falta de noticias.

Me quité los zapatos y me tiré sobre la cama. Cerré los ojos un instante, pensando en que después del baño escribiría todo lo que me había pasado, en formato de novela.

Cuando los abrí de nuevo era noche cerrada. Miré el reloj; las tres de la mañana. Adiós aseo, cena y escritura. Me quité la ropa y me metí debajo de las sábanas. Mañana.

CAPÍTULO 12

Alrededores de Burgos, 1915

Tomás rondaba los treinta años, pero aún vivía con sus padres. Era el único de los hermanos varones que todavía no se había casado y permanecía en la casa paterna, al igual que una de las hermanas, que iba para solterona. El resto de «los Castro» ya había formado su propio hogar, aunque los domingos volvían al nido para comer todos juntos. Los Valedor se les sumaban.

Alina era hija única; le hubiera gustado tener una familia numerosa, como la de sus vecinos, los Castro. Por eso disfrutaba los fines de semana: sus padres se habían hecho tan amigos que no faltaban nunca. Aunque no hubiera nadie de su edad, dado que los hijos eran todos mayores y los nietos eran demasiado pequeños, ella se relacionaba con unos y otros. A los mayores los escuchaba absorbiendo información o deleitándose con sus anécdotas. Y a los más chiquitos los entretenía mientras sus madres aprovechaban la reunión semanal para ponerse al día y ayudar a su vez en la preparación de la comida que degustarían todos. No era bella en el sentido clásico, pero su determinación y su perseverancia la volvían interesante. Por ello a nadie asombró que enseguida trabara amistad con Tom, quien le llevaba doce años. La muchachita podía mantener cualquier conversación adulta, además de saber escuchar y callar cuando era necesario.

Nadie sospechó otra cosa entre ellos porque no demostraron nunca otro tipo de atracción más allá de la que sugerían las largas charlas que solían mantener, sentados debajo de un árbol a la vista de todos, después del almuerzo. O en la sobremesa, cuando surgían temas como la guerra o la política. Los Castro eran tan abiertos y distendidos que los Valedor se hicieron a su imagen.

Cuando la madre de Tom cayó enferma de una gripe que parecía fulminante, fue Alina quien acudió en su auxilio, dado que la hija que vivía en la casa también sucumbió a las fiebres y la otra acababa de dar a luz.

Alina se instaló en la vivienda porque los hombres, que trabajaban en el campo, no daban abasto con la ropa, la comida y la atención de las enfermas. Como si fuera una experta, dirigió todo con mano ordenada y supo administrar los recursos para que nada faltara.

Fue a partir de esos días cuando Tom empezó a verla con otros ojos. Esa muchacha alta y algo desgarbada se le mostraba como una mujer capaz de poder con todo. Por primera vez comenzó a sentir cosas distintas en el cuerpo, aun cuando sus fantasmas seguían visitándolo durante las noches.

Cuando la madre de los Castro se liberó de la fiebre y pudo volver a ponerse en pie para comandar la casa, Alina volvió a la propia y Tom experimentó el vacío de no verla a diario.

En secreto, ella también sufría al no ver a ese hombre del cual se había enamorado no bien lo había observado una tarde en que había ido de paseo a las colinas, con la única y callada compañía del perro lanudo que se había aquerenciado en su casa. Al subir la loma lo había visto sentado sobre lo alto de un promontorio, mirando a la distancia. El perfil de Tom era una máscara blanca, pétrea, y parecía que ni la luz del atardecer podía tocarlo. Ella se había acercado, silenciosa, observándolo; si aguzaba la vista un poco más podía tocar su alma. Y lo había visto llorar, así, tieso; sin siquiera pestañear, las lágrimas habían empezado a caer. En ese momento Alina supo que una gran pena ahogaba su corazón, y si bien tuvo la tentación de correr en su auxilio y brindarle ese abrazo que estaba necesitando, supo también que él necesitaba desahogarse solo. Por ello había elegido ese sitio alejado de todo. El mismo que ella solía escoger para hablar consigo misma.

Alina se había sentado sobre la hierba, varios metros más abajo, oculta entre unas rocas, pero no había dejado de observarlo. Muda testigo de esa tristeza, había empezado a llorar ella también, sin otra razón que la pena de Tom, que había entrado en su corazón para quedarse.

Desde esa tarde habían pasado ya varios meses, pero la actitud de la joven no había cambiado; seguía siendo la buena amiga, la vecina solícita, la nueva «sobrina» del matrimonio Castro.

Para Tom las cosas sí eran diferentes desde que Alina había regresado a su hogar: la extrañaba. Y ese nuevo sentimiento lo preocupaba. Sabía que detrás de eso había otros sentimientos pujando por crecer, por abrirse paso entre la maleza que había llenado su corazón de espinos.

Pleno de contradicciones, buscaba cualquier pretexto para ir a la casa de los Valedor, solo para verla. Y cuando las excusas no aparecían, iba igual.

A los Valedor aquellas visitas no les molestaban; por el contrario, no tenían otra familia que ellos tres, de modo que la presencia de Tom o de cualquiera de los Castro era más que bienvenida.

La madre de Alina, siempre solícita, ponía otro plato a la mesa cuando se hacía la hora de la cena y él aún estaba allí. Al advertirlo, Tom se ponía de pie rápidamente, pero sin ganas, y se repetía el diálogo para convencerlo de que no se fuera con la tripa vacía.

—Siempre es mejor emprender el camino con la panza llena —decía la dueña de casa.

Las visitas de Tom se volvieron una costumbre. Alina florecía cuando él aparecía en el umbral con una botella o un pan, porque jamás iba con las manos vacías. Nunca estaban solos; siempre sus encuentros eran con la familia alrededor, pero eso no impedía que pudieran pasar horas conversando de cualquier cosa.

Hasta que la tragedia visitó la casa de los Valedor cuando la madre de Alina sufrió un accidente. Una de las gallinas había puesto los huevos en el entretecho, en un rincón que quedaba justo en la esquina, a varios metros del suelo. No había querido esperar a su marido, que estaba trabajando en el campo, y se había subido a la escalera de madera que su esposo mismo había fabricado. Estaba en lo alto, estirándose para llegar, cuando uno de los peldaños falló y la mujer perdió el equilibrio. El cuerpo se estrelló contra el suelo; el ruido de huesos astillados fue acallado por su grito de miedo. Murió al instante: su cuello se había roto.

Alina se vino abajo como la misma escalera que había matado a su madre. No había nada que la rescatara de la tristeza, ni siquiera la presencia de Tom, que la visitaba a diario. El joven hombre se desesperaba por hacerla reír, sin resultados. El hogar se vistió de gris, la ropa empezó a acumularse sucia en un rincón y la comida, a escasear. Padre e hija morían de pena a diario, de modo que los Castro decidieron intervenir. Bajo las órdenes de la madre, que seguía llorando a su amiga muerta, fueron desfilando por la casa de los Valedor hijas, nueras y nietos. Todos aportaban algo para que ese hogar volviera a brillar, si no con sus antiguos brillos, al menos con una tibia alegría.

CAPÍTULO 13

Pola de Lena, 1901

Después del parto Alicia no pudo salir a trabajar fuera de la casa. En cambio, recibía canastos de ropa sucia para lavar o prendas para zurcir porque no podía darse el lujo de no hacer nada; había que sostener el hogar.

Omar seguía sin conseguir empleo, pese a que se ausentaba casi todo el día en busca de algún quehacer. Lo que no sabía Alicia era que su esposo se iba a una taberna en los límites del pueblo a beber y jugar a las cartas, con las monedas que sin que ella se diera cuenta había ido robándole poco a poco de los magros ahorros.

Al quedar solos madre e hijos, los tres formaban una excelente comunión; eran felices a su manera durante esas horas.

Jesús era un bebé grande y bueno, mamaba y dormía, y permitía que su madre se recuperara del esfuerzo de haberlo traído al mundo. Ella, en cambio, en lugar de descansar como su cuerpo lo requería, aprovechaba esas horas de sueño para ocuparse de la ropa ajena. Cuando la luz del atardecer perfilaba en el camino la figura tambaleante de Omar, Alicia meneaba la cabeza en señal de desaprobación. Podía adivinar por su andar que había bebido. Miraba sus manos, que otrora la habían acariciado con cariño y que desde el embarazo nunca más se habían posado sobre su cuerpo, e imaginaba que su marido tendría amores fuera de la casa. Nunca pasó por su mente que la lujuria se desataba en su propia cama cuando ella no estaba.

Omar no tenía amantes más allá de los límites de la cabaña; se había obsesionado con la figura esmirriada que como un fantasma vagaba por los rincones, escondiendo en sus ojos temores y furias.

La cena se convertía en un calvario. La madre sentía en el aire la tensión que se cortaba con el vapor del aliento, pero no sabía si se debía a la magra comida o a la presencia de ese bebé que le había restado capacidad de trabajo, dado que su ingreso era mucho menor que cuando iba a limpiar la suciedad de los otros.

Rara vez Omar volvía a la casa de buen humor, y eso ocurría cuando lograba ganar alguna partida y de ese modo hacerse con algunas monedas para comprar un buen vino. Por su mente no discurría la idea de adquirir un trozo de jamón o un pedazo de carne. Lo poco que conseguía era para bebida.

Bajo la mirada de reproche de su esposa ponía la botella en medio de la mesa y se servía un vaso tras otro. A veces le ofrecía a Alicia, quien le recordaba que estaba amamantando.

Una tarde, a los pocos días del nacimiento de Jesús, Omar se quejó de que no hubiera un trozo de queso o de jamón para acompañar, debiendo conformarse con pan duro.

—Si trajeras algo más que vino… —Alicia no terminó de decir la frase. Omar se levantó hecho una fiera y le propinó una bofetada.

A Alicia se le llenaron los ojos de lágrimas, no tanto por el golpe, sino por la frustración de tener que admitir aquello que la conciencia le venía gritando en silencio: que se había casado con un mal hombre.

Al advertir su error, Omar se apuró a enmendarlo.

—Perdóname —dijo mientras la abrazaba. Ella lo dejó hacer y poco a poco aflojó la rigidez del cuerpo en alerta—. Es que esta situación me pone nervioso —añadió.

Alicia elevó el rostro bañado en lágrimas y, aunque desconfió de su mirada, quiso darle crédito.

—¿A qué situación te refieres? —Suponía que se refería a la falta de trabajo, pero su respuesta la dejó perpleja.

—A la falta de tu cuerpo, mujer. ¿A qué otra cosa iba a ser? —lo dijo como si fuera un halago para ella, y Alicia no supo qué responder. Se limitó a esconder la cara entre su cuello y su hombro, y advirtió que su marido hacía días que no se aseaba. Intentó alejarse, pero él no se lo permitió. La apretó contra sus caderas y ella pudo sentir su deseo—. Mira cómo me pones —susurró Omar en su oreja. Lejos de sentir ardor, Alicia sintió asco. Era la primera vez que le ocurría.

El llanto de Jesús la salvó.

—Es la hora —dijo Alicia. Los brazos que la sujetaban se aflojaron y mientras la madre iba en busca del bebé Omar salió de la casa. Estaba excitado, necesitaba descargar su deseo, y sabía dónde.

Sus pasos lo guiaron hacia los fondos, donde la figura delgada luchaba con la huerta que no daba frutos.

Al sentir su presencia, la víctima se volvió y se enfrentaron con la mirada. Omar fue más rápido y le impidió huir.

Allí, entre la maleza, el hombre repitió lo que tantas veces las paredes habían presenciado.

Las lágrimas regaron la tierra muerta mientras la mente repetía la misma frase: «Es la última vez».

CAPÍTULO 14

Burgos, 1956

Desperté temprano; lo supe porque el sol caía perpendicular sobre la ventana. Miré la hora: eran las nueve. Me desperecé y estiré brazos y piernas, mis articulaciones crujieron. Me vestí sin prisa; recordé que era domingo. Debía ir a misa, costumbre que habíamos adquirido con mi madre y que mi padre detestaba. Todo lo que tuviera que ver con imposiciones del dictador hacía bullir la sangre de papá, y pese a que mamá lo comprendía mejor que nadie, en ese punto ella desobedecía y concurría a misa, asegurándose de que todos nos vieran.

Tuve la dicha de ir a la escuela y recibir instrucción, no como muchas niñas de mi generación, que tenían que trabajar o ayudar en la casa. La posguerra dejó mucha miseria que arrastró al analfabetismo. No fue mi caso; en eso mis padres se pusieron firmes, me protegieron y se aseguraron de que no me faltara nada, y menos educación. Y cuando no podía acudir a la escuela era mi abuela Purita la que se ocupaba de enseñarme.

Papá hubiera preferido que recibiera toda la enseñanza posible en el seno del hogar; me cansé de oírle decir que más que pupitres en la escuela había púlpitos y en vez de libros, biblias. Pese a ello, terminé el bachillerato en la escuela. El dogma se respiraba en todos lados, los maestros estaban formados con un gran espíritu religioso y nos transmitían hábitos morales y juicios de valor basados en los sentimientos devotos. Así lo quería Franco y así se hacía.

A nosotras, las mujeres, se nos había formado con una única misión: la de ser esposas y madres. La estructura social estaba basada en el patriarcado, idea que no soportaba. Tenía los antecedentes de mi abuela primero y de mi madre después. ¿Cómo podría yo concebir ese tipo de pensamientos? Pero simulábamos, las mujeres de mi familia fingíamos todo el tiempo acatar el modelo social impuesto por el Generalísimo, al menos de puertas para afuera.

En casa el pasado nunca se había ido y las secuelas de la guerra, talladas para siempre en el rostro lacerado de mi padre, se habían quedado prendidas en la carne y en el alma de los miembros de mi familia. Al haber nacido en medio de la guerra conocía las penurias a través de los relatos de mi abuelo Aitor, pero no recordaba mis primeros años de infancia. Mis padres, por el contrario, hablaban a través de sus silencios, porque callaban más de lo que decían. Los respetaba y los amaba; por eso cumplía con sus dictados, como una buena hija.

No tenía mucho que hacer, excepto telefonear a casa, de modo que me preparé para desayunar y luego salir. Me puse mi único par de medias de seda con raya; los días de semana me la dibujaba en la pierna, como tantas otras chicas de mi edad. Pero los domingos eran especiales, o al menos eso quería creer, porque a decir verdad en mi vida todos los días eran iguales.

Iría a conocer la catedral, decían que era hermosa; le debía una visita.

En la cocina Delia me hizo sentir su desaprobación por mis andanzas; no veía con buenos ojos que yo saliera tanto.

—Vaya… al parecer el viaje la cansó demasiado —dijo no bien asomé la nariz—. La esperé con la cena anoche… —Dejó las palabras suspendidas en el aire, a la espera de alguna explicación de mi parte, que no llegó.

Me senté a la mesa y aguardé mi desayuno tras darle los buenos días.

—¿Queda lejos la catedral? —pregunté. Me miró complacida y me indicó cómo llegar. Después me informó de los horarios de las misas; se lo agradecí.

Una vez en la calle telefoneé a casa.

—¿Cuándo piensas volver? —dijo mi madre después de su interrogatorio preliminar—. No me gusta que andes sola por una ciudad extraña.

—Ya no es extraña para mí, madre.

—¡Vuelve a casa! No encontrarás nada... sabes que a tu padre no le interesa revolver el ayer...

—La encontré, mamá. Encontré a la mujer de la nota. —El silencio del otro lado me indicó que estaba contrariada.

—¿Hablaste con ella? —Había temor en su voz.

—Aún no. Ella... no está bien. Está en un convento.

—¿Qué quieres decir con que no está bien? ¿Está enferma?

—Su mente no está bien, por momentos no sabe lo que dice. —Miré por la ventana, había empezado a llover—. Volveré a verla el miércoles.

—¿El miércoles? ¿Quiere decir que te quedarás allí todavía? —Su tono se endureció.

—Madre... es importante para mí. Tengo la extraña sensación de estar cerca de algo importante. —En ese momento no sabía cuán importante sería lo que encontraría tras indagar en el pasado de papá. De haberlo anticipado quizá... quizá no habría seguido adelante. Pero algo muy fuerte me impulsaba a avanzar—. Madre, ¿está ahí?

—Claro que estoy aquí. Pero no te quedarás allí sola; organizaré todo para viajar y, si no puedo ir, mandaré a tu hermano. —Cerré los ojos; lo que me faltaba, mi hermano espiándome y custodiándome.

—Mamá, no es necesario, de verdad. Si conociera a Delia, se quedaría tranquila —dije para serenarla. Debía exagerar los cuidados de mi casera para conmigo.

—¿Quién es Delia?

—La dueña de la pensión, no me quita ojo de encima. —Mamá se quedó pensativa; podía imaginar sus ojos grises y su boca tensa—. Prometo llamar todos los días. —Eso pareció convencerla.

Nos despedimos; afuera lloviznaba. Decidí tomar un taxi, aun cuando no estaba tan lejos, pero quería llegar a la misa. Durante el trayecto pensaba en mis padres; no entendía esa negativa a saber.

Después de todo, ya habían pasado muchos años y las posibles heridas deberían estar cerradas.

Llegamos a la plaza de Santa María y descendí del taxi. De pie frente a la fachada occidental no me importó que la llovizna me mojara: era impresionante. No conocía mucho de arquitectura y estilos, pero sabía que era gótica, con sus arcos y rosetones, con sus puntas, sus agujas y sus pináculos. Imposible describir con palabras lo que uno no conoce. Me llevaría horas recorrerla entera y conocerla, pero tuve que contentarme con una de sus capillas, donde se celebraba la misa.

Me sentía cautivada por ese sitio y lejos de oír la ceremonia me perdí en la contemplación del entorno.

Una hora después, de nuevo frente a la basílica, seguía obnubilada. Había dejado de llover, pero oscuros nubarrones pintaban el cielo; mejor regresar.

En la puerta de la pensión me esperaba Antón. Lo vi mientras le pagaba al chófer y mi pecho se aceleró. ¿Qué hacía ahí? No deseaba volver a verlo; ese hombre me ponía nerviosa, me atraía demasiado.

Me vio llegar y avanzó para abrirme la puerta; después de todo, era un caballero. Observé que su cara tenía un nuevo golpe: un corte profundo en el mentón se sumaba a los moretones más antiguos.

—¿Paseando bajo la lluvia? —dijo a modo de saludo, posando sus ojos de noche en mi cabello humedecido. Me llevé las manos al pelo en un intento de acomodarlo; seguramente estaba horrible—. Ven. —Sin darme tiempo me cogió del brazo y empezó a caminar hacia la esquina.

Me detuve en seco y me solté.

—¿Quién te crees que eres para agarrarme así? —Antón empezó a reír y lo detesté. ¡Era tan atractivo!

—¿Me acompañas a tomar un café? —invitó con fingida cortesía.

—¿Por qué habría de querer tomar un café contigo?

—Porque tengo información que podría interesarte.

Estábamos sentados en el café, al lado de la ventana, cerca de la pensión. Antón me escrutaba con aquellos ojos negros en cuyo fondo ardía una chispa.

—¿Qué quieres tomar? —preguntó cuando el mozo se acercó.

—Un té. —Al quedar de nuevo solos fui directa a lo que me interesaba—. ¿Vas a decirme algo o era una excusa?

—¿Una excusa para qué?

Me mordí la lengua antes de responder; había caído en mi propia trampa.

Antón decidió darme una tregua y enseguida comenzó.

—Estoy dispuesto a ayudarte en tu investigación —dijo—, aunque me gustaría saber qué es lo que buscas.

Dudé, no sabía si contarle todos mis motivos, ese fuerte presentimiento que me agitaba el corazón tanto como su cercanía.

Levanté la mirada y lo afronté. Sus cejas tupidas y oscuras estaban elevadas en signo de interrogación.

—¿Por qué siempre tienes marcas de golpes?

La pregunta le pilló por sorpresa y su entrecejo se frunció.

—¿Y eso qué tiene que ver?

—Creo que estoy en mi derecho —dije—. Necesito saber con qué clase de persona estoy si vamos a investigar juntos. No quisiera formar parte de tu violencia.

—No soy un hombre violento. —No me sonó muy convencido. Elevó la mirada y añadió—: Al menos no en el sentido de andar golpeando a la gente porque sí.

—No sabía que hubiera un porqué en golpear a la gente.

—Escucha, niña, ¿quieres mi ayuda o no?

—Sí, y también quiero saber qué clase de tipo eres. —Sabía que me arriesgaba a que se levantara y se fuera.

Antón suspiró, se veía molesto. Después se recostó en la silla y estiró los pies. Yo permanecí tiesa en la mía, bebiendo mi té, que estaba bastante caliente.

—Soy boxeador —dijo al fin—. ¿Estás satisfecha?

Era lo último que hubiera esperado escuchar. Jamás hubiera imaginado que los golpes se debieran a un deporte, aunque tenía mis serias dudas de que el boxeo fuera un deporte.

Debió ver mi cara de desconcierto porque empezó a reír.

—¿Qué pensabas? ¿Que andaba por la calle a puñetazo limpio? —Se inclinó de nuevo hacia adelante—. Vaya, vaya... bonita opinión tienes de mí.

—A juzgar por tus trofeos no eres de los buenos —dije a sabiendas de que eso lastimaría su orgullo. Pero si fue así, Antón no lo demostró.

—Cuando lo desees puedes ir a verme —contestó para mi sorpresa. ¿Pensaba que yo sería capaz de ir a ver ese juego de brutos? No me conocía. Aunque a tenor de lo que vino después, yo tampoco—. ¿Seguimos con lo nuestro?

—Te escucho. —Saqué mi libretita y me dispuse a anotar lo que iba a decirme.

—El marido de Alina, si bien era campesino, se alistó en las milicias populares para defender la república. —Bebió un sorbo de su café y no pude dejar de observar sus labios—. La represión fue feroz, en todo sentido, desde lo físico hasta lo económico. Él fue hecho prisionero y ella logró ocultarse en el convento donde pasa sus días.

—¿Cómo sabes todo eso?

—Ser periodista tiene sus ventajas. —Volvió a estirarse hacia atrás y pude verle la nuez de Adán, que reforzaba su virilidad.

—Creí que tu columna era de deporte.

—Y lo es.

—¿Qué más averiguaste? ¿Algo que relacione a Alina Valedor con mi padre?

—Tom Castro, su esposo, estuvo en un campo de concentración.

—De nuevo ese nombre, el mismo que había mencionado Lola. ¿Tendría él algo que ver con mi padre?—. Y allí conoció a un tal Noriega —continuó Antón—. Quizá sea tu padre.

—No recuerdo que papá hubiera estado en un campo de concentración —dije más para mí que para que él me escuchara, pero me escuchó.

—Tal vez no te lo contaron —intentó.

—Tal vez... —Bajé la mirada y busqué en mi memoria. No me habían contado demasiado de la guerra en sí misma, era un tema incómodo, doloroso, y mis padres querían olvidarlo. Me pregunté si tenía sentido seguir indagando en algo que a ellos podía causarles daño, pero mi egoísmo me hizo continuar. Había algo que no podía describir con palabras, una sensación que me erizaba la piel y me impulsaba a investigar—. ¿Cómo puedo saber si efectivamente ese Noriega era mi padre?

—Me van a enviar los registros de los prisioneros —adujo Antón—. En cuanto lleguen te avisaré.

—Gracias. —El té se había enfriado y la taza estaba a la mitad. Iba a beber, pero él me detuvo:

—Espera, pediré otro.

—No, está bien, no hace falta. —Bebí, necesitaba humedecerme la garganta.

—Tengo que irme —dijo Antón. Se puso de pie y dejó unos billetes sobre la mesa.

—Gracias de nuevo —dije.

—No me lo agradezcas. —Sentí que sus ojos se posaban en mí con fiereza—. Cena conmigo esta noche. —Y sin aguardar respuesta se giró para irse—. Pasaré a por ti a las ocho.

Me dejó con la boca abierta, sola, frente a la taza de té.

Me puse el único vestido de diseño que tenía, cosido basándome en los patrones de una revista francesa que mamá había conseguido. En 1952 se había acabado, por fin, el racionamiento, y poco a poco España salía de su aislamiento internacional y firmaba acuerdos. La llegada del cine, el turismo y la reciente instalación de la televisión nos habían mostrado la otra cara del mundo.

A las ocho, puntual, Antón estaba en la puerta. Delia me miró con el reproche habitual, pero no le di la oportunidad de que dijera nada.

En la calle, Antón me tomó del brazo y me condujo hacia su coche. Él estaba elegante y se había perfumado. Su aroma se me metía por los poros y me volvía lenta y tonta.

—Viniendo del mar no querrás comer pescado —dijo mientras yo trataba de salir del estado de embriaguez que su presencia me causaba—. Pensaba llevarte a donde preparan la mejor morcilla de Covarrubias.

—Deberé probarla, porque todos hablan de ella —contesté tratando de sonar neutral.

El lugar elegido era cálido e íntimo. Las pocas mesas que había estaban apartadas entre sí, las luces eran tenues y la música de fondo, suave y baja. Era un sitio para parejas y me sentí incómoda.

Antón no se dio por aludido; saludó como si fuese todos los días y nos dirigimos a la mesa más apartada del lugar. Como un caballero me retiró la silla y esperó a que me sentara. Enseguida ordenó un vino y yo atiné a pedir agua.

—¿Agua? —se burló—. Al menos una copa de vino para brindar.

No quería caer en una charla íntima, de modo que empecé a preguntar por el boxeo, aun cuando no me interesaba lo más mínimo.

—Lo mío no es profesional —explicó enseguida—, son peleas clandestinas.

Abrí la boca para replicar y no supe qué decir. ¿Clandestinas? Cuando me recuperé, pregunté:

—¿Peleas por dinero?

—Así es —respondió mientras llenaba las copas. Después tomó la suya y la alzó. Me miró a los ojos y sentí que me ruborizaba—. Por nuestra primera noche juntos.

No me sonó bien su frase y aclaré:

—Por esta cena. —Él tomó el guante y esbozó una sonrisa ladeada. Sentí un escalofrío en todo el cuerpo.

—Por esta cena —concluyó.

La morcilla estuvo exquisita y todo lo que vino después también. El restaurante elegido era uno de los mejores, porque comí todo lo que me ofrecieron para probar. Y bebí. El vino me fue soltando y le conté cosas que no pensaba decirle. Le hablé de mi relación con mi familia, de mis amigas de Gijón con quienes había estudiado el bachillerato, y de mi hermano, con quien me peleaba más de lo que conversaba.

—Es normal pelearse entre los hermanos. ¿Quién no lo ha hecho?

—¿Tienes hermanos?

Me miró y sus ojos se oscurecieron aún más. Abrió la boca para decir algo, pero se arrepintió.

—Sí, pero no quiero hablar de eso —adujo—. Cuéntame sobre tu ciudad, no conozco el mar.

Empecé a hablarle de las playas de Gijón con entusiasmo; amaba ese mar.

—¿Sabes? —dije—. Lo extraño. Aquí siento que me falta algo, hasta el aire es distinto.

—Algún día iré a conocer tu mar.

Sin que me diera cuenta el restaurante había quedado vacío; éramos los únicos, además del personal.

—Creo que debemos irnos —dije.

Antón miró a su alrededor y asintió. Nos pusimos de pie y sentí el mareo.

—¿Estás bien?

—No acostumbro a beber alcohol. Estoy algo inestable. —Reí y me sentí pesada.

Antón me tomó del brazo y, tras saludar, salimos. El aire de la calle me hizo peor.

—Ven, vamos al coche. —Con su ayuda pude subir; apoyé la cabeza en el asiento y me dormí apenas arrancó.

Desperté porque sentí una mano en mi cintura. Somnolienta, abrí los ojos. Traté de recordar, estaba en el vehículo de Antón todavía.

—Hemos llegado, Bella Durmiente. —Estaba a mi lado, muy cerca, y me miraba cual lobo a su presa.

Enderecé la espalda y traté de alejarme, pero del otro lado solo había una puerta cerrada. Antón se inclinó un poco más sobre mí; sus ojos negros brillaban en la noche y los dientes blancos le asomaban por la boca entreabierta. Podía sentir su aliento tibio y su perfume exquisito. No quise resistirme cuando su mano se cerró sobre mi nuca. Quise olvidar que era un hombre casado y que su esposa estaba embarazada. Al menos deseaba que mi primer beso fuera con alguien que me volvía loca.

Cuando sus labios apresaron los míos sentí que mi corazón latía con tanta fuerza que pensé que se me iba a salir del pecho. Un intenso calor nacía desde el centro de mi cuerpo y estallaba en miles de partículas ardientes. Su lengua invadió mi boca y se abrazó a la mía. Escuché su gemido y ese quejido me llenó de lujuria. Pero todo acabó cuando su mano dejó mi nuca y bajó a mi pecho. Cerré la boca, estuve a punto de morderlo. Mi cuerpo se había tensado como una vara. Se alejó, apenas, y me quitó un mechón de la cara, que acomodó detrás de mi oreja. Hasta ese roce me electrizó.

—Ve, ve, que tienes que seguir roncando —dijo, burlón.

Lo miré con odio y abrí la puerta.

—¡Cabrón! —le grité antes de entrar en la pensión.

CAPÍTULO 15

Covarrubias, 1936

Antón se levantó al escuchar el murmullo de sus padres. Pese a que hablaban bajo supo que estaban discutiendo. Con la curiosidad propia de un niño de diez años abandonó la cama y caminó de puntillas hacia la puerta. Echó un vistazo a su hermanita, que dormía en el camastro contiguo, y abrió un poco más para oír mejor.

No era habitual que sus padres discutieran, estaban muy unidos; por eso las voces que le llegaban desdibujadas desde la cocina le causaban tanta intriga.

Descalzo y en pijama, caminó por el estrecho pasillo y se detuvo antes de llegar. Apoyó la espalda contra la pared y trató de reprimir los sonidos que su estómago hacía siempre que estaba nervioso.

—¡Pero cómo dices una cosa así, mujer! Es amigo de toda la vida, además es el padrino de Antón.

—Lo digo porque cuando el fanatismo se apodera de la razón no hay cariño que valga —respondió su madre.

El niño no entendía de qué podrían estar hablando. ¿Por qué involucraban a su padrino? Adoraba a Eduardo, el mejor amigo de su padre.

—Parece que no lo conocieras. —Por el tono de voz supo que su padre estaba molesto ante la desconfianza de su madre.

—Porque lo conozco te estoy diciendo que corremos peligro. —Intrigado, Antón se asomó apenas para ver los rostros de sus mayores. El de él lucía con el ceño fruncido, una fina arruga adornaba su amplia frente, y sus ojos oscuros, como los suyos, despedían chispas, pero no las suficientes como para enojarse con su madre. Ella en cambio se veía más preocupada que molesta; un velo de temor cubría su mirada color miel, y la comisura de sus labios, que por lo general esbozaban una sonrisa, estaba quebrada hacia el desconsuelo—. Eduardo está muy involucrado en la Falange —continuó—, cada día tienen más poder. —Su madre meneó la cabeza—. Estoy escuchando cosas feas en el pueblo, gente que es arrancada de su casa en plena noche; nunca más se sabe de ella.

Antón sintió que su corazón latía fuerte y temió ser descubierto. ¿Qué sería la Falange? El niño no tenía por qué saber que la Falange era un partido político de ideología fascista cuya fuerza de choque era aprovechada por los partidos de la derecha.

—Mañana hablaré con él, así te tranquilizas. —Los pasos de su padre se acercaron al pasillo y el niño corrió a refugiarse en su cuarto. No consiguió escuchar nada más.

Tardó en conciliar el sueño; las palabras de su madre y el miedo que había leído en sus ojos se le quedaron dando vueltas en la mente. Y ese nombre que nunca había escuchado se convirtió en una obsesión. ¿A quién preguntar? A sus padres no porque se delataría, y bien sabía él que no debía escuchar las conversaciones de los adultos. Ya se encargaría de sacarse las dudas; el temor empezó a cosquillearle por la piel.

Al día siguiente, después de una noche de escaso descanso, no advirtió nada extraño entre sus mayores. Era domingo, día de reunión familiar, y se prepararon para ir a la casa de la abuela.

Su abuela vivía sola; había enviudado hacía algunos años, pero todavía era joven y no necesitaba de la ayuda de nadie.

Con la niña en brazos de su padre, caminaron los tres, guiados por el olor de la cocina de doña María, que tenía una mano especial y los agasajaba con exquisitos manjares.

La mujer los recibió con la sonrisa de siempre, que se opacó al ver que los ojos de su hija habían perdido el brillo que los caracterizaba. Prudente, se guardó de hacer preguntas en presencia de los demás y recibió a la pequeña en un abrazo y a Antón con un beso en ambos cachetes.

—¡Pero qué grande está este muchacho! —Como era su costumbre, ubicaba al niño a su costado y lo medía para ver cuánto había crecido en una semana—. Si ya me llegas casi al cuello.

—Es que usted es baja, abuela —respondió Antón.

—¿Me estás llamando enana acaso? —El jovencito rio—. Entrad, que ya está casi todo listo.

—¿Y Luisa? —preguntó su madre.

—Ya sabes cómo es tu hermana... —respondió la abuela—. Seguro que llega para los postres. —Y posando la mirada en el vientre abultado de su hija, añadió—: ¿Cómo marcha el embarazo?

No bien terminó de decir la frase, el bullicio inundó la casa. Los chicos fueron los primeros en entrar, corriendo en tropel cual animales, sin prestar atención a las reprimendas de la madre, que cargaba en sus brazos al más pequeño. Su marido venía detrás, con una botella de vino y un queso de cabra.

Antón olvidó por un momento su preocupación por la conversación escuchada y se fue con sus primos, dos varones y una niña.

Mientras las mujeres ultimaban los detalles del almuerzo, los cuñados se sentaron a la mesa, vino de por medio.

—Hay rumores de un alzamiento —dijo el marido de Luisa bajando la voz—. A muchos no les ha gustado el triunfo del Frente Popular. Tú deberías cuidarte de tu amigo Eduardo.

—¡Joder! ¿Tú también con eso? —Sin quererlo, Luis levantó la voz, atrayendo la atención de las mujeres. Su esposa se asomó desde la cocina.

—¿Ocurre algo?

—Nada, mujer, ve, ve —minimizó—. Anoche Alba me dijo lo mismo. —Hizo un gesto hacia donde su esposa había desaparecido.

—Pues deberías hacerle caso. Ya sabes que los atentados son cada vez más frecuentes. Y vosotros tenéis un bebé en camino —aconsejó su cuñado.

—¡Eduardo es mi compadre!

—Pues yo no me fiaría.

El almuerzo estuvo teñido de una preocupación subyacente que nadie quería reconocer. Aunque no se habló del tema, todos sabían qué estaban pensando. Si bien eran campesinos, sus ideas estaban a favor del partido que recientemente había ganado las elecciones, el Frente Popular, una coalición de izquierdas que englobaba tanto al Partido Socialista Obrero Español como al Partido Comunista, Izquierda Republicana y otros.

Estaban al tanto de algunos atentados que pretendían alzar a las masas contra el Gobierno, mayormente en las grandes ciudades. Dicha presión venía de la mano de los grupos de derecha y los falangistas, de los cuales Eduardo formaba parte.

Después de comer, Antón se fue con sus primos a jugar por los alrededores y, cuando las madres los llamaron para regresar a sus casas, los jovencitos estaban tan cansados y sucios que a Antón no le quedaron ganas de escuchar detrás de las paredes. Se fue a dormir con la alegría de cada domingo después de pasar el día en casa de la abuela.

CAPÍTULO 16

Alrededores de Burgos, 1917

A los veinte años Alina seguía siendo la misma muchacha delgada y desgarbada, pero un nuevo brillo alumbraba sus ojos. Era el brillo del amor.

Si bien Tom, ya todo un hombre pasados los treinta, no había tomado ninguna iniciativa, la visitaba a diario. Desde la muerte de la madre no había pasado un solo día sin que Castro se hubiera personado en la casa de los Valedor para ver a su amiga. Aunque ello desatara los celos de Lola, él no podía ni quería alejarse de Alina.

Esta a su vez espantaba a los muchachos de su edad, que con cualquier excusa la buscaban o intentaban encontrarse con ella.

Tom y Alina podían quedarse largo rato conversando a la sombra de algún árbol, otras veces daban un paseo por los alrededores con la compañía del perro lanudo.

Los fines de semana los reunía la tradición de comer en la casa de los Castro, que cada día sumaba más integrantes entre hijos y nietos. Los amigos manejaban un lenguaje subterráneo que los demás eran incapaces de comprender; con solo mirarse podían transmitirse el pensamiento y a menudo los encontraban sonriéndose sin haber intercambiado una palabra.

Entre ellos no había más contacto físico que el que mantenían con cualquiera, algún roce ocasional o el apoyarse las espaldas cuando estaban sentados en lo alto de alguna columna. Fuera de eso, nada que indicase intimidad.

Una tarde, una de las hermanas de Tom, después de un multitudinario almuerzo, lo llevó a un aparte y le dijo:

—¿Qué piensas hacer con Alina?

Tom la miró con esos ojos que escondían tantas cosas y que en ese momento demostraban inocencia.

—¿A qué te refieres?

—¿Qué estás esperando para hacerla tu novia? ¿Que venga algún otro y te la robe?

—Pero si es una cría… —Tom se puso nervioso; si bien amaba a Alina, era un terreno peligroso para él.

—¿Una cría? —Su hermana lanzó una carcajada—. ¡A su edad nuestra madre ya tenía dos hijos! Vamos, Tom, si ella siente lo mismo por ti.

—¿Tanto se me nota? —El rubor le cubrió las mejillas y su hermana se enterneció. Tom era especial, siempre lo había sido. Quizá Alina lograra ahuyentarle esos fantasmas que tanto lo acosaban.

—A ti y a ella. —Le palmeó en el hombro y sonrió—. ¡Si estáis hechos el uno para el otro!

—Lo pensaré —dijo Tom alejándose.

Esa misma semana, como si se hubiesen puesto de acuerdo, el padre de Alina lo visitó en el campo donde trabajaba.

Al verlo llegar, Tom se preocupó; no era habitual que el viejo se presentara de esa manera y a esa hora.

El muchacho dejó sus herramientas y corrió a su encuentro.

—¿Ocurre algo? —dijo antes de saludarlo como correspondía.

—Buenos días —respondió Valedor, remarcándole su falta de educación.

—Buenos días, lo siento… Es que pensé que… —La mirada de Valedor lo interrumpió.

—Quiero hablar contigo, lejos de la familia.

Buscaron un sitio a la sombra y se sentaron sobre unas piedras.

—Escucha, hijo —empezó Valedor—, tú bien sabes que mi familia es pequeña, solo somos mi hija y yo. Desde la muerte de mi esposa —hizo una pausa, todavía le dolía esa pérdida— hemos quedado muy solos.

—Nos tienen a nosotros —terció Tom.

—Lo sé, lo sé. Pero yo soy un hombre mayor ya y mi hija está en edad de merecer. —El viejo le clavó los ojos buscando una respuesta que Tom no supo darle—. ¿Qué intenciones tienes para con ella? —Tom sintió que su pecho palpitaba demasiado rápido—. Pasáis horas hablando, sois buenos amigos. Hay rumores de que sois novios.

—No... —se apresuró a negar—. Solo somos amigos.

—Mira, Tom, quiero irme de este mundo con mi hija casada. Y si tú no estás dispuesto a ello, le buscaré un marido. —El viejo se puso de pie con dificultad; la muerte de su esposa lo había vencido y su cuerpo parecía haber perdido fuerzas y ganas.

—¡No! —La voz le salió autoritaria y Valedor supo que había dado en el clavo—. Perdón, no quise gritarle. No hace falta que le busque un esposo, me casaré con Alina. —No había tenido tiempo de pensarlo, pero los sentimientos mandaban—. Tiene mi palabra. Solo le pido que me permita darle la noticia.

—Así será. —Valedor extendió la mano y sellaron el pacto.

Esa misma noche Tom fue a buscar a Alina y, por primera vez, la invitó a salir. Ella lo miró entre sorprendida y divertida.

—¿A dónde me llevarás?

—Al pueblo —dijo él—. Hay una cantina que ofrece unas tapas muy buenas. —En realidad no lo sabía, pero no se le ocurrió otra respuesta.

—Me cambiaré. —Alina se metió en su cuarto. Salió a los pocos minutos. Llevaba un sencillo vestido de lino blanco con pequeñas flores azules. Se había recogido el pelo en una coleta y se había aplicado un poco de carmín en los labios.

Tom la vio más hermosa que nunca. La admiración se le trasladó a la mirada; ella sonrió.

—Vamos —dijo la joven colgándose de su brazo.

Caminaron colina abajo y tuvieron que espantar al perro lanudo para que volviera a la casa. Iban conversando de todo y de nada, como era su costumbre, hasta que Tom se detuvo de repente, sorprendiéndola.

Se volvió y se quedó frente a ella. La luna llena los bañaba con su blancura, y aunque él se sentía impuro, la tomó de ambas manos.

—Alina… quiero decirte que…

Ella anticipó lo que vendría, pero Tom se quedó sin palabras y no pudo hablar. La joven sintió que los dedos que apresaban los suyos estaban fríos y sudaban.

—¿Te sientes bien? —preguntó con voz trémula. Él bajó la cabeza, aspiró profundo y trató de ahuyentar los demonios que lo asaltaban y le hacían dudar—. Tom…

A su llamada él levantó los ojos y vio frente a sí a una mujer que esperaba ser besada. Los ojos suplicantes, la boca entreabierta, los labios húmedos.

Tom abandonó sus manos y le tomó el rostro. Se acercó y pudo sentir su aliento cálido. Con un beso le transmitió su sentir y también sus miedos. Ella los alojó dentro de sí y respondió a la caricia. Después se fundieron en un abrazo que los sacudió por igual, como si un terremoto barriera con todas las construcciones que tenían por dentro.

—Le dije a tu padre que te haría mi esposa.

Alina supo que hablaba en serio.

—¿Y es lo que tú deseas o es solo para satisfacer a papá?

—Es lo que yo deseo, si tú también lo quieres. —Estaban ambos frente a frente, en medio del descenso de esa colina sin fin.

—¿Tú me quieres, Tom? —Había seriedad en la pregunta; se evidenciaba por las cejas fruncidas y el gesto torcido de la boca.

Tom empezó a reír; ella se desprendió de sus manos, que todavía estaban en su cintura. Al notar que Alina estaba molesta recobró la compostura.

—Claro que te quiero —suavizó el tono y la mirada—. Como nunca creí que llegaría a querer a alguien. —Se acercó de nuevo y le acarició la mejilla—. Te amo, Alina. —Sintió el temblor de ella en su propia piel.

—Yo también te amo, Tom —dijo mientras se fundían en un nuevo beso.

CAPÍTULO 17

Burgos, 1956

Al fin llegó el miércoles. Después de la cena con Antón no había vuelto a verlo, pero todo mi cuerpo aún sentía su presencia. Tenía que sacarme a ese hombre de la cabeza; era un hombre casado, esperaba un hijo. ¿Cómo había caído tan bajo? No debí haber permitido que me besara, ni siquiera debí haber aceptado ir a cenar con él. Desde el principio supe que era peligroso para mí, me ocasionaba demasiadas sensaciones, me tenía todo el tiempo pensando en él. Tenía que terminar cuanto antes mi investigación y volver a casa.

Me asomé a la ventana; el día era gris y un leve viento agitaba las ramas de los árboles. Decidí abrigarme; el convento y sus paredes heladas no me tomarían por sorpresa esta vez.

Desayuné junto a las demás pensionistas; tuve que responder algunas de sus dudas y aceptar ideas en torno a mi supuesta novela porque todas querían participar de su escritura. No quise decirles que yo ya tenía mi propia historia para escribir, me pareció de mala educación; las dejé conjeturar.

Cuando salí a la calle, Manolo me estaba esperando. Ese buen hombre no había olvidado la cita que habíamos concertado la semana anterior. Allí estaba, con su sonrisa y su boina calada hasta las orejas. Hacía más frío del que había supuesto y le hice señas de que entraría a buscar más abrigo. El chal de lana me serviría para proteger el cuello y la boca, que, según las recomendaciones de mi abuela, era por donde entraba la enfermedad. Sonreí al recordar a mis abuelos, Aitor y Purita.

—Buenos días —dijo Manolo mientras me abría la puerta del coche.

—Buenos días, gracias por venir.

—Es lo que habíamos acordado. —Rodeó el auto y subió.

Encendió el motor y partimos.

El viaje fue ameno. Manolo y su locuacidad me instruyeron un poco más sobre esa guerra de la que poco se hablaba en casa. A mitad de camino insistió en que debería visitar el castillo de Frías y le prometí hacerlo.

El convento de Nuestra Señora de la Perseverancia estaba envuelto en nubes. Su silueta se veía borrosa, tal como la historia que me proponía contar.

—La esperaré aquí —ofreció Manolo.

—Mejor pase; le pediré a la madre superiora que le ofrezcan algo caliente. —Mi chófer me sonrió y ambos avanzamos hasta la entrada.

Me gusta la puntualidad, de modo que llegamos con unos minutos de anticipación, pero sor Juana ya me estaba esperando; fue ella misma quien nos abrió la puerta. No hizo falta que le pidiera nada; solícito invitó a Manolo a compartir un chocolate con Modesto, quien me había recibido en la primera visita, una especie de útil para todo, desde jardinero hasta deshollinador.

Después me guio por el laberinto de pasillos que tenía atrapado entre sus piedras todo el pasado hasta desembocar en un vestíbulo de distribución de varias puertas.

—Le advierto que Alina puede desvariar —me dijo antes de abrir una de ellas—. Hoy amaneció bastante lúcida, pero no debe confiar demasiado en lo que le diga.

Fruncí la nariz, gesto que se me escapa cuando estoy contrariada.

—¿Qué porcentaje debo creer?

Juana rio.

—Tendrá que evaluarlo usted misma. —Abrió las manos en un gesto de impotencia.

—¿Ella sabe de mi visita?

—Sí, por supuesto; como le dije la vez anterior, no podemos exponerla a un encuentro inesperado.

—¿Puedo saber qué le han dicho? Es decir, quién soy.

—Sí, le dijimos que usted se llama María de la Paz Noriega, que es escritora y que está investigando para una novela. —Sor Juana se puso seria—. Esa sola mención la inquietó. Deberá ser prudente con sus preguntas, ir poco a poco.

—Está bien, no quiero ocasionar daño alguno.

—Lo sé, por eso le permitiré verla. Y quizá a ella le haga bien conversar un rato con alguien que no sea de aquí. —Meneó la cabeza con pesar—. Lleva tiempo sin que nadie la visite.

—Lo lamento.

—¿Está preparada?

Asentí; después de todo no podía ser tan difícil.

La religiosa se acercó a la puerta, golpeó con suavidad y luego abrió. Detrás de ella pude ver una habitación grande e iluminada, contrariamente a los demás cuartos del convento que había visitado. La ventana daba a un jardín, con algunos arbustos y flores de invierno. Juana me permitió la entrada. El reflejo de la luz que provenía del exterior me advirtió de que había salido el sol. No podía ver a la mujer que se hallaba sentada en una mecedora contra la ventana, solo veía su silueta.

—Pase —me dijo Juana—, no se quede ahí en la puerta.

Obedecí y di unos pasos. A la derecha había una cama con varios almohadones bordados sobre ella, una mesa de luz con un peine, un espejo de mano y algunas hebillas. A la izquierda, un pequeño juego de mesa y sillas, con algunos libros y una labor de dos agujas con apenas unas vueltas.

Una mujer menuda que no había divisado antes avanzó desde su sitio y se presentó:

—Soy sor Milena, bienvenida.

—Hola —dije sin presentarme; supuse que ya sabría quién era yo. La situación me tenía algo cohibida. Quería ver a Alina, pero el contraluz no me lo permitía todavía.

—Venga, Alina la está esperando. —Me tomó del brazo y atiné a echar una mirada a la madre superiora, que se dirigía hacia la salida. Asintió y me dejé llevar mientras la puerta se cerraba tras ella.

Avancé hasta quedar frente a la mujer que llevaba tiempo buscando. Me sorprendí. Debería rondar los sesenta años, pero su piel parecía fresca y lozana. Solo el cabello blanco y largo denotaba su pasado. Aunque estaba sentada, supe que era alta y delgada, tenía huesos finos y poca carne; me asombró su delgadez. Pero más allá de la mirada algo perdida, parecía fuerte.

—Alina, aquí está la señorita que viene a verla, la escritora —dijo sor Milena.

La aludida rescató su mirada desde más allá de los tiempos y me miró.

—¡Oh, sí! —Me pasmó su voz, era jovial y firme. Acompañó sus palabras con una sonrisa al tiempo que se ponía de pie y extendía la mano—. Mi esposo conoció a su padre en la guerra.

Su frase me dejó boquiabierta; yo había llegado decidida a preguntarle sobre la nota. Como una autómata tomé su mano y sentí el frío de sus dedos. La miré a los ojos. Ella sonreía como si estuviera feliz de verme; quizá me confundía con alguien de su familia.

—Gracias por recibirme, Alina.

—Tome asiento —ofreció caminando hacia los sillones. Sor Milena se sentó en la silla al lado de la ventana para darnos intimidad, pero sin dejar de vigilarnos.

—Yo… estoy escribiendo una novela sobre…

—Lo sé —me interrumpió—. La guerra. —Sus ojos se opacaron un instante—. La guerra se llevó a los míos, ¿sabe? ¿Y su padre? ¿Está vivo?

—Sí, él está vivo. No sabía que su esposo y él se habían conocido.

—¿Conocido? —Alina lanzó una carcajada histérica y sor Milena se puso de pie, alerta—. Fue mucho más que eso. —Clavó en mí los ojos, cuyas pupilas se habían dilatado—. Mi esposo le salvó la vida.

—Oh… no sé mucho de esos tiempos —atiné a decir.

—Quizá su padre no sepa que mi marido fue asesinado por ayudarlo a escapar. —Sentí un escalofrío al escuchar esa frase; los dedos flacos y blancos de Alina se retorcían mientras su rostro se transfiguraba en una mueca que dejaba ver su furia y algo parecido al resentimiento. Tuve miedo—. A Tom lo mataron en el campo de prisioneros al descubrir la fuga de Noriega.

—Yo… lo siento.

—Si al menos hubiera salvado al hombre correcto... pero no, a ese lo salvé yo.

—¿Qué quiere decir?

Su rostro se había suavizado, como si recordara algo placentero.

—Era un buen hombre, ese Noriega, algo corto de palabras, quizá, no asumía su estado. —Me miró y torció la cabeza—. ¿Usted se parece a su padre?

—Soy más parecida a mi madre.

—Claro, yo no tuve hijos; mejor, estarían muertos ahora, la guerra se llevó a los niños, ¿sabe? ¿Qué edad tiene usted?

—Veinte.

—Será mejor que se vaya antes del toque de queda. Es joven para morir. —Se puso de pie, nerviosa. Sor Milena se acercó y la tomó del brazo.

—Es de día aún —la tranquilicé.

—¡Váyase! —Se tapó los oídos con ambas manos como si algo la ensordeciera—. ¡Váyase! ¡No quiero ver a la hija del asesino de mi esposo! —Empezó a gritar, su voz era aguda, penetrante. Retrocedí mientras la monja la abrazaba y la conducía hasta la cama.

La puerta se abrió y sor Juana me hizo señas para que saliera. No pude despedirme, tampoco preguntarle por la nota que le había dejado a papá.

—Lo siento —atiné a decir al ver su cara.

—Sabía que eso podía pasar; a veces reacciona como si todavía escuchara las bombas. —Nos alejamos por el pasillo; no podía sacarme el frío del cuerpo—. ¿Logró averiguar algo?

—Muy poco, aunque estoy confundida.

—Le dije que no tome al pie de la letra las palabras de Alina.

—Lo sé.

En la cocina Manolo me esperaba conversando con Modesto. Nos despedimos y subí al coche. Tenía que hablar con mi padre.

Llegué a la pensión muerta de frío. En la cocina me preparé una taza de café bien caliente; hubiera preferido el chocolate que había olido en el convento, pero no había.

En mi cuarto me descalcé y me puse unas gruesas medias de lana; tenía los pies adormecidos. Debía llamar a casa, más que para dar noticias sobre mi aventura para preguntarle a mi madre lo del campo de concentración. Sabía que papá era reacio a contar sobre la guerra; a veces no comprendía la magnitud de lo ocurrido y eso me llevaba a no entender su parquedad en el tema. Pero quizá mamá se mostrara más permeable a mis preguntas.

Cogí mi cuaderno y anoté lo que me había dicho Alina. ¿Qué parte creer y cuál no? Parecía cuerda cuando había comenzado a hablar, su mirada era como la de cualquier mortal, nada me hizo pensar que estuviera desvariando. Luego… al recordar la muerte de su esposo había enfurecido.

Quizá si tuviera a mi alcance el informe del campo de concentración podría verificar su relato. Recordé a Antón y fruncí el ceño. No quería recurrir a él. No deseaba verlo nunca más, ese hombre era un peligro para mí. Me atraía demasiado.

Unos golpecitos en la puerta anunciaron a Delia, quien sin aguardar mi respuesta entró. Al verme envuelta con la manta se acercó y me miró.

—¿Se siente bien?

—Sí, solo tengo un poco de frío.

—Dejaron esto. —Me extendió un sobre—. Un muchachito lo trajo.

Lo tomé; estaba cerrado, solo decía mi nombre. Delia se quedó esperando a que lo abriera, pero no le di el gusto.

—Gracias —dije, y volví a concentrarme en mis notas.

—Si necesita algo, avise —murmuró antes de salir.

Era una buena mujer, pero sabía que si le daba un poco de rienda controlaría mi vida peor que una madre.

Ansiosa por ver de qué se trataba, abrí el sobre y saqué la nota.

Te espero esta noche a las 8 en la dirección que más abajo te indico.

Tengo noticias.

A.

—Lo que me faltaba —dije.

Arrojé la nota, que cayó al suelo y se escondió debajo de la cama. Ese hombre sabía cómo manipularme, conocía mi punto débil y se aprovechaba. No iría, no le daría el gusto. Averiguaría por mi cuenta lo que pudiera; si él había conseguido los datos sobre el campo de concentración, yo también podría lograrlo. Además, confiaba en lo que me diría mi padre. Después de todo, había llegado sola a una ciudad extraña y bastante información había recabado.

—No iré, Antón Navarro —declamé triunfal, como si él pudiera escucharme. No sabía que dos horas después mi resolución se iría al diablo.

Traté de retomar un poco la pobre novela que había iniciado, pero sentía que cada paso que daba, en vez de acercarme, me alejaba de ella y, por el contrario, me aproximaba a algo mucho más importante y determinante en mi vida. Tenía una honda sensación de que en cualquier momento iba a descubrir algo que movería mis ejes y también destruiría algunas estructuras, y, pese a que tenía miedo, no podía detenerme.

Había entrado en calor, no sabía si era por las medias o por el recuerdo del beso de Antón que me había invadido al leer su nota. Negué con la cabeza, como si sacudiéndola pudiera extirparlo de ella. No había manera, no podía concentrarme.

Me levanté y me abrigué para salir a la calle. Telefonearía a casa. Cuando logré la comunicación, me atendió mamá. Después de los saludos y el parte de rigor que siempre me exigía, me animé a preguntar:

—Madre, ¿en qué campo de concentración estuvo papá durante la guerra? —Del otro lado solo silencio—. ¿Madre? —Temí que la conversación se hubiera cortado.

—Estoy aquí, María de la Paz. —Algo no estaba bien, mi madre solo me llamaba por mi nombre completo cuando estaba molesta—. Tu padre no estuvo en ningún campo de concentración.

—¿Está segura? —me animé a insistir; quizá mi padre no se lo había contado.

—Sé bien dónde estuvo tu padre durante la guerra. —Su tono era tenso y, si hubiera sido una hija obediente, habría callado.

—Quizá no le haya contado todo —aventuré.

—¿Te atreves a insinuar que tu padre tiene secretos conmigo?

—No quise decir eso…

—Escucha, María de la Paz, vuelve a casa y deja esa historia en el pasado. Nadie quiere revivir la guerra que tanto dolor trajo a esta familia.

—Solo una pregunta más —insistí. — ¿El único frente de batalla donde estuvo papá fue el del río Nalón?

—Sabes que sí, allí fue herido y luego fue dado de baja. ¡Perdió un ojo en esa maldita guerra! —Mamá estaba angustiada y me sentí culpable de su desazón.

—Lo siento, mamá, lo siento.

—Deja ya esta historia y ponte a escribir algo romántico —aconsejó—. Vuelve a casa.

—Pronto, madre, volveré pronto.

Corté la comunicación y reprimí las lágrimas. La guerra debió ser dura para ellos y por eso eran tan reacios a hablar del tema. Habían sufrido algunas pérdidas, mi tío Marco entre ellos, que había muerto, y el distanciamiento de Gaia, la media hermana de mamá y por ende mi tía. Ella y su marido habían logrado escapar a Francia y vivían allí junto a su hija Mara, niña huérfana de guerra a quienes ellos finalmente habían logrado adoptar tras salvarla de las garras de Franco.

Caminé de vuelta a la pensión con más dudas que antes. Si papá nunca había estado en un campo de concentración, ¿por qué Alina lo culpaba de la muerte de su esposo? Si tenía en cuenta que Alina no siempre estaba lúcida, no debería fiarme de eso y sí de la palabra de mis padres. Pero había un cabo suelto: lo que Antón había descubierto.

—¡Maldito sea! —dije, captando la atención de una mujer que pasaba por mi lado, quien me echó una mirada reprobatoria—. Tendré que ir a verlo esta noche.

En la soledad de mi cuarto conté el dinero que me quedaba. No me alcanzaría más que para una semana; después tendría que volver a casa. Debía apresurarme si no quería regresar con las manos vacías.

Busqué la nota de Antón debajo de la cama; desconocía esa dirección.

¿Qué lugar sería? ¿Un restaurante? No parecía una invitación a cenar, pero la hora era próxima a la cena. Ese hombre me exasperaba tanto como me atraía.

Me quité la ropa y me vestí más apropiado para una señorita, incluso decidí usar las medias con raya; los pantalones los dejaba para el día. Apliqué un poco de carmín en los labios, el frío me los había resquebrajado. Me observé en el espejo; quería verme bonita, aunque no estaba dispuesta a sucumbir de nuevo frente a Antón.

Salí del cuarto y le indiqué a Delia que no llegaría para cenar. Mi casera me dirigió un gesto de resignación; debería acostumbrarse a mi ritmo de vida.

Detuve un taxi y le dije la dirección. El hombre me miró con extrañeza y al advertir que yo continuaba esperando que arrancase, se puso en marcha.

Noté que nos alejábamos de las calles céntricas y concurridas, adentrándonos en un suburbio poco confiable.

—¿Está seguro de que es por aquí? —pregunté. Repitió la dirección que yo le había dado para verificar el camino y la confirmé.

—¿Quiere que volvamos? —ofreció al ver el miedo reflejado en mi rostro.

—No, está bien. —Si Antón me había citado en un sitio como ese, debía tener algún motivo. Si bien era un infiel y un atrevido, no lo creía un malhechor como para que me tendiera una trampa.

El coche se detuvo en un local en cuyo frente un cartel a medio colgar rezaba CLUB SOCIAL BAR.

—Aquí es su destino —dijo el chófer con ironía. Le pagué y descendí con elegancia.

Caminé sobre mis zapatos de tacón, me detuve frente a la puerta y suspiré.

Al entrar, el panorama me quitó el aliento.

—¡Pero qué sitio es este!

CAPÍTULO 18

Covarrubias, 1936

Burgos fue una de las primeras ciudades en caer bajo el poder de los sublevados. Casi no opuso resistencia y se convirtió en la Ciudad del Régimen, capital de la sublevación. Se había constituido la Junta de Defensa Nacional que custodiaba los poderes del Estado y las relaciones exteriores, la cual había ratificado el estado de guerra en todo el territorio nacional.

—Nos han cambiado la bandera, mujer —dijo Luis a su esposa—. Han puesto una de dos colores, han quitado el morado.

—Tengo miedo —susurró Alba, cuyo vientre abultado le impedía desplazarse con facilidad. Cursaba el octavo mes de su tercer embarazo y su cuerpo lo sentía.

—No hay nada que temer —la consoló el marido—, no hemos hecho nada malo.

—Salvo ser republicanos. —El gesto de desazón se leía en el rostro femenino.

—Hablaré con Eduardo...

—¡No! —cortó en seco ella—. Deja a Eduardo en su casa... Bien sabes que él está muy involucrado en la Falange.

—¡Otra vez la mula al trigo! —Se levantó y dio unas vueltas por la cocina—. Ya te dije que Eduardo es mi mejor amigo, ¡un hermano!

—He escuchado cosas, mi amor —suavizó ella—, esta guerra está separando a mucha gente. Y tengo miedo. Piensa en nuestros hijos...

—Y en ellos pienso. —Se acercó y le tomó las manos—. Te repito que no tenemos nada que temer, no hemos hecho nada. Acataremos las nuevas normas, mal que nos pese.

—¿Y si nos vamos? A otra ciudad, donde esta gente no haya llegado.

—¡Pero qué cosas dices! Estás a punto de parir, mujer. —Le acarició las mejillas, por donde una lágrima se deslizaba—. Estás así por el embarazo, no es la primera vez. —Sonrió—. ¿Acaso no recuerdas cómo estabas cuando esperábamos a Antón? Eras puro llanto.

Ella sonrió y se limpió los ojos.

—Tienes razón, quizá no sea tan grave. —Pero en su fuero interno algo le decía que se avecinaba una desgracia. No podía definir qué era, pero su intuición latía desaforada y gritaba peligro.

—Volveré para la cena —dijo su marido. La besó en los labios y salió.

En la calle se encontró con su hijo, que estaba jugando con el perro y una pelota hecha de trapos.

—Cuida a tu madre y a tu hermana. —Le revolvió los cabellos con los dedos y le sonrió—. Mientras yo no esté eres el hombre de la casa.

—Adiós, padre.

—Nos vemos a la noche.

Antón lo vio partir, con su morral al hombro, la espalda algo curvada a causa del trabajo y las piernas ligeramente separadas, defecto de nacimiento. No sabía que sería la última imagen que tendría de él.

La tarde fue ajetreada para el niño; su madre se sintió indispuesta y tuvo que sostenerla para llegar a la cama. Después debió ocuparse de su hermanita, a quien ayudó a asearse y alimentó, todo bajo las directivas de la mujer, que no quería molestar a nadie más.

Cuando cayó la noche, la madre se sintió mejor y se levantó para preparar la cena, asistida por su hijo, que no le quitaba el ojo de encima.

—¿Se siente bien, madre? Yo puedo seguir —ofreció, solícito.

—Sí, mi vida, estoy bien. —Pero no dejaba de mirar el reloj; hacía rato que su esposo debería haber llegado y el miedo que todo ese día había mantenido a raya amenazaba con desbordarse.

—¿Y padre? —La pregunta del hijo reafirmó sus temores—. Ya debería estar aquí.

—Quizá se demoró en el puesto —justificó, con la esperanza de que fuera cierto—. Ve a ver si tu hermana está bien, está muy silenciosa.

Antón se asomó al cuarto donde la pequeña jugaba con las maderitas de encastre que su padre le había traído. El niño sonrió; ella estaba concentrada formando una torre, luchando con el equilibrio de las piezas. Se acercó con sigilo y cuando estaba a unos centímetros la asustó. El esfuerzo de la niña cayó estrepitosamente al suelo y ocasionó su llanto. Antón empezó a reír, pero al advertir la congoja de su hermana se arrepintió de inmediato.

—Lo siento —murmuró, pero ella seguía derramando lágrimas. El jovencito se sentó a su lado y empezó a rearmar la torre. Las manos pequeñas se le unieron y entre ambos formaron una más grande que la anterior.

La dejó entretenida de nuevo y volvió a la cocina, donde su madre estaba sentada frente a la puerta, como si la fuerza de su mirada pudiera lograr que se abriera y entrara su esposo.

Antón echó un vistazo al reloj y no dijo nada.

—¿Quiere que prepare la mesa? —ofreció. La madre asintió y simuló una sonrisa.

Las agujas siguieron avanzando y la puerta permaneció cerrada. La comida estaba fría y seca.

—Madre, tengo hambre. —Los ojos de Antón evidenciaban su cansancio; ya casi era medianoche. La niña se había dormido recostada sobre unos almohadones.

La mujer se levantó y calentó una porción que ofreció a su hijo.

—¿Usted no va a comer? —Temía preguntar por su padre; la aflicción en el rostro femenino era más que elocuente.

—Esperaré.

El silencio de la noche era interrumpido apenas por los ruidos del niño al alimentarse. La cena le cayó como una piedra y a la orden de su madre se fue a dormir, descompuesto.

La noche fue eterna; la mujer no dejó uña en los dedos ni pellejo en los labios. Le dolían las manos y la mandíbula era una roca.

Los ojos de búho, la piel grisácea y la certeza de la muerte instalada en su corazón.

La madrugada esparció su luz en la vivienda sombría y la esposa salió. Se sentó al frente, las piernas separadas, el vientre abultado y tenso. El dolor físico era apenas una punzada comparado con el dolor del alma.

Toda esa noche había rogado que su esposo se hubiera demorado en alguna taberna, incluso con alguna mujer, aun cuando sabía que eso era imposible en un hombre como él, tan recto y leal. Pero la traición era mejor que la muerte.

Perdió la noción del tiempo hasta que unos pasos la sacaron de su duermevela. Antón, con ojos somnolientos y descalzo, se acercó a ella.

—¿Y padre?

—No ha venido.

El niño posó su mano en el hombro de la madre. Tenía miedo, pero no quería que ella se sintiera sola; él era el hombre de la casa.

—¿Quiere que vaya al pueblo? La Guardia Civil quizá…

—Ve, hijo, ve. —Le acarició la cabeza y clavó en él los ojos color miel—. Ten cuidado.

Antón avanzó por el camino a paso normal, pero cuando la loma lo ocultó empezó a correr con todas sus fuerzas.

CAPÍTULO 19

Pola de Lena, 1901

La relación entre Alicia y Omar se había enfriado no por causa del hombre, que seguía buscándola, sino por el hielo que se iba formando en el corazón de la mujer.

Ya no encontraba maneras de justificar que su esposo no trabajase; en los últimos tiempos ni siquiera salía a buscar empleo y se pasaba todo el día sin hacer nada. Tampoco ayudaba con el bebé, de modo que ella dejó de ir a limpiar casas ajenas porque no podía ir con el niño; las patronas se habían quejado. Y Jesús necesitaba de su leche. Su trabajo se limitaba a lavar ropa de los demás, zurcir y remendar. El ingreso era menor, pero confiaba en que Jesús crecería y podría dejarlo durante más horas. Ya no tenía esperanzas de que su marido mantuviera el hogar; sabía que con él no podía contar y más de una noche se quedaba desvelada pensando en la manera de poner fin a la situación. Se había equivocado. Omar no era la joya que le había mostrado, era un metal de falsos brillos que se había opacado con el paso de los meses.

Después del golpe, él se había mostrado arrepentido y le había pedido perdón, pero algo en ella se había roto irremediablemente, como el vidrio rajado, que siempre muestra su cicatriz.

Su intento para que hubiera un hombre y padre en la casa había sido fallido. Nunca se había escuchado la palabra «papá», y sus esperanzas de que Jesús la dijera ya no existían. Prefería a Omar lejos, empezaba a sentir asco por él, su falta de aseo era causa de continuos reproches, sus bromas ya no la hacían reír y su conversación le parecía vacía. ¿Cómo se había equivocado tanto?

La alegría se había esfumado de la casa habitada por tres seres sombríos y apáticos. Solo los hermanos parecían tener una profunda comunión.

La situación era tensa. Al estar Alicia todo el tiempo en la casa, a Omar se le dificultaba el acceso a la criatura que le avivaba el sentir. Omar era como un animal en celo asediando a su víctima, que no se alejaba de las faldas de la madre ni siquiera para ir al retrete. Si lo hacía, buscaba la manera de que Alicia también fuera y de forma inconsciente custodiara su entrada al cuartucho que servía para tal fin al fondo de la vivienda. Pero, por mucho que se cuidara, el cazador era más rápido que la presa. Y en un cambio de rutinas Omar le cayó encima de nuevo.

Fue una mañana en la que Alicia salió temprano, mientras todos dormían. La madre fue al poblado a buscar un nuevo paquete de ropa para lavar porque no podían alcanzárselo. Aprovechando que Jesús había mamado casi hasta la madrugada, se levantó y partió, con la esperanza de regresar antes de que el resto despertase.

Omar estaba atento y en cuanto su esposa cerró la puerta se levantó para mirar por la ventana. La vio alejarse por el camino y sintió la erección. Sonrió.

Con sigilo se aproximó a la habitación de su víctima y quiso entrar, pero algo se lo impidió. Empujó con fuerza; la puerta estaba trabada por dentro. Sintió la furia latir y su excitación transformarse en enojo. Golpeó con los puños, sin importarle despertar al bebé.

—¡Ábreme, ábreme, coño! —gritó desaforado y siguió asestando puñetazos.

La madera empezó a ceder, estaba en mal estado. Finalmente se partió y Omar consiguió entrar. La oscuridad del cuarto de ventanas cerradas le impidió ver a la figura agazapada detrás del ropero. Temblaba, pero había determinación en sus ojos color miel.

Omar avanzó a tientas, tropezó con unos zapatos puestos ahí adrede y cayó al suelo.

—¿Dónde estás? —volvió a gritar.

—¡Aquí, cabrón! —dijo una voz nueva.

Los brazos delgados se elevaron en el aire y la azada de hierro golpeó en el cuello. Omar gimió y se llevó las manos hacia donde la herida empezaba a sangrar. Parecía un toro de feria, los ojos rojos y la mirada de muerte. Un nuevo golpe, esta vez con el mango de madera, se descargó sobre su cabeza. Y otro, y luego otro, hasta que Omar dejó de moverse.

—¡Dije que nunca más! —gritó la víctima que acababa de librarse de su verdugo.

Después, soltó la herramienta y se miró. Tenía la ropa salpicada con sangre y las manos sucias. Sin pensar, se cambió deprisa, no fuera a ser que Omar despertara. ¿O habría muerto? No se animaba a tocarlo.

Jesús lloraba en su cuna, asustado. Se disponía a tomarlo cuando Omar se movió. ¡Estaba vivo! No sabía si alegrarse o maldecir. No deseaba cargar con su muerte, pero tampoco lo quería con vida.

¿Qué hacer? Si la bestia se levantaba, su propia vida acabaría. Si su madre llegaba… No, no quería enfrentarse con su madre. Ni con las autoridades, desconocía lo que podía llegar a ocurrirle. Tenía que irse. Rápido.

Omar volvió a moverse y gimió.

La víctima convertida en victimario reunió algo de ropa en un morral y unas pocas pertenencias más. Salió de la habitación, tomó de la cocina algo para comer en el viaje y se dispuso a huir, pero el llanto de Jesús sembró la duda. Si se iba, su hermano quedaría a merced de ese monstruo, ¿quién lo protegería? No podía abandonarlo.

Volvió sobre sus pasos y entró en el dormitorio, con el oído y los ojos alerta por si Omar se ponía de pie. Tenía que apresurar la huida. Envolvió a Jesús en su manta y trató de calmarlo con el canto de siempre.

Con el bebé apretado contra su cuerpo, salió. Aspiró el aire. Al fin era libre.

CAPÍTULO 20

Burgos, 1956

De pie en el umbral y con la boca abierta tuve que dar un paso y entrar porque un grupo de hombres me empujó para hacerse espacio y ocupar una mesa.

Estaba en un local amplio, de luces tenues y aire viciado de humo y sudor. Al costado, en una larga barra se servían bebidas a varios sujetos, que acodados sobre ella intercambiaban dinero.

Las pocas mujeres que había estaban ligeras de ropa y me sentí una tonta vestida con mi falda y mi blusa de puntillas. Por fortuna tenía puesto un abrigo largo. «Debí haberme dejado los pantalones», medité. «Antón, ¿dónde estás?», susurré. No quería entrar en pánico; si bien nadie me había prestado atención, ese no era sitio para una señorita sola. Además, tampoco era un barrio donde fácilmente pudiera conseguir un taxi para irme. Rogué para que no fuera una broma de Antón, porque de ser así tendría que vérselas con mis uñas.

Una voz por encima del murmullo hizo un anuncio y miré en dirección a la procedencia del mensaje. Al fondo del salón, oculto tras las mesas que se hallaban desperdigadas aquí y allá, había un ring.

—Damas y caballeros —dijo el hombre que estaba de pie en medio del cuadrilátero dirigiéndose a una audiencia en su mayoría masculina, donde la única señorita era yo; las otras mujeres distaban mucho de serlo—, en unos minutos podrán disfrutar de la primera pelea de la noche en la que se enfrentarán el visitante Pepe Sombra y nuestro favorito, El Toro Navarro. ¡Hagan sus apuestas, señores!

¿El Toro Navarro?, repetí en mi mente. El muy desgraciado me había invitado a ver una de sus peleas. No lo podía creer, me había engañado al decirme que tenía información y solo había sido una excusa para que fuera a verlo.

Di media vuelta para irme, furiosa, pero caí en la cuenta de dónde estaba y no quise desafiar a mi suerte. Por mucho que lo detestara, en ese momento era la única persona que conocía para que me llevara de vuelta a la pensión. No iba a salir sola de allí.

«Ojalá lo muelan a golpes», deseé. De inmediato me arrepentí.

No sabía qué hacer; estaba de pie en medio de hombres que buscaban acercarse a la barra para hacer sus apuestas y mujeres que se contoneaban entre ellos ofreciendo bebidas. Nadie reparaba en mí y agradecí ser invisible.

Me moví hacia una de las paredes laterales, donde algunos cuadros mostraban los triunfos de los últimos boxeadores: Martín Marco Voto en peso mosca y Fred Galiana en peso pluma. Me apoyé en ella a la espera de la pelea. Nunca había visto una y, si bien no me gustaba la violencia, me causaba curiosidad.

El hombre que la había anunciado subió de nuevo al ring y alentó para que se realizaran las últimas apuestas.

A los pocos minutos la gente comenzó a aplaudir y los contendientes subieron al cuadrilátero. Ver a Antón semidesnudo, cubierto apenas por un pantalón corto, me hizo estremecer. Si vestido me atraía, así me derretía. Su cuerpo era puro músculo, tenía los hombros y los brazos en tensión, la espalda enorme y el abdomen marcado. No podía dejar de mirarlo.

Su contrincante también era musculoso, pero me dejó indiferente. Debía huir de Antón cuanto antes; me conocía y esa atracción iba a llevarme por un mal camino. No tenía la fuerza de voluntad suficiente como para alejarlo si él me provocaba. Tenía que pensar en todo momento que era un hombre casado. Casado y con un hijo en camino.

El árbitro dio inicio a la pelea y me dolió el primer golpe que Antón recibió en el estómago. La gente vitoreaba, las mujeres bebían y fumaban, y a medida que la violencia del ring escalaba me sentía cada vez más fascinada. No me gustaba, pero no podía dejar de mirar. Los puñetazos impactaban con fuerza en uno y otro hombre, cortaban labios y sienes por igual. Ambos sudaban mientras se toreaban en lo que bien podría haber sido una danza. Piernas rápidas, pasos cortos, esquivas y fintas.

Fueron varios rounds durante los cuales permanecí contra la pared, apretando los puños cada vez que Antón recibía un golpe y gritando de júbilo con cada uno que él acertaba.

Hasta que la pelea llegó a su fin cuando Pepe Sombra cayó a la lona y el árbitro elevó el brazo de Antón y lo proclamó ganador. El Toro Navarro bajó del ring envuelto en una bata y recibió el abrazo de sus seguidores, que lo felicitaban y aclamaban. Incrédula, tuve que presenciar que una de las mujeres que ofrecía bebidas se acercara y lo besara en la boca. Él la abrazó por la cintura y correspondió al beso. Después le palmeó las nalgas, le dijo algo al oído y se dirigió hacia mí, como si supiera que estaba ahí.

Me sentí furiosa, como una novia engañada. Antón era un mujeriego; no solo me besaba a mí sino a cuanta mujer se le pusiera a tiro. Mientras trataba de que no se me notaran los celos, porque no podía negar que estaba celosa, lo vi avanzar con toda resolución hacia mí dejando en el camino a sus aduladores.

—Espero que hayas apostado por mí —dijo a modo de saludo. Tenía la cara lastimada, pero eso no impedía que luciera una sonrisa soberbia.

—No suelo apostar.

—¿No vas a felicitarme? —Se acercó lo suficiente para que pudiera sentir su aliento tibio y su sudor, que, lejos de desagradarme, me excitó.

—Solo vine porque dijiste que tenías noticias. —Lo miré con reproche y añadí—: Podrías haberme citado en otro lugar, este no es sitio para mí.

—Quería que me vieras en acción. Y de paso que te hicieras con unos billetes. —Me tomó del brazo y empezó a caminar—. La próxima, hazme caso, apuesta por mí.

—¿A dónde vamos?

—A cambiarme. —Salimos por la misma puerta por la que él había entrado al ring y lo seguí por un pasillo oscuro hasta que llegamos a una pequeña habitación.

Había un catre, una silla y un bolso.

—Date la vuelta, así me quito la ropa.

—Esperaré afuera —dije, preguntándome por qué no me había dejado en el salón. Retrocedí y volví al pasillo—. Deberías darte un baño —elevé la voz para que me escuchara.

—No te preocupes, lo haré cuando llegue a casa. —Por su tono de voz noté que se reía.

Cuando salió, me guio de nuevo por el pasillo hasta otra habitación donde el árbitro, sentado bajo un tenue foco, contaba billetes.

Al vernos levantó los ojos y dijo:

—Al fin traes a tu novia.

Quise objetar, pero Antón no me dio tiempo.

—Te presento a María de la Paz Noriega. —Al ver la seriedad de Antón el hombre se puso de pie y extendió su mano. Se presentó y tuve que saludarlo como correspondía.

—Aquí tienes tu dinero. —Le entregó a Antón una buena cantidad y por un instante me arrepentí de no haber apostado. Con ese dinero podría costearme dos semanas más en Burgos—. Puedes llevar a la señorita a un sitio bonito.

—Así lo haré.

Salimos de allí por una puerta trasera y subimos a su coche. Condujo en silencio hacia el centro de la ciudad, hasta que se detuvo en un edificio bajo.

—Sé que no es lo que corresponde —comenzó—, pero quisiera darme un baño antes de llevarte a cenar.

—No quiero ir a cenar contigo —dije furiosa. No era su títere para que hiciera conmigo lo que le diera la gana—. No estamos en una cita. —Iba a agregar el tema de su esposa embarazada, pero no quería que pensara que estaba celosa—. Solo vine porque dijiste tener información sobre mi padre. Y quiero escucharla.

—¿Es eso lo único que quieres? —Su voz y su mirada insinuaban algo más y apreté las mandíbulas para no responder con una grosería.

Debió advertir que estaba a punto de explotar porque puso en marcha el vehículo y arrancó.

—Me gustaría que pudiéramos hablar en un sitio que no fuera el interior del coche —expuso—. ¿Te apetece un chato al menos?

—De acuerdo.

Me llevó a una taberna cerca de la pensión y el chato se convirtió en una cena ligera, con Antón sin duchar y conmigo famélica.

—Cuéntame lo que has averiguado —pedí después de dar el primer trago.

—He podido confirmar que tu padre estuvo en un campo de concentración junto con Tom Castro.

—¿Tienes el nombre de ese lugar? —Lo que Antón decía ratificaba lo que me había dicho Alina. ¿Por qué mi familia continuaba negándolo?

—Miranda de Ebro.

—Eso es provincia de Burgos, ¿verdad? —pregunté.

—Así es. Estuvo abierto hasta 1947, recibió muchos prisioneros republicanos, incluso excedió su capacidad.

—Todavía no entiendo cómo mi padre llegó hasta ahí... él estaba en el frente del río Nalón.

—Por el informe que me han dado —continuó Antón—, Noriega escapó del campo en octubre de 1937, ayudado por Tom Castro, que también estaba detenido allí, pero tenía el cargo de vigilar a sus compañeros.

—¿Y qué pasó con Tom? —Temía la respuesta.

—Fue fusilado cuando se descubrió la fuga.

Bajé la mirada; mis ojos se habían llenado de lágrimas. Antón advirtió mi desconsuelo y tomó mi mano por encima de la mesa; no hice nada para rescatarla.

—Alina dijo la verdad entonces —dije más para mí que para él, pero Antón lo oyó.

—Quizá esa mujer no esté mal de la cabeza, como te dijo esa monja. —Alcé la mirada y encontré sus ojos oscuros fijos en los míos. Estaba serio, había dejado de lado la ironía y la burla que siempre usaba conmigo y lo agradecí. Retiré la mano.

—Tendré que volver a casa. —Noté que no le gustaron mis palabras, porque se puso en tensión—. Debo hablar con mi padre, hay algo en esta historia que no cuadra.

—¿Volverás? —Le indagué con la mirada y repitió—: ¿Volverás aquí? A seguir con tu investigación.

—No lo creo. Alina no quiere volver a verme, ya no tengo dónde buscar. —Noté su decepción—. Ahora es mi padre quien debe darme las respuestas. —No le dije que de todas maneras había puntos flojos en ese intrincado tejido del pasado. Me resultaba extraño que Alina le hubiera dejado esa nota a mi padre solo para reclamarle la muerte de su marido, mientras que por otro lado sabía que había sido ella quien se había ocupado de él durante su convalecencia. Tenía que haber algo más que no estaba viendo. También me faltaban fechas concretas.

—¿Estás segura de que haces todo esto por una novela? —Parecía interesado y decidí responderle.

—En los comienzos sí, pero ahora siento que hay algo más. No tiene una explicación racional, llámalo sexto sentido.

—Sabes que puedes contar conmigo para lo que haga falta aquí —se ofreció, y era sincero.

—Gracias.

El alcohol me fue distendiendo y me encontré conversando con Antón como si fuéramos amigos. Él era un gran conversador, pero solo hablaba de temas triviales y de información en general, nunca entraba en el terreno personal; deduje que era a causa de su esposa. Para recordarle que sabía de su existencia y evitar que se propasara pregunté:

—¿Cuándo volverás a ver a Sara?

—Cuando tú te vayas. —Me sorprendió esa respuesta—. Volveré a buscar el calor de la familia —dijo con una de esas sonrisas que me derretían y aniquilaban mis seguridades—. A no ser que quieras venir conmigo antes de partir. Quizá podrías conversar con Lola otra vez.

Sabía que no debía aceptar, sabía que tenía que irme cuanto antes de su lado, pero dije que sí.

Antón me dejó en la puerta de la pensión y estoy segura de que se portó como un caballero a causa de su sudor. Olía como un puerco, y si bien al principio su olor me había excitado, con el correr de las horas se había transformado en desagradable. Él debió advertirlo porque mientras me llevaba a mi provisorio hogar dijo:

—Debiste acompañarme para que me diera un baño.

Pensé que había sido lo mejor; su estado era el más efectivo repelente para la atracción que ejercía sobre mí.

Una vez sola en la cama rememoré todo lo ocurrido esa noche, desde la pelea de boxeo hasta el fin de la cita. Anoté en mi cuaderno toda la información que me había dado Antón; tendría que insistir con mi padre. ¿Por qué me ocultaban que había estado en un campo de concentración? Quizá allí lo habían torturado y no quería revivir esa parte de su vida; ya bastante debió haber sufrido al perder un ojo en la guerra.

Cuando tuve todo por escrito empecé a sacar flechas para sumar los interrogantes que toda esa maraña de datos me había generado. La novela estaba lejos… Lorena, mi personaje, había perdido interés para mí. Necesitaba saber qué había ocurrido veinte años atrás y era evidente que de boca de mi familia no iba a lograrlo.

Me venció el cansancio y apagué la lámpara, pero la oscuridad pareció desvelarme; parecía que habían transcurrido varias horas cuando me dormí.

Delia me sacó de la cama con unos golpecitos en la puerta. Creí que era madrugada, me sentía cansada, me costó abrir los ojos. Al mirar el reloj vi que eran casi las diez de la mañana, tardísimo.

—Ya voy… —dije para que dejara de llamar.

—Tiene una visita —informó a través de la madera.

Me puse de pie de un salto, ¿quién sería? No conocía a casi nadie, excepto a Antón. ¿Estaría ahí afuera el Toro Navarro? De solo pensarlo los nervios me invadieron. Me miré al espejo; tenía los ojos chiquitos y estaba despeinada. Me atusé como pude y me vestí deprisa. ¿Qué querría?

Salí del cuarto y avancé por el pasillo hacia el recibidor, de donde provenían las voces. La sorpresa que me llevé hizo que me detuviera de golpe antes de entrar.

—¿Qué haces aquí?

Ferrán me sonrió con burla. Dio unos pasos y fingió un abrazo cariñoso.

—Me alegra que te pongas tan contenta de verme, hermanita.

—No me había dicho que tenía un hermano tan guapo —intervino Delia al notar mi incomodidad. Después de un intercambio de frases con Ferrán, que podía ser muy engreído cuando alguien lo adulaba, nos dejó solos.

Nos sentamos en los silloncitos y lo interrogué con la mirada.

—Mamá está preocupada por ti —dijo abriendo los brazos en señal de resignación.

—¿Y eres tú quien me dará seguridad? —Me molestaba sobremanera que no confiaran en mí. No era una niña tonta que no sabía desenvolverme, por el contrario, me había desempeñado bastante bien en una ciudad que al principio me era extraña.

—Eso es lo que ellos piensan. —Me sonrió con esa boca tan parecida a la de papá y no pude dejar de imitarlo. Ferrán se le parecía tanto… Alto y musculoso, con los cabellos negros y la mirada oscura; nadie se imaginaba que éramos hermanos.

—Vamos, no seas aguafiestas, al menos llévame a pasear y muéstrame qué estás haciendo aquí.

—¿Te quedarás mucho? —Mi hermano Ferrán tenía diecisiete años y por momentos se comportaba como un adulto, pero solo eran momentos.

—Le prometí a mamá que volveríamos juntos.

Abrí la boca para protestar; después caí en la cuenta de que él no tenía la culpa. Por muy molesto que pudiera resultar Ferrán, sabía que también podía ser un aliado. ¿Y si le contaba sobre mis dudas? Quizá se entusiasmara y pudiera ayudarme.

—Escucha, estoy investigando…

—Sí, lo sé, para una supuesta novela —interrumpió—. Pero a mí no me engañas. —Tenía los mismos gestos que papá—. En casa están preocupados, los oigo susurrar por las noches, ¿qué es eso que tanto quieres saber? —Se inclinó hacia adelante y pude ver su mirada sincera.

Suspiré y decidí contárselo; después de todo, él también tenía derecho a saber sobre los orígenes de papá, aunque cada día que pasaba sentía que me alejaba más de ese objetivo, como si algo más grande estuviera por salir a la superficie en cualquier momento.

Ferrán ya conocía la historia; cuando yo había descubierto la nota que lo había desencadenado todo, en casa se había armado un gran revuelo. Mamá le había recriminado a papá que no le hubiera contado nada y discutieron sobre el tema a puertas cerradas.

—Parece que papá estuvo en un campo de prisioneros.

Ferrán abrió los ojos, incrédulo.

—Nunca ha dicho nada de eso.

—Ahí está el tema. La mujer que le dejó esa nota hace veinte años dice que fue su esposo quien salvó a papá, ayudándolo a escapar.

—¿Y eso fue antes o después de que perdiera el ojo?

—Pues no lo sé... Además, ella fue quien lo asistió en el convento. Es todo tan extraño... —Me puse de pie y Ferrán me imitó—. Espera aquí. —Fui hasta mi cuarto y busqué mis anotaciones. Allí estaba todo lo que había descubierto, hojas y hojas que en un principio eran prolijas y que habían llegado a convertirse en una maraña de nombres, fechas y lugares. Con ellas en la mano volví a la sala—. Ahí está el tema, no me coinciden las fechas —le dije después de haberme sentado y ojeado mis registros. Lo miré fijo y noté su mirada de orgullo al sentir que confiaba en él—. Según mi informante, papá escapó de Miranda de Ebro en octubre de 1937, pero él mismo nos contó que estuvo en el convento donde le extirparon el ojo en junio de 1937. Después de eso volvió directo a casa, a Gijón. Hay algo que no concuerda.

Ferrán parecía tan interesado como yo en el tema, tanto que me quitó el cuaderno de las manos. Lo dejé; decidí que tal vez ese enigma sirviera para que dejáramos de discutir por cualquier cosa y pudiéramos ser un poco más compañeros.

—Quizá hay un error en alguna fecha... —sugirió—. ¿Y si fue hecho prisionero cuando salió del convento?

—¿Y por qué lo ocultaría?

—Escucha, María de la Paz —él nunca me llamaba por mi nombre completo—, será mejor que volvamos a casa y le preguntemos a papá.

—¿Crees que me ha mentido? —No bien terminé de decir la frase me arrepentí; papá no era de esos, siempre había sido un hombre recto—. No, no puede ser, papá no me mentiría.

—Vamos a casa —insistió Ferrán—. Eso sí, primero llévame a conocer la ciudad, y mañana nos volvemos.

—Está bien. —No tenía sentido seguir demorando el regreso, ya no tenía a quién preguntar, sentía que todos los caminos estaban cerrados. Dejaría una nota para avisar a Antón de que no iría a Covarrubias; no creía que Lola tuviera nada interesante que contarme—. Buscaré un abrigo e iremos a comer por ahí.

—Invitas tú.

—Entonces comeremos liviano. —Le sonreí—. Ya casi no me queda dinero.

—Deja, tu hermano menor hará que aumentes un poco esa carne tan pobre que tienes. —Me miró con esa sonrisa burlona que lo caracterizaba. Meneé la cabeza y me dirigí a la habitación.

Al rato caminábamos por la avenida buscando un mesón. A solas, mi hermano era otro, divertido y ocurrente, muy distinto al niño malcriado que intentaba ser cuando estábamos en casa.

—Me encantaría que siempre fueras así —dije entre bocado y bocado.

—¿Así cómo?

—Amable, compañero...

—Bah, no te pongas sentimental. —Dejó los cubiertos y me miró—. ¿Sabes lo que te hace falta a ti?

Abrí los ojos en señal de ignorancia.

—Un novio. —Intenté protestar, pero él me hizo callar—. Tu mejor amiga ya tiene uno, y a ti solo te interesa escribir un libro.

—¡Ya estás diciendo tonterías otra vez, tonto!

Después del almuerzo lo llevé a pasear y le mostré algunos de los sitios que había conocido, aunque también nos aventuramos en otros. Burgos es una ciudad bella, pero distinta a mi Gijón natal. Noté que Ferrán también buscaba el límite del mar; en eso nos parecíamos. Caminamos hacia la pensión a la caída del sol. Íbamos tomados del brazo, riendo y rememorando viejas anécdotas; después de todo habíamos pasado una tarde placentera. Habíamos tomado chocolate caliente y nos habíamos saciado de comer rosquitas azucaradas. Por un momento sentí que más que hermanos éramos amigos.

Al doblar la calle vi una figura apostada sobre la fachada de la pensión; la reconocí enseguida y mi corazón empezó a palpitar. Perdí el hilo de la conversación y creo que hasta tropecé.

Ferrán seguía hablando, ajeno a mi sofoco.

Cuando llegamos Antón se separó de la pared y se dirigió a mí. Yo seguí del brazo de mi hermano; quería darle celos y rogué en silencio para que Ferrán no abriera la boca.

—Hola —dijo Antón y estudió a mi acompañante con cara de pocos amigos.

—Hola. —Miré a Ferrán—: ¿Me esperas adentro?

—¿No vas a presentarme a tu amigo, hermanita?

Maldito seas, Ferrán, siempre tienes que abrir la bocaza, pensé. Al escuchar cómo me llamaba, Antón hizo un gesto de complacencia; había advertido mi treta. Yo sentí que el rostro se me ponía de todos los colores y dejé de sentir frío.

—Antón Navarro —dijo extendiendo la mano, que Ferrán tomó.

—Ferrán Noriega Exilart.

CAPÍTULO 21

Ferrán y Antón congeniaron de inmediato. Sentados en una taberna bebían vino y disfrutaban de unos aperitivos mientras yo rumiaba enojo.

Cuando Ferrán se enteró de que Antón boxeaba, enseguida lo convenció para que lo llevara a una de sus peleas.

—Dijimos que nos iríamos mañana —protesté.

—¿Mañana? —Antón me clavó los carbones de sus ojos—. Prometiste ir conmigo al pueblo.

—¿Al pueblo? —se interesó mi hermano—. ¿En qué andáis vosotros dos? —Nos miró a uno y a otro con gesto divertido.

—Al pueblo donde vive su familia —corté antes de que Antón dijera nada—. Su esposa embarazada y su abuela.

Antón casi se atragantó con una aceituna y tuvo que beber un buen sorbo para bajarla.

—¿Y para qué ibas a llevar a mi hermana al pueblo? —Ferrán se puso serio y adoptó la postura de protector que tanto le gustaba.

—Para que se reúna con alguien que quizá pueda aportar algo a su historia —replicó Antón, repuesto. Miró a Ferrán y agregó—: Mañana por la noche habrá pelea, ¿quieres que pase a por ti?

—No. —Fui tajante, no deseaba que confraternizaran—. He dicho que nos iremos.

—Vamos, Paz —¿Desde cuándo él me llamaba así?—. Deja que el chico vea lo que es una pelea de verdad. No te arrepentirás, muchacho. —Lo palmeó en el hombro y le guiñó un ojo.

—Está bien —dijo mi hermano para mi disconformidad—. ¿A qué hora?

Tuve que comerme el enojo y aguantar.

Esa noche en la cama me costó conciliar el sueño. Para empeorar las cosas, Delia no tenía habitación para Ferrán y no tuve más opción que aceptar la oferta de Antón de que se quedara con él. ¡Era el colmo! Le hice jurar a mi hermano que al día siguiente volvería temprano a buscarme.

—Te quedarás conmigo el resto del día.

—Hasta la noche, cuando iré a ver la pelea. —Se había despedido de mí con uno de esos abrazos falsos y burlones que yo detestaba. Antón por su parte me había sonreído con sinceridad; buscaba congraciarse conmigo. No lo había logrado.

Por la mañana recibí un mensaje de sor Juana, del convento de Nuestra Señora de la Perseverancia. Me pedía que fuera a verla. Aguardé hasta el mediodía y Ferrán no apareció. A riesgo de echar fuego por los ojos e iniciar un incendio en la pensión, decidí salir. Le dejé recado con Delia; le ordenaba que me aguardara, aunque, en vista de lo que estaba ocurriendo, era evidente que mi hermano hacía y deshacía a su antojo.

No tenía tiempo de ubicar a Manolo para que me llevara al convento, de modo que tomé un taxi en la calle. Los kilómetros se me hicieron eternos. Al llegar me anuncié y enseguida me llevaron con la madre superiora.

—Veo que recibió mi mensaje —dijo extendiendo sus manos para tomar las mías—. Vaya, usted siempre tiene frío. —Sonrió y me hizo seguirla hacia una pequeña salita, nueva para mí, donde un brasero entibiaba el ambiente y una taza de chocolate humeaba sobre la mesa—. ¿Cómo se encuentra? Temí que ya hubiera vuelto a su ciudad; deben extrañarla.

—Así es, tanto que enviaron a mi hermano a buscarme. —Sor Juana esbozó una sonrisa—. ¿Por qué me ha mandado llamar? —Incliné el cuerpo hacia adelante, como si esa cercanía invitara a la confidencia.

—Hay algo que me olvidé de comentarle la última vez que estuvo. —Revolvió su chocolate y fijó sus ojos en la bebida—. Quizá no sea de importancia, pero no quería quedarme con ese dato sobre Alina.

Quedé expectante, pero sor Juana siempre se tomaba su tiempo para hablar. Intenté calmar mi ansiedad.

Modesto entró y puso frente a mí una taza con chocolate. Bebí un sorbo; estaba delicioso.

—¿Tiene canela? —pregunté, a la par que pensaba que ya me parecía a ella, siempre con digresiones.

—Buen paladar —otorgó la monja—. A veces se acuerdan de agregarle… Es como más me gusta.

Sonreí y añadí:

—A mí también me gusta más así.

—Como le decía —continuó la religiosa—, hay un dato que se me pasó por alto. Tal vez no sea importante, pero tal vez sí.

—Cuanta más información tenga sobre Alina más me acercaré a la verdad —dije, esperando que al fin me sacara las dudas.

—Desde hace unos cuantos años, más de diez creo, tendría que buscar en los registros, hay alguien que envía dinero.

—¿Dinero para Alina?

—Para Alina, para el convento… —Se encogió de hombros y bebió lo que quedaba de su chocolate—. Todo empezó con una carta.

—¿Qué decía esa carta? —Sor Juana funcionaba lento, y yo debía adecuarme a su ritmo, intervenir con preguntas, alentar a seguir.

—Preguntaba por Alina Valedor. Era un hombre, pero la letra era de mujer, creo yo, muy prolija, redondeada… Los hombres suelen escribir mal, uno se da cuenta cuando detrás de una grafía hay una mujer.

—Vaya… nunca había pensado en eso.

—Pues aquí hay mucho tiempo para pensar, señorita Noriega. Como le decía, todo empezó con esa carta. Recuerdo que la respondí yo misma, y le comuniqué a esa persona que sí, que Alina estaba aquí.

»Al poco tiempo llegó otra misiva y dentro del sobre había dinero. No era una gran cantidad, pero dinero al fin y al cabo. La misma persona de la vez anterior, la misma letra de mujer. Sin demasiadas explicaciones ese sujeto decía que tenía una deuda con

Alina y que la única manera de pagarla era con envíos de dinero. Nos pedía que nos ocupáramos de su bienestar mientras ella estuviera aquí y que cuando ella finalmente se fuera le avisáramos, comunicándole su nueva dirección. Pero eso nunca ocurrió.

—¿Y el dinero? ¿Siguió llegando?

—Claro que sí; regularmente, cada dos o tres meses, llega el sobre.

—¿Nunca se le ocurrió preguntar el porqué? —Curiosa por naturaleza, no podía dejar de imaginar miles de razones—. Además, después de tantos años... ¿No cree usted que es una deuda muy grande?

—Deduje que la deuda era de una naturaleza distinta a la económica, quizá una deuda moral, o de honor... —Sor Juana se levantó y agregó un leño al brasero—. Alina lo tomó con naturalidad, nunca desveló el misterio. Yo creo que en el fondo ella sabe.

—Y esa persona... ese hombre, ¿nunca vino a verla?

—Nunca. Solo envía dinero, ni siquiera pregunta cómo está. Por educación y para que sepa que su envío llega a destino, yo le contesto con una breve misiva de agradecimiento. —La monja se puso de pie, dando por finalizada la charla. La imité.

Caminamos hacia la salida por los largos y fríos pasillos. Ambas sabíamos que nuestra conversación no había terminado, pero con sor Juana no me quedaba más opción que aprender a manejar mi ansiedad.

Ya en el umbral, una frente a la otra, me dijo:

—¿No va a preguntarme nada?

Sonreí.

—Creo que no hace falta.

Ella también sonrió. De su bolsillo extrajo un sobre y me lo dio.

—Ahí tiene, el nombre y la dirección de ese hombre.

—Gracias, madre. —Refrené el impulso de abrazarla, así como el de leer de inmediato lo que me había entregado.

Subí al taxi y en la intimidad del asiento trasero, mientras el coche arrancaba y tomaba el camino de regreso a la ciudad de Burgos, miré el remitente:

Jerónimo Basante
Alcalá de la Selva
Provincia de Teruel

Ese nombre no me decía nada. ¿Quién era ese sujeto? ¿Qué clase de deuda tenía con Alina para que le enviara dinero durante tantos años?

Cuando llegué a la pensión, Ferrán me esperaba con cara de fastidio; era casi de noche.

—¿Dónde estabas? ¡Llevo horas esperándote! —dijo por saludo.

—Si hubieras venido temprano, como era tu deber... —Caminé hacia mi cuarto ignorando sus quejas. Él venía detrás, malhumorado.

—Me hubiera quedado con Antón y lo hubiera pasado mejor.

Al escuchar su frase me frené en seco y le planté cara:

—¿Es que acaso ahora sois amigos? —dije en son de burla—. Ese hombre te dobla la edad —advertí—, de modo que no creas que vas a ir tras él cual perrito faldero.

—Iré a ver su pelea, esta noche —dijo—, pasará a por mí a las once.

—¿A las once? ¡Será casi medianoche!

—Vaya que eres avispada... —Se burló mientras se sentaba sobre mi cama y me sonreía. Había algo en su rostro, una picardía que lo divertía. Pero no tenía ganas de bromas; el solo hecho de hablar de Antón me ponía de un humor de perros—. Ven con nosotros —pidió.

—¿A ver ese... deporte de brutos? Con una vez fue suficiente.

—¿Fuiste a verlo? —Estaba sorprendido—. Pues tú sí que eres una caja de sorpresas... Cuando se entere papá...

—Tú no abrirás la boca —le advertí—. Soy mayor, mucho más mayor que tú, y sé cómo manejarme en ciertos ámbitos. En cambio, tú...

—Vamos, María, si apenas me llevas tres años. —Se puso de pie y se situó a mi lado; me sobrepasaba en casi dos cabezas, y eso que no soy de baja estatura—. Además, yo soy hombre.

Bramé y apreté los puños.

—¡No vuelvas a decir eso!

—Vamos, ven con nosotros, beberemos unos chatos y quizá, quién sabe, nos hacemos con unos billetes.

Sin dejar de protestar acepté.

—Iré, únicamente para no dejarte solo en ese sitio. —Sabía que era una excusa; mi única razón era que no podía dejar de pensar en Antón Navarro—. ¿Has comido algo en todo el día? Estoy famélica.

—Tenemos tiempo para unos aperitivos en la esquina —sugirió Ferrán.

Sentados a la mesa y mientras comíamos Ferrán empezó a hablar de Antón. No quería saber nada de él; cuanto más me alejara mejor. Pero la atracción que ese hombre ejercía sobre mí sobrepasaba cualquier decisión de mi parte.

—Tiene una bolsa para golpear en medio del cuarto —dijo mi hermano con la boca llena.

—Traga primero y luego habla —reprendí, como era mi costumbre.

—Su casa no parece un hogar, es un tipo desordenado —rio— pero muy agradable.

—No me interesa saber nada de él, Ferrán —dije mientras dejaba los cubiertos al lado del plato y lo miraba seria—. Ese hombre es un… No me gusta ese sujeto. —La carcajada de Ferrán me interrumpió.

—Vaya, pues yo creo que te gusta, y demasiado.

Sentí que toda la sangre se me subía a la cara, empecé a sudar y apreté las mandíbulas.

—Escucha, Ferrán, Antón Navarro es un hombre casado que en pocas semanas será padre. ¿Cómo puedes decir una cosa así?

—El tiempo dirá… —Miró el reloj que colgaba de una de las paredes de la taberna y se limpió la boca—. Vamos, ya es casi la hora.

Molesta con él y conmigo misma, me levanté y abrí mi cartera para pagar. Al sacar los billetes advertí que casi no me quedaba nada. Mejor, así nos volvemos cuanto antes, pensé.

Afuera hacía frío; caminamos del brazo hasta la pensión y una vez allí le pedí a Ferrán que aguardara.

—Iré a cambiarme la ropa por algo más apropiado. —No quería ir a ese sitio tan masculino y brutal vestida con falda. Me sentiría más cómoda con pantalones.

A las once en punto, Antón llamó a la puerta de la pensión. Y allá fuimos mi hermano y yo, ambos hechizados por su embrujo.

CAPÍTULO 22

Covarrubias, 1936

Antón corrió loma abajo rumbo al pueblo. Los perros de la casa lo escoltaron un tramo; luego se volvieron.

Era temprano, pero ya había movimiento. Recorrió todos los lugares conocidos donde su padre podría haberse demorado, sin encontrarlo. Hizo y deshizo el camino de su trabajo, preguntó a todos los que encontró a su paso, pero ninguno supo darle respuestas. La gente apenas se detenía, era como si nadie quisiera hablar con nadie, como si de un día para el otro fueran desconocidos.

En el destacamento, donde nuevos rostros se habían instalado, tampoco supieron brindarle explicaciones. No le gustó ver a esos hombres desconocidos empuñar sus armas y generar miedo con la oscuridad de sus miradas.

De pie en el centro de una plazoleta, no supo qué hacer. Miró a su alrededor; todo estaba distinto, aunque era igual. Se respiraba un aire denso, algunos rehuían la mirada, bajaban la cabeza; otros estaban exultantes y caminaban como si se comieran el mundo.

Se sentó al borde de la fuente; no quería volver a casa sin noticias de su padre. Un grupo de soldados pasó por su lado; llevaban las armas dispuestas y aire de superioridad pintado en la cara.

Pensó en su madre, preocupada y con su embarazo avanzado; debería volver. ¿Y si se sentía indispuesta de nuevo? Se puso de pie y emprendió el regreso. Iba triste, no quería llegar sin noticias. Su padre tenía que estar en algún sitio, no podía desaparecer en el aire, pero nadie daba cuenta de él.

Caminó hacia su casa, mirando para todos lados, buscando la figura desgarbada de su padre, pero él no aparecía. De repente, una silueta familiar se recortó en el paisaje. Antón recordó la conversación escuchada a hurtadillas y dudó. Se detuvo y esperó.

Eduardo avanzó hacia él con paso rápido y al tenerlo frente a sí le sonrió.

—¡Mi querido ahijado! —Le tendió la mano, que el niño tomó—. ¿Qué haces por aquí tan temprano? ¿Cómo está tu madre?

—Bien, señor.

—Ya te dije que no me llames señor. —Le palmeó el hombro y se emparejó a su lado—. Dime, Antón, ¿ocurre algo para que estés por aquí a estas horas?

El niño vaciló, pero fue apenas un instante. Eduardo era su padrino, el mejor amigo de su padre, tenía que confiar.

—Es mi padre. No ha regresado anoche.

Eduardo se detuvo y lo miró de frente.

—¿Cómo que no ha regresado?

—Así es, salió a trabajar y no volvió.

El padrino se puso una mano en la cintura y torció la cabeza.

—¿Has preguntado en el destacamento?

—Sí, pero nadie lo ha visto, ni ayer ni hoy.

—No te preocupes, chaval, ¡son cosas de hombres! —Le palmeó la espalda y le sonrió—. Yo me ocuparé. Tú vuelve a casa, no dejes sola a tu madre. —Se volvió para regresar en dirección al pueblo—. Más tarde iré a veros.

Con sentimientos encontrados Antón volvió hacia la casa. Quería creer que lo que decía su padrino era cierto, que solo eran «cosas de hombres», esas cosas que él todavía no acertaba a definir. Al llegar a la loma que le mostraba su vivienda vio que la puerta estaba abierta, esperándolo. Quizá su padre había regresado y estaba rindiendo cuentas a su madre. Corrió los últimos metros y llegó agitado. Se asomó y la imagen le dijo que sus esperanzas estaban muertas.

Su madre estaba sentada frente a la entrada, con los ojos miel fijos en la abertura. Seguramente lo había visto llegar solo, porque su mirada de noche sin dormir tenía todo el desconsuelo del mundo. Su hermanita estaba en un rincón, ajena en su inocencia a lo que ocurría en la familia.

Antón se aproximó a su madre y la miró con culpa por no tener buenas noticias. No hicieron falta las palabras, los gestos lo decían todo. El niño se sentó frente a ella; tenía hambre, pero no se animó a manifestarlo.

—No lo has hallado, ¿no? —dijo pasado un rato.

—No. —¿Debía decirle de su encuentro con Eduardo? Sabía que ella no se fiaba de él, aunque Antón no comprendía el porqué. Pero más le valía advertirle, porque él se presentaría en la casa en cualquier momento—. Me crucé con mi padrino. —La madre alzó la mirada que por un momento se volvió de reproche—. Dijo que vendría más tarde, que buscaría a mi padre.

—Ojalá. —Se puso de pie con dificultad; la noche en vela y el vientre abultado no eran buena combinación.

—¿Por qué no descansa un rato, madre? Yo me ocuparé de todo.

—Gracias, Antón, eres un buen hijo.

Cuando ella se dirigió al cuarto, el niño se apresuró para procurarse algo para llenar la panza. Su hermana vio el movimiento y con sus pasos tambaleantes llegó hasta él y le pidió alimento. Antón la sentó a la mesa y le sirvió.

Después de desayunar, Antón se asomó al cuarto de su madre. Alba dormía de costado; su respiración era liviana y un rictus amargo le afeaba el rostro hinchado por el embarazo. ¿Y si su padre no volvía? ¿Qué haría él para mantener a su familia? ¿Y si el bebé se adelantaba?

Debía ir en busca de su abuela, o de su tía Luisa. ¡Cómo no lo había pensado antes! El encuentro con su padrino lo había distraído. Cuando su madre despertara iría a casa de sus familiares; no quería dejar a su hermana sin vigilancia, era pequeña todavía.

No supo qué hacer; de pronto el niño que había en él había desaparecido. No le encontraba sentido a los juegos que el día anterior compartía con la pequeña, no tenía ganas de salir al campo a buscar nidos ni de jugar con los perros que con el correr de las horas se mostraban mustios, como si ellos también sintieran la falta del dueño.

La madre se levantó y se cruzaron las miradas; no hizo falta preguntar.

—Pensaba ir a la casa de la abuela, madre, quizá ella pueda venir y quedarse un rato —ofreció.

—No. —Fue la terminante respuesta. No quería que nadie supusiera nada. Prefería esperar; su esposo seguramente tendría alguna explicación para su demora—. Prepararé el almuerzo.

Antón no osó contradecirla y al rato estaban almorzando unas gachas amarillas, espesas. Las horas siguieron desgajándose en el reloj y el padre no aparecía.

A media tarde llegó Eduardo, con su locuacidad habitual y su sonrisa pronta. Al enterarse de que su amigo no había vuelto aún, la preocupación invadió su gesto.

—Vaya —dijo mientras se quitaba la boina y se rascaba la cabeza—, no es propio de mi compadre desaparecer así. —Se sentó y la madre lo hizo frente a él.

—Eduardo —comenzó ella—, sé que tú estás con la Falange. Quizá...

El hombre clavó sus ojos en ella, una mirada puntiaguda, inquisitiva.

—¿Qué quieres decir?

—Son solo rumores, pero quizá ellos sepan algo. —El sudor frío bajaba por la columna de la madre.

—¿Qué tipo de rumores?

—Ya sabes... sobre «los rojos».

Eduardo se puso de pie con energía.

—¿Estás insinuando que yo...?

—Cálmate, por favor —pidió—. Solo te estoy pidiendo que preguntes...

—¡Parece que no me conocieras, mujer! —Golpeó la mesa con el puño haciendo sobresaltarse a la niña. Antón dio un paso y se situó al lado de su madre—. ¿O acaso crees que somos un par de locos?

Ella bajó la cabeza; estaba devastada, desorientada, y la falta de descanso hacía el resto.

—Eduardo, por favor, ayúdanos.

El padrino recuperó la calma, se pasó la mano por los cabellos y la miró. Después paseó la vista por los niños; sonrió.

—Vosotros sois parte de mi familia, Alba —dijo con suavidad—. Haré todo lo que esté a mi alcance.

—Gracias.

Enfiló para irse.

—Antón, espérame afuera. —El niño miró a su madre y esta asintió.

Su padrino salió algunos minutos después; por más que se había acercado a la puerta no había logrado escuchar de qué habló con su madre.

Una vez en el exterior, el hombre le acarició la cabeza, como siempre solía hacer.

—Cuida de ellas. Ahora eres el hombre de la casa.

El padrino le tendió la mano y el jovencito lo vio partir.

La jornada pasó lenta; no había noticias del padre y la madre era un manojo de angustias. Su embarazo avanzado no la ayudaba; de sentirse bien hubiera salido corriendo a buscar a su esposo, mas debía velar por la salud del bebé en camino.

Antón se desvivía por atenderla y consolarla; el niño se sentía impotente y sin recursos para ayudar.

Cuando cayó la noche y la oscuridad ensombreció aún más las almas, fue Antón quien preparó una magra sopa. Alba estaba acostada, descompuesta de miedo y contracciones. Su hermanita lloraba y el pequeño se dividía entre la niña y la olla donde se cocinaba una última cena.

Esa velada ninguno durmió. La madre se partía en dos de dolor, Antón escuchaba sus gemidos. Fue varias veces a su cuarto, sin saber qué hacer para aliviarla.

—¿Está por venir el bebé, madre?

Entre punzada y punzada la madre esbozó lo que quiso ser una sonrisa y terminó en una mueca de espanto. Se esforzó por hablar, pero le fue imposible.

Así estuvo durante un buen rato, hasta que finalmente las contracciones cedieron. Antón seguía a su lado, sentado al pie del lecho, cual guardián.

Su madre estaba sudada y falta de fuerzas, pero no por eso había perdido la lucidez ni la voz de mando.

—Escucha, hijo —dijo en cuanto pudo recuperar el aliento—. Quiero que tomes a tu hermana y vayáis a la casa de la abuela.

Los ojitos negros la interrogaron.

—Hazme caso, hijo querido. —Estiró la mano y le acarició la cara—. Id para allá.

—¿Y usted? No puedo dejarla sola en su estado…

—Antón, tengo un horrible presentimiento. —Sabía que no estaba bien decirle eso a su hijo, pero también sabía que de no ser así el niño no se iría—. Será mejor que abandonéis la casa.

—Madre, ¿a qué le teme? Por favor, dígame.

—Confía en mí, mi querido Antón. —Le apretó la mano, que sintió sudada—. Ve hasta el cajón de mi ropa —ordenó.

El niño se puso de pie y caminó hacia atrás, sin separar los ojos negros del rostro de su madre, indagando en sus facciones el porqué de su urgencia. Cuando sus piernas tocaron el mueble se dio la vuelta y abrió el cajón.

—Busca entre las prendas un pañuelo atado. —Antón miró; allí estaba la intimidad de su madre. Vaciló, pero la voz desde la cama lo instó a seguir. Metió la mano y buscó a tientas hasta que dio con el pañuelo. Parecía una pelota; era evidente que contenía algo en su interior, pero no osó preguntar—. Llévatelo.

—Pero…

Como si leyera su mente, la madre añadió:

—Volverás a casa, no te preocupes, solo quiero que pongas a salvo nuestro pequeño tesoro. —El niño metió el pañuelo en el bolsillo, le abultaba demasiado—. Ahora toma a tu hermana e id a casa de la abuela. Mañana, cuando sea de día, podrás regresar.

—¿Qué tiene esta noche de especial, madre, para que tengamos que salir huyendo? —se atrevió a preguntar.

—La noche oculta cosas, hijo.

Antón se abrazó a su madre, aspiró su olor a talco y sudor, y apretó la boca y los ojos. No quería llorar, pero él también tenía un feo presentimiento.

—Vamos, vete ya.

El niño fue hasta su habitación y tomó en brazos a la niña que dormía en su catre. La pequeña se quejó, pero siguió durmiendo. Tuvo la precaución de cubrirla con una gruesa manta y de coger su muñeca de trapo. Al pasar por la cocina buscó el biberón y lo metió en el bolsillo libre.

Se asomó al cuarto de la madre y la miró.

—Ve, Antón, ve. —Le sonrió con la ternura que solo las madres pueden sentir—. Te veré mañana.

El jovencito asintió y salió a la noche de luna menguante. Avanzó unos pasos y se alejó de la casa. Su carga empezó a inquietarse; la niña se removía, molesta. Unos perros ladraron a lo lejos y el grito de un pájaro nocturno lo asustó.

El ruido de un motor que se acercaba se mezcló con los sonidos de la naturaleza. Antón se detuvo y miró para ver de dónde provenía. Por el camino que llevaba a su casa un vehículo avanzaba; iba con las luces apagadas, pero pudo distinguir su silueta. Quizá era su padre, alguien lo habría encontrado. La ilusión bailó en sus ojos negros y volvió sobre sus pasos, retomando el camino.

El vehículo se detuvo frente a la vivienda y de él descendieron tres hombres; iban armados. Antón se detuvo en seco; la niña se asustó y empezó a llorar. Rápido, la silenció metiendo un dedo en su boca, que la pequeña empezó a succionar para volver al sueño. Se escondió detrás de un árbol y espió.

Los hombres entraron en la casa después de patear la puerta. Antón, impotente, permanecía inmóvil; sus ojos negros fijos en la entrada perdieron la inocencia cuando vieron salir a su madre arrastrada por dos de los sujetos. Las lágrimas rodaron por sus mejillas y mojaron las manos que sujetaban a su hermana. El llanto convulsionó su cuerpo.

Alba fue obligada a subir al vehículo a empujones, mientras su hijo lloraba oculto detrás de un árbol, cobijado por la noche.

El tercer hombre salió de la casa con algunas cosas que la oscuridad impidió definir. Antón lo oyó dar instrucciones, tenía voz de mando. Apretó las mandíbulas y el dolor y la impotencia secaron sus lágrimas.

Antón cayó al suelo, de rodillas, apretando entre sus brazos a su hermana, que se había despertado y lloraba. Las lágrimas de ambos regaban la tierra a su alrededor; el niño no podía contenerse y la pequeña no entendía qué estaba ocurriendo.

Intentó varias veces ponerse de pie, pero era tal el temblor de sus piernas que no lo lograba. Tuvieron que pasar algunos minutos hasta que pudo enderezarse y dar unos pasos.

De inmediato avanzó hacia el pueblo; pese al cansancio de su carga no se detuvo. La pequeña se removía, inquieta y molesta, y él intentaba calmarla repitiendo como en trance la canción que solía cantarle la madre.

—Ya falta poco —susurró cuando detrás de un recodo del camino apareció la casa de la abuela.

Frente a la puerta, el niño golpeó y llamó con voz queda; no quería alarmar a los vecinos. Somnolienta, la abuela apareció en el umbral. Al ver a sus nietos al desamparo de la noche, su rostro adquirió la lucidez del día.

—Entrad, entrad. —Los empujó hacia el comedor y encendió la luz—. ¿Qué pasa, Antón? ¿Tu madre está bien? —Le quitó a la niña de los brazos y le sonrió.

El jovencito apenas podía hablar; estaba muy afectado por lo que había visto y resumió en pocas palabras lo ocurrido. Vio la transfiguración en las facciones de su abuela, el mismo temor que había visto en el semblante de su madre.

—¿Y tu padre?

—Hace dos días que falta de casa...

La mujer apretó las mandíbulas; la peor pesadilla se había desatado.

—Id a la cama —ordenó—, es de noche aún...

—Abuela... debemos ir a buscar a mamá.

—Lo sé, hijo, lo sé... —La abuela se rascó la barbilla, un gesto común en ella—. Pero deberemos esperar a que sea de día, mal que nos pese. No queremos que sepan que tú estabas ahí, ¿entiendes?

Antón asintió. Comprendía que no debía haber testigos, era peligroso para él.

La abuela obligó a sus nietos a acostarse, pero, excepto la niña, ninguno pudo dormir. Antón lloró en silencio para no pasar vergüenza. La abuela no pegó ojo; los rumores que corrían por el pueblo eran ciertos entonces… esta vez les había tocado a ellos. Gente a la que «llevaban de paseo» en mitad de la noche y que acababa fusilada en una zanja… La violencia provenía de ambos bandos, de los que defendían la república y de los que habían tomado partido por Franco y los demás militares sublevados. Tembló al imaginar a su hija en tal situación y fue imposible impedir las lágrimas… ¿Serían tan salvajes de acabar con ella y el bebé?

Con las primeras luces del día Antón escuchó que la abuela salía de la casa. Sigiloso se levantó y por la ventana la miró alejarse. Un nudo en el estómago le impidió tomar el desayuno que ella había previsto para él, y se mantuvo firme, pegado al vidrio, a la espera de la aparición de una figura familiar.

¿Qué habría sido de su padre? ¿Y de su madre? Al recordar sus últimos momentos, dolorida por las contracciones, nuevamente cayó en el llanto.

En la calle, la abuela llegó hasta el destacamento de la Guardia Civil ocupado ahora por un soldado; desde la sublevación todo estaba militarizado. Nadie supo darle una respuesta y fue invitada a retirarse de mala manera. Desconsolada, tocó en todas las puertas que pudo; algunas se le abrieron, otras no. Muchos de sus vecinos tenían miedo, no se sabía de dónde podía provenir la traición.

El sol estaba en lo alto del cielo y el hambre empezó a rugir en sus tripas, señal de que era mediodía. No había rastro ni de su hija ni de su yerno; parecía que se los había llevado el viento.

Recorrió todo el pueblo. Recibió miradas de temor, otras de pena, pero ninguna palabra, como si de repente todos fueran extraños.

Volvió cuando empezó a descomponerse y el vómito le subía a la garganta, no sabía si de hambre o de miedo. De un día para el otro el aire del pueblo se había enrarecido, la tensión flotaba en el viento y las fuerzas de poder habían cambiado de sitio.

Al entrar en la casa halló a Antón tan nervioso como ella. El niño estaba pálido y ojeroso, se notaba que no había dormido.

No hizo falta que preguntara; el rostro de la abuela evidenciaba el fracaso de su empresa. Sin palabras se abrazaron.

—¿Qué haremos? —Los ojos negros imploraban una decisión, una palabra mágica que hiciera aparecer a sus padres.

—No lo sé... No sé dónde buscar.

—¿La Guardia Civil no sabe nada?

La abuela negó.

Los golpes en la puerta los tomaron desprevenidos. Se miraron; la esperanza bailó en las pupilas.

El niño se apresuró a abrir.

—¡Antón! Estaba preocupado, fui a tu casa y estaba todo... —Calló al ver que le hablaba a un niño—. ¿Dónde está tu hermana?

Como Antón no respondía, el hombre espió hacia la casa y divisó a la abuela.

—¿Puedo pasar?

—Adelante —invitó la mujer.

—¿Entonces? —insistió—. ¿Hay novedades de mi compadre?

El llanto de la niña obligó a la abuela a ir en su búsqueda a la habitación; Antón continuaba tieso, de pie en medio del comedor.

—¿Qué pasa, hombre? —dijo el padrino palmeándole el hombro—. ¿Te sientes bien?

—Sí... es solo que...

—¡Ah, pero si allí está la pequeñita de la familia! —Se acercó a la abuela, que traía en brazos a la menor—. Pequeñita por poco tiempo... —Levantó la mirada hacia la mujer—. ¿Dónde está Alba? —preguntó—. Fui a la casa y... no había nadie. —Le hizo unas carantoñas a la niña y agregó—: Vine porque pensé que quizá se había anticipado el bebé.

El escuchar sus palabras, el rostro de Antón se contrajo en una mueca de furia y dolor, pero no pudo emitir sonido.

—Eduardo... —La abuela dudaba si confiar en él o callar—. Mi yerno hace dos días que está desaparecido y mi hija fue sacada a rastras en medio de la noche —disparó sin pensar.

El rostro de Eduardo se contrajo, no pudo articular palabra. Antón gimió; los adultos lo miraron y la abuela vio la transformación en su rostro, acompañado por un suave sonido que se deslizaba por entre sus piernas y se convertía en un charco a su alrededor. Paralizado por la vergüenza, el niño fue incapaz de moverse.

—Antón, querido... —La abuela buceó en el fondo de sus ojos; no hicieron falta las palabras—. Ve a cambiarte, mi niño, que yo hablaré con tu padrino. —Para darle confianza le acarició la cabeza y le dio un leve empujón.

Antón salió del trance y se escabulló hacia el cuarto.

—El niño está muy impresionado con todo lo que está ocurriendo —justificó—. Primero su padre, que falta del hogar hace dos días... luego esto de su madre.

—Pero, María... Es muy grave lo que me dice. ¿Cómo puede asegurar que su hija fue sacada por la fuerza de su casa? ¿Acaso alguien la vio?

—No. —Su respuesta fue terminante—. Los niños estaban conmigo, ella no quería que se preocuparan por lo de su padre y los mandó para aquí. No sería la primera vez...

—¿Entonces...?

—Fui hoy por la mañana, temprano, a ver cómo estaba... Vi la casa revuelta... y de ella no hay ni rastro.

—¡Pero me hubiera avisado, María! Quizá alguien entró a robar. —Eduardo se pasó las manos por el pelo y caminó por la reducida estancia—. Iré al destacamento.

—Ya fui, Eduardo.

—María, tenga la certeza de que yo me ocuparé. —Se acercó a ella y le tomó las manos—. Verá que en breve tendré noticias.

—Por favor, Eduardo, tú eres el mejor amigo de mi yerno y de mi hija, Alba —acentuó la palabra «Alba»—. Estoy segura de que velarás para que a su familia no le ocurra nada malo. ¿Verdad que sí?

—Tiene mi palabra.

Cuando la puerta se cerró detrás de Eduardo la abuela se apresuró al cuarto donde estaba Antón. El niño se había cambiado y estaba sentado en la cama, con la mirada brillante de lágrimas y la vista perdida.

—Antón… —llamó, pero este no respondió.

La abuela se sentó a su lado y lo abrazó. Sintió su cuerpo temblar; estaba ardiendo.

—¿Tienes fiebre? —Le tocó la frente y meneó la cabeza—. Ay, mi niño… Deberías acostarte.

La niña, que había dejado en el sillón del comedor, empezó a llorar y fue a buscarla. Como pudo, la mujer se hizo cargo de sus nietos. Quería tener esperanza, pero no era la única a la que le faltaba algún familiar.

Los vecinos tenían las puertas cerradas y las cortinas corridas. Nadie quería hablar con nadie, como si una peste contagiosa los mantuviera alejados.

Las horas pasaron, la fiebre de Antón no cedía y sus padres no aparecían. Al caer la noche Eduardo regresó. No había logrado nada; era como si a sus amigos los hubiera devorado la tierra.

—¿Cómo está Antón? —preguntó—. No lo vi bien hoy…

—El niño tiene fiebre, quizá está incubando algo.

—¿Puedo verlo?

—Ahora duerme; mejor lo dejamos para otro día.

—María, seguiré buscando… Usted sabe que tengo contactos —dijo bajando la voz—. A ustedes no les faltará nada mientras tanto.

Antes de irse dejó unos billetes encima de la mesa. La abuela apretó los puños; se sentía impotente, pero tenía dos nietos que proteger. Y otra hija. Y otros nietos.

En un granero apartado del poblado, una mujer daba a luz en medio de la mugre y la violencia. No era la única que estaba encerrada ahí; otras en su misma situación sufrían contracciones entre los gritos de quienes eran torturadas para que otorgaran información.

Alba se esforzó en el último pujo y sintió que su bebé al fin nacía. Tenía miedo, todavía faltaban unas semanas, ¿estaría bien formado? Ya no le importaba su propia salud, solo anhelaba que ese nuevo ser que traía al mundo pudiera crecer sano y en libertad.

Con la visión nublada por las lágrimas, vio el bulto rosado que le sacaban de entre las piernas, sin distinguir si era niño o niña. La debilidad la adormeció; sintió el líquido caliente y viscoso correrle por los muslos y una súbita paz. Su último pensamiento fue para sus hijos, se dejó llevar.

El bebé que gritaba reclamando alimento fue pasando de brazo en brazo hasta que llegó a su destinatario final. Este lo miró y sonrió.

—Vamos a tu nuevo hogar —dijo el hombre y lo envolvió en una manta del color del cielo—. Nada te faltará.

Salió del granero, subió a su coche y se fue a entregar tan preciado regalo.

CAPÍTULO 23

Pola de Lena, 1901

La figura esmirriada se alejó de la casa. Apretaba entre sus brazos a su hermano, que había empezado a llorar. Comenzó a tararear una canción, pero sonaba fea; hacía rato que había perdido la alegría y el canto era opaco, como su futuro.

Caminó por entre los campos, no quería cruzarse con su madre... ¿Qué hacer? Había tomado la decisión de irse de manera obligada; la violencia descargada sobre Omar había sido la razón desencadenante.

Hacía rato que venía meditando sobre sus opciones y la de escaparse era una de ellas, pero no lo había imaginado así, de buenas a primeras, con lo puesto. Y menos llevándose a Jesús, apenas un bebé.

¿Qué haría con él? ¿Cómo lo alimentaría? Ni siquiera había reparado en eso, ni un biberón había tomado...

Había andado durante casi una hora; ya estaba bastante lejos del pueblo. Jesús se había dormido, agotado de tanto llorar y acunado por el vaivén de los brazos firmes que lo sujetaban.

Se sentó en una roca y miró a la lejanía. Apenas se delineaba la figura del caserío, perdida entre las suaves colinas que había dejado atrás. Al fin estaba en paz, triste, con incertidumbre, pero en paz. Sabía que nunca más ese monstruo le pondría una mano encima. Tampoco a Jesús.

El hambre también empezó a rugir en sus tripas; con cuidado, para no despertar a su hermano, sacó del morral parte de su reserva de comida, no quería quedarse sin nada. Sin plan y sin dinero no subsistiría mucho tiempo, tenía que pensar.

No podía recurrir a ningún mayor o autoridad; sabía que enseguida buscarían a su madre y estarían de nuevo en su casa en un abrir y cerrar de ojos. Pensar en ella le dio pena. ¿Qué sentiría al llegar y ver el panorama? Su marido malherido y sus hijos desaparecidos… Le dolió el pecho, pero trató de ignorarlo. Un cierto resquemor le quemó en el alma; después de todo había sido ella quien había traído el horror al hogar al abrirle la puerta a Omar.

Se debatía entre culparla o entenderla; probablemente no fue fácil hacerse cargo de todo estando sola… Todas las mujeres buscaban apoyarse en un hombre, lo había visto en el pueblo; ninguna viuda permanecía sola mucho tiempo y las solteras buscaban casarse pronto. ¡Qué destino el de las mujeres!

Comió un trozo de queso que acompañó con pan. Enseguida advirtió que no tenía agua; debería llegar hasta algún arroyo para saciar la sed.

Jesús se removió, inquieto, y enseguida empezó a llorar. Maldijo entre dientes por no haber cogido su biberón. Quizá debería haber dejado al bebé en la casa… Pero de solo pensar en las manos de Omar sobre el cuerpo inocente supo que había hecho bien.

—Ya, ya, cálmate —le dijo mientras le acariciaba la pelusa que le crecía en la cabeza—. Ya encontraré algo para ti.

Emprendió la marcha de nuevo; el relieve era accidentado, debía ir en busca de la llanura y algún brazo del río. No tenía rumbo fijo, pero era importante alejarse de todo sitio conocido. Caminó durante un buen tiempo; el llanto de Jesús era constante, tenía que conseguirle alimento.

Para paliar la situación volvió a detenerse y buscó abrigo a la sombra de un árbol. El paisaje había variado; un pequeño monte le dio cobijo. Había perdido la noción del tiempo, pero el mediodía había quedado atrás hacía rato.

Se sentó, apoyó la espalda en el tronco y al bebé en el suelo. Estiró los brazos; los tenía acalambrados después de cargar con Jesús durante tantas horas. Miró a su hermano; este no cesaba de llorar, tenía la piel colorada y agitaba las piernas, furioso.

Buscó en su morral y extrajo un pedazo de pan. Sacó la miga e hizo una bolita con ella. Después tomó al bebé y lo acunó de nuevo. Sabía que era arriesgado, pero el desasosiego fue mal consejero. Con sumo cuidado metió la bolita en la diminuta boca, logrando calmar el llanto. Pero fue solo un segundo, pues un panorama peor se desató. Jesús no pudo asimilar aquello que tenía atravesado en la garganta y empezó a ahogarse. Los colores de su rostro variaron del rojo al blanco y luego al morado. La desesperación hizo que las manos que lo sostenían lo voltearan boca abajo y empezaran a golpearlo, pero el bebé seguía tosiendo y perdiendo fuerzas. Hasta que, aun a riesgo de complicar más la situación, la decisión de meter los dedos en la pequeña boca fue la acertada. Con destreza logró sacar la bolita de pan y salvar así a su hermano.

—¡Por Dios, Jesús! —dijo, aun cuando su hermano no podía entender sus palabras.

Volvió a dejarlo sobre el suelo y apoyó la cabeza contra el tronco. Cerró los ojos y dejó caer las lágrimas. Había estado a punto de perder lo único que tenía. Lloró como una criatura en un intento por recuperar la inocencia que le había sido arrancada de cuajo.

El gemido de Jesús era una fiel compañía; al menos no moriría ahogado.

La noche cayó sobre los hermanos; la sed y el hambre fueron compañeros del sueño, interrumpido de vez en cuando por el llanto del bebé.

El amanecer los encontró acurrucados uno contra el otro, dándose calor. Jesús había dormido a ratos, entre berrinche y berrinche. De nuevo a caminar, había que encontrar una solución. La reserva de alimento ya se había acabado y Jesús perdía fuerzas.

La silueta de una vivienda a lo lejos brindó esperanza. En un corral más allá de la casa había unas vacas, acompañadas por sus terneros. Los ojos color miel se iluminaron.

—Quédate aquí un rato —dijo mientras acostaba al bebé entre unas matas y lo cubría con la mantita—. Enseguida traeré algo para ti.

Se alejó en dirección al cercado. Cada tanto miraba hacia atrás; no quería perder de vista a su hermano, a quien no veía a causa de la maleza, pero adivinaba el sitio en el que lo había dejado.

Se aproximó con sigilo y abarcó con los ojos la mayor extensión. De la chimenea salía humo que se mezclaba con las nubes bajas de esa mañana.

En el último tramo se arrastró; no quería arriesgarse, quizá alguien se asomaba a la ventana y… No había pensado en los perros. Al sentir su olor, los guardianes de la casa empezaron a ladrar sin alejarse de la entrada.

Un hombre se asomó a la puerta y miró en todas las direcciones. Al no ver nada extraño les gritó algo a los animales y estos se ocultaron con la cola entre las piernas debajo de un banco de madera.

«Malditos perros», pensó mientras retomaba la marcha, siempre al ras del suelo. Reptando cual serpiente logró llegar al corral; necesitaba un recipiente, algo donde poner la leche que esperaba ordeñar. Sabía que su plan era ambicioso, pero ¿qué otra cosa podía hacer? ¿Llamar a la puerta y pedir ayuda? «Oiga, aquí estamos con mi hermano, tuve que huir porque mi padrastro abusaba de mí». No, decididamente no era la mejor salida.

Tuvo suerte. Sobre uno de los postes, a modo de sombrero, había un jarro de lata. Se incorporó apenas y lo tomó. No parecía estar pinchado, serviría para sus fines.

Se coló por entre los alambres y entró en el corral. Las vacas se movieron, algo inquietas por la extraña presencia, mientras ocultaban a la figura invasora.

—A ver… a ver quién es la madre aquí.

Con sumo cuidado caminó entre los animales; ninguno le permitía acercarse demasiado. Había varios terneros, pero no pudo descifrar a qué madres pertenecían. Lo que había creído una tarea fácil se estaba convirtiendo en un martirio, pues desconocía aquel tema.

Decidió actuar al azar, no podía permanecer mucho más allí. En cualquier momento el dueño de casa saldría y…

Eligió una vaca y se le acercó. La acarició en el lomo; esta se alejó unos pasos, pero se dejó alcanzar de nuevo. Estuvo tocándola unos instantes, feliz de que el animal fuera manso. Se agachó y tanteó las ubres. Sintió el calor en sus manos, la rugosidad de la piel; era algo nuevo. Colocó el jarrito en el suelo; la ilusión iluminaba

sus ojos dorados. Cuando apretó para sacar la leche la vaca se enojó y dio un respingo, ocasionando que todas las que estaban alrededor empezaran a moverse con velocidad.

Tuvo miedo; de repente todos los animales parecían enojados y
los perros habían empezado a ladrar de nuevo. Debía huir de allí,
el dueño de la casa saldría otra vez. ¿Y si tenía un arma?

Se deslizó cuerpo a tierra fuera del corral y cuando estuvo a una
distancia prudencial se puso de pie y emprendió la carrera.

Volvió a donde estaba Jesús. Su hermano dormía; seguramente el
llanto lo había agotado. Lo miró, estaba pálido, casi sin fuerzas. Era
apenas un recién nacido, no podía estar sin ingerir alimento; tuvo
miedo. ¿Y si Jesús moría por su culpa? La tentación de volver con
su madre se le pasó por la mente… Pero supo que no era una opción.

Además, Omar diría que lo había atacado, se haría la víctima
presentando sus heridas, y a la hora de elegir no sabía de qué lado
se pondría su madre.

No, no podía volver.

Cuando Alicia llegó a su casa la recibió el silencio. «Qué extraño»,
pensó. Esperaba que Jesús estuviera quejándose; se había pasado la
hora de mamar y el niño era bastante glotón.

—Hola… —dijo anunciándose.

—Aquí… —La voz de Omar le llegó del dormitorio. Suspiró,
no tenía ganas de verlo; últimamente su esposo solo le generaba
rechazo.

¿Dónde estarían sus hijos? Se asomó al cuarto contiguo al suyo
y justo ahí vio el reguero de sangre en el suelo. El cansancio y la
debilidad del cuerpo le ocasionaron un leve mareo; se apoyó contra
el marco de la puerta y cerró los ojos un instante. El miedo la para-
lizó. Un quejido proveniente de su habitación hizo que volviera a
la realidad.

¿Qué había pasado? ¿De quién era la sangre?

Apuró sus pasos y cuando entró en el dormitorio el panorama
la asustó. No pudo contener el grito de temor y enseguida se abalanzó sobre el lecho.

Omar estaba tendido en la cama, malherido y cubierto de sangre.

—¿Qué pasó? ¿Dónde están mis hijos?

Pero Omar no podía articular palabra, estaba exhausto, había perdido mucha sangre.

—¡Omar! ¡Dime dónde están mis hijos! —repitió, presa del pánico. ¿Habrían entrado a robar? Pero... ¿quién iba a querer robarles a ellos, que no tenían nada? No se conocían en el pueblo crímenes violentos... todo era una pesadilla.

Al ver que su marido no podía hablar se aproximó a él; tenía sobre el cuello un pañuelo que se había teñido de rojo. Un chichón en la cabeza y un ojo cerrado evidenciaron que el ataque había sido feroz.

—¡Omar, dime qué ha pasado! —Él abrió el ojo sano y emitió un gruñido ininteligible.

Alicia salió del cuarto y recorrió la casa; no había rastro de sus hijos. Salió y empezó a llamar a gritos, recorrió la parte posterior y los alrededores, pero nada.

Volvió al interior, tampoco había signos de robo... Todo estaba en su lugar, excepto por la puerta rota en el cuarto infantil. Entró en él y además del charco escarlata descubrió la azada, tirada en un rincón, sucia, con restos del líquido vital.

Se llevó las manos a la cabeza, trató de pensar. ¿Qué habría pasado? ¿Omar habría peleado con...? No, no podía ser. Él podía ser un vago, pero nunca un hombre... Entonces recordó la vez que la había golpeado y todo cobró otro sentido. De repente, una imagen macabra se dibujó en su mente...

—¡No! ¡No! —gritó. No quería creer que eso fuera cierto.

No debía desesperarse, quizá habían salido de paseo, aunque no era costumbre... Puede que hubieran ido en busca de ayuda. Sí, seguramente eso había ocurrido. Ante el hecho desgraciado y la falta de un adulto en pie... Pero de ser así se los hubiera cruzado por el camino... Todo era muy confuso.

La mujer cayó al suelo y se echó a llorar. Su vida era tan desgraciada... Desde el momento mismo en que había abierto las puertas de su casa a Omar todo se había desmoronado.

—Alicia... —El gemido de Omar la devolvió a la realidad.

Se puso de pie y caminó hasta el cuarto. Frente al lecho lo miró y sintió un leve regocijo al verlo en ese estado; de inmediato la culpa la llenó de remordimientos.

—Ayuda... —pidió él—. Llama a un médico...

—Omar, ¿y mis hijos? Dime qué ha pasado... ¡Dime qué has hecho con mis hijos!

—Me atacó... con la azada —alcanzó a balbucear antes de caer en el desmayo.

Alicia quiso sacudirlo y despertarlo; quería las respuestas que necesitaba para vivir en paz, para dejar de recriminarse todo lo que había hecho mal.

Alrededor del cuerpo de Omar la mancha roja se extendía; quizá la herida había dado en una arteria. Alicia quitó el pañuelo, estaba empapado, tibio. Debajo, un profundo corte dejaba a la vista tejidos y vasos sanguíneos. Tuvo que apartar la mirada y sentarse, estaba mareada. Cerró los ojos un instante, pero un estertor en el cuerpo de Omar la obligó a abrirlos. Supo que había muerto.

Anestesiada, le tomó la mano y sintió que no tenía pulso. Tragó saliva, incapaz de sentir pena.

Se puso de pie como una autómata y salió de la casa. Ni siquiera se preocupó por cerrar la puerta. Avanzó por el sendero y caminó sin rumbo. Cuando advirtió dónde estaba, volvió sobre sus pasos y se dirigió al pueblo. La Guardia Civil le tomó declaración. Sus dichos fueron simples: había llegado a su casa y hallado a su marido herido de muerte; sus hijos habían desaparecido. Después, Alicia se desmayó. Despertó acostada en un catre en la parte posterior del cuartel destinado al descanso de los efectivos. A su lado una mujer sin edad custodiaba su sueño.

—¿Cómo se siente?

—¿Mis hijos? ¿Han encontrado a mis hijos? —Alicia sentía el cuerpo pesado y dolorido, como si ella también hubiera recibido una paliza.

—Yo solo estoy cuidándola —dijo la desconocida.

Con dificultad, Alicia bajó los pies de la cama, respiró profundo y se incorporó. Su acompañante la tomó del brazo al verla tambalearse y juntas caminaron hacia la dependencia.

Un hombre vestido de civil, pero con aires de mando, la recibió y la hizo sentarse frente a su escritorio.

—Señora, ¿está usted segura de no haber visto a nadie en los alrededores de la casa? Haga memoria.

—No... yo... llegué de trabajar y encontré a mi marido... —No pudo seguir hablando, el llanto la acometió de nuevo. No era por Omar, era por el terror que le producía haber perdido lo más preciado que tenía: sus hijos.

—Cálmese, mujer —dijo el guardia, con poco tacto y cero paciencia—. Necesitamos saber para poder buscar.

—No vi nada... solo lo que ya les dije. ¡Quiero que encuentren a mis hijos! ¡Jesús es apenas un bebé! ¡Me necesita! —Volvió a llorar. La mujer, de pie a su lado, la tomó del hombro para infundirle ánimos.

—Será mejor que vuelva a su casa y espere allí.

—No, no... no puedo volver... —Se llevó las manos al rostro—. No puedo ver esa sangre... y el cuerpo de mi esposo...

—El cuerpo ya no está ahí, mañana se le dará sepultura. —El hombre se puso de pie y dio por finalizada la reunión—. Le comunicaremos los avances de la investigación.

—Vamos, yo la ayudaré —se ofreció la desconocida—. Me llamo Raquel. —Alicia la miró como si la viera por primera vez. Descubrió en ella a una mujer curtida por el dolor. Asintió en silencio y salieron del brazo.

Caminaron hasta la casa sin pronunciar palabra, cada una sumida en sus pensamientos. Alicia pensando en sus hijos... ¿qué habría sido de ellos? En el fondo albergaba la esperanza de que estuvieran escondidos y a salvo. ¿Sería cierto lo que había dicho Omar? ¿De dónde habría provenido el ataque? Quizá habían sido desvaríos de un moribundo... no podía creer en sus palabras. Mejor callar, mejor no decir nada y esperar.

La puerta de la casa estaba abierta; los guardias ni siquiera habían tenido la delicadeza de quitar las sábanas manchadas de sangre. Fue Raquel quien se ocupó de ello.

Sin miramientos, la mujer entró en la habitación, abrió las ventanas para que la muerte saliera y arrancó mantas y demás ropas sucias. Hizo un fardo con ellas y las llevó a la parte posterior de la casa. Sin preguntar a su dueña, cavó un hoyo en la tierra y les prendió fuego. Las miró arder hasta que las llamas se apagaron y solo quedaron trozos de lienzo chamuscados. Después se internó en la casa para el resto de la limpieza.

Alicia estaba sentada, los brazos acodados en la mesa, la cabeza gacha. Su pensamiento estaba lejos, perdido en la esperanza de que sus hijos estuvieran a salvo.

—Era un mal hombre —dijo Raquel, de pie en el umbral. Alicia elevó los ojos y se encontró con los de su compañera.

—Lo sé —murmuró.

—No debes sentir culpa.

—¿Y mis hijos? —Quizá Raquel supiera... tenía ojos de bruja.

—Ellos estarán bien. —Alicia se puso de pie y se acercó a ella. La tomó de las manos, las sintió frías.

—¿Cómo lo sabes? Dime, ¿dónde están?

—Eso no lo sé, solo sé que tendrán buena vida.

—¿Es que acaso no volveré a verlos? —Alicia estaba desesperada; la furia comenzaba a incendiar sus ojos marchitos.

—Quizá sí, quizá no. —La reciente viuda la acometió con sus puños, pero estos no llegaron al pecho de Raquel. Sus manos, como garras, se aferraron a las muñecas de Alicia y la detuvieron—. Yo no tengo la culpa, tú eres la artífice de tu destino. Fue tu elección.

Después, la soltó. Le echó una mirada de pena y se fue.

—Volveré mañana —anunció a modo de despedida.

Raquel volvió al día siguiente y la acompañó al entierro. Había comprendido que Alicia estaba sola en el mundo y decidió no abandonarla. Solo una mujer que ha perdido todo podía ponerse en sus zapatos. Nadie más fue a despedir al muerto, solo ellas. Ni una lágrima derramó la viuda, no lamentaba su muerte. Su único interés era recuperar a sus hijos, saber qué había sido de ellos.

Después, frente a una taza de té que había preparado Raquel, Alicia pudo al fin aflojarse y llorar su desgracia. Su compañera la miraba y la dejaba hacer. Sabía que necesitaba ese duelo. Ella también lo había pasado.

Cuando Alicia se quedó sin lágrimas y sin fuerzas, Raquel la llevó hasta la cama.

—¡No! ¡No dormiré aquí! —Alicia se soltó de su brazo y empezó a retroceder—. No dejaré mis huesos en ese colchón que habitó la muerte.

—Ven —dijo Raquel con paciencia. La condujo hacia la habitación contigua que la cama impar compartía con la cuna vacía.

Alicia dejó caer nuevas lágrimas al reconocer el sitio. Acarició las sábanas de Jesús y pasó la mano por la ropa que colgaba del ropero.

—Aquí estaré más cerca de ellos —susurró.

—Vamos, recuéstate.

Alicia durmió todo un día; fue un descanso reparador para sus nervios. Despertó con los pechos hinchados, rojos y doloridos. Le faltaba su hijo, su bebé. Se tocó, parecían a punto de explotar, necesitaba sacarse la leche.

Raquel la miraba desde el umbral y percibió su angustia.

—Hay una mujer en el pueblo que acaba de parir... No tiene leche. Quizá pudieras ayudarla —sugirió.

Alicia la miró, los ojos empañados. La duda y el enojo invadían su mirada.

—Solo será hasta que aparezca tu bebé —añadió Raquel—. Así evitas la fiebre.

—Está bien.

Así Alicia se convirtió en ama de leche de una hermosa bebé que fue ganando peso con el correr de los días.

La investigación estaba estancada, no habían hallado nada y todo parecía encaminarse a una pelea familiar. Las sospechas recaían sobre Alicia, la única capaz de haber asesinado a su marido.

La habían citado en dos ocasiones y ella había declarado lo mismo. Los únicos testigos de que ella no había estado en la casa eran sus patrones, pero tampoco podían poner las manos en el fuego por ella. La mujer a la que le lavaba y remendaba la ropa, cuando le preguntaron, dijo:

—En los últimos tiempos no se la veía bien, estaba cansada; el esposo era un vago, un borracho. —Añadió a sus palabras un gesto de rechazo—. Alicia no se quejaba, pero se notaba que ya no lo quería en su casa. Una mujer sabe leer entre líneas.

—¿Usted cree que ella pudo haber asesinado a su esposo?

—Como creer... no lo sé, pero una mujer enojada puede hacer cualquier cosa.

Alicia iba al pueblo varias veces al día a dar de mamar a la bebé; no lo hacía por generosidad, sino porque le dolían los pechos. El resto del tiempo lo pasaba en la casa, en compañía de Raquel, que se había convertido en su sostén.

Conversaban poco, Alicia seguía ensimismada; en su mente solo estaban sus hijos, que no aparecían. Raquel le contó que ella también era viuda, pero que no había tenido hijos con su marido.

—Fue una decisión acertada —confesó—, yo no quería sufrir de por vida. —Alicia la miró, sin comprender—. Cuando tienes un hijo, nunca más vuelves a estar en paz, siempre velando por ellos. —Sonrió con pena—. No, señor... yo no quería ser esclava de ese sentimiento.

—¿Y eres feliz? —Era la primera vez que Alicia reflexionaba acerca de aquello.

—No lo sé... después de todo, ¿qué es la felicidad? Al menos vivo tranquila.

Quizá Raquel estaba en lo cierto...

—Sin embargo, yo quiero a mis hijos. Empiezo a pensar que la Guardia Civil no va a encontrarlos.

—¿Qué quieres decir?

—Que debería salir yo a los caminos...

—Eso es una locura... ¿a dónde irías tú? —reprendió Raquel—. Nada puedes hacer, excepto esperar.

Pero los días se sucedieron y la situación seguía igual. No había avances de nada, solo rumores que sostenían que Alicia y Omar habían discutido y que esta, enfurecida, lo había golpeado reiteradamente con la azada. Azada que había sido requisada por las autoridades varios días después del hecho.

Alicia empezó a deambular por el pueblo y sus alrededores, siempre buscando a sus hijos. A veces iba sola, otras en compañía de Raquel.

La tristeza hizo que sus pechos poco a poco perdieran leche y terminó seca como una hoja de otoño.

En días alternos iba al cuartel, donde recibía caras de reproche y ninguna respuesta. Hasta que una tarde, casi un mes después de la desaparición de sus hijos, quien estaba a cargo de la investigación le dijo:

—Hemos descubierto que el día de la muerte de su esposo pasó por el pueblo una caravana de gitanos. —Los ojos de Alicia reflejaron su temor—. Quizá ellos tuvieron algo que ver...

—¿Quiere decir que mis hijos pueden estar allí?

—Es una posibilidad, usted sabe lo que se dice de los gitanos...

Alicia se puso de pie.

—¿Y qué piensan hacer? —gritó, fuera de sí.

—Ya he mandado gente para que los alcance. Si los niños están allí, le prometo que los traeremos.

Alicia regresó a la casa peor que nunca. Pensar que los gitanos se habían llevado a sus hijos era una tortura. Se decía que los gitanos eran seres detestables, que raptaban niños y violaban mujeres. Nada bueno se podía esperar de ellos. Imaginaba a sus críos sometidos a abusos físicos, a la violencia y esclavitud...

Lloró y descargó su furia hasta que se quedó sin fuerzas. Vencida, sin saber a quién recurrir, tomó las pocas monedas que le quedaban, las escasas provisiones, y salió.

Cerró la puerta y echó a andar. No volvió la vista atrás ni una sola vez. Se alejó de la casa y del pueblo y se dispuso a encontrar a sus hijos, aun si tenía que ir hasta el fin del mundo.

CAPÍTULO 24

Burgos, 1956

Subimos al coche de Antón; esta vez me tocó ir atrás y escuchar su conversación sobre el boxeo y las categorías. Si bien eran peleas clandestinas, sin ningún tipo de control ni autorización, se cumplían medianamente las normas del deporte, aun cuando tenía serias dudas de que eso fuera deporte.

Ferrán estaba encantado con Antón; podía ver su mirada de admiración en cada anécdota que este le contaba. Lo único que faltaba era que mi hermano se viera envuelto en esa pelea de brutos...

Noté que nos alejábamos bastante de los lugares conocidos y decidí interrumpir su charla:

—¿A dónde estamos yendo?

—Ya falta poco —dijo Antón sin responder a mi pregunta y volvió a su conversación con Ferrán.

Fastidiada por la poca atención que me prodigaban me crucé de brazos, pero ellos ni se percataron.

Cuando el coche se detuvo pude apreciar que estábamos bien lejos de la ciudad, en lo que parecía ser una casa de campo. Había varios vehículos estacionados y algunos hombres fumando.

Descendimos y como si lo hubieran coordinado con anticipación Antón y Ferrán se pusieron a ambos lados, custodiándome. Mi hermano me tomó del brazo y Antón lo imitó. Lo miré con cara de pocos amigos y reproché su descaro, pero él se limitó a sonreír; no pude apartar los ojos de su boca, esa boca cuyo sabor se me había quedado grabado en la memoria. Sentí que toda la sangre se me subía a la cara; tuve suerte de que la noche devorara mi sofoco.

—Vamos, es allí —dijo Antón, y señaló un granero que no había visto, oculto detrás de unos árboles.

La noche era cerrada y oscura, no había luna. La escasa iluminación provenía de dos farolas que anunciaban el camino, pero que no llegaban con su luz hasta el destino final.

Ferrán estaba entusiasmado; preguntaba todo el tiempo por los pormenores y las distintas instancias. Al parecer sería una noche larga, con varias luchas entre los participantes. No me gustaba lo que estaba oyendo.

—¿A quién debo darle el dinero? —preguntó Ferrán justo antes de entrar.

Me solté con fuerza de ambos brazos y me planté delante de mi hermano.

—¿De qué dinero estás hablando?

—Voy a apostar, María —me respondió con tal resolución que me dejó sin habla. Balbuceé una reprimenda, pero él me acalló poniéndome una mano en el hombro—: Escucha, no podrás impedirlo, así que mejor relájate. Beberemos unos chatos y nos iremos con un montón de dinero. —Y mirando con orgullo a Antón añadió—: Le tengo fe al Toro Navarro.

—Vamos —interrumpió Antón—, no quiero perderme la primera pelea.

Boquiabierta, no pude decir ni hacer nada, excepto dejar que me escoltaran al interior.

Si afuera reinaba la oscuridad, adentro había demasiada luz. Era un granero enorme. Al fondo se veía un ring de generosas proporciones, creo que más grande que el que había en el otro sitio. A su alrededor había tarimas escalonadas de modo que todos, incluso los que estaban sentados detrás, pudieran ver lo que ocurría en el centro. Ese circo ocupaba la mitad del depósito.

El resto estaba destinado a mesas y bar. Ya había varias ocupadas, mayormente por hombres. Advertí que ese lugar era distinto al anterior; las pocas mujeres que había eran esposas o novias, sus ropas y actitudes así lo aseguraban. Me sentí un poco menos incómoda.

Antón nos ubicó en una mesa que supuse tenía reservada y enseguida vino un mozo a atendernos. Ferrán pidió un chato y yo una gaseosa cola, que se había vuelto muy popular en los últimos años.

El Toro Navarro se sentó con nosotros y también pidió una cola.

—¿Sabíais que esta gaseosa era la que tomaban los soldados en la Segunda Guerra Mundial? —dijo bebiendo un sorbo—. Ambos bandos la bebían para levantar la moral.

—No lo sabía —respondió Ferrán—, pero prefiero el vino.

—Pues yo opto por algo más vigorizante —reafirmó Antón—, máxime antes de una pelea.

Quizá advirtió mi mutismo, porque me miró y me preguntó si estaba bien. Me sorprendió su actitud y fijé los ojos en su rostro; estaba serio, como si realmente le interesara mi bienestar. Asentí en silencio.

—Tal vez fue un error que vinieras —murmuró como pidiendo disculpas—, pero quería que estuvieras conmigo. —Nos miramos un instante y no pude dudar de la veracidad de sus palabras, sus ojos no mentían. Ferrán se había levantado para mirar el ring de cerca antes de que comenzara la primera pelea; ni siquiera me había dado cuenta de que estábamos solos en la mesa. Antón cubrió mi mano con la suya, no me dio tiempo a sacarla, y poniéndose de pie me dijo—: Confía en mí. —Se inclinó y depositó un suave beso en mis labios antes de dirigirse hacia el fondo.

No supe qué hacer. ¿A qué se refería? Era tan amplio lo que me pedía... ¡No podía confiar en un hombre que engañaba a su esposa! Quizá estaba con ella por la responsabilidad del hijo por venir, quizá ya no la amaba... ¿O estaba haciendo referencia a la pelea y me pedía que apostara por él? No podía ser tan cínico.

Bebí lo que quedaba de mi gaseosa para bajar el calor de mi cuerpo. Tan ensimismada estaba que no me había dado cuenta de que la primera pelea ya había empezado. Las mesas estaban vacías; todos se habían acomodado en las gradas.

Me puse de pie y busqué a Ferrán; lo divisé en el segundo escalón, en medio de una multitud enfervorizada de hombres que alentaban a uno y a otro de los contendientes. Avancé, pero no sabía si quedarme sola en la mesa o ir con mi hermano.

Antón estaba más lejos, de pie en un espacio reservado para los árbitros o jueces de la pelea, no sabía cómo se les llamaba. Lo vi inmerso en la lucha que se llevaba a cabo en el ring, pero quizá sintió la fuerza de mi mirada, porque hubo un instante en que nuestros ojos se cruzaron. Me sonrió, con una sonrisa franca y plena; me hizo temblar de pies a cabeza y no pude responderle. Desvié la vista; a mi alrededor todos festejaban, reían y aplaudían. En medio del ring ya había un vencedor.

Vi que el gentío se dispersaba y los presentes volvían a las mesas, de modo que regresé a la mía y me senté. Enseguida estaba Ferrán a mi lado, protestando porque había perdido.

—¿Es que vas a apostar en todas las peleas? —reproché. Ya era bastante con que lo hiciera en la de Antón.

—A partir de ahora, solo lo haré por el Toro Navarro. —Pidió otro chato; quise reprenderlo, pero no me lo permitió—. Escucha, María, nuestros padres se han quedado en casa. Y yo estoy aquí para cuidarte a ti y no a la inversa.

—Eres... —No me dejó continuar.

—Soy tu hermano varón —dijo burlándose de mí; sabía cuánto me molestaba que marcara esas diferencias de género—. La próxima pelea es la de Antón, así que será mejor que bebas tu gaseosa y vengas conmigo a la grada. ¿O piensas verlo desde aquí lejos?

—No sé si quiero verlo, no me gusta la violencia.

—Pues estás en el sitio equivocado, hermanita. —Se puso de pie y me tendió la mano—. Vamos.

Lo seguí y me adentré en el círculo de gradas. Tuve que sortear algunos obstáculos hasta que llegamos a un buen lugar, en primera fila.

—¿Cuánto dinero apostaste? —quise saber.

—Todo el que tenía encima —dijo Ferrán con una sonrisa.

—¡Es una locura! ¿Cómo volveremos a casa?

—Antón dijo que, si perdía, él nos pagaría los billetes. —Abrió los brazos en gesto triunfal—. Ya ves, está todo arreglado. Pero no va a perder.

Las gradas se llenaron y el árbitro anunció a los participantes. Antón apareció primero y fue presentado entre los vítores de sus seguidores y los abucheos de los contrarios. No podía dejar de mirarlo, era un hombre muy atractivo. Los pantaloncillos cortos envolvían sus músculos y su torso descubierto era pura fibra. Me imaginé tocando esos brazos, colgándome de sus hombros... El calor invadió mi cara y perdí el hilo de lo que el árbitro estaba diciendo.

Cuando reaccioné, la pelea ya había empezado; los puños de los pugilistas iban y venían, era un enfrentamiento parejo.

El primer asalto concluyó con ambos contendientes bastante magullados; Antón sangraba por la nariz y el otro, por la ceja izquierda. No me gustó ver sangre en el rostro de Antón; tampoco que, en cuanto arrancó el segundo round, recibió demasiados golpes que lo llevaron al suelo.

A mi lado, Ferrán se puso de pie y se llevó las manos a la cabeza; seguramente pensaba en el dinero que había apostado. A mí me preocupaba más la integridad de ese hombre que me quitaba el aliento con solo verlo.

El árbitro empezó a contar; deseé que Antón no se levantara para que no siguiera peleando, pero el muy orgulloso se puso en pie en el último momento y levantó los brazos indicando que estaba bien.

Apreté los puños y las mandíbulas; quería que todo eso terminara y nos fuéramos de ahí.

Los boxeadores, sudados, se enfrascaron de nuevo en la pelea, esta vez más pareja, como al principio. Los seguidores del Toro Navarro lo alentaban a gritos, Ferrán era uno más. Miré a mi alrededor y me sentí fuera de sitio. ¿Qué era toda esa masa de gente enfervorizada por algo tan bárbaro? ¿Qué hacía yo allí? Custodiaba, esa era la respuesta, pero de nada me servía porque tanto Antón como Ferrán hacían lo que les venía en gana.

Volví mis ojos al ring. Antón de nuevo era víctima de un feroz ataque: a un gancho de izquierda de su oponente lanzó un escupitajo sanguinolento por la boca y cayó de nuevo.

Va a matarlo, pensé. El miedo se mezcló con el dolor que esa idea me ocasionaba, ¿qué me estaba pasando? ¿Cómo podía ese desconocido generar tantas cosas en mí? Nunca había estado enamorada, pero lo que me estaba ocurriendo me llevaba por esos derroteros. ¿Así era el amor? ¿Ese terror a perder el sujeto amado? No me gustaba ese sentimiento, sentía que me esclavizaba y yo quería seguir siendo libre, aun cuando Antón no estuviera disponible y jamás fuera mío.

Otra vez el conteo; por favor, que no se levante, me dije, pero el malnacido, quizá para llevarme la contra o por pura fanfarronería, se incorporó de nuevo. Tenía la cara desfigurada, parecía un monstruo. ¿Podría ver? Sus ojos estaban entrecerrados, no estaba en condiciones de enfrentarse otra vez a los embates. Pese a ello el árbitro dio inicio al tercer round.

Ferrán debió advertir mi estado porque me tomó del brazo un instante y susurró en mi oído:

—Tranquila, es un hombre fuerte.

No pude contestarle nada, solo asentí y bajé la vista. No quería ver cómo Antón era golpeado salvajemente hasta caer de nuevo.

Los gritos y vítores indicaban que la pelea estaba en un momento culminante; apreté los puños y rogué para que se terminara de una vez. No me importaba si Ferrán perdía todo su dinero y teníamos que volver gracias a la caridad de Antón, si es que este quedaba en buen estado. Solo deseaba salir de allí con él a salvo.

El grito triunfal de mi hermano me hizo elevar los ojos, con miedo los dirigí hacia el ring. Lo que vi me sorprendió y a la vez llevó paz a mi atribulado corazón: en el centro de la escena Antón elevaba los brazos mientras el árbitro lo declaraba vencedor. En el suelo, el otro contrincante aún no se había levantado.

Los ojos se me llenaron de lágrimas y tuve que hacer fuerza para no llorar. No sé cómo lo logró, porque estaba muy lastimado, pero sentí la mirada de Antón clavada en mí. Lo miré al rostro, me sonrió y en un último acto de jactancia antes de desmayarse, me arrojó un beso.

Dos hombres subieron al ring y trataron de reanimar a Antón. La gente empezó a dispersarse; algunos volvían a sus mesas, otros iban a cobrar su dinero. Miré a Ferrán; lo noté dudoso.

—Ve a preguntar si está bien —le dije dándole un leve empujón.

—Te trae de cabeza este tipo, ¿eh? —respondió burlón y, sin darme tiempo, se alejó en dirección al ring.

Me quedé sentada en las gradas mientras estas se vaciaban, expectante ante lo que ocurría en el centro del escenario, pero, al no ver signos de alarma en ninguno de los que auxiliaban a Antón, en parte me tranquilicé. Ferrán estaba ahí, sin saber qué hacer, presto a ayudar si hacía falta.

Antón despertó, gracias al cielo, y lo ayudaron a sentarse en un rincón. No escuché lo que le decían, pero lo vi asentir. Le limpiaron un poco el rostro, pero él se quejó y desistieron. Uno de los sujetos le acercó un vaso de vino que Antón vació en pocos segundos. Una mueca parecida a una sonrisa indicó que estaba satisfecho.

Se puso de pie con dificultad y miró en mi dirección. No sé si pudo verme, sus ojos eran dos globos morados. Con ayuda caminó hacia el fondo hasta que desapareció tras una puerta.

Ferrán volvió a mi lado y me tomó del brazo.

—Vamos a cobrar, hermanita. —Sonreía, feliz por su triunfo—. Nos vamos a llevar mucho dinero.

—Esto no me gusta nada, Ferrán. Si papá se entera...

—Pero no va a enterarse. —Fijó en mí sus ojos oscuros—. Relájate, son nuestras primeras vacaciones juntos —Agregó una carcajada a sus palabras y sentí que mi sangre hervía.

—No he venido de vacaciones, Ferrán, ni tampoco elegiría pasarlas contigo.

—¡Claro que no! Tú las pasarías con el Toro Navarro.

—¡No seas insolente! —protesté, aunque en el fondo sabía que él tenía razón; me hubiera encantado que Antón fuera un hombre libre y poder iniciar algo con él. Tenía que reconocerlo de una vez.

Ferrán me dejó sola y se fue a la barra, donde los hombres hacían fila para cobrar su dinero. Volví a la mesa que habíamos ocupado y me senté. La gaseosa ya no estaba; ni el vaso había quedado.

Un desconocido se sentó en la silla que había usado Ferrán y puso delante de mí un vaso.

—Hola.

No supe qué decir, nunca me había encontrado en esa situación. Lo miré; era un hombre joven, apuesto. Se lo veía contento; seguramente también había ganado las apuestas.

—¿No le gusta el vino, quiere otra cosa? —ofreció al ver que yo no reaccionaba.

Una sombra se perfiló sobre la mesa; giré la cabeza y descubrí a Antón de pie detrás de mí.

—La señorita está conmigo —dijo con voz dura.

Temí que se ocasionara una nueva pelea; Antón no estaba en condiciones de luchar, pero el sujeto se levantó, tomó su botella y respondió:

—No sabía, Antón. —Le extendió la mano—. Buena pelea, felicidades.

Antón la estrechó y murmuró un «gracias».

Al quedar solos, Antón se sentó a mi lado y echó el cuerpo hacia atrás. Se veía abatido.

—¿Te sientes bien?

—Sí, pero me duele todo.

—Tú te lo buscaste... Podrías haber detenido la pelea.

—No soy un perdedor, Paz —lo dijo con tal firmeza que me asustó. De pronto parecía enojado, como si algo dentro de sí se hubiera encendido.

Preferí callar, no tenía ganas de discutir con él. Mis ojos buscaron a Ferrán; todavía estaba en la fila de cobro.

—Cuando venga nos iremos —dijo como si leyera mis pensamientos—. Supongo que el chico sabe conducir.

—Yo también sé. —Mi propio orgullo habló por mí.

—Vaya... Entonces, el que mejor lo haga que me lleve a casa; apenas puedo ver.

—Quizá debería examinarte un médico —sugerí. No sabía lo graves que podían ser sus heridas, ¿y si tenía lesiones internas?

—No hará falta. —Estiró las piernas—. No es la primera vez.

—¿Por qué te sometes a esto? ¿Es por dinero? —No pude contener las preguntas, necesitaba saber.

—Nunca lo entenderías.

—Intenta explicármelo. —A tozudo, tozuda y medio.

—Yo nunca pierdo, Paz. —Me miró por entre la carne hinchada; apenas pude vislumbrar su pupila, pero despedía llamas—. Nunca.

Ese hombre me desconcertaba, parecía que dos personas habitaban en él. Por momentos solía ser burlón, seductor y engreído, y en otros, como ese, albergaba un volcán a punto de estallar. Quizá era por su mal matrimonio, que le hacía sentirse agobiado por la situación; tal vez deseaba separarse de Sara y la llegada del hijo se lo impedía. Esa podía ser la verdad, o no.

Ferrán llegó y puso fin a la tensión.

—Mira todo este dinero, hermanita —dijo mientras blandía frente a mí una gran cantidad de billetes.

Abrí la boca, sorprendida; eran muchos. Por un lado, me sentí contenta de tener un respaldo, pero a la vez me preocupé, no quería que mi hermano se viera perdido por el juego y las apuestas.

—Es la última vez —advertí—. Volveremos a casa y lo hablaremos con papá.

—De momento prometiste ir conmigo al pueblo —intervino Antón, otra vez de buen talante—. Vamos, ya no tenemos más que hacer aquí.

Se puso de pie, se le notaba dolorido; apretaba una de las manos contra el costado, como si con esa presión aliviara algo.

Salimos; el aire fresco de la noche olía a pinos, a maderas, no lo había notado antes. Quizá el contraste con el encierro entre el humo y el sudor había estimulado mis fosas nasales.

—¿Estás bien? —preguntó Ferrán al ver que Antón caminaba lento.

—A decir verdad, no, muchacho. Me dieron una buena paliza —lo dijo riéndose—. Pero valió la pena.

No pude reprimir el gesto de desacuerdo, que ambos vieron.

—¿Podrás conducir hasta mi casa? —pidió Antón a mi hermano, quien asintió.

Me mordí los labios para no protestar; yo también sabía conducir, se lo había dicho, pero él había elegido a mi hermano. A veces detestaba ser mujer.

—¿Recuerdas el camino? —inquirió Antón antes de subirse a la parte trasera, deseoso de recostarse en el asiento.

—Sí, tú tranquilo.

El viaje fue silencioso; mi hermano conducía bien, muy a mi pesar. Antón se había dormido y yo meditaba los pasos a seguir. Debía concentrarme en mi investigación, ocupar mi mente en otra cosa que no fuera ese hombre. Intuía que faltaba algo, una pieza fundamental en todo ese rompecabezas. Si Antón insistía, volvería al pueblo e intentaría ver a Lola de nuevo; quizá ella conocía a ese sujeto que le enviaba dinero a Alina, el hombre de las cartas, Jerónimo Basante.

Las tenues luces de la ciudad anunciaron que estábamos cerca de la casa de Antón. Caí en la cuenta de que Ferrán no había buscado alojamiento; quizá era lo mejor, así podía cuidar del maltrecho boxeador.

El coche se detuvo y descendimos.

—Despiértalo —le dije a Ferrán.

—Seguro que él prefiere que lo hagas tú —respondió burlón. Pero me obedeció y sacudió a Antón por el hombro. Este se quejó y abrió un ojo, o lo que pudo de él.

—Hemos llegado.

Su respuesta fue un gruñido y Ferrán tuvo que ayudarlo a incorporarse.

—La llave está en mi bolsillo —dijo.

Era evidente que pretendía que entráramos con él; yo no quería hacerlo.

Me detuve en medio del camino y anuncié que buscaría un taxi. Desde los acontecimientos de febrero en Madrid, donde los estudiantes pidieron un Congreso Nacional de Estudiantes, el control en las calles se había agudizado; sin embargo, no tenía miedo.

—¿A esta hora? ¡Estás loca si crees que voy a dejarte! —Antón de repente había recuperado su fortaleza.

—¿Y tú quién eres para prohibirme algo a mí? —repliqué con voz alterada.

—Calma, calma —intercedió Ferrán—. ¿Acaso os olvidáis de que estoy aquí?

Ambos lo miramos.

—Ayudaremos a Antón a acomodarse en su casa y luego te llevaré a la pensión. —Miró a Antón y añadió—: Eso si me prestas el coche.

—Trato hecho —dijo Antón y empezó a andar—. Te diré por qué calles circular sin que tengas problemas.

La casa de Antón era territorio puramente masculino; no tuve dudas de que hacía tiempo que una mujer no entraba en ella. Todo estaba desordenado y lo poco acomodado lo estaba sin ton ni son. Él esgrimió una excusa, pero no le creí; eso venía de tiempo atrás.

—Paz, ¿podrías traer el vino de la cocina? —Como me lo pidió de buena manera, obedecí—. Los vasos están...

—Ya sé dónde están —grité desde la cocina. Estaban sucios en la pila y tuve que lavarlos.

Cuando regresé a la sala, ambos estaban sentados sobre un sillón del cual misteriosamente había desaparecido la ropa que tenía cuando entramos.

—¿Tú no vas a beber? —preguntó mi hermano al ver que solo llevaba dos vasos.

—No.

—Tenemos que brindar por mi triunfo —dijo Antón.

—Si te vieras la cara, no tendrías ganas de brindar —repliqué sin poder evitarlo a la par que me sentaba frente a él en una de las sillas.

Antón largó una carcajada y pidió a mi hermano que buscara otro vaso.

Al quedar solos aprovechó para decirme:

—Gracias por preocuparte por mí. —Estaba serio; seguramente recordaba mis ojos llenos de lágrimas. Se estiró un poco hacia adelante y noté que el esfuerzo le ocasionaba dolor. No lo vi venir, no pude evitar el beso que me dio. Fue suave, apenas un cosquilleo sobre mis labios. Al sentir que Ferrán cerraba el grifo se alejó—. Te repito que confíes en mí.

Mi hermano llegó y sirvió el vino. Me vi sometida al brindis y bebí. Estaba delicioso, pero no lo dije en voz alta.

—¿Siempre terminas así? —preguntó Ferrán.

—No, solo cuando tengo un buen contrincante, y hoy lo tuve.

—Pero eres el campeón, ¿no?

—En mi categoría, sí —respondió, ya sin pedantería.

—¿Y qué harás? ¿Irás al médico mañana? Para que te revise los huesos... o algo más. —Mi hermano lo veía tan maltrecho que hacía las preguntas que yo no me animaba a formular.

—No hará falta.

—Pero los ojos… casi no puedes abrirlos —dije.

—Estaré bien. —Me dirigió una mirada suave, o al menos eso interpreté—. Mañana después de la radio te iremos a buscar para ir al pueblo.

—Veo que tienes todo dispuesto, incluso mis tiempos —protesté.

—¿Vuestra relación siempre será así? —intervino Ferrán, risueño.

—No tenemos una relación. —Me puse de pie—. Vamos, llévame a la pensión.

Con desgana, Ferrán se incorporó, miró a Antón y se encogió de hombros. Lo único que me faltaba era que mi propio hermano estuviera de su parte.

Antón le dio las indicaciones de por dónde circular.

—¿No vas a despedirte? —me dijo Antón cuando le di la espalda para salir.

—Adiós —fue todo lo que dije.

CAPÍTULO 25

Alrededores de Burgos, 1918

Los primeros tiempos de la Gran Guerra, España, debido a su neutralidad, había asistido a un leve despegue económico. Los países beligerantes necesitaban alimentos, armas, metal y carbón. Al desaparecer la competencia extranjera el crecimiento fue notable, en especial en la industria textil catalana, la siderurgia vasca y la minería del carbón asturiana. Sin embargo, mientras Europa soportaba los últimos estertores, a partir de 1917 había entrado en un período de crisis debido al agotamiento de la guerra; las exportaciones habían generado escasez de alimentos, disparadas de precios y especulación. Alina permanecía ajena a todo lo que ocurría a su alrededor; su mente y su corazón solo tenían espacio para Tom, su novio desde hacía algunos meses. La felicidad inicial de su declaración fue menguando al poco de echar a andar la relación. Por momentos pensaba que funcionaban mejor como amigos que como pareja, aunque no dudaba del amor de él. El problema era otro; sentía que no podía acceder enteramente a sus pensamientos, como si algo vallara su corazón y le impidiera expresarse con naturalidad.

Tom era un hombre cambiante, pasaba de la euforia del enamoramiento al mutismo hermético; era en esos momentos cuando ella se sentía fuera, percibía que había algo que a él lo atormentaba tanto que se encerraba en sí mismo e impedía que se acercara.

Al principio ella respetaba sus espacios y, cuando comprendía que él entraba en uno de esos trances, se alejaba. Pero con el correr del noviazgo Tom empezó a manifestar esos síntomas cada vez con más frecuencia y Alina no sabía qué hacer.

Su paciencia se agotaba y terminaba acosándolo con preguntas.

—¿Qué ocurre, Tom? ¿Es que acaso no me quieres?

Pese a su insistencia él no respondía; ni siquiera volvía el rostro para mirarla.

—¡Tom! ¡Te estoy hablando! —Al ver que él no reaccionaba, Alina rompía en llanto, sin saber qué estaba haciendo mal.

Una tarde estaban debajo de un árbol, en medio de una pradera desolada. A su alrededor solo se oía el silbido del viento y el trinar de los pájaros en los nidos.

Habían llevado una cesta para compartir una merienda que Alina había preparado con dedicación: buñuelos de manzana, dulce y refrescos. La muchacha había extendido un mantel con flores y dispuesto todo para agasajar a su amor.

Con las espaldas apoyadas contra el grueso tronco, comieron y conversaron como cuando eran amigos.

—Mejor recojo todo, por las hormigas —dijo ella.

Él la miró acomodar los restos en la canasta; observó sus dedos largos y su cuello blanco mientras se estiraba para cumplir con su tarea. Sintió el deseo de besarla allí, justo donde latía su sangre, morder ligeramente su piel y bajar hacia su pecho. La erección se manifestó y Tom sonrió. Esperó a que terminara y cuando ella se volvió la tomó de la mano y la ayudó a recostarse sobre el lienzo.

Se inclinó sobre ella y la besó en los labios; sintió la agitación de su corazón, que golpeaba desaforado como si quisiera escapar. El calor los inundó.

Alina elevó una mano y lo acarició en la nuca; ambos se erizaron y experimentaron el escalofrío en la piel.

Tom la tomó por la cintura y deslizó sus labios por el cuello, succionó y le arrancó gemidos. El cuerpo de la chica se movía, inquieto, lo necesitaba más cerca. Él comprendió la llamada y la cubrió con su humanidad, feliz de saber que su masculinidad respondía como debía ser. La razón le jugó una mala pasada y todo se desvaneció.

Ella, que era puro fuego, sintió que algo pasaba; de repente aquello que le quemaba la entrepierna había desaparecido. Intensificó sus movimientos, buscándolo, pero ya no había nada.

El beso se interrumpió y Tom se separó de ella. Se sentó y le dio la espalda. Se llevó las manos a la cabeza y resopló.

Avergonzada, Alina se acomodó la ropa; en el momento de pasión se había abierto los botones de la blusa. Después se sentó a su lado.

Él no decía nada; miraba los campos, con la vista brillante y perdida.

—Tom… —En lugar de responder, el aludido se puso de pie.

—Vamos. —Su voz sonó dura.

—¡Tom! ¿Qué ocurre? —Ella ya estaba a su lado, buscando la mirada que él le negaba.

Pero el hombre empezó a andar, sin siquiera ayudarla a llevar las cosas.

Entre lágrimas, Alina tomó la canasta, sacudió el mantel y corrió detrás de él, que ya bajaba la leve colina. Se emparejó a su lado, pero no obtuvo siquiera un vistazo. Tom iba ausente; los ojos de miel parecían dos carbones encendidos.

La dejó a unos metros de su casa, sin siquiera despedirse de ella. Alina entró rogando que su padre no estuviera; necesitaba estar sola y llorar sin preguntas.

Dejó la canasta sobre la mesa y se arrojó en la cama, donde desparramó su dolor hecho lágrimas. No entendía qué había pasado, iba todo bien… ¿Acaso no le gustaba? Ella sabía que era demasiado delgada para lo que los hombres necesitaban, lo había escuchado decir a otras mujeres; «ellos necesitan carne de donde agarrarse» era el eterno discurso. Pero no creía que Tom fuera de esos, suponía que la quería.

Se levantó y se miró en el espejo; tenía los ojos rojos y la mirada opaca. Se abrió la blusa; el sostén abrigaba dos pequeños limones, poca cosa comparada con otras. Bajó la vista: el vientre chato, sin grasa en ningún lado. Se quitó la falda; sus piernas eran dos delgadas ramas, largas y fibrosas, pero sin carne. Se dio la vuelta; su trasero redondo y pequeño. No era el típico cuerpo de una mujer, más bien parecía una niña, pensó.

Angustiada, creyó que quizá alimentándose mejor podría rellenar sus carnes y ser más atractiva para él. Seguramente era eso, era culpa suya que Tom la rechazara.

Al día siguiente, el novio, arrepentido, llamó a su puerta. El padre, ignorante de la discusión, lo recibió y lo invitó a un trago. Alina tuvo que servirlos y fingir que todo estaba bien. Sus sentimientos eran contradictorios. Se alegraba de que él estuviera allí, el rostro de Tom evidenciaba arrepentimiento, pero a su vez estaba molesta. «Debe aceptarme como soy», se repetía.

Después del aperitivo Tom invitó a Alina a dar un breve paseo.

Al encontrarse solos él la tomó de la mano y caminaron hacia un tronco que hacía de banco, alejado de la casa.

Alina iba callada, no sabía de qué hablar. Había pensado tanto que tenía miedo de decir alguna barbaridad y empeorar las cosas; mejor que él se expresara.

Se sentaron; él retuvo su mano, que empezó a acariciar. Se le notaba nervioso y ella pudo advertir que buscaba las palabras. «Va a dejarme, es eso, va a dejarme». La angustia y el temor a perder aquello que tanto amaba la llevaban por derroteros de oscuridad.

—Alina, yo... —Elevó los ojos y ella se asustó. No iba a dejarla, era algo peor—. Perdóname por lo de ayer. —Apretó sus dedos y con la mano libre se limpió el sudor de la frente—. No sé qué me ocurrió, no pude... Lo siento, no debí irme así, lamento haberte tratado mal.

—Tom... —Su voz vacilaba—. ¿Es que acaso no te gusto? Sé que no soy el modelo de mujer que los hombres buscan...

—Pero ¡qué dices! —La tomó por los brazos; se los apretó tanto que ella se quejó—. Lo siento, soy un bruto. —Aflojó la presión—. No eres tú... el problema soy yo. —Bajó la vista y se miró los zapatos como si pudiera encontrar en ellos la respuesta—. Tú me gustas, me enloqueces, Alina, ardo en deseos de estar contigo.

—Mírame —pidió Alina con voz ahogada. Él lo hizo y ella leyó que era cierto—. ¿Entonces?

—No lo sé... quizá me pongo muy nervioso, yo nunca... —Alina no podía creer lo que oía—. Nunca...

—¿Nunca qué? ¿Eres… —no se animaba a concluir la frase, pero él no la ayudaba— virgen?

Tom asintió; su rostro se volvió rojo y bajó la cabeza, vencido.

Alina experimentó una ternura inusitada; Tom no era un chico, era un hombre, y esa confesión lo elevaba aún más frente a ella. ¿Qué otro hombre se habría animado a tal declaración?

Sin poder contenerse lo abrazó; él se refugió en su cuerpo y la apretó.

—Yo también lo soy, Tom, aprenderemos juntos.

Pese a las promesas de amor que se habían hecho esa tarde, Tom espació las visitas a Alina; inventaba distintas excusas.

De frecuentarla casi a diario pasó a verla un día en medio de la semana, además del paseo casi obligado del sábado, cuando iban al pueblo, donde solía reunirse la juventud para beber y bailar en las verbenas.

En los primeros meses, Tom había hecho el esfuerzo de llevar a Alina a esas reuniones, pero con el paso del tiempo fue espaciando ese tipo de salidas. No le interesaba mezclarse con el mocerío ruidoso que solo tenía en mente divertirse, pero lo hacía por Alina, porque ella tenía derecho a vestirse bonito y lucir su sonrisa en los bailes.

Ella era toda alegría, él era una sombra. Una sombra impenetrable donde nadie, ni siquiera su familia, había logrado entrar.

Una tarde Alina reclamó.

—Tom, hace mucho que no vamos al pueblo, extraño los bailes —lo dijo acercándose a él con aires seductores, contoneando su cuerpo; toda ella despedía un segundo mensaje.

—Sabes que no me apetece, Alina, todo este tiempo lo he hecho por ti —respondió con gesto ceñudo.

Ella se apartó y se acomodó de nuevo en la piedra donde había estado sentada.

—Me aburro, Tom —dijo por primera vez—, estoy todo el día en casa, limpiando y cocinando, y creo que cuando finalmente nos casemos me esperará una vida similar.

—¿Qué quieres acaso? Así es la vida, mujer.

A ella no le gustó su respuesta y, pese a que su orgullo le decía que debía plantarle cara y marcharse, siguió intentando acceder a él.

—Quiero lo que quiere toda muchacha. —Imprimió a su voz una dulzura que no sentía, pero carecía de ánimos para pelear—. Salir, bailar con mi novio, darnos unos besos en un portal oscuro...

—No deberías hablar así, eres una señorita.

—¿Me estás llamando ramera? —Furiosa, Alina se puso de pie y emprendió el regreso hacia su casa sin darle tiempo a responder.

Tom reaccionó y corrió tras ella. La sujetó del brazo y la detuvo.

—¡Lo siento! ¡Lo siento, mi amor, lo siento!

Ella bajó la cabeza; no quería que viera sus lágrimas. Apretó los puños y las mandíbulas.

—¿Qué es lo que pasa contigo, Tom? ¿Por qué me haces esto? —Estaban frente a frente; ella era todo temblor.

Él le tomó las manos; la sintió tan vulnerable, intentando ser fuerte cuando estaba deshecha por dentro... Como ella no lo rechazó subió por sus brazos y la apretó contra él. Al principio Alina permaneció tiesa, pero sus caricias la fueron aflojando hasta que terminó colgada de su cuello.

Se besaron, sus lenguas se enredaron y desafiaron, sus cuerpos se apretaron y el calor los fundió en uno solo. Se fueron deslizando hacia la hierba hasta quedar en horizontal.

Tom la cubrió con su cuerpo; estaba excitado, pero una parte de él no respondía. Decidió dejar a un lado la mente y se dedicó a sentir. Con su boca buscó el cuello, ese cuello largo y blanco que lo enloquecía, lo lamió y mordió suavemente. Ella se retorcía de placer, elevaba las caderas buscando algo que él no podía darle. Ante sus demandas él quiso excusarse, pero ella lo hizo callar.

—Bésame —pidió extasiada, a la vez que se abría la blusa y dejaba a la vista sus senos pequeños, tiesos.

Ante semejante oferta, la boca de Tom descendió hacia sus cumbres; la besó con suavidad primero, con lujuria después. Lamió su piel, de abajo hacia arriba, hasta llegar a tocar con la punta sus pezones rosados, que gritaban pidiendo más.

—¡Oh, Dios santo! —exclamó ella, al borde del éxtasis.

Tom también estaba excitado, tanto que ni siquiera se había dado cuenta de su erección ni de que se estaba meciendo encima de ella.

Desesperada por sentirlo más cerca Alina estiró la mano y la deslizó por entre los cuerpos; quería tocarlo, conocer la textura de su piel, su calor.

El hechizo se rompió y como por arte de algún mago todo quedó en nada.

Avergonzado, Tom se apartó de ella y le dio la espalda. Ella se cubrió los senos y se sentó.

—Tom...

—Cállate.

Con miedo, Alina lo tocó en el hombro; fue como si lo quemara con un hierro caliente.

—¡Déjame! —Se puso de pie y se alejó unos pasos. Sacó un cigarro y fumó.

Alina se desplomó sobre la hierba y cerró los ojos. No entendía qué le ocurría a él, por qué cuando estaban en la mejor parte todo se desvanecía.

Pasaron varios minutos; el sol estaba cayendo. Un viento frío revolvió las hojas y la muchacha se incorporó. Tomó la chaqueta que había quedado a un costado y se abrigó con ella.

Sin despedirse siquiera, se alejó cuesta abajo. Él permaneció mirando el horizonte.

Transcurrieron algunos días hasta que Tom volvió a buscarla, pidiendo perdón por su desplante.

Esas mismas situaciones se repetían cada vez más seguido y Alina empezaba a cansarse. Lo amaba, sí, demasiado, pero su relación ya no la hacía feliz.

Su padre advirtió que algo pasaba cuando un domingo ella se negó a ir a comer a casa de los Castro. Fue justo después de uno de esos calurosos encuentros que acababan en rechazo.

—¿Qué está pasando? —quiso saber—. ¿Acaso tú y Tom estáis distanciados?

—No, padre, cómo se le ocurre —mintió—, es que no me siento bien.

—¿Quieres que me quede y llame al médico?

—No hace falta, son cosas de mujeres. —Sabía que alejaría a su padre de inmediato; el hombre no sabía qué hacer con eso.

—Entiendo... Bueno, cuídate. —Se calzó la boina y salió para su comida en casa de los Castro.

Allí todo estaba normal excepto por la ausencia de Tom. Al preguntar por él le dijeron que había salido temprano por la mañana.

—¿Y Alina?

—No se sentía bien, tú sabes... cosas de mujeres. —La sola mención de ese tema entre hombres hacía que la conversación girara en torno a otra cosa.

Cuando el padre regresó a la casa a media tarde halló a su hija en la cama, con las cortinas corridas para que no entrara la luz; el ambiente era triste.

—¿Sigues mal? —preguntó el padre desde el umbral.

—Ya pasará, padre, mañana estaré bien.

—Descansa, me ocuparé de la cena.

Alina esperaba algún mensaje de Tom, pero al parecer no había ninguno. Había especulado con que al creerla enferma él se acercara hasta la casa, preocupado. Pero nada de eso había ocurrido.

Dominó el impulso de preguntar hasta que cayó la noche y su padre la llamó para cenar.

Sentados frente a frente, padre e hija no tenían muchos temas de qué hablar. No siempre era igual; Alina solía ser alegre, pero en los últimos tiempos la muchacha parecía un espectro de lo que había sido.

—¿Cómo estuvo la comida? —se atrevió a preguntar, anhelando alguna información sobre su novio.

—Ruidosa y alegre, como siempre —respondió su padre mientras saboreaba el guiso—. Tú sabes cómo son los Castro.

—¿Y Tom? —Necesitaba saber, y estaba visto que su padre no iba a mencionarlo si no preguntaba abiertamente.

—No estaba. —El hombre restó importancia al hecho.

—¿No estaba? —repitió al tiempo que dejaba los cubiertos sobre el plato—. ¿Y a dónde había ido?

—Pues no lo sé, no pregunté.

—Pero… Tom nunca falta a la comida familiar de los domingos…

—Ya, ya… mira si vas a preocuparte por eso —minimizó el padre—, Tom es un hombre…

Alina sintió que los colores subían a su rostro. ¡Claro que era un hombre! Ella bien lo sabía, un hombre que se excitaba con ella, pero que en el momento de la verdad se desvanecía. ¿Acaso había alguien más? ¿Por eso la esquivaba?

No pudo terminar su cena, al fin comprendía todo: Tom tenía una amante. Concretaba con otra lo que con ella no podía.

Su padre siguió comiendo en silencio, sin prestar atención al mutismo repentino de su hija. Tampoco vio sus ojos furiosos ni el temblor de sus manos.

Al finalizar, la joven recogió todo y se ocupó de limpiar, como era su obligación.

Esa noche no pudo dormir; se sentía estafada, dolida, rota. Pasó por todos los sentimientos posibles, contradictorios. Por momentos amaba a Tom, en otros lo odiaba. «¿Cómo ha podido hacerme algo así? ¡Si nunca le he negado nada! ¡Le he ofrecido mi cuerpo, además de mi corazón!».

Al día siguiente se levantó temprano, preparó el desayuno para su padre y lo vio partir como cada jornada. Creía conocer las rutinas de Tom, aunque ya no estaba segura de nada. Caminó hasta las cercanías de su casa y esperó a que saliera. Como una sombra, lo siguió, ocultándose en los momentos en que podía ser vista, apresurándose cuando los pasos largos del hombre la dejaban atrás, aguardando cuando él se detenía en algún sitio.

Cuando él se quedó trabajando, Alina aprovechó para volver a su casa. Se dedicó a cumplir con sus obligaciones diarias: ropa, aseo, comida, tareas que la agobiaban.

A media tarde volvió a espiar a Tom; él continuaba en sus quehaceres y ella se quedó escondida detrás de un árbol. Se sentía mal por hacer eso, pero necesitaba corroborar el porqué de las ausencias de su novio. Aunque por momentos tenía dudas de que continuara siendo su novio. ¿Cuántos días habían pasado ya sin verse? Más de tres…

Con un nudo en la garganta lo vio concluir la jornada, recoger sus cosas y partir. Rogaba para que él fuera en dirección a su casa, o mejor aún, que tomara el sendero que conducía a la suya. Pero Tom no hizo nada de eso. Enfiló directamente hacia el centro del caserío. Con el corazón encogido, Alina lo siguió. Las lágrimas de la traición caían por sus mejillas. Creyó morir cuando Tom llamó a la puerta de la ramera del pueblo.

CAPÍTULO 26

Asturias, 1901

Jesús ya no lloraba, ni siquiera tenía fuerzas para hacerlo. Hacía dos días que vagaban por los campos, subiendo y bajando cuestas, sin más alimento que el que podían robarle a la naturaleza.

La pequeña boca del bebé se abría para recibir las gotas de agua que un par de dedos sucios dejaba caer en su interior, agua que recogía en pequeñas vertientes y que lo único que hacía era engañar al hambriento ser.

El miedo empezó a hacer estragos en la conciencia fugitiva. ¿Y si su hermano moría? Cada minuto que pasaba dudaba más de su decisión; un bebé necesitaba de su madre, beber leche tibia. ¿Qué habría ocurrido con Omar? ¿Lo habría matado? No quería cargar con una muerte. ¿Estarían los guardias tras sus pasos? ¿Y su madre?

Las preguntas, siempre las mismas, taladraban su mente, generaban culpa y temor. Deseó morir, la muerte era una buena opción, pero estaba Jesús. ¿Qué sería de él abandonado en medio del campo?

El relincho de un caballo le causó un sobresalto y despertó al pequeño, que se removió y se quejó.

Una carreta se aproximaba; dos personas venían en el pescante, un hombre y una mujer, ambos jóvenes. Parecían inofensivos; la cercanía dejó ver que ella llevaba un bebé entre los brazos.

—Sooo. —El conductor detuvo al animal, que de inmediato se puso a pastar—. Hola, ¿qué hacéis aquí solos?

—Eh… vamos al próximo pueblo.

—¿Está todo bien? —dijo la mujer al observar la delgadez del cuerpo adolescente—. El bebé... ¿está bien?

—Está algo débil, señora. Nuestra madre ha muerto y tiene hambre.

—¡Oh! ¡Qué triste! —La joven se llevó las manos a la boca—. ¿No tenéis a nadie más?

—Sí, señora, vamos a la casa de nuestra abuela.

—Podemos llevaros —ofreció el hombre—, el pueblo está lejos todavía.

—Gracias. —Apretando el cuerpo de Jesús entre sus brazos aceptó la mano que le extendía el desconocido.

—Dices que el bebé tiene hambre... —comenzó la mujer—, quizá pueda alimentarlo. —Dirigió la vista hacia su esposo, quien asintió mientras azuzaba al animal para que avanzara.

—Se lo agradecería, señora.

—Mi nombre es Lili. —Sonrió—. ¿Y tú cómo te llamas?

Se lo dijo y añadió:

—Mi hermano se llama Jesús.

—¡Oh, Jesús! Qué nombre tan sugerente. —Como si hubiera entendido, el pequeño empezó a berrear—. Detente —pidió a su esposo—. Le daré aquí mismo, parece que el pequeñín necesita ayuda.

El marido obedeció y detuvo la carreta.

—Mi niña ya está satisfecha —explicó al tiempo que se la entregaba al hombre que estaba a su lado y la miraba con ojos enamorados. Después recibió a Jesús en su pecho. El bribón se prendió a su pezón de inmediato y empezó a mamar—. ¡Vaya, pero si es un tragón! —Sonrió al decirlo, pero, al recordar que su madre había muerto hacía poco, se arrepintió.

—¿Cómo es que nadie de tu familia os acompaña? —preguntó el hombre mientras liaba un cigarro.

—Pues... no tenemos a nadie, señor, salvo la abuela.

—Entiendo. Tú también debes tener hambre.

—Un poco, pero soy fuerte, puedo aguantar, señor.

—No hace falta que aguantes. —El hombre buscó en el interior de la carreta—. Aquí tienes, un buen pedazo de jamón. Luego te daré una fruta.

Los ojos de miel brillaron de ansiedad. Hacía tanto que no comía un buen jamón... Lo tomó con los dedos sucios y se lo llevó a la boca.

—Dale agua, se va a atragantar —sugirió la mujer mientras cambiaba de seno a Jesús.

—Gracias, señora, son ustedes muy amables.

Jesús hizo su provecho sobre el hombro femenino, un eructo ruidoso y largo que hizo sonreír a los viajeros.

—Sigamos —propuso el marido—, no queremos arribar de noche.

Con el traqueteo del viaje y la panza llena, los hermanos se durmieron.

—Hemos llegado —dijo con suavidad Lili, sacudiendo ligeramente a la figura que se enroscaba en torno al cuerpo del bebé para darle calor y protección.

Esa voz dulce apartó los sueños y reveló la realidad: estaban de nuevo solos, en busca de una falsa abuela. Por un momento deseó que ese matrimonio fuera su familia, que los hubieran adoptado como propios, pero no era más que eso, un anhelo que no se haría realidad.

—Nosotros seguimos hasta el próximo pueblo, ¿podrás andar hasta el caserío? —Un puñado de casas desperdigadas aquí y allá conformaban la villa.

—Sí, muchas gracias, señor.

—Cuida mucho a Jesús —dijo Lili—, es un bebé muy bueno.

—Así lo haré, señora.

Enternecida, la mujer los cobijó en sus brazos un instante y posó un beso en la sucia cabeza adolescente.

—Que Dios os bendiga —dijo.

Cuando la carreta partió, la figura delgada y larga se quedó de pie mirando hacia las casas. No había abuela, no había nadie que los esperara, pero al menos se habían alejado de Pola de Lena. No podía discernir a qué distancia estaban, pero seguro que era lejos; allí nadie los encontraría.

Empezó a andar con la tranquilidad de que Jesús tenía, de momento, reserva de alimentos. Al menos por ese día. Ahora dependía de su buena suerte y de su sagacidad seguir consiguiendo leche para él.

Se adentró en el pueblo; las casas estaban bastante separadas unas de otras, hasta que llegó a la parroquia. Seguramente allí alguien le daría cobijo, pero estaba desierta. Quizá la hora no era la apropiada, el silencio era sepulcral, excepto por el canto de un gallo desorientado.

Se sentó en el primer banco y miró la imagen del Cristo deslucido que colgaba de la pared. Estaba despintado y dos de los dedos del pie estaban cortados, como si le hubieran sumado un castigo extra a su martirio.

Hacía mucho que había dejado de rezar, dudaba de la existencia de Dios. De existir, ¿por qué había permitido todo lo que le había pasado? No, Dios no podía querer eso para sus hijos. Miró a su hermano, ¡vaya nombre que le había puesto en un intento de congraciarse con ese ser supremo cuya imagen se desdibujaba cada día!

El ruido de una puerta captó su atención. Apretó al bebé y fingió rezar. Sintió que alguien se sentaba detrás y el murmullo de sus oraciones. Aguardó un rato, se persignó incluso cuando no había orado y se puso de pie para salir. La mujer que estaba en el banco de atrás ni siquiera levantó el rostro, iba vestida de luto.

En la calle había más movimiento de gente; el pueblo había despertado de su siesta. Avanzó, la vista baja, por las dudas; el miedo le mordía los pies. Le hacía falta un sitio donde cobijarse cuando cayera la noche, no podían vagar eternamente. También necesitaba ganar dinero. Ofrecerse para pequeñas tareas que no le llevaran demasiado tiempo, porque no podía dejar a Jesús solo muchas horas.

Con esa ilusión bailando en la miel de sus ojos se desplazó con mayor ánimo, mirando de reojo y evaluando qué posibilidades tenían allí.

El pueblo, que más que pueblo era un puñado de casas reunidas alrededor de la iglesia, parecía haberse suspendido en el tiempo. No había más que viviendas y un almacén que vendía un poco de todo. Lamentó haberse detenido ahí; quizá si hubiera seguido con la pareja hasta el próximo… pero el miedo era el que decidía en ese momento, y mejor era permanecer en el anonimato. Su juventud e inexperiencia le habían jugado una mala pasada: en un pueblo tan pequeño eran como la mosca en la leche.

Después de deambular un buen rato sin encontrar nada que facilitara sus planes, se sentó en el escalón de la entrada de la iglesia. Su presencia captó la atención de una mujer que los había visto dar vueltas por el pueblo.

—¿Estáis perdidos? —Se agachó y echó un vistazo al bebé—. ¿El niño está bien? Parece algo demacrado.

—Estamos bien, señora, gracias. —Se puso de pie; el sudor corría por su espalda.

—¿Sois nuevos en el pueblo?

—No, estamos de paso. —Apretó a Jesús contra el pecho y empezó a caminar con la intención de alejarse de esa mujer, pero esta los siguió.

—¿Estáis solos?

—No. —Su respuesta fue rotunda—. Nuestro padre vendrá a por nosotros enseguida.

La mujer los observó y dudó.

—Si es así, quedaos aquí hasta que él regrese.

—Sí, señora.

La desconocida se alejó rumbo al almacén, pero cada dos o tres pasos se daba la vuelta para verificar que no se hubieran apartado de la iglesia, el único lugar donde estarían a salvo, según sus creencias. No bien la vio entrar en el comercio, la figura delgada giró sobre sus pasos y se alejó del caserío. No deseaba más preguntas ni miradas de pena.

CAPÍTULO 27

Valle de Turón, Asturias, 1901

Hacía dos días que vagaba por los campos llevando consigo a su hermano Jesús. Si bien dudaba todo el tiempo de lo acertado de su decisión, no podía volver atrás.

Lo urgente era conseguir alimento para el bebé, a quien notaba débil otra vez. El primer día se las había apañado para conseguir leche. Había tenido la precaución de robar un jarro, que había lavado en un arroyuelo y guardado entre sus cosas.

Un rebaño de vacas pastaba en una colina; no se veía humano ni perro alrededor, era una buena oportunidad.

Dejó a Jesús al abrigo de unas matas, le susurró algunas palabras y le besó la frente antes de alejarse.

Con sigilo caminó hacia los animales y adivinó que los terneros estaban con sus madres. Ese pensamiento le trajo a la suya y, al evocarla, el nudo que tenía en el pecho se apretó un poco más. ¿Qué sería de ella? Seguramente estaría desgarrada, buscándolos. La culpa se mezclaba con el rencor; su madre era la responsable de todo lo que estaba ocurriendo.

A medida que se acercaba, las vacas, advirtiendo su presencia, empezaron a moverse y a mugir. No tenía miedo, pero sí precaución, no deseaba recibir una coz.

Juzgó que quedándose inmóvil en medio de ellas lograría que se tranquilizaran, y eso hizo. De pie, se dedicó a mirarlas.

Cuando el rebaño se acostumbró a su presencia eligió a su presa;

una vaca que pastaba a unos metros parecía mansa, o eso quiso creer. Caminó hacia ella lentamente hasta que estuvo a su lado. El animal no se movió, apenas miró de costado y siguió pastando. La acarició en el lomo, sintió el calor de su piel y un ligero movimiento, como un tic.

Había hecho una buena elección; el animal estaba más interesado en comer que en cualquier otra cosa. Se agachó y tocó sus ubres, estaban tibias. Empezó su tarea, al principio con aprensión, pero al ver que ella no se inmutaba, continuó hasta llenar el jarro.

El olor a leche le subió por las fosas nasales y no pudo evitar beber un buen sorbo. El calor se adentró en su cuerpo y advirtió que también tenía hambre. Vació el recipiente y volvió a llenarlo.

Su alegría era tal que tuvo ganas de abrazar a la vaca, pero reprimió el impulso y se limitó a acariciar su lomo.

—Gracias, amiga.

Volvió a buscar a Jesús, que se había dormido. Seguramente el calor del sol, que se había movido de lugar y le daba de pleno en el cuerpo, lo había relajado.

Lo tomó entre los brazos; el bebé se despertó y emitió unos grititos.

—Te he traído alimento, shhh…

Se alejó hacia un árbol y se sentó a su sombra. Apoyó la espalda sobre el tronco y acunó al bebé. Era difícil darle de beber, no podía correr el riesgo de que se ahogara, tampoco de que se cayera la leche.

Con paciencia y mucho cuidado inclinó el jarro hacia la boca de su hermano, que de inmediato se abrió, ávido de alimento. Era una tarea que demandaría varios minutos y tensión en toda su musculatura. No vaciló.

Cuando Jesús se sació, se bebió lo que quedaba; de nada serviría guardarla, se pondría fea. Después le hizo el provecho a su hermano, que sonrió, satisfecho.

Con una alfombra de pastos y un techo de hojas verdes por donde se filtraba el sol, los hermanos se durmieron.

Cuando despertó era casi de noche; las vacas ya no estaban, la soledad los rodeaba.

Se puso de pie y guiándose por las estrellas avanzó hacia el próximo destino.

Caminaba sin un plan, aunque sabía que de un momento a otro tendría que tomar una decisión. No podían vagar por siempre. Por más que consiguieran comida Jesús estaba sucio, tenía la piel llena de escaras y grietas producto de las heces. Mantenerlo limpio era difícil; a veces encontraba un curso de agua, pero otras tenía que contentarse con higienizarlo con su propia saliva, pasándole un trapo que cada vez estaba más sucio. Su hermano merecía una vida mejor. Ambos la merecían.

La noche cayó con toda su rotundidad; no había luna, tuvo que detenerse. Era arriesgado avanzar sin ver.

Se sentó en medio de la negritud; Jesús lloró. Lloró fuerte, algo debía dolerle. Lo colocó boca abajo sobre sus piernas y le masajeó la espalda. El bebé empezó a relajarse y dejó escapar unos cuantos gases.

—¡Pero qué cochino eres! —dijo en tono de broma—. Sigue, sigue, así te alivias.

Al rato, Jesús estaba mejor y pudo apoyarlo sobre el suelo. Se acostó a su lado y miró el cielo. Imaginó qué habría allí arriba; quizá un mundo mejor, menos cruel. No podía olvidar lo que le había hecho Omar. El cuerpo ya no le dolía, de tantas veces que lo había padecido se había acostumbrado, pero algo dentro de su alma se había roto. Todo su sentir estaba quebrado y temía no poder sanar nunca. Omar había ultrajado su cuerpo adolescente, su carne virgen. No podía perdonar eso. Nunca. Era su mayor martirio y a la vez su mayor vergüenza. La culpa sería su castigo eterno.

Esa noche no durmieron, la larga siesta impidió el sueño. Permanecieron despiertos; el bebé por momentos lloraba, quizá de hambre, quizá de dolor, ya era imposible distinguir sus quejidos.

Con las primeras luces del amanecer inició el viaje. Jesús estaba inquieto, se removía en los brazos que lo cargaban, largaba algunos gases y se quejaba cuando sentía que manipulaban su cuerpo.

—¡Oh, niño! ¿Qué pretendes que haga? ¡Cálmate! —Pero sus palabras no hacían eco en el pequeñín, que continuaba con sus llantos y gritos agudos—. No quiero dejarte, hermano mío —hablaba y las lágrimas corrían por su mejilla sucia. Sabía que tenía que tomar la decisión, quizá la más difícil de su corta vida—. Ya no sé cómo cuidarte... —Le abrió la ropa y observó la piel de sus nalgas escaldadas por la orina—. Eso debe doler; lo siento, Jesús, lo siento. —Lo apretó contra sí ocasionando más llanto en el bebé—. Te dejaré con una buena familia, ya lo verás, te llevaré con alguien que te quiera y que te sepa cuidar. —No sabía si lo que estaba diciendo se haría realidad, pero era su mayor deseo.

Emprendió el camino de nuevo, bajó una cuesta y subió otra. El cansancio y la desolación habían tallado su rostro.

Al pie de una suave colina vio una casa. Parecía humilde, pero tenía vida. De la chimenea salía humo y un perro lanudo estaba sentado en la entrada. Se agachó, con Jesús en brazos, a observar. Al poco sintió que sus piernas se acalambraban y se sentó entre los pastizales.

Aguardó un buen rato, horas quizá; el sol tibio del mediodía brillaba en el cielo, pero hacía frío. Hasta que la puerta de la vivienda se abrió. Un hombre joven se asomó por ella, una mujer quedó en el umbral. Se abrazaron y se besaron; aun en la distancia pudo percibir que se amaban. Sonrió. Le hubiera gustado tener una familia como esa. Tuvo la tentación de ir, de presentarse, contar su historia y pedir ayuda. Pero tuvo miedo. ¿Y si los enviaban de vuelta con su madre? ¿Y si Omar estaba vivo y los buscaba? No, mejor no. Aunque le doliera en el alma separarse de su hermano, sabía que era la mejor opción. El bebé no recordaría nada y no podría responder a las preguntas. Después vería qué hacer con su vida; a su edad podía inventar cualquier cuento.

Tragó saliva, aguardó a que el hombre se perdiera por el camino y después se incorporó. Con Jesús apretado contra el pecho se acercó a la casa. Sabía que el perro enseguida lo encontraría, pero debía corroborar que no le hiciera daño.

Lo llamó y el lanudo alzó las orejas. Moviendo la cola, el can se aproximó y pudo acariciarlo. Se agachó y le permitió oler al bebé.

—Así me gusta, amigo, de ahora en adelante deberás cuidarlo —dijo con lágrimas en los ojos—. Tú tienes que ser su guardián. —Le acarició la cabeza y el perro le lamió la mejilla.

Envolvió a su hermano en la raída mantita, lo abrazó fuerte y luego lo dejó entre unas matas, detrás de unas piedras.

—Ahora ve y dile a tu ama que venga para acá —ordenó al lanudo. Antes de irse, se abrazó a su cuello y lloró—. ¡Cuídalo! —repitió.

Se puso en pie y sin mirar atrás se alejó subiendo la cuesta.

CAPÍTULO 28

Burgos, 1956

La noche de la pelea apenas pude conciliar el sueño. Me despertaba a cada rato y miraba el reloj. Estaba ansiosa, molesta, todas las sensaciones juntas. El recuerdo de Antón y sus actitudes me alteraba. Evocaba una y otra vez el beso que me había dado, las miradas intrigantes que me había dedicado y sus palabras: «Confía en mí». ¿Qué quería decirme con eso? ¿A qué se refería? ¿Estaría en sus planes dejar a su esposa? Sabía que entre nosotros había surgido una fuerte atracción que en mi caso se estaba convirtiendo en obsesión. ¿Le pasaría a él lo mismo? ¿Estaríamos enamorándonos? De ser así tampoco iba a permitir que abandonara a su mujer por mí.

Al advertir el derrotero de mis pensamientos encendí la luz y me senté en la cama. Mi mente iba demasiado lejos. Él era un hombre casado, un mujeriego que de seguro volaba de flor en flor esperando que alguna se abriera para él. Era probable que muchas se hubieran entregado; era apuesto, seductor, tenía todo a su favor. Pero yo no le daría el gusto, debía alejarme de él. Y si no me alejaba, porque él me acercaba a datos que me servían, no daría el brazo a torcer; no caería bajo sus garras como una tonta. Aunque ya lo había hecho, ya me había robado algunos besos; no quería pensar siquiera lo que sus manos en mi cuerpo podían ocasionar.

Recordé la noche del coche, cuando su piel tocó mi piel. Empecé a sudar. Ese hombre me tenía obnubilada, perdida en sus encantos. Tenía que usar a Ferrán de escudo, hacer todo en su presencia, que estuviera siempre en medio, como un jueves, así no caía en sus trampas. Eso haría. Iría al pueblo, hablaría con Lola, y luego, tal como era el deseo de mis padres, volveríamos a casa.

Me dormí con esa firme convicción y fue Delia quien me despertó con golpes en la puerta.

—Su hermano está afuera, con ese otro hombre… —Su voz cargada de reproche me hizo volver a la realidad. Miré la hora. ¿Qué habría pasado? Antón tenía que ir a la radio…

Me levanté y me arreglé para salir. Ferrán me aguardaba en la salita de la entrada.

—Vaya, vaya… No querrás verte en un espejo. —Fue su saludo.

—Los tuyos ya se han roto —respondí mientras iba a la cocina a por mi desayuno.

—Date prisa. Antón está afuera.

Me detuve y lo increpé:

—Pero ¡quién se cree que es este hombre! Habíamos quedado después de la radio, y, que yo sepa, trabaja hasta las cinco.

—Así parece, pero su jefe lo mandó de vuelta porque empezó a vomitar. —Al oír sus palabras dejé la taza sobre la mesa. Por suerte la cocina estaba vacía; el resto ya había desayunado temprano.

—¿Vomitar? ¿Y lo ha visto un médico?

—No, por eso estamos aquí. Para que nos acompañes.

Suspiré. ¿Es que acaso me necesitaban a mí para ir a un doctor? Estaba segura de que era una treta de Antón; querría darme lástima. Él bien podía ir solo, o en su caso con Ferrán, su nuevo gran amigo.

De pronto se me cruzó el rostro de mi madre; no la habíamos llamado, tal vez estuviera preocupada. Se lo dije a Ferrán y él me tranquilizó:

—Llamé hoy temprano, mientras Antón estaba en la radio. Se quedó tranquila; le dije que tú dormías como un lirón y que todo iba bien.

—Seguramente quiso saber cuándo volveremos —pregunté mientras bebía el té, de pie y a toda prisa.

—Le aseguré que pronto. Vamos, date prisa, o Antón dejará todo el coche perdido con sus…

—Está bien, está bien. —Levanté la mano para que se callara.

Me abrigué, me despedí de Delia, que miraba con cara de pocos amigos, y salí.

A indicación de Ferrán subí adelante. Antón estaba recostado sobre el asiento trasero. Su rostro se había deshinchado apenas, pero su piel lucía verdosa. Iba en serio.

—Hola —dije, pero él no respondió.

Ferrán arrancó y partimos. Antón le había dado instrucciones para que lo llevara al recientemente inaugurado Hospital de San Juan de Dios, que era en realidad una clínica quirúrgica.

—¿Cómo pasó la noche? —pregunté a mi hermano.

—Supongo que bien. —Se encogió de hombros y torció la boca—. Con la resaca que tenía dormí y no me enteré de nada.

—¿Desayunó?

—Sí, lo hicimos juntos, estaba bien cuando fuimos a la radio.

Quizá algo le había sentado mal o quizá fuera algo peor. Tantos golpes recibidos... ¿y si se le había roto algo por dentro? Eché un vistazo hacia la parte trasera; Antón estaba desmadejado sobre el asiento, la cabeza le colgaba hacia atrás evidenciando su nuez. Ese cuello me era tentador; los pensamientos inadecuados me alejaron del problema que nos aquejaba en ese momento. Volví la vista al frente.

Llegamos al hospital y Ferrán lo ayudó a bajar porque se lo veía débil y dolorido. Entramos y enseguida buscamos un banco donde sentarlo; era evidente que le costaba mantenerse en pie. Antón le indicó a mi hermano que preguntara por un médico en especial; no alcancé a oír su nombre porque hablaba bajo.

Ferrán se fue y yo me quedé ahí, a su lado, como fiel guardián.

Antón estiró una mano y tomó la mía; quise quitarla, pero dijo:

—¿Ni siquiera te conmueve un hombre moribundo?

—¡Tú no estás moribundo! Eres un farsante, un... —No pude continuar porque Antón se dobló en dos y vomitó casi en nuestros pies. Tuve el rápido reflejo de levantar mis zapatos, pero los de él se vieron salpicados por esa mezcla espantosa y maloliente—. ¡Aggh! —exclamé y me incorporé para ir en busca de una enfermera o alguien que lo atendiera de manera urgente.

No hizo falta, pues enseguida apareció una mujer con uniforme que, armada con balde y trapo, se puso a limpiar el suelo.

Antón estaba pálido en las partes del rostro que estaban libres de magulladuras y cortes; daba pena verlo. Iba a reclamar que lo atendieran cuando vi que Ferrán se acercaba con un hombre vestido con bata.

—¡Pero amigo! ¡Esta vez sí que te han dado una buena paliza! —dijo el recién llegado mientras lo tomaba del brazo para ayudarlo a levantarse. Mirándome se presentó—: Soy Mauricio, amigo de Antón. —Extendió la mano hacia mí; sus dedos largos y fríos envolvieron los míos y les dieron un leve apretón.

—María de la Paz Noriega.

—Un placer, señorita.

—Déjate de charla, doctor, que me estoy muriendo —murmuró Antón. Se le veía mal de verdad.

—Vamos a mi consulta —dijo Mauricio y echó a andar llevando a su maltrecho amigo.

Ferrán y yo los seguimos en silencio.

Una vez en su despacho, Mauricio lo hizo recostar en una camilla.

—Me imagino que al menos habrás ganado la pelea… —dijo a la vez que le levantaba la camisa y empezaba a palpar su estómago.

—¡Ay, eso duele! —se quejó Antón.

—Por fortuna no tienes nada roto —anunció el doctor después de tocarlo por todos lados desde la cintura hacia arriba.

—No cesa de vomitar. —No pude con mi genio y metí baza.

—Eso se debe a algo que habrá comido en mal estado, no tiene relación con los golpes. —Mirándolo añadió—: Tienes el hígado inflamado. ¿Desde cuándo no comes comida casera?

—Pues… desde que fui a casa. —Se refería a su hogar, en el pueblo. Escucharlo decir «casa» con tanta naturalidad y hasta un dejo de nostalgia me revolvió las tripas.

—Quizá deberías volver y que te alimenten bien. —Lo ayudó a incorporarse—. ¿Cómo está Sara? Ya en los últimos meses, ¿verdad?

Mauricio conocía a su familia, conocía a su esposa… Sentí mucha vergüenza, ¿qué pensaría de mí?

—Bien, esperando. —Antón era escueto al hablar de ella—. Dame algo para no vomitar —pidió doblado en dos, se le notaba dolorido.

—Ya, ya… qué poca paciencia. —Mauricio salió de la consulta y regresó con una bandeja metálica y una jeringa—. Recuéstate.

Antón espió de qué se trataba y aún dolorido protestó:

—No me gustan las agujas.

—Menos te gustará estar doblado en dos todo el día. Vamos —dijo el doctor acercándose—, no seas niña. —Le pidió que se bajara los pantalones y sentí que no debía estar ahí.

—Esperaré afuera. —Me abalancé sobre la puerta y aguardé en el pasillo.

Al rato Mauricio salió y se detuvo frente a mí:

—Si está en sus posibilidades cuidarlo, hágalo. Le hace falta que alguien se ocupe de él. —Sin decir más, me extendió un papel—. Esta es la dieta que debe cumplir. —Luego me tendió la mano en señal de despedida; volví a sentir sus dedos largos y fríos cerrarse sobre los míos antes de que se alejara por el blanco pasillo.

¡Pero quién se creía que era yo! Antón tenía una esposa… ¿Me habría tomado por su amante? En menuda posición me había dejado.

Aguardé a que Ferrán y Antón salieran, pero después de esperar un rato sin que aparecieran me asomé al consultorio.

Antón estaba acostado en la camilla; seguía pálido. Ferrán se había sentado en la silla del doctor y ojeaba una revista de medicina. Cuando me vio levantó los ojos e hizo un gesto de aburrimiento.

—Mauricio dijo que debía guardar reposo un buen rato para que no vuelva a descomponerse. —Se puso de pie—. Cuídalo mientras salgo a tomar el aire, no vaya a ser que se caiga. No se me va el olor a vómito… —Hizo un gesto de asco y salió sin darme tiempo a responder.

Me acerqué a la camilla. Antón dormitaba, su respiración era serena y acompasada. Sentí ternura, quise tocarle la mejilla cubierta por la barba, pero me contuve. Alejé esos pensamientos fuera de lugar y me senté en la silla que antes había ocupado mi hermano. ¿Qué hacía ahí? ¿Cómo había llegado a esa situación? Cuidando el sueño de un extraño, un extraño que me volvía loca y del cual tenía que alejarme.

Todavía tenía en la mano el papel que me había dado el doctor. Lo miré. Era una dieta bastante estricta; no me imaginaba cómo iba a cumplirla Antón, pues no lo visualizaba en la cocina.

Un quejido proveniente de la camilla me hizo levantar la mirada. Antón se había despertado y me observaba a través de sus párpados hinchados.

—¿Eres tú o estoy en el cielo?

No pude evitar sonreír; aun en el peor estado él tenía ánimos para las lisonjas.

—Estás en el infierno y yo soy el diablo hecho mujer. —Me había levantado y estaba a su lado. Estiró la mano; dejé que tomara la mía.

—Gracias por acompañarme, me sentía verdaderamente mal.

—Lo sé. —Me solté, su contacto me quemaba—. El doctor dice que tienes que hacer una dieta, aquí la tienes —la posé sobre su pecho.

—No sé cocinar, Paz, ¿podrás ayudarme?

—Yo tampoco sé. —No era verdad, pero no me gustaba hacerlo. Era una mujer moderna.

—¿Cómo piensas conseguir un marido así? —Se sentía mejor, porque se había sentado, tenía otros colores en el rostro, incluso a pesar de los moretones.

—No me interesa tener un marido.

—Vamos, sí que te interesa, a todas les interesa. —Era rápido con el cuerpo; sin darme cuenta me encontré entre sus piernas y con sus manos sujetando las mías.

—Suéltame —pedí, pero sus dedos eran como garras en mis muñecas.

—Me gustas, Paz, y ahora que he estado cerca de la muerte quiero que lo sepas. —Su boca estaba seria, pero sus ojos, incluso detrás de su inflamación, reían.

—¡Eres un fiasco, Antón Navarro! —Me solté y me alejé de él.

—Te dije que confiaras en mí. Te arrepentirás, Paz. —No era una amenaza; lo dijo más bien como si le ocasionara pena.

La puerta se abrió; era Ferrán.

—Veo que estás mejor. —Se acercó a Antón—. ¿Te duele?

—Ya no tanto. ¿Podemos irnos?

Mi hermano miró su reloj y asintió.

Salimos en silencio y atravesamos el ancho corredor hacia la salida. El aire fresco me dio en el rostro y barrió el sofoco que tenía a causa de mi cercanía con Antón.

—Conduce tú —pidió Antón a mi hermano, quien se posicionó detrás del volante. Esta vez Antón se sentó en la parte delantera.

—¿A tu casa? —Él asintió y yo intervine:

—Me bajaré cerca de la pensión.

—¿No me ayudarás con la dieta? —insistió Antón—. No tengo nada de eso en casa.

—Lo siento. Quizá deberías recurrir a tu familia —iba a decir «esposa», pero no quise evidenciar mis celos.

—Yo me haré cargo —tranquilizó Ferrán.

—¡Quedamos en que volveríamos a Gijón! —protesté.

—No podemos dejar a Antón así —justificó mi hermano, seducido también por el campeón de boxeo.

—Prometiste ir conmigo al pueblo —terció Antón—. Iremos mañana, y de paso veré que alguien más se ocupe de mí.

—Me bajo aquí —dije al notar que estaba cerca de la pensión. No quería escucharlos más, necesitaba estar sola.

Ferrán buscó un sitio para estacionar y en cuanto detuvo el coche me bajé y avancé por la acera sin siquiera despedirme. Sentí los ojos de Antón taladrándome la espalda.

CAPÍTULO 29

Alrededores de Burgos, 1918

Oculta detrás de un árbol Alina espiaba a Tom, que estaba de pie ante la puerta de la casa de Lola. Lola, la amiga de todos, la ramera del pueblo. La mujer con la que todos los muchachos habían perdido la virginidad.

No hacía falta que la mirara con detenimiento, la conocía de memoria. A Alina le hubiera gustado tener su cuerpo. Cuando Lola pasaba contoneando las caderas, tanto hombres como mujeres se giraban para mirarla. Era una mujer monumental, perfecta, llena de curvas y carnes. Si bien ni Alina ni ninguna chica que se considerara decente usaría sus ropas, todas la envidiaban por su audacia.

Lola ya había dejado atrás la adolescencia, era toda una hembra en edad de formar una familia, pero ¿quién querría casarse con ella? Medio pueblo había pasado por su cuerpo.

Alina creyó morir. La traición era algo que nunca hubiera esperado de Tom. Si bien ella sabía que los hombres tenían sus cosas por ahí mientras esperaban el matrimonio con sus novias castas, él le había jurado fidelidad y amor.

Varias veces habían hablado del tema, que ponía nervioso al novio y hacía enrojecer a la novia. Pero la amistad que habían fomentado permitía que pudieran conversar de todos los asuntos.

No quiso quedarse allí, no deseaba esperar quién sabía cuánto tiempo; tampoco estaba preparada para verlo salir con una sonrisa en el rostro tras haber disfrutado de la cama de Lola.

El frío que sentía en el alma le heló los huesos. Se alejó en dirección a su casa y durante el trayecto lloró todas las lágrimas que anidaban en su ser.

Llegó y se sintió mareada. Su padre, que había llegado antes de lo previsto, se asustó al verla.

—Pero ¿qué tienes? —Se acercó a ella y la tomó del brazo. Alina se refugió en él y se dejó abrazar—. Alina, hija, ¿qué ocurre?

—Nada… —apenas podía hablar—, no me siento bien.

—¿Sigues con… eso?

—Creo que tengo fiebre. —El padre le tocó la frente; hervía.

—Vamos, métete en la cama, iré a por algo para aliviarte. —La ayudó hasta llegar a su cuarto—. ¿Puedes sola? —Ya estaba grande para asistirla en la intimidad, pero no había nadie más que pudiera ocuparse.

—Sí —fue su débil respuesta.

Cuando el padre volvió con un paño tibio Alina ya estaba dormida. Lo posó sobre su frente y la miró. «Pobre hija mía… Cuánto nos hace falta su madre». Una lágrima acarició su mejilla arrugada.

El agotamiento hizo que Alina durmiera toda la noche. La despertó el primer sol de la mañana. Se sentía mejor; al menos no tenía fiebre.

Se levantó y preparó el desayuno para su padre, quien la recibió con una enorme sonrisa al verla repuesta.

—Veo que estás mejor. —Con torpeza le acarició la cabeza.

—Sí, gracias, padre.

Al quedar sola Alina volvió a sus rutinarios quehaceres; intentaba no pensar en lo que había visto la víspera, pero una y otra vez la imagen de Tom entrando en casa de Lola se le cruzaba ante los ojos.

«Lo dejaré, es lo que tendría que haber hecho hace tiempo. Trataré de hacerme amigas en el pueblo; Tom quedará atrás en mi vida».

Convencida de que eso era lo que tenía que hacer transcurrió su jornada de mejor ánimo. Pero al día siguiente la inseguridad volvió a agobiarla.

Para empeorar las cosas, pasaron los días y Tom no apareció por la casa. La muchacha pensó que finalmente había sido él quien la había abandonado. Lloró, culpándose por haberlo abrumado con sus reclamos; debería haberse comportado como cualquier novia normal.

Esperó una semana y, como él no se dejaba ver, escondió su orgullo y fue hacia su casa, donde se enteró de que su novio había viajado.

¿Viajado? ¿A dónde? Nadie supo darle explicaciones, excepto una de sus hermanas, que le confesó que de vez en cuando Tom desaparecía sin rendir cuentas para volver tiempo después, cabizbajo y triste.

Esa intriga la puso de peor ánimo; no sabía dónde buscarlo y la impotencia ganaba espacio en su sentir.

Hasta que una tarde vio avanzar por el camino de entrada al novio ausente.

Su padre, desde la ventana, también lo había visto, y contento salió a recibirlo.

—¡Tom! Qué gusto verte, hacía días que no te dejabas caer por aquí. —Había un velado reproche en las palabras del padre.

—Así es, y pido disculpas por mi ausencia —dijo posando los ojos en Alina, que permanecía unos pasos más atrás. La vio desmejorada y temió que estuviera enferma—. ¿Estás bien? —preguntó acercándose y tomándola de las manos.

Ella sintió que ese contacto la quemaba, pero no era producto del amor sino del enojo.

Al ver que ella no respondía, fue su padre el que habló:

—Estuvo con fiebre la semana anterior... pero ya está mejor. ¿No es así? —Posó en ella sus ojos, animándola a hablar—. Tengo el jarro en el fuego —dijo a modo de excusa; intuía que los muchachos debían conversar—, iré a controlar que no me hierva el agua.

Al quedar solos, Alina se alejó unos pasos y perdió su mirada en la lejanía.

—¿Qué ocurre? —preguntó Tom. Sabía que las cosas entre ellos no andaban del todo bien, pero no pensaba que fuera para tanto.

—Dime tú. Desapareciste sin motivos. —Ella todavía no lo miraba; no quería que él viera lo decepcionada y triste que estaba. Si iba a ponerle fin a la relación, tenía que mostrarse fuerte.

Alina tragó saliva y escondió su dolor. Se dio la vuelta y lo miró; buscaba una respuesta.

—No entiendo... ¿estás enojada? —La muchacha sintió que la sangre le hervía. ¿Acaso se estaba burlando de ella?

—¡Pues claro que lo estoy! —dijo sin poder contenerse—. Sé que estás... —no quería decir palabras subidas de tono y trató de encontrar la adecuada— teniendo amoríos con otra mujer.

Lejos de ofenderse, Tom soltó una carcajada.

—¿Amoríos con otra mujer? ¡Pero qué cosas dices! —Se acercó a ella y la tomó por los brazos. Alina temblaba—. Tú eres la única en mi vida, ¿es que no sabes cuánto te amo?

Tom nunca le había dicho algo así tan abiertamente; el amor se presuponía o se insinuaba con algún tibio te quiero. ¿Podía ser tan embustero, mentir con esa sonrisa plena que iluminaba su rostro?

Al ver que ella no reaccionaba, Tom la estrechó contra su cuerpo y la besó en la coronilla.

—Te amo, Alina, no podría amar a nadie más. —Sonaba sincero, pero ella lo había visto—. ¿De dónde sacas esas ideas? ¿Tienes fiebre aún?

La joven se apartó; no quería que él la tocara, no sin antes resolver sus dudas.

—¿Y Lola?

Tom manifestó sorpresa.

—¿Lola? ¿Qué tiene que ver Lola en esta conversación?

—Eso quisiera saber. —Alina sudaba y temblaba; buscó refugio en un banco que había al costado de la casa. Tom se sentó a su lado.

—Lola es mi amiga... nada más. —Se giró para verla y quiso tomar sus manos, pero ella las recogió sobre su regazo—. ¿Dudas de mi amor?

—Dudo de tu fidelidad. —Clavó en él la mirada; Tom nunca la había visto así—. Sé que frecuentas su casa, sé también que los hombres... los hombres tienen sus cosas, pero no es lo que habíamos hablado, Tom. —Había pesar en su voz; la furia había retrocedido para dar paso al sufrimiento—. Además, nunca te negué nada. —No quiso hacer referencia a que él no lograba hacer el amor con ella, no era necesario humillarlo. Tampoco se atrevió a preguntarle dónde había estado, pues temía su respuesta.

Tom bajó la cabeza; el solo recuerdo de su insuficiencia lo angustiaba. ¿Cómo hacer para explicárselo? No podía, nunca lo admitiría delante de ella. Tragó saliva antes de hablar.

—Alina, yo te amo, debes confiar en mí. —Sus ojos brillaban; ella creyó que iba a llorar y se conmovió—. Nunca me he acostado con Lola, ella es solo una amiga.

—Creí que yo era tu amiga. —Los celos se abrían paso.

—Tú eres mi mejor amiga, Alina, pero hay cosas que no puedo hablar contigo, no todavía.

—¿Y con ella sí? —Se puso de pie, herida—. Sé el tipo de mujer que es Lola, todo el pueblo lo sabe. ¿Qué tiene ella que no tenga yo?

—Nunca lo entenderías. —Él también estaba de pie, frente a ella, ansiando estrecharla entre sus brazos y reunir los pedazos que se habían desperdigado—. Confía en mí, Alina, nunca te haría daño.

Alina lo miró; sus ojos, donde anidaba la miel, parecían francos. Quiso creerle, se dejó abrazar.

—No me falles, Tom. —Se apretó contra él—. Hazme tuya, hazme el amor —pidió.

Tom la besó y sintió que sus cuerpos estaban listos, pero no era el momento.

—Eres mía, Alina, más allá del sexo eres mía. —Volvió a su boca—. Y yo soy tuyo.

CAPÍTULO 30

Entré a la pensión y evité cruzarme con Delia. No tenía ganas de responder a sus preguntas, porque si bien era una buena mujer, no quería darle tanta información, aun cuando sus intenciones fueran las mejores.

Me encerré en el cuarto y después de quitarme los zapatos me eché sobre la cama. El techo no ofrecía respuestas a todos mis interrogantes y no sabía qué hacer. ¿Y si volvía a casa? ¿A la seguridad del hogar y el afecto de mi familia? ¿Y si intentaba tener una vida normal como la de cualquier muchacha de mi edad que salía con sus amigas y buscaba un buen partido para casarse? Pero solo pensarlo me aterraba. Yo no era como la mayoría de las chicas que conocía, me sentía distinta, tenía en la sangre el espíritu guerrero de mis abuelos maternos. Mi abuela Purita, si bien nacida en España, había vivido unos cuantos años en la Argentina, junto a su hermana Prudencia. Regresó al terruño de joven porque su padre estaba a punto de morir. Se hizo cargo de una de sus fábricas, junto a su socio, Aitor Exilart, un hombre que parecía una fortaleza, al igual que el acero que vendían. Él estaba casado y tenía una hija, pero mi abuela se había enamorado irremediablemente de él, aun cuando era su socio y el marido de su mejor amiga. Pasaron muchos años de sociedad y amistad, hasta que él enviudó y pudieron darse el permiso para concretar el amor.

La historia de mis abuelos me fascinaba y me servía de aliciente para mis propias fantasías románticas. ¿Y si la historia se repetía?

¿Y si Antón y yo debíamos…? Borré de inmediato ese pensamiento, sintiéndome culpable por Sara y el bebé que estaba esperando. ¡Qué horror! ¿Cómo podía ser tan mala persona?

Me levanté de la cama y me acordé del dinero que todavía llevaba en la cartera. Lo saqué; era mucho, más de lo que había supuesto. Calculé que esa suma nos serviría a Ferrán y a mí para irnos de vacaciones a Francia. Sin embargo, no tenía ganas de pasar las vacaciones con mi hermano; otro rostro y otros ojos se interponían.

Pensé en mis padres; seguramente estaban tranquilos de que Ferrán cuidara de mí… ¡Pobres ilusos! Sus hijos descarriados apostando dinero en las peleas.

Tomé mi cuaderno y anoté los pasos a seguir: primero hablar nuevamente con Lola; quizá podía contarme algo más sobre Alina, quizá ella supiera algo sobre el asunto del campo de concentración; segundo, viajar a Alcalá de la Selva y ver quién era ese tal Jerónimo que le enviaba dinero a Alina y por qué; tercero, volver a casa. Al terminar de escribir esa frase sentí nostalgia; eso implicaba no ver más a Antón Navarro, el Toro Navarro en el mundo del boxeo. Era lo mejor, alejarme de ese encantador de serpientes. Era poco probable que la historia de mis abuelos se replicara en mí, y tampoco la quería si para ello tenía que desaparecer la buena de Sara. No, eso no iba a suceder.

Después de trazar algunas otras anotaciones decidí que era hora de tomar un baño. Por más que el vómito no me hubiera tocado, el olor se me había quedado impregnado en las fosas nasales y en la ropa.

No tuve más remedio que pedir a Delia permiso para hacerlo; no era el horario pactado, pero tras una breve charla que la dejó contenta me autorizó.

El resto del día lo ocupé en hacer algunas compras; después de todo teníamos dinero suficiente, ¿y a qué mujer no le gusta comprar? Quizá la austeridad de la guerra que había quedado grabada a fuego en casa había logrado en mí el efecto contrario. Pensé en mis padres, en las penurias que habían pasado, y adquirí obsequios para ellos. Una sonrisa me iluminó la cara al evocar sus rostros, papá con su parche de pirata y esa fortaleza en la mirada. Su ojo oscuro me llevó a los de Antón, siempre Antón, pero en los suyos había una chispa de diversión; en cambio en el de papá había un pozo de sombras.

Al regresar a la pensión había una nota de Ferrán. Me decía que, al día siguiente, temprano, pasaría a por mí para ir a Covarrubias. «Lleva ropa para dos días, hermanita». ¿Dos días? No pensaba quedarme allí dos días, con uno sería suficiente para hablar con Lola y volver. Ya hablaría con mi hermano.

Cené en compañía de Delia y dos nuevas pensionistas, una madre y una hija que estaban en la ciudad para hacer unos trámites. Como mi casera tenía nuevas presas para investigar, no fui objeto de preguntas más que las normales, que si estaba sabroso el guiso o si deseaba una nueva pastilla de jabón.

Ya en la cama cerré los ojos y traté de llegar al sueño. La ansiedad por el próximo viaje hizo que tardara bastante en lograrlo.

A causa del insomnio me costó levantarme y estar lista a la hora acordada. Cuando Ferrán entró a buscarme aún me faltaban unos detalles.

—Vamos, vamos —dijo mi hermano y me apuró—. ¡Pero qué cara traes! ¿No te avergüenza que Antón te vea así?

—Siempre tan simpático tú. —Pasé por su lado y le dejé la pequeña maleta a los pies. Pero el muy desgraciado salió detrás de mí sin levantarla.

En la vereda, Antón presenció nuestra breve discusión.

—Pues llévala tú, que eres tan independiente —dijo Ferrán y se subió al coche con la única intención de ponerme en evidencia frente a Navarro.

No le di el gusto y volví a la pensión a cargar mi equipaje. De salida me topé con Antón, quien después de sonreírme con su cara magullada tomó mi maleta y la llevó hasta el vehículo.

—No hacía falta —dije mientras lo seguía.

—No sería un caballero. Y pese a tus dudas, lo soy. —Volvió a sonreír y creí que se me notaría el volcán que hervía en mi interior. Me acomodé en el asiento trasero y partimos. Los escuché hablar como si fueran viejos amigos; mi hermano estaba muy interesado en la práctica del boxeo y me pregunté qué pensaría mi madre sobre ello.

Antón parecía repuesto, aunque los golpes todavía eran visibles. No quise preguntar, no deseaba que me creyera interesada en él.

Esta vez el viaje a Covarrubias se me hizo corto.

—¡Vaya! —dijo mi hermano—. Esta sí que es una ciudad detenida en el tiempo... —Sus ojos se admiraban por las construcciones de esa ciudad condal—. Parece de cuento...

—Este pueblo está lleno de historias; si tenemos tiempo os haré un recorrido —ofreció Antón—. ¿Conocéis la leyenda de doña Urraca?

—¿Doña Urraca? ¡Qué nombre! —opinó Ferrán en tono de burla.

—¿Y tú, Paz? —Oír mi nombre en sus labios me ponía nerviosa.

—Nunca la oí nombrar.

—Más tarde os llevaré a ver la torre —dijo mientras tomaba la curva que llevaba hacia su casa—. La historia cuenta que la joven infanta Urraca pertenecía al linaje condal castellano y su padre, el conde, quería casarla con un príncipe de León para emparentar con la realeza leonesa. Pero Urraca estaba enamorada de un pastor de la zona de Covarrubias y no aceptó el casamiento.

—Una historia poco común —ironicé, pero Antón no me prestó atención y siguió contando.

—El conde, avergonzado por el comportamiento de su hija, la condenó a vivir encerrada en la torre, aunque hay quien dice que en verdad fue emparedada.

—¡Oh! —no pude evitar exclamar—. ¡Qué horror!

—El conde quiso dar ejemplo a sus vasallos; si había sido capaz de sacrificar así a su hija, ¿qué no haría con sus súbditos?

—Me gustaría ver esa torre —terció Ferrán, divertido.

—Hay quien dice que por las noches puede verse en las ventanas del torreón el rostro espectral de doña Urraca, una dama blanca y triste que contempla el mundo desde su atalaya.

—Me bajo de ese paseo —dije.

—A ti te llevaré al río. —No me gustó el tono en que lo dijo; insinuaba algo más. Esperé a que Ferrán dijera algo, pero mi hermano estaba tan fascinado con él como yo.

El coche ya iba ascendiendo la última loma que llevaba hacia la casa y en unos minutos estuvimos frente a ella.

Antón detuvo el vehículo y descendimos. Mi hermano hizo ademán de bajar las maletas, pero lo tomé del brazo:

—No nos quedaremos aquí. —Le clavé los ojos en señal de que no admitiría otra opción.

Antón lo había escuchado y se acercó a nosotros.

—Hay lugar suficiente para todos —dijo mientras buscaba mi maleta.

—He dicho que no me quedaré aquí. —Me crucé de brazos como si eso pudiera dar más fuerza a una decisión que se tambaleaba—. Tenemos dinero para ir a una pensión.

—No se trata de dinero. Sería un desaire para Sara y para mi abuela.

Ferrán por primera vez decidió no intervenir, lo cual agradecí.

—No me parece correcto —argumenté—. Además, la otra vez tuve que dormir en el comedor. —Parecía una queja y no fue esa mi intención—. Lo que quiero decir es que no es cierto que haya espacio para todos.

—La otra vez teníamos un problema en los cuartos, problema que ya fue solucionado. —Sus ojos oscuros sonreían y me lanzaban chispas; me incendiaba—. Ahora tendrás un cuarto para ti sola.

—¿Y Ferrán? Te repito que tenemos dinero…

—No te preocupes por Ferrán, él también tendrá su cuarto. —Dio por finalizada la discusión y maleta en mano se dirigió hacia la entrada.

Mi hermano y yo fuimos detrás de él.

—¡Buenos días! —dijo Antón al entrar.

Enseguida apareció la abuela; venía de la cocina, secándose las manos.

—¡Pero si es mi nieto preferido! —rio y se abrazaron. Doña María advirtió nuestra presencia y se separó de él—. Bienvenida, querida. —Me besó en la mejilla; sentí su olor a talco mezclado con lavanda—. ¿Y este jovencito…?

—Es mi hermano, Ferrán.

Ferrán se aproximó y extendió la mano, pero la abuela le ofreció la cara.

—A las abuelas hay que darles un beso —dijo—. Pasad, pasad, qué gusto verte de nuevo —agregó mientras dirigía una rápida mirada a su nieto—. Otra vez te han puesto la cara...

Antón la interrumpió:

—Se quedarán unos días aquí. —Quise aclarar que no serían unos días, pero él continuó—. ¿Y Sara? —Escuchar su nombre me hizo recordar que estábamos en su casa, donde vivía su esposa, y tuve ganas de salir corriendo.

—Está en cama. —Asistí a la transformación en el rostro de Antón; vi el miedo en sus ojos y supe cuánto la amaba.

—¿El bebé? —La voz le salió vacilante, como si una pinza atenazara sus cuerdas vocales. Me sentí una intrusa.

—No, no, el bebé está bien, es solo un catarro, pero he preferido que se quede tranquila hasta que se le pase.

—Iré a verla. —Antón desapareció por el pasillo y nosotros nos quedamos allí, sin saber qué hacer.

—Vamos, venid al comedor —insistió la abuela María—, dejad las cosas ahí, luego Antón os ubicará en los cuartos.

—Doña María —dije—, no queremos molestar, podemos ir a una pensión...

—De ninguna manera. Nos gusta recibir gente. Además, a Sara le hará bien conversar un rato con alguien que viene de la ciudad.

No hubo manera de convencerla y al rato mi hermano y yo le contábamos sobre la ciudad de Gijón y nuestra vida allí.

Pese a las protestas de Antón, Sara apareció en el comedor a la hora del almuerzo. Su vientre había crecido desde mi visita anterior y su bello rostro lucía afeado por la nariz roja y lastimada a causa del catarro.

Se alegró al verme y vino a mi encuentro con las manos extendidas.

—¡Qué bien que hayas venido! —Me apretó los dedos—. No quiero abrazarte para no contagiarte —explicó—. Tú debes ser su hermano. —Sonrió a Ferrán, se saludaron.

—Sara, no creo que sea buen momento para que recibas visitas.

No me dejó continuar:

—Ya me ha dicho Antón que querías irte a una pensión. De ninguna manera habiendo espacio aquí. —Caminó hacia su sitio en la mesa—. Venga, vamos a comer, luego charlaremos un rato tú y yo.

Almorzamos. No sé si la abuela María estaba al tanto de nuestra llegada, pero había cocinado como para un batallón. Durante todo el almuerzo noté las miradas que Antón, sentado frente a mí, me dirigía. Me incomodaba que me mirara de esa manera, como si quisiera desnudarme, allí, delante de su esposa, quien permanecía ajena a ese encarnizado duelo. Sentí pena por ella, ¿estaría resignada a que su marido le fuera infiel? Tenía que irme; lo que él hiciera corría por su cuenta, pero yo no podía estar allí alimentando ese fuego que me quemaba tanto y me impulsaba a dejarlo arder. Yo no era así, no quería ser así.

Ignorantes de nuestra contienda silenciosa, la abuela, Ferrán y Sara mantenían una animada conversación.

Por fin terminamos de comer y me levanté de la mesa para ayudar. Sara también lo hizo, pero la abuela la mandó a la cama. La joven protestó un rato; luego obedeció. Antes de irse pasó por mi lado y me dijo:

—Cuanto termines ven a mi cuarto. Quiero hablar contigo.

Asentí, incómoda. Deduje que algo sospechaba; había llegado el momento de sacarnos las máscaras y aclarar la situación.

Ayudé a lavar y secar como una autómata mientras los hombres, si es que podía llamar hombre a mi hermano, bebían licor en el comedor, frente a la chimenea.

—Es muy simpático tu hermano —dijo la abuela, y me sacó de mis pensamientos por un breve instante.

—Sí, aunque también puede ser insoportable —respondí sin medir mis palabras. De inmediato me arrepentí.

—Es lo normal entre hermanos... —De repente, su mirada habitualmente distendida se oscureció.

—¿Ocurre algo?

—Nada, querida mía, solo es el pasado, que a veces se viene encima.

No me animé a preguntar. Una vez Antón había dicho que tenía hermanos... quizá se habían peleado, o peor aún, muerto.

—Ve con Sara, aquí ya hemos terminado. Le hará bien conversar contigo un rato.

Dejé el trapo con el que había secado los platos y me quité el delantal que me había dado la abuela María. Respiré hondo y me adentré en ese pasillo que nunca había recorrido. Había varias puertas a un lado y al otro; vi que la casa era más grande de lo que parecía por fuera. ¿Cuál sería el cuarto matrimonial?

La primera puerta estaba abierta y me asomé: una cama grande y una mesa de luz. La bata floreada sobre el lecho me indicó que ese sitio pertenecía a la abuela. Continué. La segunda estaba entornada; di unos golpecitos y nadie respondió. Espié. Había una cama, una mesa bastante grande y una biblioteca. Todo pulcro y ordenado, impersonal.

Seguí avanzando. Me encontré con un cuarto de dos camas separadas por una mesita de noche; la ventana abierta esparcía su luz sobre el lecho donde estaba el bolso de Ferrán.

Solo quedaba una puerta, además de la del fondo que deduje sería del baño; estaba entreabierta. Me anuncié y enseguida escuché la voz de Sara.

—Entra.

La joven estaba sentada sobre el lecho, recostada sobre unos almohadones; en sus manos tenía una labor. Me sonrió.

Me sentí una intrusa. Ese era territorio íntimo de ella con Antón, aunque no había señales de presencia masculina en el cuarto; por el contrario, todo era femenino, desde las cortinas blancas con bordados hasta las flores frescas que adornaban el florero de la mesita auxiliar. Tapetes de ganchillo debajo de las lámparas, un frasco de colonia, pantuflas de color rosado... todo era tierno, como Sara.

Sobre la ventana, la cuna aguardaba al bebé por nacer, una cuna de madera labrada pintada de color blanco y adornada con cintas de raso. Todo era primoroso y bello.

—Acércate —pidió mientras señalaba el borde del lecho—. Ven, siéntate aquí.

Obedecí y me senté. Sentí el calor de su cuerpo, ¿tendría fiebre? Le pregunté; me tomó la mano y la colocó sobre su frente.

—No, no tienes —dije.

—¿Estás incómoda aquí? —Vaya, Sara parecía frágil y delicada, pero disparaba sin piedad.

—¿Por qué dices eso? —Intenté adoptar una mirada de seguridad.

—Pues es lo que parece. Escucha, sé que quizá esto no sea habitual, pero somos una familia moderna.

—No... no entiendo. —¿De qué hablaba? ¿Hablaba de lo que yo suponía? ¡Estaba a punto de dar a luz! ¡No podía decirme eso! Sentí que me incendiaba.

Sara sonrió.

—¡Eres tan inocente! —Me tomó las manos—. Yo era igual cuando me enamoré... y ya me ves, estoy esperando a mi primer hijo. —Tragué saliva, quería irme de allí cuanto antes—. Disfruta de tus días aquí; sé que pronto volverás a tu ciudad.

—Sí, así es, pronto estaré en casa de nuevo.

—Por eso mismo, aprovecha estos días. Dile a Antón que te lleve al río, verás qué bonita vista tiene desde el puente. De estar bien iría con vosotros, pero prefiero cuidarme.

—Claro... —balbuceé. ¿Cómo podía ser tan generosa? ¿O es que acaso ya no lo quería?

—Hay un sitio muy bonito a la vera del río; mi esposo me pidió matrimonio allí, una tarde que fuimos de pícnic. —Sus ojos soñadores me indicaron que todavía lo amaba. ¿Es que acaso estaba loca?—. Le diré a la abuela que os prepare una rica merienda. Antón está muy a gusto contigo, lo sabías, ¿no?

No aguanté más y me puse de pie.

—¿Qué ocurre? ¿Dije algo malo? —Sara se alertó por mi movimiento brusco.

—Tengo que irme... —Avancé hacia la puerta—. ¡Lo siento!

Salí del cuarto y corrí por el pasillo. Me topé con Antón y casi lo derribé. Me tomó de los brazos para detenerme, pero le di un empujón y seguí mi camino. Salí a la calle y dejé que el aire me diera en la cara. Ni siquiera advertí que estaba lloviendo. Caminé calle abajo, alejándome de esa casa de locos.

Hui como una enajenada. Antón iba detrás de mí, pero yo no me di cuenta en ese momento. Cuando reaccioné estaba hecha una sopa y el frío se me metía por los huesos. Busqué refugio en un portal, ni siquiera sabía dónde estaba. Me rodeé el cuerpo con los brazos, pero nada podía mitigar el hielo que habitaba en mí. Empecé a temblar, lloré. En ese momento lo vi; venía corriendo, empapado, al igual que yo.

—¿Qué tienes? ¿Es que te has vuelto loca?

Yo era incapaz de contestar.

Se acercó y me abrazó; el calor de su cuerpo encendió mi fuego por él. Me apretó contra él y empezó a restregar mi espalda y mis brazos en el afán de quitarme el frío.

—Caerás enferma, Paz, ¿qué disparate es este? —Se separó un poco y me miró a los ojos.

—Es una locura… tú, Sara, yo… ¡No podemos hacerle esto!

—¡Por el amor de Dios, Paz! ¡Eres increíble! —Empezó a reír como si hubiera dicho algo gracioso; era incapaz de sentir pena por su esposa, o al menos respeto por el hijo que estaba por venir.

—¿De qué te ríes? ¡Eres un malnacido! —le grité y empecé a pegarle con los puños en el torso.

—¡Y tú eres única! —Me tomó la nuca y me besó; su lengua como un torrente se zambulló en mi interior y no dejó espacio sin recorrer. No pude. No pude evitar besarlo y jugar con mi lengua también, no pude detener mis manos que se aferraron a su cuello y bajaron para tocar la piel de su pecho.

Él a su vez apretaba mi cintura haciéndome sentir su virilidad. Sus dedos se enredaron en mi cabello y la boca bajó hacia mi garganta. Me chupó y me mordió, sentí que volvía a mojarme, pero esta vez no era la lluvia. Sus labios siguieron descendiendo hasta llegar a mi escote, que ofrecía la resistencia de los botones. Con dedos ágiles los abrió, uno a uno, hasta dejarme expuesta, vestida solo con el corpiño.

Yo no dejaba de acariciar su pecho, que también había liberado de la camisa, y lo besaba a su vez en la piel. Nunca me imaginé que sería tan osada, tan desvergonzada, exponiéndome así en plena calle, aunque el portal nos cobijara tanto como la oscuridad de esa tarde de tormenta.

Antón me bajó una tira del sostén y deslizó la tela por debajo de mi pecho. Lo tomó con su mano y lo besó con delicadeza. Miles de hormigas recorrieron mi cuerpo, me estremecí de pies a cabeza. Su lengua chupó mi pezón y me aferré a sus cabellos para alejarlo de mí.

—¡Basta!

Me acomodé la ropa y bajé la vista, avergonzada, para toparme con la erección que abultaba sus pantalones. El fuego que ardía en mí pareció explotar, me convertí en cenizas y cerré los ojos.

Él quiso tocarme, pero lo aparté con una bofetada.

—¡Nunca más vuelvas a tocarme! —le grité.

Con esa actitud que lo caracterizaba me sonrió, burlón, antes de decir:

—Vas a pedirme por favor que lo haga. —Se acomodó la ropa y atinó a salir del portal—. Vamos, y a ver qué mentira te inventas para justificar que haya tenido que salir a buscarte en pleno temporal.

—No quiero volver a tu casa. —Continuaba pegada a la pared, incapaz de separarme; no sabía si me sostendría por mí misma—. Llévame a una pensión.

Debí darle pena porque se volvió y me miró.

—Vamos a casa —murmuró.

—No me hagas esto. —De nada valía fingir, ambos sabíamos lo que nos pasaba, él sabía que me derretía cuando me tocaba. ¿Para qué hacerme la melindrosa? —. No me expongas a esto, por favor. —Me odié por decir esa palabra.

Antón meneó la cabeza en gesto de desazón, como si lo hubiera defraudado. ¿Yo? Yo era una mujer libre; en cambió él…

—Te dije que confiaras en mí, Paz, y no estás haciéndolo. —Me tomó del brazo, no pude hacer nada, me sentía deshecha—. Vamos a casa.

CAPÍTULO 31

No fue fácil dejar a Jesús, mi hermano, tan pequeño e indefenso. ¿Qué será de él? Me remuerde la conciencia todo lo que hice. Y lo que no hice. Quizá si hubiera hablado con mamá a tiempo... aunque siempre tengo la duda. ¿Me habría creído? ¿O habría confiado en Omar en vez de hacerlo en mí? Nunca lo sabré. Me quedará la intriga y la culpa durante toda mi vida.

Ahora debo mirar hacia el futuro, inventarme un nombre y una historia, como si naciera de nuevo. Quizá con el tiempo, cuando se olviden de nosotros, pueda volver a buscar a Jesús. Al menos él está libre de recuerdos, tendrá una infancia feliz.

Mis pasos me alejan y contengo las ganas de volver y tomar a Jesús en brazos. ¿Qué será de mí ahora?

La chimenea humeante fue lo último que vio cuando giró la cabeza por vez postrera. Sus ojos de miel quisieron retener ese paisaje para siempre, recordarlo para cuando pudiera regresar en busca de su sangre.

Avanzó sin rumbo y sin hambre; la tristeza le había quitado hasta eso. El sol caliente sobre su cabeza obligó a buscar cobijo debajo de un árbol. Se apoyó sobre el tronco y de inmediato se durmió.

Al despertar, las nubes habían oscurecido el cielo. Pensó que quizá lloviera, lo cual le permitiría asearse un poco y beber agua de lluvia, pues tenía sed.

Se incorporó, con el cuerpo acalambrado después de una postura incómoda, y miró a su alrededor. No tenía noción de dónde estaba; en el afán de alejarse de Jesús antes de arrepentirse había marchado como soldado, con la vista al frente y la resolución detrás.

Estiró los brazos y dirigió la vista al firmamento. Un aullido brotó de sus entrañas, un grito de dolor y desesperación que impulsó su cuerpo delgado hacia el suelo y desencadenó en llanto.

El cielo se partió en un rayo y la lluvia coronó la escena. Gotas de agua cayeron desenfrenadas sobre la carne juvenil, esa carne mancillada y herida, marcada para siempre.

Los ojos color miel lloraban, las lágrimas se mezclaban con las del cielo. Abrió la boca y bebió. Con las palmas hacia arriba se llenó las manos que restregó contra la cara para limpiarla de dolor y de mugre acumulada.

Se abrió la ropa y dejó que el agua se metiera por su cuerpo y lo lavara. Si hubiera podido abrirse el alma, lo hubiera hecho, con tal de sentir pureza allí donde se había perdido la inocencia.

Cuando escampó, emprendió la caminata. Intentó guiarse por el recorrido del sol, que había vuelto a asomar, tímido y tibio.

Juzgó que en algún momento aparecería algún pueblo; había caminado mucho sin llegar a ningún lado.

Al atardecer observó que se acercaban un par de jinetes y detuvo su marcha. A medida que se aproximaban vio que eran dos jovencitos muy parecidos; dedujo que serían hermanos.

Los muchachos se detuvieron.

—Hola, ¿eres de por aquí? —preguntó el de mayor edad.

—No, voy de paso.

—¿Así? ¿Casi sin nada? —quiso saber el otro.

Asintió, no supo qué responder.

—¿Quieres que te acerquemos al pueblo?

—Me sería útil. Gracias.

El muchacho mayor extendió la mano para que pudiera montar detrás de él.

—¿Te sientes bien? —preguntó el más pequeño, que tendría unos diez años—. Pareces débil.

—Es que… —No sabía si mentirle o confiar, después de todo eran casi de su edad, ¿qué maldad podrían tener? —. No he comido bien en días.

—Vendrás a casa. —La voz de mando del mayor de los hermanos no dio lugar a réplica—. Mamá se enojará si permitimos que alguien pase hambre.

—Gracias —alcanzó a balbucear; la emoción de sentir que podía tener amigos le impedía el habla.

Los muchachos azuzaron sus caballos, que obedecieron iniciando el trote. No tenía experiencia en esas lides y debió sujetarse a la cintura del jinete.

El viento en la cara despejó un poco su tristeza y una luz de esperanza se abrió camino a medida que atravesaban una llanura. Quizá no todo era tan malo en el mundo, quizá todavía podía ser feliz.

La vivienda hecha de troncos estaba en un valle y era bastante precaria, pero al frente tenía flores y patos que compartían el territorio con dos perros.

—Ven —dijo el menor— este es Roco, y él es Mancha, ya sabrás por qué. —Se agachó y acarició a los canes, que apenas habían levantado las orejas—. Tócalos, así te huelen y se hacen amigos.

Al sentir voces, la puerta de la casa se abrió y asomó una mujer. Vestía una bata floreada y estaba entrada en kilos, con la piel del rostro blanca y estirada. Tenía los pies cubiertos por unas zapatillas de paño recortadas para dejar libres los juanetes, pero a ella parecía no importarle nada; se mostraba feliz de ver a sus hijos.

—Vaya, pero si habéis traído visitas. —Sonrió y acarició la cabeza de su hijo menor—. ¿Te acabas de mudar por aquí?

—Está de paso, madre —explicó el mayor—. Por eso le invitamos a comer.

La mujer miró el cielo; estaba oscureciendo. Torció la boca.

—Vamos adentro, a lavarse las manos.

Esa noche comió como era debido y se sintió a gusto con esa familia de tres. Una madre, viuda como la suya, pero sola con sus dos hijos.

—Muchas gracias, señora —dijo poniéndose de pie y levantando su plato de la mesa—. Es hora de irme.

—¡Pero no! Ya es noche cerrada. —No había lugar a réplica a juzgar por el tono de voz—. Mañana con la luz del día podrás partir.

CAPÍTULO 32

Covarrubias, 1956

Después del momento de pasión arrebatadora vivido con Antón en ese portal oscuro no recuerdo qué pasó. Como en sueños me vi entrando en la casa, en sus brazos, la abuela diciendo algo con cara de espanto, mi hermano revoloteando por ahí.

Cuando desperté estaba en una cama, con la habitación en penumbras; todo era silencio excepto por el ruido de la lluvia que seguía cayendo.

Me levanté y me acerqué a la ventana; abrí las cortinas, era noche cerrada. Sentí frío y dolor de garganta. Lo único que me faltaba era enfermarme.

Busqué abrigo debajo de las mantas e intenté volver a dormir, pero las imágenes de la tarde anterior pasaban como una película por mi cabeza. No podía olvidar los besos de Antón, sus manos en mi cuerpo, estaba perdida por él.

La noche se me hizo eterna, no logré pegar ojo; mi estómago empezó a gruñir a causa del hambre y cuando sentí movimientos en la casa me levanté.

—¿Cómo te sientes? —La abuela María ya estaba en la cocina preparando el desayuno—. Ayer delirabas cuando Antón te trajo.

—Oh, yo... —No sabía cuál habría sido su versión de los hechos—. Me siento bien.

—Mi nieto dijo que habías quedado con alguien por el tema de tu investigación y te sorprendió la lluvia en el pueblo. —Clavó en mí sus ojos suspicaces—. ¿Te perdiste?

—Sí, creo que sí. —Tomé las tazas y me dirigí con ellas al comedor, lejos de su escrutinio.

Enseguida apareció Ferrán, con cara de sueño, y a los pocos minutos lo hizo Sara. De Antón ni noticias, pero no osé preguntar.

—¿Cómo te sientes? —pregunté a Sara; traía buena cara.

—Estoy mejor, me hizo bien quedarme en cama ayer. ¿Y tú? —quiso saber—. Antón dijo que te mojaste entera.

Sentí que mi rostro se volvía rojo fuego; tragué el bizcocho como pude antes de responder.

—No fue nada… solo me desorienté un poco y…

—Pero Antón tuvo que traerte en brazos —intervino Ferrán, a quien tuve deseos de asesinar.

Escuché la risita contenida de Sara y la vi apretar los labios. ¿Le causaba gracia acaso? Incapaz de aguantar más, me levanté de repente, recogí mi taza y anuncié que iba a salir.

—¿Tan temprano? —preguntó la abuela.

—Sí, quiero aprovechar la mañana —balbuceé.

Dejé todo en la cocina y fui a por mi abrigo; por suerte la lluvia había cesado.

—¡No vayas a perderte! —gritó Ferrán desde la mesa, burlón como de costumbre.

La calle estaba poco concurrida; hacía mucho frío, pero preguntando aquí y allá llegué a la casa de Lola. No sabía si la mujer me recibiría, pero cualquier cosa era mejor que estar encerrada en la vivienda de Antón junto a su familia.

Llamé y tras unos minutos la misma Lola abrió la puerta.

—Vaya, eres tú otra vez. —Se acordaba de mí, eso era importante.

—Hola, perdone que haya venido sin avisar…

—Pasa, que está cayendo una buena —me interrumpió y se hizo a un lado—. Ven, estaba por desayunar.

Pese a sus años se movía con agilidad. Me pregunté dónde estaría su hija; al parecer se encontraba sola.

—¿Café? —ofreció indicándome que la siguiera a la cocina.

Nos sentamos una frente a la otra y mientras bebía me preguntó qué quería.

—Estoy estancada en mi investigación —comencé—; necesito saber más sobre Alina.

—Pues… no sé qué quieres que te diga, no fuimos amigas. —Estiró las piernas cruzadas por las varices que escapaban debajo del vestido que llevaba; las imaginé torneadas y firmes en otro tiempo. ¡Qué cruel es el paso de los años!—. Creo que solo hablamos una vez y no fue en buenos términos.

—¿Qué quiere decir?

—Tom se había ido de viaje, ya estaban casados. —Sonrió como si recordara algo que la regocijaba—. Ella vino a mi casa a reclamarme que dejara en paz a su marido. —Lanzó una carcajada—. La pobre estaba desesperada, creía que lo tenía atado a mi cama.

—¿Y qué fue lo que pasó?

—Pues él se había ido. —Me miró y supe que algo ocultaba—. Tom era un hombre especial, muy especial. Había algo que le quitaba el sueño y cada dos por tres se iba de viaje, tras esa quimera, supongo.

—¿Y Alina? Quiero decir, ¿ella sabía de qué se trataba?

—No lo sé… Quizá con el tiempo él le confió sus desvelos… —Se inclinó hacia atrás y cerró los ojos—. Ya te dije, no éramos amigas.

—¿Eran enemigas acaso?

—No le di ese gusto —sonrió—, pero nos disputábamos al mismo hombre.

—A Tom. —Asintió en silencio; sus ojos me evitaron, se había emocionado. Sentí pena, debió amarlo mucho.

—Ya te lo dije la vez anterior. Alina se casó con él y conmigo no pasó de ser un amigo, un gran amigo.

—¿Conoce usted a un hombre llamado Jerónimo Basante?

Lola meneó la cabeza y frunció los labios.

—No, no me es familiar ese nombre.

—¿No es de por aquí? ¿De cuando la guerra? Quizá un amigo de la familia…

—No que yo sepa. La familia de Alina eran ella y su padre. —Se levantó y recogió las tazas; me sentí culpable por no haberlo hecho yo y quise ayudarla, pero no me lo permitió—. Y la madre, claro está, pobrecita, que murió tan joven.

—¿Y los Castro?

—Uf, los Castro eran un batallón... muchos hermanos, primos y arrimados.

—¿Está segura de que Alina no tenía hermanos? —Intuía que allí estaba la pieza que faltaba. ¿Y si Alina era hermana de mi padre? ¿Y si ella sabía quién era él y no se animó a decírselo? ¿Por qué dejarle si no esa nota tan extraña?

—No, ella estaba sola, por eso se aferró tanto a Tom. —Después de limpiar la mesa volvió a sentarse—. ¿Qué es lo que estás buscando?

—El pasado de mi padre. —La frase se me escapó de los labios; no quería contarle tanto a esa desconocida, pero ya lo había dicho.

—¿Y por qué no se lo preguntas a él? ¿O acaso está muerto?

—¡Oh, no! Mi padre está bien... —Recordé su ojo ausente y aclaré—: Perdió un ojo en la guerra, pero está bien.

—¿Entonces?

—Pues... él no conoce parte de su pasado y yo...

—Y tú, pequeña insolente, estás hurgando en él. —Se puso de pie y dio por terminada la reunión—. Vuelve a tu casa y deja el pasado en paz. Que a veces no nos agrada lo que encontramos en él.

Me sentó mal que me echara así, de esa forma y con esas palabras. Si le hubiera hecho caso... Lola tenía razón. Lo que iba a encontrar no me gustaría.

Cuando salí, el cielo estaba despejado; si bien hacía frío ya no había rastro de nubes ni de lluvia. Caminé orientándome por las casas que había visto y en una esquina me distraje con una de las tantas iglesias de la provincia de Burgos y de España entera.

Se trataba de la parroquial de San Cosme y San Damián, y hacia allí me dirigí, guiada por la curiosidad más que por la religiosidad. La arquitectura de los templos siempre había captado mi atención.

Era enorme; imaginaba que por dentro debía ser sombría y fría. No conocía mucho la historia de ese templo; deduje que sería profusa, nuestras iglesias siempre han sido protagonistas para bien o para mal. La rodeé apreciándola en su magnitud y decidí entrar en una de las capillas, cuyo retablo estaba presidido por las imágenes de los mártires Cosme y Damián, patronos de la iglesia.

Debería haber elevado una plegaria, pero no pude concentrarme en ella, de modo que volví a la calle. Debía regresar a Burgos cuanto antes; no tenía nada que hacer allí. Más que a Burgos debía volver a Gijón, a la seguridad de mi hogar.

Cuando llegué a la casa de Antón vi que había un coche que no conocía. Llamé; no quería entrar como si fuera de la familia. Me abrió una jovencita de ojos amarillentos y cabellos de oro. No tendría más de quince años, era preciosa.

—Tú debes ser la hermana de Ferrán —me dijo franqueándome el paso.

—¿Y tú eres...?

—Guadalupe, pero me dicen Lupe. —Sonrió y dos hoyuelos adornaron sus mejillas de porcelana—. Pasa, no te quedes ahí, estamos a punto de comer.

Me apresuré; no me había percatado de la hora. En el comedor, todos los que estaban sentados alrededor de la larga mesa, incluido mi hermano, se volvieron a mirarme.

—Perdón... se me ha hecho tarde —balbuceé.

—Adelante —invitó Sara, sentada a un costado de la cabecera, presidida por la abuela—. Ella es María de la Paz —explicó al resto de los comensales—, amiga de Antón.

Oí un murmullo de saludos mientras buscaba mi sitio junto a Ferrán. Los ojos de Antón estaban fijos en mi rostro atribulado; había un velado reproche a mi falta de educación.

La abuela me presentó a los invitados: su nieto Tadeo, algo mayor que Antón, su esposa Guillermina, tan rubia y de ojos amarillos como Guadalupe, y otra niña más pequeña llamada Malena.

Respondí a los saludos de todos y bebí de mi vaso; me sentía sofocada. Por las conversaciones pude deducir que Tadeo era primo de Antón, que se habían criado juntos y que la guerra había separado a las familias. Los padres de Tadeo se habían mudado en el año 1937 y nunca habían regresado.

—¿Y ahora se quedarán aquí? —preguntó Sara.

—Así es, seremos vecinos —afirmó Tadeo, feliz.

Mientras comíamos, Sara y Guillermina empezaron a hablar de embarazos y críos, y Antón y Tadeo, de boxeo. El primo mayor se mofaba de los golpes que Antón aún lucía en el rostro. Ferrán le dirigía miradas encendidas a Lupe, que conversaba con la abuela. Yo quedé fuera de todo.

La sobremesa se extendió en exceso; tenía ganas de irme cuanto antes, pero a Sara se le ocurrió que diéramos un paseo, pese a las protestas de la abuela.

—Deberías quedarte en casa —reprendió—, en tu estado y con la gripe que tuviste ayer...

—Pero me siento bien...

—Quizá deberías seguir los consejos de la abuela —intervino Guillermina—, ya habrá tiempo para paseos.

Resignada, Sara se ubicó en el sillón, con su labor y cara de pocos amigos.

Los hombres ya se habían abrigado y Lupe había preparado una canasta con víveres, como si fuéramos de pícnic. La jovencita estaba tan entusiasmada como Ferrán, que cuidaba sus palabras y gestos para impresionarla.

—¿Estás lista? —me preguntó Antón al ver que yo continuaba de pie sin atinar a abrigarme siquiera.

—Me quedaré con Sara —aduje.

—Mejor ven con nosotros. —Se acercó demasiado y susurró en mi oído—: De otra manera tendré que llevarte a ver el río otro día, los dos solos. —Había una grosera insinuación en su tono y sus palabras; el calor me subió por la espalda y tuve ganas de golpearlo. ¿Qué hacía yo ahí? ¿Por qué me quedaba sometida a él? Conocía la respuesta.

Antón se alejó de mí y fue a buscar mi abrigo, que me colocó sobre los hombros como si fuera un caballero.

No sé cómo nos acomodamos todos en el coche de Tadeo, las mujeres atrás y los hombres adelante.

—Pasa por la torre —pidió Antón—, prometí a Paz que la llevaría a verla.

Recordé la historia que nos había contado sobre doña Urraca y escuché sus conversaciones en torno a la leyenda.

El Torreón de Fernán González estaba casi al pie del río Arlanza. Tadeo apagó el motor y descendimos.

—¿Sabíais que la torre fue declarada como Bien de Interés Cultural en 1931? —dijo Guillermina, tomándose del brazo de su marido.

—No, no lo sabía —respondió su esposo.

—Ah, qué poca cultura —se quejó en tono de broma—. Salió en *La Gaceta* de Madrid.

Ferrán y Lupe iban delante de nosotros, conversando y riendo; anticipaba que me daría trabajo llevarme a mi hermano de allí.

Antón iba a mi lado y me explicaba todo sobre la torre y la construcción irregular.

Recorrimos el lugar. Ese pueblo tenía tanta historia… me parecía estar sumida en la época medieval.

Luego llegamos a la vera del río, donde Lupe desplegó un mantel bordado que daba pena poner en el suelo y sacó la merienda.

—¿Te quedarás muchos días más? —quiso saber Guillermina.

—No —fue mi rápida respuesta—, mañana temprano nos iremos.

—¿Mañana? —se asombró Tadeo—. ¿No te quedarás al cumpleaños de mi primo?

Miré a Antón; sonreía.

—Paz no sabe que mañana es mi cumpleaños —dijo fingiendo pesar—. Pero ahora que se ha enterado seguramente cambiará de opinión. —Fijó sus ojos negros en mí antes de añadir—: Espero tu regalo.

No podía ser tan desalmado para humillarme de esa manera. Sentí que mis mejillas se ponían del color del fuego, ese fuego que ardía en mi interior por él y por mis ganas de matarlo en el mismo instante.

Guillermina rio y distendió la situación.

—Pues claro que se quedará. ¿Sabes cocinar? —me preguntó—. Así vienes a casa y me ayudas a prepararle una rica tarta.

Pensé que de saber hacer una tarta la rellenaría con veneno. Antón largó una carcajada.

—Paz no es de las que cocinan, Mina.

El resto del paseo fue incómodo para mí. Antón estuvo todo el tiempo haciendo insinuaciones que todos festejaban. Al parecer a nadie le importaba la pobre Sara. Y juzgaban que yo era una cualquiera.

Volví a la casa con dolor de cabeza. Por suerte la visita se fue y pude recluirme en el cuarto que me habían destinado.

Debí haberme dormido. Unos golpes en la puerta me llamaron para la cena. No tenía ganas de ver a Antón, pero el estómago reclamaba alimento.

Me levanté y fui hacia el comedor. Ferrán y Antón jugaban al ajedrez. La imagen de esas dos cabezas pensando me llevó a mi padre. A papá le gustaba mucho ese juego, me había enseñado cuando era muy chiquita y solíamos pasar horas concentrados en las jugadas y estrategias.

Sonreí y mi sonrisa fue capturada en el aire por los ojos oscuros de Antón, que al parecer no se perdía ni un detalle.

Todo sucedió a cámara lenta. Sara venía de la cocina secándose las manos cuando la puerta de entrada se abrió y un hombre entró por ella. Dijo algo que no recuerdo y se apresuró hacia Sara, cuyo rostro se transfiguró mostrando una sonrisa de oreja a oreja.

La muchacha corrió los pocos metros que la separaban de ese desconocido y se arrojó en sus brazos, ofreciéndole la boca, que él tomó con pasión demorada.

CAPÍTULO 33

Valle de Turón, Asturias, 1901

Cómo me gustaría quedarme aquí, ser parte de esta familia. Los chicos enseguida me incluyeron, es más, anoche discutieron por mí; ambos querían dejarme su cama. Nunca nadie me había dado prioridad en nada y me sentí feliz. Sin embargo, esa felicidad duró apenas unos instantes: el rostro de Jesús se interpuso. ¿Qué sería de él? ¿Lo habría hallado la dueña de la casa? ¿Y si no había sido así? Debería haberme quedado hasta que ella lo tomara en sus brazos.

Mis nuevos y únicos amigos vieron mi tristeza y detuvieron su discusión. Se aproximaron y me interrogaron, pero no les pude contar la verdad, así que me inventé una historia menos triste que la mía.

Con palabras de consuelo me levantaron el ánimo y una vez acostados ellos también compartieron su pena: su padre había muerto hacía dos años y a la madre le costaba mucho mantener la casa ella sola.

La conversación siguió hasta que se me aflojaron los párpados y me dormí.

Por la mañana la madre preparó el desayuno, esta vez para tres.

—¿Cómo dormiste? —preguntó a la visita.

—Muy bien, señora, gracias. —La mujer sonrió y un pensamiento cruzó sus ojos. ¿A dónde iría esa criatura que a la legua se notaba desamparada? ¿Tendría una familia en algún sitio, aguardando?

—Me alegro, siéntate. —Y mirando a sus hijos añadió—: Vamos, vosotros también, a desayunar, que tenéis que ir a lo de José.

Los muchachos, bulliciosos y despeinados aún, se acomodaron en la mesa.

—Don José nos paga para que lo ayudemos con las cabras, él no tiene hijos —explicó el mayor.

—¿Quieres venir con nosotros? —invitó el más pequeño, recibiendo una mirada de reproche de su hermano, quien no deseaba tener que compartir las monedas que tanta falta hacían a su madre. Una cosa era dar cobijo y comida, y otra, repartir el dinero.

—No puedo, gracias, tengo que seguir viaje. —La actitud del primogénito no había pasado desapercibida a sus ojos de miel.

La culpa habló al oído del jovencito, quien de inmediato quiso enmendar su error.

—Podrías acompañarnos y al menos ver el paisaje —dijo—, es maravillosa la vista desde la cima de las montañas.

—¿Son muy altas?

—Las de aquí cerca no tanto, pero sí tenemos picos altísimos yendo para el lado de León.

Ambos hermanos, secundados por la madre, insistieron para que fuera con ellos.

Ese día lo pasó de maravilla. Sus amigos eran divertidos y si bien se peleaban, como debía ocurrir entre todo par de hermanos, enseguida se les pasaba el enojo y al rato estaban otra vez como si nada.

Ayudaron a don José con las cabras, compartieron un pedazo de queso con que el viejo les obsequió y luego, mucho después del almuerzo, retornaron a la casa.

Iban sucios y con hambre, pero en el bolsillo del hermano mayor bailaban unas monedas que entregó a su madre no bien esta les abrió la puerta.

—¡Pero qué trazas que traéis! ¿Habéis peleado con las cabras? —rio al ver que los rostros estaban sucios y que olían a animal.

Los jóvenes sonrieron y cuchichearon.

—Vamos, a lavarse las manos, os he dejado algo para comer.

Por la tarde se desató una tormenta que impidió que asomaran la nariz. Sentados alrededor de una vela jugaron al dominó con fichas de madera que los mismos chicos habían cortado y pintado.

Un rayo iluminó el cielo oscuro y el trueno hizo retumbar el suelo y las paredes. Se asustaron.

—No pasa nada —tranquilizó la madre—, es la naturaleza.

La visita pensó que tenía razón, solo había que temerles a los humanos.

—Tendrás que quedarte otra noche —dijo el menor.

—Sí, no podrás partir con esta tormenta —concordó la madre.

—Mañana mi iré, señora, no quiero incomodar.

—No incomodas. —Pero la voz de la mujer salió débil, vacilante, y ojos color miel supo que tenía que irse. Estaba sola con sus hijos, le costaba alimentarlos para que del cielo le cayera otra boca más. No, tenía que irse.

Cenaron una sopa liviana, demasiado liviana, que no alcanzó a llenar las tripas de ninguno de los comensales.

—Mañana bajaré al pueblo —dijo la madre, anticipando que traería algo más para comer.

La lluvia duró toda la noche, pero el viento y la furia del cielo habían amainado.

Los jóvenes se acostaron y empezaron a contar cuentos, algunos de miedo, otros mucho más fantasiosos. Cuando se acabaron las ganas y los argumentos, las voces fueron menguando hasta que solo se escuchó el ruido de sus respiraciones.

La madre apagó la vela y también se entregó al sueño.

Por la mañana no había rastro de mal tiempo, pero la tierra estaba húmeda y los perros embarrados.

La mujer temía que tanta agua hubiera arruinado sus plantas; había sembrado en el costado de la casa algunas verduras, pero ante tanto barrizal no quiso siquiera asomarse.

Les dio a los chicos un desayuno igual de pobre que la cena, pero ninguno osó protestar.

—Más tarde iré al pueblo; necesitamos harina, entre otras cosas.

Los muchachitos bebieron el té aguado y después de recoger las tazas salieron desesperados; el encierro no era para ellos.

—¡Cuidado con la ropa! —aconsejó la madre, pero ya era tarde. La visita aún continuaba allí.

—¿Y tú no quieres salir? —preguntó, intrigada.

—Debo irme, señora, y quiero darle las gracias por todo lo que ha hecho por mí.

Sus ojos se encontraron y la mujer vio la enorme tristeza que albergaban los colores almibarados. Sintió ganas de darle un abrazo, de estrechar ese cuerpo flaco y desgarbado, pero algo en su mirada le impidió el acercamiento.

—No tienes que irte, de verdad.

—Gracias, señora, pero no quiero ser una carga más.

La madre tragó; había mucho dolor en esa criatura, dolor y algo más tremendo que no se animaba a imaginar.

—Aguarda —dijo.

Giró y fue hacia su habitación. Allí buscó debajo del colchón y sacó una cajita pequeña. Adentro había monedas y algunos billetes. Tomó una cantidad y salió con el dinero apretado en la palma.

—Esto es para ti.

Al ver lo que se le ofrecía, la visita retrocedió y negó con la cabeza.

—Sí, sí, es para ti. Te hará falta allí donde sea que vayas. —La mujer se acercó e intentó acariciarle el hombro, pero el gesto de alejarse nuevamente le hizo bajar la mano—. Tómalo, déjame hacer algo para ayudarte.

Era sincera. El largo brazo juvenil se estiró y recibió el dinero.

—Gracias, señora. —El nudo en la garganta le impidió decir algo más. Le hubiera gustado abrazarla, pero no pudo—. Gracias, es usted una buena madre.

Los ojos femeninos se llenaron de lágrimas y sus mejillas rubicundas resplandecieron aún más.

La figura esmirriada se dirigió a la puerta, se giró una vez más antes de irse y luego salió.

Prefirió no despedirse de los niños, que estaban en el fondo; no deseaba llorar.

CAPÍTULO 34

Covarrubias, 1956

No podía creer lo que estaba viendo. ¿Quién era ese hombre al que Sara besaba mientras las lágrimas le rodaban por la cara?

—Ya, ya —le dijo él—, ya estoy en casa. —La separó un poco y miró su vientre abultado—. Pero si ya está por nacer... —Elevó los ojos, estaban brillantes, y la besó en la frente—. ¿Cómo te sientes?

Dejé de oír sus voces y sentí un mareo. Me aferré al marco de la puerta que me estaba sosteniendo para no caer.

La abuela debió sentir el bullicio porque salió de la cocina y al ver al recién llegado se apresuró hacia él. Antón también se había aproximado; todos se saludaban mientras Ferrán y yo permanecíamos como mudos testigos de ese reencuentro.

Cuando terminaron, Antón reparó en mí. Con una sonrisa pícara en los ojos chispeantes se me acercó y me tomó del brazo.

—Ven, quiero presentarte a mi cuñado. —Y mirando el hombre que aún sostenía a Sara entre sus brazos dijo—: ella es María de la Paz Noriega.

—Encantado de conocerla, señorita —extendió la mano—. Soy Álvaro, el marido de Sara.

Murmuré una respuesta que no recuerdo; seguramente pasé por boba, pero no me importaba nada. Solo tenía ganas de huir, desaparecer.

La abuela me pidió ayuda en la cocina, debió haber advertido mi aturdimiento y me sacó de allí.

—Menos mal que llegó a tiempo —dijo—, Sara temía que su esposo no estuviera para el nacimiento.

No hay en mi memoria detalles de la comida ni de las conversaciones; solo sé que me sentía una idiota. Antón se había burlado de mí, me había dejado creer que Sara era su esposa. Todo ese tiempo había jugado a divertirse conmigo. De no haber sido porque estábamos rodeados de gente le hubiera gritado y hasta golpeado. Tenía mucha furia en mi interior.

Quise escabullirme al cuarto, pero no pude dejar a la abuela sola con todos los platos sucios, de modo que la ayudé.

—Mañana al fin tendremos un lindo festejo —dijo María mientras guardaba la vajilla seca—. Hace años que los cumpleaños de Antón son silenciosos. —Había pesar en su voz—. Pero ahora está su primo aquí y Sara estará feliz. —Se volvió hacia mí y me miró con ojos divertidos—. Además, estás tú. Nunca vi a mi nieto tan entusiasmado con alguien.

Debió ver mi cara de aturdimiento; se acercó a mí y me tomó las manos.

—Mi nieto es un buen hombre, María de la Paz, pero ha sufrido mucho. Lo que necesita ahora, mi querida niña, es algo de Paz. —Jugaba con mi nombre y su significado—. Eres una señal.

—Volveré a mi ciudad mañana —disparé.

—¿Mañana? No puedes hacerle eso… Te lo pido como un favor especial, no le opaques el día de su aniversario.

—Pero… —No pude sostenerle la mirada; estaba confundida.

—Es solo un día más. Luego podrás volver. —Se separó de mí y volvió a los quehaceres—. Siempre hay tiempo para volver.

Decidí quedarme, solo un día más. Se lo prometí a la abuela; además necesitaba de alguna manera descargar mi enojo con Antón, aun si era el día de su cumpleaños.

Dormí de un tirón, quizá debido al agotamiento del día pasado, quizá a la tranquilidad, incluso cuando estaba furiosa, de saber que Antón era libre.

Me levanté tarde; lo supe porque el sol estaba alto y la casa, silenciosa. Era domingo, quizá habían ido a misa. Me extrañó que Ferrán tampoco estuviera, pero en cierto modo me agradaba estar sola.

Había terminado de desayunar cuando Antón se perfiló en la cocina. Me puse nerviosa y empecé a sudar; ese hombre ocasionaba eso en mí.

—¿No vas a felicitarme por mi cumpleaños?

—Feliz cumpleaños —dije de malas maneras.

—Ven. —Se acercó y me tomó del brazo—. Demos un paseo.

—No quiero…

—Es mi cumpleaños, no puedes negarme un paseo. Además, quiero que hablemos, solos —remarcó.

Nos abrigamos y salimos. Subimos al coche y condujo hacia las afueras de la ciudad.

—¿A dónde vamos? —lo dije bruscamente para que supiera que no tenía ganas de estar con él.

—¿Sabes a qué se debe el nombre de Covarrubias?

—No, y tampoco me interesa.

Como si no me hubiera oído continuó:

—Proviene de la cantidad de cuevas rojas que se encuentran cerca del pueblo, frente al río. —Tomó un camino en curva y se adentró en otro bastante desparejo—. Te llevaré para que las veas.

—¿Es que no entiendes que no quiero ir de paseo contigo?

—Lo sé —había dejado atrás la burla y la ironía—. Pero necesitamos hablar a solas y en la casa no íbamos a poder.

Al fin un poco de sensatez, pensé. Al menos me serviría para desahogarme. Llegamos al sitio y descendimos. El paisaje era bello, colorido; pensé que en verano sería aún más hermoso. Una gran cantidad de buitres sobrevolaban las cuevas que utilizaban como posaderos, según me explicó Antón.

—Las piedras fueron un monasterio rupestre habitado por eremitas en la Edad Media —continuó Antón—. Si seguimos por aquel camino, llegaremos al monasterio de San Pedro de Arlanza, pero no creo que te interese. —Otra vez la burla en su tono.

—Pues no, no me interesa. —Me planté frente a él y le gruñí—. Me interesa saber por qué me hiciste creer que Sara era tu esposa.

—Nunca dije que Sara fuera mi esposa. —Se rio y odié su sonrisa amplia que le afinaba un poco los labios—. Tú supusiste que lo era.

—¿Y no se te ocurrió sacarme del error? ¡Nadie dijo nunca que fuerais hermanos! ¿Acaso te divertía jugar conmigo?

—Nunca he jugado contigo, siempre te he dicho que confiaras en mí. —Se acercó y yo di un paso atrás—. ¿O acaso lo has olvidado?

—¿Qué querías demostrar? ¿Qué valía más para mí? ¿Si tus artes de seducción o mi decencia?

—Quizá me divertía un poco verte luchar contigo misma —reconoció. Sus ojos reían, pero su boca ahora estaba seria—. Fue un bonito juego, ¿no lo crees, Paz?

—¡Eres un perverso! —Me di la vuelta para irme y corrí; aunque estábamos lejos, caminaría; no deseaba continuar a su lado.

Antón me siguió y enseguida me alcanzó, tenía mejor estado físico que yo. Me tomó de la mano y tiró hacia su cuerpo. Me abrazó, apretándome por la cintura.

—Te gusta mucho este perverso. —Quise desasirme, pero él era más fuerte. Me tapó la boca para que no siguiera hablando y protestando. Me odié por responder a ese beso, el primer beso que no me hacía sentir una indecente, aunque continuaba experimentando un tremendo enojo.

Cuando dejó de besarme me tomó el rostro con las manos y acercó su cara.

—Eres hermosa y, cuando te enfadas, más aún. —Me dio un ligero beso en los labios antes de soltarme—. Y me encanta besarte.

—Pues espero que lo hayas disfrutado —disparé con una sonrisa triunfal en la cara—, porque ha sido el último.

Por unos instantes sus ojos se oscurecieron un poco más, pero fue solo un segundo.

—Eso lo veremos.

Cuando llegamos a la casa estaban todos; como supuse, habían ido a misa.

Busqué a mi hermano y lo hallé en su cuarto.

—¿Tú a la iglesia? —le pregunté—. En casa tenemos que arrastrarte para ir a cumplir con el Generalísimo —había ironía en mi voz.

Ferrán rio.

—Quedé con Lupe en que nos encontraríamos allí.

—Ah, entiendo. Pues vete despidiendo de tu amiga porque hoy mismo, después del festejo, nos volvemos a Burgos. —Vi la decepción en el rostro de mi hermano.

—¿Por qué no podemos quedarnos? Antón se quedará unos días más...

—¡Y dale con Antón!

—Pero... ahora que sabes que Sara es... —Por el tono en que lo dijo tuve una sospecha, sospecha que no me gustó.

—¿Tú lo sabías? —Su rostro atribulado me dio la respuesta—. ¡Tú lo sabías! ¡Lo supiste siempre!

—Bueno... él me lo dijo en Burgos...

—¡Eres un cabrón, Ferrán, un maldito cabrón! —Mi hermano también se había burlado de mí; no sabía cuál de las traiciones me dolía más—. Prepara tus cosas porque hoy mismo volvemos a Burgos y mañana, a Gijón.

Me di la vuelta y al salir me topé con Antón, que había escuchado toda la discusión.

El almuerzo de cumpleaños se me hizo eterno. No soportaba las miradas de Antón cruzando por encima de la mesa; sus ojos oscuros despedían llamas, me quemaban, se burlaban de mí, pero a la vez me acariciaban. Ese hombre era una incógnita. ¿Qué se proponía? Estaba volviéndome loca.

Las voces de los más jóvenes me molestaban; Ferrán parecía un tonto riendo a cada ocurrencia de Guadalupe. La pequeña Malena, seguramente celosa por quedar fuera de esa conversación de dos, hablaba casi a gritos para llamar la atención, pero a nadie parecía molestarle, excepto a mí.

Antón conversaba con su primo y con su cuñado; se le notaba feliz de tener la mesa llena de gente. Sara estaba radiante, sentada al lado de su esposo que a cada rato acariciaba su mano. Ese gesto tan simple me colmó de alegría y pensé cuánto me gustaría a mí recibir tal demostración de cariño.

Entre la abuela y Guillermina se habían ocupado de cocinar y servir, y yo me sentí una visita inútil y desagradecida por toda la hospitalidad que me habían brindado, no solo a mí, sino a mi hermano. Ellos no tenían la culpa del juego perverso que Antón había pergeñado. ¿Lo había pergeñado y yo se lo había puesto en bandeja? A esa altura ya no podía distinguir lo que había ocurrido.

Comimos en abundancia y bebimos vino, que se me subió a la cabeza y aflojó un poco mi malestar hacia Antón.

Cuando llegó el momento de la tarta fue Sara quien la llevó hasta la mesa y encendió la vela.

—¡Unas palabras! —pidió Tadeo, y el cumpleañero no se hizo rogar.

Antón se puso de pie y sonrió, con esa sonrisa amplia y franca que pocas veces le había visto. Me conmovió; siempre vestía su boca con gestos de picardía o burla, y verlo auténtico frente a los suyos me estremeció el alma.

Nos fue mirando uno por uno, quiero creer que se detuvo en mí unos segundos más, y luego dijo:

—Hacía mucho que no tenía un cumpleaños como este. Todos los que están aquí tienen un lugar especial en mi corazón. —Hizo una pausa y lejos de querer disimular me miró a mí—. Todos —repitió mientras sentía que sus ojos negros me despojaban de mi endeble fortaleza—. Gracias por estar.

Fue Tadeo quien inició los aplausos y los vítores; todos se levantaron para saludarlo cuando alguien llamó a la puerta.

—¿Quién podrá ser? —dijo la abuela María.

—Iré a ver. —Álvaro palmeó la espalda de su cuñado y enfiló hacia la puerta mientras Antón levantaba su copa para brindar.

—¿No vas a desearme feliz cumpleaños, Paz? —Se acercó a mí y me miró, insinuante.

—Feliz cumpleaños —respondí para no captar la atención de los presentes. Sonreí; me salió la sonrisa torcida, falsa.

—¿Y mi beso? —Todas las mujeres le habían dado un beso. Me aproximé y lo besé en la mejilla. Sentí su olor; no sé si usaba algún perfume o qué, pero olía a pino, a bosque.

—¿Solo eso? —se quejó.

Álvaro apareció en escena y me salvó del bochorno; temía que Antón cometiera la imprudencia de apoderarse de mi boca delante de todos.

—Antón —llamó, y en su voz había una nota discordante.

Ambos giramos la cabeza; noté que Álvaro estaba incómodo.

—¿Qué ocurre? —Antón se separó de mí y fue hacia donde estaba su cuñado, quien le dijo algo en voz baja.

Noté la transformación del rostro de Antón, su mandíbula tensarse y los puñales de sus ojos. Avanzó hacia la calle.

El resto continuó con los festejos; Sara cortaba la tarta y Guillermina la repartía; solo la abuela estaba atenta a lo que ocurría. Evidentemente conocía a su nieto más que nadie.

La vi acercarse a la ventana y mirar. No pude reprimir la curiosidad y fui tras ella.

—¿Está todo bien? —le pregunté. Sin mirarme, doña María respondió:

—Espero que sí.

Vi a Antón salir, ambas lo vimos. En el portal había un hombre, un hombre mayor. No pude ver bien su rostro; llevaba un sombrero de ala ancha, quizá para protegerse de la fina llovizna que había empezado a caer.

Le dijo algo a Antón y este le respondió airado. En el corto tiempo que había compartido con él había aprendido a reconocer sus gestos; Antón estaba furioso.

El desconocido hizo ademán de tocarlo y Antón levantó el puño. Discutían, pero no podía escuchar el motivo.

Álvaro apareció en escena y detuvo a su cuñado, que permanecía amenazando al sujeto del sombrero. El marido de Sara dijo algunas palabras y el visitante desistió de la conversación que trataba de mantener y se dio la vuelta para irse.

Antón, con evidente gesto de disgusto, se deshizo del brazo de su cuñado y le espetó algo que tampoco pude adivinar, pero estaba enojado.

A mi lado, la abuela, que había seguido toda la escena, meneó la cabeza con resignación.

—Mi nieto nunca encontrará la paz que busca. —Se alejó de mí y me dejó plena de dudas, pero sabía que no lograría de ella una palabra que pusiera luz a mis elucubraciones.

Antón y Álvaro tardaron un rato en entrar a la casa; el ánimo ya no era festivo. Antón dio una excusa y abandonó la vivienda, y nadie osó preguntar nada. Todos sabían. Todos excepto yo.

Ayudé a recoger los restos del festejo y entre las mujeres limpiamos. Era hora de irnos. No me gustaba lo que había visto en Antón, una especie de violencia reprimida, una furia ciega que había estado a punto de explotar. ¿Hubiera sido capaz de golpear a un anciano?

Tenía que olvidarme de él antes de que pasara a mayores. Antón tenía todo el perfil de un hombre violento. Primero su afición al boxeo y luego esto. No, no quería eso para mí.

Con el pecho desgarrado por esa ilusión de amor que se desvanecía, arranqué a mi hermano de sus propias ilusiones y le dije que nos íbamos. Protestó, pero no se atrevió a desafiarme. Me conocía bien y supo leer en mi mirada la resolución.

Nos despedimos de todos con la falsa promesa de volver. Sara me abrazó y me pidió que fuera a conocer a su bebé cuando naciera. Me sentí una desalmada al mentirle que iría. La abuela me miró con aquellos ojos sabios y me sonrió; fue la única que no me dijo nada. Ella sabía.

Al cabo de una hora estábamos en un coche camino a Burgos, donde pensaba recoger lo poco que tenía y tomar un tren directo a Gijón; necesitaba sentirme a salvo, y nada mejor que mi hogar.

CAPÍTULO 35

Covarrubias, 1938

—No quiero ir a la iglesia —protestó Antón mientras la abuela intentaba peinar sus cabellos rebeldes.

—Pues debes ir. Todos debemos ir.

—No creo en los curas. —A los doce años Antón tenía una personalidad fuerte y a María le costaba mucho ponerlo en vereda.

—Me da igual si crees o no. Irás y sanseacabó.

Doña María tampoco tenía ganas de desfilar a misa como cada domingo para escuchar palabras que ya no llegaban a su corazón. Desde la desaparición de su hija, su vida se había reducido a criar a sus nietos. Por fortuna, Luisa y su familia habían logrado escapar el año anterior y, aunque los extrañaba y no sabía si volvería a verlos, al menos respecto a ellos estaba tranquila.

Con la pequeña Sara de la mano, los tres caminaron hacia la parroquia y se unieron a la procesión de feligreses que cada domingo se dejaba ver, cumpliendo con las directivas del Generalísimo.

No tenía sentido explicarle a Antón que se había creado una Comisión «D», depuradora del Magisterio cuya función era redactar informes muy detallados. Estaban a cargo el párroco, el alcalde y el comandante del puesto de la Guardia Civil. La iglesia volvía a tomar un protagonismo exacerbado en el control de la enseñanza y formación del nuevo Estado.

El arzobispo de Burgos había remitido a sus subordinados una circular legitimada en la Carta Colectiva de su episcopado que decía:

Hay que servir a Dios y a la Patria sin dejarse llevar por simpatías ni antipatías. Así daremos ejemplo de contribuir, como debe hacerlo el sacerdote, a la formación de la Nueva España, alejando a los indignos de los dignos y favoreciendo a estos últimos.

Antón estaba molesto; protestaba por lo bajo, no quería estar allí, pero iba por respeto a su abuela. Todavía no aceptaba la desaparición de sus padres, seguía buscándolos con la mirada, en las calles, en las procesiones, en todos lados. Hasta en sus sueños se aparecían; su madre, con su sonrisa de ojos dulces, su padre, con su bonhomía. Le dolía en los huesos haberlos perdido. No tenía a nadie que lo ayudara a hacerse hombre. ¿Qué podía hacer su abuela por él?

Más de una vez se había escapado de la escuela para ir al río a golpear piedra sobre piedra, descargando su enojo. Y muchas más se había enzarzado a golpes de puño con cualquier compañero que lo mirara de costado, sin más motivo que ese.

Regresaba al hogar con la ceja partida o el labio sangrando y solo conseguía reprimendas por parte de la abuela, que ya no sabía qué hacer con él.

La misa fue aburrida, como siempre, y para entretenerse empezó a molestar a Sara, a quien también se le estaba haciendo larga, sentada y tiesa cual estatua.

—Shhh… —reprendió la abuela, pero Antón no era fácil de calmar. Importunó tanto a Sara que la pequeña empezó a llorar. Todos volvieron las cabezas para ver quién hacía tanto alboroto. María fulminó a su nieto con la mirada y le dio un pellizco. El jovencito se quejó, pero se mantuvo quieto el resto de la ceremonia.

Al salir, la abuela estaba furiosa y a la vez cansada de luchar contra ese muchacho que parecía tener un volcán dentro de sí. Entendía su dolor; ella más que nadie sabía lo que era perder a un ser querido. ¡Había perdido a su hija! Ahora, solo vivía por y para esos nietos, a los que debía encarrilar; por momentos creía que con Antón sería imposible.

Una vez en la calle lo tomó de una oreja y lo zarandeó.

—Escúchame bien, porque te lo voy a decir solo una vez. —Antón asintió en silencio y soportó esos dedos que apretaban su carne—. La próxima no me andaré con rodeos y te mandaré con tu padrino. —Sabía que eso pondría las cosas en su lugar un tiempo, solo un tiempo, hasta que Antón tuviera edad suficiente como para enfrentarse con ella y tomar el control de la casa.

—No iré con él. ¡Nunca! —Con violencia se desprendió de la pinza que lo sujetaba y corrió en dirección al río. A la abuela no le sirvió de nada gritarle para que volviera.

Antón regresó de noche. La mujer, si bien estaba acostumbrada a las desapariciones del muchacho, había pasado muchos nervios ante aquel episodio. No bien lo vio entrar, despeinado y sucio, informó acerca de su castigo.

—Vete a tu cuarto. —Acompañó sus palabras con un dedo acusador—. Hoy no cenarás.

El nieto no osó protestar; sabía que se había portado mal, su abuela no merecía sus enojos y sus ausencias, hacía lo que podía. Pero era demasiado orgulloso para pedir disculpas.

A la mañana siguiente, mientras desayunaban, alguien llamó a la puerta. La abuela se puso de pie y fue a abrir. Era Eduardo.

Al escuchar las voces Antón se alteró. ¿Lo habría llamado la abuela cumpliendo su amenaza del día anterior? Empezó a transpirar y el último pedazo de pan que había tragado se convirtió en una piedra que se atoró en su garganta.

—Buenos días, niños —dijo Eduardo una vez en la cocina—. ¿Cómo estáis?

La pequeña Sara, ajena al malestar de su hermano, balbuceó un saludo, pero Antón permaneció callado, la vista fija en la taza.

—Antón, no seas maleducado —apuró la abuela— y saluda a tu padrino.

El chico gruñó una respuesta. María torció la boca e hizo un gesto de disculpas hacia el visitante.

—¿Cómo está la niña? —preguntó la abuela, y el rostro de Eduardo se iluminó al pensar en su propia hija.

—Muy bien.

—Te hacía en Burgos —dijo María mientras preparaba una taza para él.

Desde que Franco se había proclamado presidente y jefe de Estado, Eduardo se había mudado a la ciudad de Burgos. Su familia se había quedado en Covarrubias, a donde él viajaba cada fin de semana y cuando su trabajo en el Ministerio de Hacienda se lo permitía. Eduardo era uno de los tantos adeptos al régimen que se había acomodado en el nuevo Gobierno como secretario en una de las oficinas del Tesoro.

—Volveré pasado el mediodía; vine a ver a los míos. —Se sentó junto a Sara—. ¿Quieres que te unte un pan? —ofreció a la niña, pero esta negó con la cabeza—. Menudo alboroto causaste ayer en la misa. —La frase iba dirigida a Antón, quien sintió una llamarada de furia en su interior—. No deberías preocupar así a tu abuela…

—No quería ir a misa —pronunció sin dignarse a mirar a su padrino a los ojos.

—Pues ya sabes que debes ir… Las reglas son las reglas.

Eduardo bebió el contenido de su taza, se limpió con una servilleta y se puso de pie. Tocó a la niña en la cabeza y palmeó la espalda de Antón.

—Cuando crezcas un poco vendrás a trabajar conmigo. —No era una invitación, era una orden—. Te hará bien para saber qué es lo que debe hacer un hombre.

Antón no quiso contestar; él no quería ser un hombre como Eduardo. Apretó las mandíbulas y los puños.

—Saludad a Eduardo —dijo la abuela.

Un murmullo indicó que los chicos habían respondido.

—Tome, doña María. —Extendió hacia la mujer un paquete abultado—. No quiero que nada falte a mis sobrinos.

María se lo agradeció, tomó el envoltorio y lo acompañó hacia la salida. Cuando regresó se encontró con la mirada acusatoria de su nieto.

—¿Por qué acepta dinero de ese hombre?

—Ese hombre es tu padrino y el mejor amigo de tu padre. —Sin darle el gusto de seguir la discusión, guardó el sobre en un aparador.

—¡No quiero que él nos mantenga! —Se levantó con tanto ímpetu que la silla cayó hacia atrás y sobresaltó a la niña.

—No os peleéis… —pidió Sara, con los ojos llenos de lágrimas.

—¡Basta, Antón! —reprendió la abuela—. ¡Vete a la escuela ya!

El muchacho salió sin siquiera despedirse, pero no se llevó el material escolar. La abuela apoyó las manos sobre la mesa y bajó la cabeza en señal de rendición. Ya no sabía qué hacer para quitarle el enojo y encaminarlo en la vida. Temía por él, por su futuro y por el de su nieta. Cuando caía la noche y se encerraba en la intimidad de su cuarto, la mujer lloraba. Tenía que vestirse de fortaleza para no preocupar a los chicos, pero no lograba superar la muerte de su hija, porque ella sentía en el pecho que Alba había muerto. ¿Y el bebé? ¿Qué habría sido del bebé? Esa incógnita, ese no saber, lastimaba su corazón y desvelaba sus sueños.

Una vez en la calle, Antón corrió hacia el centro del pueblo. No iría a la escuela, ya no volvería a ir. Nunca. ¿De qué le servía? Ya sabía leer y escribir, no necesitaba más. Quería trabajar, ganar su dinero para que no tuvieran que depender de su padrino. Él era el hombre de la casa ahora que su padre no estaba y era él quien debía sacar a la familia adelante.

Iba tan ensimismado en su carrera que chocó contra alguien. Al elevar la mirada para disculparse descubrió al tan temido alemán que desde hacía unos días recorría las calles de Covarrubias, siempre custodiado por dos hombres tan oscuros y siniestros como él.

El muchacho murmuró una disculpa e intentó seguir su camino.

—¿A dónde vas que tienes tanta prisa? —El acento duro y cortado del alemán fue más elocuente que la mano que apretaba su brazo.

—A la escuela.

—No llevas la cartera —observó el extranjero.

Antón empezó a sudar. Conocía bien la reputación de los alemanes; eran todos fascistas, cómplices de Franco en la guerra. No pudo articular palabra y se quedó tieso en medio de la calle.

—Vendrás con nosotros —dijo el desconocido e hizo señas a sus escoltas, que enseguida lo tomaron de los hombros.

Una voz interrumpió la partida:

—Jefe Winzer, buenos días.

El aludido se giró, molesto por el modo en que había sido llamado; los españoles nunca sabían cómo nombrarlo, gente vulgar y sin educación. Frente a sí vio al sujeto del Tesoro; no recordaba su nombre, pero sabía que tenía cierta ascendencia con el Generalísimo.

—Buenos días —respondió evidenciando su malestar.

—Soy Eduardo Jiménez del Río. —Extendió la mano, que el otro no se avino a tomar—. ¿Qué ocurre con el muchacho? —preguntó mirando a Antón, que no sabía si agradecer su intervención o maldecirla.

—Una oveja descarriada.

Eduardo se inquietó; conocía la fama del alemán que paseaba por las calles de Covarrubias como si no tuviera otra cosa mejor que hacer. ¿Qué lo habría llevado hasta allí? Por lo que sabía, debería estar en Miranda de Ebro. Winzer había sido asignado a la embajada alemana de Madrid por expreso deseo de Himmler, jefe de la Gestapo de Hitler. La misión que le había encomendado el alto mando hitleriano era clara: investigar a los líderes comunistas y anarquistas españoles. Y cuando Alemania decidió apoyar al ejército sublevado de Franco, este mismo le encargó la tarea de organizar y supervisar el campo de concentración de Miranda de Ebro.

—¿Ha hecho algo malo?

—Casi me tumba de la prisa que llevaba. —Fijó sus ojos de hielo en el muchacho, que se había encogido como si quisiera desaparecer—. Además de pretender hacerme creer que iba a la escuela.

—Disculpe, jefe Winzer, seguramente son tonterías de muchacho —excusó Eduardo—. Antón es mi ahijado, me ocuparé de él como es debido. —Había una velada amenaza hacia el jovencito.

El temido jefe de la Gestapo hizo una seña a sus custodios y estos soltaron al chico.

—Confío en que sabrá qué hacer con él.

Sin decir más continuó su camino, después de taladrar con la mirada al asustado Antón.

Cuando quedaron solos, Eduardo suspiró.

—Pero ¡qué haces! ¿No entiendes que debes comportarte como es debido?

Antón hubiera querido decirle tantas cosas. ¿Quién dictaba lo que era debido? ¿Por qué él debía marchar al paso marcado por el hombre que les había arrebatado a sus padres?

—Solo iba corriendo —dijo para que lo dejara en paz.

—Ven, tú y yo tenemos que hablar. —Lo tomó del brazo y Antón no tuvo más remedio que seguirlo.

Llegaron hasta uno de los puentes y el padrino se sentó a mirar el río.

—Escucha, hijo, entiendo que estás enojado por todo lo que ha pasado, pero todos hacemos lo mejor que podemos para que tanto tú como tu hermana tengáis una vida digna.

Antón ensayaba las respuestas que le diría de no ser apenas un muchacho.

—Dentro de poco serás un hombre y tendrás que llevar la casa adelante, y para eso debes terminar la escuela, formarte.

El muchacho empezó a dudar; quizá Eduardo tenía razón, no era un mal consejo. Pero estaba lo otro… Aquello que no lo dejaba dormir en paz y lo llenaba de enojo y violencia.

—Quiero trabajar —dijo al fin.

—¿Trabajar?

—Sí.

Eduardo meditó un momento, después de todo no era tan descabellado; muchachitos apenas más grandes que él iban a la guerra.

—Si eso es lo que quieres, haremos las cosas como se debe.

Antón alzó la mirada, interrogante.

—Yo te conseguiré un trabajo, pero tendrás que portarte bien.

El chico asintió.

Acababa de firmar un pacto con el diablo.

CAPÍTULO 36

Hacía varios meses que Antón trabajaba en la casa de doña Manuela, una viuda de guerra con cuatro niños pequeños para alimentar, que había convertido su vivienda en pensionado.

Burgos y sus alrededores habían visto incrementada su población a causa de los refugiados huidos de las zonas republicanas, personal militar y civil de la Administración del Estado y personas atraídas por el protagonismo de la región, al estar allí la sede del nuevo Gobierno.

Manuela no daba abasto para hacer camas, asear cuartos y preparar desayunos, y para eso estaba Antón. Si bien al muchacho no le gustaba demasiado esa tarea doméstica reinado de las mujeres, quería ganar dinero, su dinero, para no tener que depender nunca más del de su padrino. Para ello había debido aceptar su recomendación en esa casa; de momento era lo único a lo que podía acceder. Sus trece años recién cumplidos eran todavía una limitación.

Se levantaba al alba y sin desayunar se iba para la pensión, que no era más que una casa con muchas habitaciones. En otro tiempo había vivido un ligero esplendor, pero ahora lucía sencilla y opaca, no tanto por las carencias materiales, sino por la tristeza de la viuda.

Antón se ocupaba de buscar la leche fresca para el desayuno y tostaba el pan en la cocina a leña, que luego Manuela servía a los huéspedes. Mientras estos desayunaban, Antón se dedicaba a airear los cuartos, sacudir las sábanas y hacer las camas.

Los primeros días protestaba de dichos quehaceres; se sentía menos hombre por eso y no deseaba que nadie se enterara de lo que hacía allí. Pero con el correr de las jornadas, y en especial al recibir las primeras monedas, dicho malestar fue menguando.

Cuando terminaba con esas tareas y después de comer algo en la cocina de Manuela, corría hacia la escuela, donde se proponía terminar el último año.

Regresaba al hogar pasadas las seis de la tarde, cansado y sin ínfulas para discutir; ni siquiera tenía ánimos para molestar a la pequeña Sara.

La abuela se debatía entre sentimientos contradictorios por ese nieto que oscilaba entre el niño y el hombre, que se estiraba y ganaba músculos a la vez que dejaba dinero en la casa como haría un padre de familia.

Pero lo veía tan orgulloso a pesar del cansancio que lo dejaba hacer. No era mucho lo que traía, pero sí lo era para su hombría, esa hombría que día a día iba anidando en su mirada.

Antón se negaba a seguir usando pantalones cortos y empezó a vestirse como los muchachos más mayores. Hasta su vocabulario había cambiado; parecía que el enojo le había desaparecido del espíritu. Durante los pocos encuentros que tenía con Eduardo, Antón se mantenía al margen; aunque continuara molestándole que su padrino llevara dinero a la casa, tenía la esperanza de que eso pronto acabaría.

Por Covarrubias y sus alrededores desfilaban una cantidad de personajes oficiales, embajadores extranjeros, artistas e intelectuales que querían conocer qué había más allá de la gran ciudad cosmopolita en que se había convertido Burgos.

Era una época floreciente para aquel que estuviera del lado del vencedor. Se había limpiado y se seguía limpiando a esa España de la Segunda República del virus que la había infectado.

Los que estaban en el poder se habían encargado de erradicar a la clase media reformista y a los obreros que se habían incorporado a los sindicatos. España parecía una inmensa prisión, había una violencia planificada cuyo objetivo era barrer el país de opositores. La dictadura se proponía destruir ideológicamente todo lo anterior:

anarquismo, socialismo, comunismo, pero también democracia, republicanismo, masonería...

Más de una vez Antón había presenciado conversaciones de ese tenor en la mesa de la pensión y, si bien él no estaba de acuerdo, había aprendido que a veces había que callar.

Con su abuela solían escuchar los discursos oficiales por radio, y la veía gesticular y desaprobar en silencio lo que oían. María estaba cansada de que les metieran en la cabeza que el enemigo era el comunismo, el judaísmo y la masonería; deseaba vivir en libertad.

Fue esa misma radio la que la tarde del 28 de marzo había transmitido que las tropas franquistas finalmente habían entrado en Madrid después de un largo asedio. Antón vio el desconsuelo en los ojos de su abuela.

—Abuela, ¿eso significa...? —No pudo terminar la frase.

—Sí, querido, es el fin de la guerra. —El primero de abril de 1939 fue el día del triunfo de Franco y el fin de la Guerra Civil.

Pero no era un final feliz para ellos, era el fin de la democracia, el fin del republicanismo. El fin de la ilusión de que alguien saliera en defensa de los oprimidos.

Para ellos la vida no cambió; ya vivían en un régimen autoritario, en una zona absolutamente nacional desde la primera hora, pero ahora sí sabían que no había más esperanza.

Una tarde que Antón había llegado más temprano oyó a su abuela conversar con una vecina:

—¿Puedes creer el mensaje del papa? —decía María—. ¡Le ha enviado un telegrama a Franco agradeciéndole la victoria!

El día que concluyó la Guerra Civil el papa Pío XII comunicó a Franco: «Levantado el corazón al Señor agradecemos sinceramente a usted la deseada victoria de la católica España».

—¡Dios nos ampare! —dijo la vecina.

—Si hasta la ropa nos han cambiado —se quejaba doña María—, ahora se nos exige el luto interminable...

—Ni que lo digas, María —convino su vecina—, y estos tonos tan oscuros, como todo lo que nos ocurre. He escuchado rumores... parece que el Gobierno se va de aquí.

—¿Se va? ¿Y a dónde se va?

—Dicen que Franco firmó el último parte de guerra y se va para Madrid.

—¿Tú crees que podrá hacerlo tan pronto?

La otra se encogió de hombros.

Pero pasaron unos cuantos meses hasta que Burgos dejó de ser el epicentro y ciudad emblemática de la España nacional. En octubre todo el aparato gubernamental se trasladó a Madrid y la ciudad cayó en el olvido.

Eduardo pasó a despedirse de María y los chicos; fiel a su Gobierno, se iba para continuar su trabajo en el Ministerio.

—No deben preocuparse, doña María —aseguró—, enviaré dinero todos los meses.

La abuela no supo qué decir; su orgullo le gritaba que no, que ellos se las arreglarían, pero bien sabía que sería una mentira y ella debía criar a sus nietos. La mujer, avergonzada, bajó la mirada. El hombre notó su incomodidad y se acercó. Le tomó las manos.

—María —pidió—, míreme. —Ella obedeció—. Ustedes, estos niños, son mi familia, son los hijos de mi mejor amigo. Mientras yo viva, nada les faltará.

—Gracias, Eduardo —murmuró; un nudo en la garganta le impedía hablar.

Antón llegó en ese instante y no le gustó lo que vio.

—¿Qué ocurre?

—Antón, debes saludar primero —amonestó la abuela.

—Buenos días —dijo molesto, y luego repitió la pregunta.

—Nos vamos para Madrid —anunció Eduardo. Se aproximó al muchacho y le buscó la mirada—. Ahora tú deberás encargarte de la familia. Te conseguí un puesto en la oficina de correos. —La noticia impactó a Antón, quien no supo qué decir—. Vamos, ¿o acaso quieres seguir en lo de doña Manuela?

—El correo me va mejor.

—Así me gusta, muchacho. —Le despeinó los cabellos—. Empiezas el lunes, pero ve a dar las gracias a doña Manuela.

El chico asintió y soportó el abrazo de su padrino al despedirse.

—Vendré a veros cada vez que vuelva por aquí.

—Adiós, Eduardo, gracias por todo —dijo la abuela—. Saluda a tu familia de mi parte.

Al mudarse el Gobierno a Madrid, la ciudad de Burgos empezó a deshojarse como una flor en otoño. Y sus alrededores más todavía. El discurso de despedida de Franco al abandonar la ciudad resumió la pérdida del protagonismo que había mantenido durante tres años:

> Ahora de momento sufriréis las consecuencias de la resaca producida por la marcha de los organismos oficiales que aquí se instalaron durante la guerra y en los primeros momentos de la paz, pero confío en que el rápido resurgimiento de la actividad industrial, comercial y agrícola española se reflejará en el bienestar y engrandecimiento de todos sus pueblos, ciudades y provincias. Tenéis que prepararos y trabajar para que Burgos prospere todo lo posible y que tenga no solo la vida provincial sino también la vida industrial propia.

Sin embargo, las cosas no fueron así y el régimen de Franco se olvidó de la ciudad castellana, que entró en una profunda depresión de dos décadas, agudizada por la dura posguerra que asolaba a la totalidad del país. El dictador solo la visitaba de paso a San Sebastián, su destino estival, o por algunas conmemoraciones, pero la realidad fue que la vida económica, social y cultural era regresiva.

El ambiente bélico y castrense de Burgos se prolongó durante mucho tiempo y la modernización y el desarrollo industrial quedaron pospuestos, más allá de tímidas iniciativas privadas. La provincia se sumió en una marcada atonía social, cultural y económica. En su inocencia, Antón estaba contento. Con Eduardo lejos él se sentía el hombre de la casa. El trabajo en el correo, si bien no le redituaba demasiado dinero, le gustaba mucho más que hacer camas en lo de doña Manuela.

CAPÍTULO 37

Tierras de Castilla y León, 1901

Llevo días andando; a menudo no sé quién soy ni a dónde voy. Cargo a mi espalda el peso de la culpa y la vergüenza, creo que maté a un hombre. Aunque él no merecía vivir, no tengo el poder de decidir sobre la vida de los demás. ¿Y mi madre? ¿Qué pensará mi madre de mí? El único consuelo que me queda es que Jesús está a salvo. ¿Lo estará? A veces dudo, pero la imagen de esa pareja besándose en la puerta de la casa me da consuelo. Parecían felices, Jesús estará bien con ellos. Debo olvidar que tuve una familia, que tuve un hermano y lo perdí para salvarlo.

Seguiré tierra adentro, bordeando las ciudades; estiraré el dinero que me dio esa buena mujer hasta que me sienta a salvo. ¿Llegará ese día? A menudo tengo miedo, los extraños me generan escozor en la piel, no quiero que nadie se me acerque, excepto los niños. ¿Qué daño me pueden hacer?

De pie en una leve colina se detuvo a observar el poblado hundido entre las montañas. El paisaje era bellísimo, una fiesta de colores entre verdes, ocres y azules. Algunas cabras pastando a lo lejos, pájaros y el sonido del viento. Podría quedarse allí eternamente, observando, escuchando, pero el hambre rugía en su estómago y la piel pegada a sus huesos necesitaba hidratación.

Descendió por entre las rocas escarpadas, tropezó algunas veces y estuvo a punto de caer rodando. Por momentos el mareo del hambre era pronunciado y la vista se le nublaba; era hora de comprar algo para comer.

El cansancio se hacía sentir en el cuerpo esmirriado y torpe, los pómulos salientes, los ojos hundidos donde solo resaltaba el color de la miel.

Otro pueblo más donde la piedra predominaba. El ruido de un curso de agua captó su atención y hacia allí se dirigió. Era el río Porma, aunque desconociera su nombre. Se agachó en una de las orillas; el verde del entorno le dio un poco de esperanza. Bebió hasta saciar la sed y se refrescó el cuello y la cara, que sentía sucios.

Después subió de nuevo al camino y cruzó el puente. Sin detenerse a admirar el paisaje avanzó hasta que se encontró en el poblado. Había gente en la calle, que salía de una iglesia. Elevó la mirada hacia la torre en busca de un dios que le diera la absolución a sus pecados.

De pie en el centro de la calle miraba hacia arriba; podría haberse quedado horas allí de no ser por una muchacha que, apurada vaya a saber por qué, tropezó con su figura.

—¡Oh, lo siento! —dijo la joven, pero al ver sus ojos vidriosos y perdidos agregó—: ¿Te sientes bien?

—Eh… sí, disculpe usted.

La jovencita dudaba; no la convencía su respuesta.

—Tú no eres de por aquí… ¿Quieres que te lleve a algún sitio? —ofreció.

—Yo… no hace falta, tengo dinero. —Rebuscó en sus bolsillos y le mostró las monedas; no quería que pensara mal.

—Pero si no se trata de dinero… —se quejó la muchacha—, ven, déjame que te invite a comer, seguro que tienes hambre. —Sin darle tiempo se prendió de su brazo y avanzó por entre las callejuelas—. Mira, ese es el negrillón, nuestro árbol. Dicen que fue plantado en el siglo XVI y aquí lo cuidan como emblema del pueblo. —La muchacha era locuaz y desenfadada—. ¿Puedes creerlo? —Al no recibir respuesta se detuvo—. Ya sé que lengua tienes… ¿por qué no me respondes?

—Pues… no sé qué decir.

—Uf, pues nada, no digas nada. —Molesta ante el mutismo de su nueva compañía continuó avanzando, ascendió por algunas callejuelas y llegó a una casita.

La vivienda era humilde, pero, al entrar, el olor a comida se les metió por las fosas nasales.

—¿Hueles? Es el cocido de garbanzos de mi madre. Ven, te presentaré, al menos tendrás un nombre.

A regañadientes se lo dijo.

—Yo me llamo Consuelo.

Sin darle tiempo se adentró por un pasillo y regresó al instante; traía con ella a una mujer alta y delgada que tenía sus mismos rasgos.

—¡Ay, esta hija mía! —dijo la dueña de casa—. Siempre trayéndome pobres y desamparados… —Sonrió y levantó los hombros en señal de resignación. Cuando iba a volver a la cocina, una voz endeble la detuvo:

—No soy pobre, señora. —Y mostrando las monedas añadió—: Tengo dinero.

—Ya, ya… —Hizo un gesto de rechazo—. Ven, ayuda al menos a poner la mesa.

Se quedó en esa casa varios días. Le dieron lugar donde dormir y comida a cambio de ayudar con la reparación del techo. La encargada de hacerlo era la misma Consuelo, quien provista de clavos y martillo se encaramaba en una escalera y de allí daba un salto hasta el sobradillo. Con más decisión que conocimiento, la muchacha clavaba las maderas flojas y cambiaba las que se habían podrido. La visita solo servía de ayudante, no era hábil con las manos, pero quiso poner voluntad para colaborar con esas dos mujeres que le dieron cobijo sin hacer demasiadas preguntas.

Cuando la cotidianeidad dio paso a la profundización de los vínculos no pudo sostenerlo y decidió partir. Sin demasiadas explicaciones, así como había llegado, se despidió de la madre y de la hija, y emprendió el camino que salía del pueblo.

Atrás quedaba Boñar, con su plaza y su negrillón. Adelante, la incertidumbre.

Después de vagar durante unos meses de pueblo en pueblo finalmente encontró un hogar. Fue en un caserío en los alrededores de Burgos, a comienzos del año 1902.

La Nochebuena la había pasado en una capilla, entre desconocidos que rezaban el rosario y pedían perdón por los pecados que habían cometido al Jesús que estaba por nacer. El párroco se había apiadado de su delgadez y compartido su mesa, su pan y también, por qué no, su copa de vino. Había sido él quien le había recomendado que fuera a visitar a esa familia.

—Ellos seguro que te harán un lugar en su casa, ya lo han hecho antes con otros —dijo el anciano—; son gente de buen corazón.

Y así fue. Recibió el nuevo año en un hogar modesto, pero pleno de alegría. Había vecinos, parientes lejanos y todo el que quisiera sumarse a la mesa.

Después de los festejos le asignaron una cama y ropa limpia; extrañaba los cuidados de una madre y doña Teresa parecía reunir todas las condiciones.

—Que descanses —dijo la buena mujer, y besó su frente—. Mañana será un nuevo año y una nueva vida para ti.

La gente, en contra de lo que creía, no es tan mala; muchos me han ayudado sin pedirme nada a cambio. ¿Será que solo en mi hogar anidaba la maldad? No puedo olvidar a mi madre, me atormenta su imagen y me preocupa su destino. Y mi hermano, Jesús, es quien me desvela por las noches. ¿Estará bien? Tengo un plan, aunque no podré llevarlo a cabo de momento; debo dejar pasar el tiempo, poner distancia, por si alguien nos está buscando. Cada vez que llegaba a un pueblo temía encontrar dibujos de mi rostro pegados en las paredes. El mío y el de mi hermano, aunque él debe estar ya muy cambiado. Pero hay algo que lo identifica, ¿cuántos niños tendrán esas manchas de nacimiento en la piel? Lo buscaré; cuando sea un poco más grande y tenga dinero para sostenernos a ambos, iré a buscarlo. Los hermanos debemos permanecer juntos, y así será.

Aquí estoy bien, siento que voy a pertenecer a una familia.

CAPÍTULO 38

Gijón, 1956

Dormí durante la mayor parte del viaje en tren; necesitaba reponer fuerzas, necesitaba olvidar a Antón. Todo lo que había pasado en esos últimos días me había dejado el cuerpo debilitado, como si hubiera recibido una paliza o padeciera los efectos de un estado febril; no entendía qué me ocurría.

Ferrán, al verme tan abatida, no osó fastidiarme, aunque supe que estaba molesto conmigo. Mi hermano quería prolongar sus vacaciones; había quedado prendado de la joven Lupe. Por un momento me puse en su lugar; era normal, era una muchacha bella, alegre, y habían congeniado. Pero ambos sabíamos que eso no podía ser, no podía continuar por ningún motivo; la edad de ellos y la distancia eran los mayores escollos.

En cuanto bajamos del tren en Gijón, a pesar de la lejanía de la estación, sentí el olor a mar y supe que había hecho lo correcto. Estaba en mi hogar, en el sitio seguro para mí. Aún no había decidido qué haría con mi investigación; ya no estaba tan convencida de querer seguir avanzando en algo que no me llevaba a ningún lado. Quizá fuera mejor retomar la escritura de esa novela que en algún momento se me había metido entre ceja y ceja, y dejar el pasado atrás, como me había dicho sor Juana del convento de Nuestra Señora de la Perseverancia.

Cuando nos vio llegar sanos y salvos a mi madre se le llenaron los ojos de lágrimas. Era una bella mujer aún y me conmovió que continuara viéndonos como si fuéramos niños. No entendía que para las madres los hijos nunca dejan de ser niños.

—¡Al fin en casa! —dijo mientras nos cobijaba entre sus brazos. Con Ferrán nos miramos y nos sonreímos, por primera vez, con una sonrisa cómplice, aunque yo sabía que esa complicidad no duraría mucho.

—¿Por qué no avisasteis de que vendríais? Hubiera ido a la estación.

—Queríamos que fuera sorpresa —declaré—. ¿Y papá?

—¡Esperaba que preguntaras! —dijo mamá, y elevó sus ojos al cielo, fingiendo unos celos que no sentía. Ella sabía de mi debilidad por mi padre y se enorgullecía de ello. Ellos eran una pareja muy unida y siempre soñé con lograr algo así. Se conocían tanto que con solo observarse se entendían. Había admiración en sus ojos cuando se miraban, parecía que conformaban un mundo solo ellos dos—. En el puerto, ¿dónde más si no?

A pesar de haber perdido un ojo en la guerra, mi padre continuaba trabajando como si no tuviera limitación alguna. Era un hombre apuesto pese a su parche de pirata, el hombre más fuerte del mundo. Pensar eso me llevó de inmediato a Antón, pero deseché su imagen al momento.

Sabía que a nuestra familia le había costado mucho salir adelante tras la Guerra Civil, y todavía la palabra «rojo» se susurraba en las calles. Mi abuelo había sido quien más había perdido, lo habían despojado de su fábrica y de casi todos sus bienes, pero Aitor Exilart había resistido. Su temple de hierro, como el acero que vendía en otros tiempos, lo había mantenido a salvo, aunque ya era un hombre viejo. Mi abuela, algo más joven que él, era su gran soporte.

Papá también había perdido mucho en la guerra, además de su ojo, su madre y su hermano. Tras muchos años de miseria pudo reacomodarse y volver a conseguir un trabajo mejor remunerado que lo que podía sacar en la carpintería. Trabajaba en el astillero Juliana Constructora Gijonesa desde hacía dos años y pasaba allí gran parte del día. Por su capacidad y carácter lo habían nombrado capataz de cuadrilla.

—Venga, contadme qué habéis hecho allí tantos días —pidió mamá mientras nos obligaba a sentarnos en los sillones y dejaba a un lado el equipaje.

Miré por la ventana; a lo lejos podía ver el mar y según cómo soplara el viento podía oírlo. Vivíamos en la misma casa de mis abuelos paternos, cerca de la playa, aunque había sido remozada por papá a causa de los deterioros naturales del paso del tiempo. Algunos ambientes habían sido modernizados, excepto el cuarto de mis padres. Mamá se había negado a modificación alguna; decía que esa habitación albergaba su historia de amor.

Entre ambos resumimos nuestra estancia en Burgos; con una especie de acuerdo tácito mi hermano y yo omitimos hacer referencia a Antón.

—Entonces… no encontraste nada —afirmó mamá.

Vacilé; había encontrado, pero todo eran cabos sueltos.

—En verdad… es todo muy confuso, mamá. —Bebí un sorbo del chocolate que me había servido—. Según lo que pude investigar, papá estuvo en un campo de concentración. —Levanté los ojos y los fijé en los de mi madre, quien ya estaba negando con la cabeza—. Es lo que dicen los registros, un tal Noriega figura en Miranda de Ebro en octubre de 1937.

—Pues yo te digo que no puede ser. —Mamá se puso de pie y recogió mi taza, que ni siquiera había acabado. Pude percibir el ligero temblor de sus labios antes de darme la espalda. Sin saber por qué, tuve la sensación de que me escondía algo.

—Pero, mamá…

—Basta, María de la Paz —cortó en seco—, no insistas con eso. A tu padre no le interesa hurgar en su pasado. —Suavizó un poco la voz—. Deberías dejarlo así. Tienes que entender que la guerra fue algo muy doloroso para él, para todos.

—Me voy a deshacer la maleta —dijo Ferrán poniéndose de pie, y enfiló para su cuarto—. Avisad cuando venga papá.

Al quedar solas, mi madre volvió a sentarse frente a mí.

—Escucha, hija. —Estiró las manos y tomó las mías—. Hazme caso, deja el pasado en paz, hazlo por tu padre.

—Madre…, usted sabe cuánto amo a mi padre… —empecé—, y también sabe que cuando algo me ronda la cabeza no me detengo hasta alcanzarlo. —Ella apretó las mandíbulas—. Y siento que hay algo en todo esto, lo siento aquí. —Me llevé la mano al pecho, donde un pájaro alborotado luchaba por volar—. Tengo que saber.

—Pues no hay nada que saber. —Se levantó de repente, enojada, y eso generó más intriga en mí—. Solo lograrás lastimar a tu padre.

—Lo dijo con tal certeza que por un momento dudé; no quería que por un capricho o por una extraña sensación alguien saliera herido.

Fui a mi cuarto y me tiré en la cama. La discusión con mamá me había avivado el sentir; quizá mi carácter era tan complicado que cuando algo se me negaba más lo quería. Pero de momento decidí esperar unos días, hasta que todo se calmase, y también dedicarme a conseguir un trabajo. Tenía que empezar a valerme por mí misma.

Dejé pasar un buen rato hasta volver con mi madre. En silencio me puse a su lado y la ayudé con las verduras; eso pareció agradarle porque empezó a preguntarme por Burgos. Ella no había viajado mucho, de modo que le describí la ciudad y los alrededores que había conocido.

Cuando sentí el ruido en la puerta dejé lo que estaba haciendo y corrí hacia la entrada. Allí estaba papá, grandote y fuerte como siempre. Era tan apuesto... incluso con el parche. Las canas que adornaban sus cabellos negros le hacían si cabe más atractivo. Me abalancé sobre él y me colgué de su cuello.

Él me abrazó y fue lo que me faltaba para sentirme definitivamente en casa.

—Al fin has vuelto —dijo papá con esa sonrisa que le formaba un hoyuelo en la mejilla.

Del brazo fuimos a la cocina y allí papá se separó de mí para besar a mamá. Siempre la besaba en los labios, un beso ligero, pero cargado de amor, ese amor que yo soñaba alcanzar alguna vez. Enseguida me vino la imagen de Antón y me fue difícil alejarla; era una sensación que me bailaba en el cuerpo, un estremecimiento que me conmovía aun cuando sabía que estaba a varios kilómetros de distancia.

Durante la cena papá preguntó qué habíamos hecho en Burgos y esta vez Ferrán mencionó a Antón y las peleas.

—¿Fuiste a ver boxeo? —Asombrada, mamá me miró con gesto de reproche. Después posó sus ojos sobre mi hermano—. ¡Menos mal que te enviamos para que cuidaras de tu hermana!

—Sé cuidarme sola, madre —protesté.

—¿Y te gustó? —me preguntó papá, mucho más relajado que mamá.

—¡Oh, claro que sí! —intervino Ferrán—. Si hasta creo que se enamoró.

Sentí que mi cara se incendiaba y tuve impulsos asesinos. Como agujas filosas, mis ojos se clavaron en Ferrán.

—¿Qué quiere decir tu hermano? —quiso saber mamá.

—Nada, tonterías —minimicé, pero la duda ya estaba instalada.

El domingo amanceció soleado, aunque hacía frío. Me levanté más temprano de lo habitual; estaba ansiosa por el tema pendiente.

Papá estaba tallando una pieza de madera, una vieja costumbre que había adquirido cuando tuvo que cerrar la carpintería. Mamá estaba en su cuarto; le gustaba permanecer un rato más en la cama el fin de semana.

—Buenos días —dijo papá y me sonrió.

Me acerqué y le di un beso en la mejilla. Después preparé mi desayuno y me senté junto a él.

—¿Qué es? —No me daba cuenta de qué era lo que estaba tallando.

—Un ancla. Es para el mesón de un amigo —explicó—. Qué extraño que estés levantada tan temprano. —Me miró con su único ojo, intrigado.

—Pues… me he despertado. —Bebí un sorbo de mi bebida y el calor se desparramó por mi cuerpo—. Papá…

—Ahí vienen las preguntas. —No era una queja; había cierto dejo de resignación.

—Lo siento, papá, sé que no quiere remover el pasado…

—Pero tú sí. —Dejó el punzón y soltó la pieza; no podía concentrarse si tenía que hablar conmigo.

—Solo quiero saber… ¿Por qué no quiere conocer sus orígenes?

—Mis orígenes fueron mis padres, los que me criaron y se ocuparon de que nada me faltase. —Estaba serio; no debía ser agradable evocar a su madre, muerta en un bombardeo. Me sentí culpable—. Esa es mi historia y debería ser la tuya.

Bajé los ojos, avergonzada. El silencio era apenas interrumpido por el tictac del reloj.

—Padre... Estuve con Alina, la mujer que le puso esa nota... —Papá no se movió ni me dirigió la mirada—. Ella dice que su esposo murió por su culpa, por salvarlo a usted.

—No sé de qué hablas, María.

—Pues... su esposo se llamaba Tom Castro. —Ese nombre no le era familiar porque ni siquiera se inmutó—. Según ella lo ayudó a usted a escapar de un campo de concentración.

Esta vez sí que papá me miró.

—Yo no estuve en ningún campo de concentración, María, ya te lo dije. ¿Por qué insistes con eso?

No me gustaba contradecirlo ni ponerlo en evidencia, pero estaba su nombre en un listado.

—Porque tengo información sobre Miranda de Ebro. —Al escuchar ese nombre me clavó su ojo y fue como si mil agujas me atravesaran la piel. No me animé a seguir hablando.

—¿Qué información de Miranda de Ebro?

—Pues... de un tal Noriega, que escapó de allí.

—¿Y no se te ocurre pensar que Noriega es un apellido bastante común? —Estaba molesto; lo noté por su mandíbula apretada y la fiereza de su mirada.

—Padre... —Le rocé el brazo y sentí la tensión—. Sé que es duro para usted esto..., pero siento en el pecho que hay algo que necesitamos saber.

—Pues yo no necesito nada, solo que mi familia esté bien.

—Lo sé... Pero...

—Siempre tienes un pero a flor de labios.

—Esa mujer, Alina, estaba muy segura de que su esposo había muerto por Noriega... dijo que lo había ayudado a escapar del campo de concentración y que por eso lo habían fusilado.

—No insistas con eso, María; no estuve en un campo de concentración.

—Pero ella estuvo con usted, ¿cómo puede haberse confundido así? Fue ella la que le dejó esa nota.

—María, esa mujer, Alina, ¿dónde está ahora?

—Pues… ya se lo dije, en un convento.

—En un convento, recluida, quizá ni siquiera está en sus cabales —concluyó—. La guerra afectó a mucha gente.

—Quizá tenga razón, padre… y esa mujer esté inventando… —Me aflojé sobre el respaldo de la silla—. Quizá ese Noriega del campo de concentración sea otro, como usted dice.

—Deja el pasado donde está y busca algo más entretenido que hacer.

—Padre… yo no estoy aburrida —me quejé—. Pienso escribir una historia, una novela con todo esto que estoy investigando.

—Pues me parece bien. —Papá se puso de pie y dejó la pieza de madera inconclusa sobre el aparador.

—Hay un dato más —agregué—, que seguramente me servirá.

Papá giró y me miró.

—Alina recibe dinero de alguien que vive en Alcalá de la Selva, un tal Jerónimo Basante.

—Adelante pues, escribe sobre él. —Me dio un beso en la frente, satisfecho de que no indagaría más en su pasado, y salió.

Al quedar sola, empecé a pensar en la historia que quería escribir. Quizá, con un poco de imaginación y otro poco de investigación, podría lograr algo bastante atractivo.

Por la tarde me dirigí al centro y me reuní con una de mis mejores amigas, Teresita. Habíamos cursado juntas el bachillerato y ahora que ya no íbamos al colegio nos veíamos cuando podíamos. Ella estaba de novia con el hijo de un boticario que estudiaba para médico, un noviazgo interrumpido por las frecuentes peleas de la pareja. Más de una vez le había aconsejado a Tere que lo terminara; él era demasiado celoso y posesivo, pero ella solía confundir sus celos con amor.

Nos encontramos en un café cerca de la costa y nos abrazamos antes de sentarnos.

—¡Cuéntame! —pidió en cuanto el mozo nos dejó solas—. ¿Cómo te fue en Burgos? ¡No me llamaste ni una vez!

Tere estaba al tanto de mi propósito; le había contado la historia con todo lujo de detalles antes de viajar, de modo que solo tuve que informarle de las novedades.

—¿Y qué vas a hacer? Está visto que tu familia no quiere que escarbes en el pasado.

—No lo sé… —Dejé la taza en la mesa; el café que me habían servido era espantoso—. Esto es un asco, se les ha quemado. —Aparté el pocillo hacia adelante.

—¿Cómo que no sabes? ¡Me extraña, María! Tú siempre tan resuelta para todo…

—Quizá me dedique a escribir la novela, y ya.

Tere me miró con decepción; para ella yo era una especie de heroína, siempre decidida a todo, impulsiva y explosiva. A ella en cambio le costaba tomar las riendas y dar un giro a su vida.

—Cuéntame tú, ¿cómo están las cosas con Jaime? —Encogió los hombros en señal de desazón; no me gustó la tristeza que vi en su mirada—. ¿Qué pasa, Tere?

—Lo de siempre… Sus celos, su desconfianza… me ahoga. —Bajó la cabeza para que no viera sus ojos empañados—. Había conseguido un trabajo de secretaria, pero me convenció para que lo rechazara.

—¿Y lo hiciste? —Levanté la voz y una mujer que estaba en la mesa contigua me miró con reproche—. ¡Tere!

—Luego me arrepentí; me paso todo el día en casa, sin mucho que hacer, dependiendo del dinero de mi padre.

Estiré las manos sobre la mesa y tomé las suyas.

—Eso tiene que cambiar, amiga. Y voy a ayudarte —dije con resolución—. Mañana mismo saldremos juntas a buscar empleo.

No terminé de decir la frase cuando una sombra se perfiló sobre nuestras cabezas. Ahí estaba Jaime, su novio, mirándonos de manera acusatoria.

No pudimos evitar que se sentara con nosotras y se apoderara de la conversación.

Regresé a casa triste por mi amiga, pero también molesta.

CAPÍTULO 39

En algún lugar de España, 1902

La figura de esa mujer que al principio causaba pena se había hecho tan familiar que ya casi nadie reparaba en ella. La atención del pueblo estaba centrada en el campamento de gitanos que se había instalado a la vera del río, a escasos pasos del caserío.

Para la gran mayoría de la gente, los gitanos habían nacido para robar: hijos de ladrones, estudiaban para delinquir. Eso había llevado a dicha comunidad a andar siempre de aquí para allá, escapando y huyendo, sin poder asentarse en sitio alguno.

En 1749 se había producido la Gran Redada, también conocida como Prisión General de Gitanos, con la que se dio inicio al proyecto de exterminio, autorizado por el rey Fernando VI. Sería muchos años después cuando se les permitiría establecerse en cualquier lugar, siempre y cuando cumplieran las reglas impuestas por la autoridad.

Pero en el sentir popular, decir gitano era mala palabra.

Los pobladores estaban preocupados por ese campamento; vigilaban a los niños con extrema dureza y las mujeres no tenían permitido alejarse de las casas, no fuera a ser que las secuestraran para violarlas.

Todos temían por su seguridad y por sus bienes; por lo tanto, esa mujer desgreñada con aspecto de mendiga no interesaba a nadie. A veces, algún alma caritativa le dejaba un plato de comida en el portal de la parroquia donde ella solía estar para retirarlo vacío cuando la mujer se alejaba. Nadie sabía dónde dormía; tampoco nadie le había ofrecido techo.

Había aparecido a finales del año anterior. Era una mujer de mediana edad; había sido bella, pero sus ropas andrajosas y la piel pegada a los huesos la habían afectado. Sus ojos parecían haber perdido la cordura; tenía las pupilas dilatadas y fijas, y, cuando centraba su mirada en algo o en alguien, causaba pavor.

Los gitanos la habían visto rondar las tiendas; quizá tenía hambre, de modo que una tarde, una de las mujeres de la comunidad se le acercó.

Alicia estaba en la orilla del río; bebía agua en el hueco de las manos. La gitana le habló en su lengua, el romaní, y Alicia se giró hacia ella, sobresaltada.

Lentamente se puso de pie con la mirada llena de fuego. Había estado espiando el campamento en busca de sus hijos, pero no había logrado ver nada. Había muchos niños y adolescentes, pero ninguno era suyo. Con los bebés era más difícil, siempre estaban colgados de los brazos de las gitanas; era imposible distinguir a Jesús.

La gitana volvió a formular su pregunta y al ver que la otra no respondía la repitió en castellano:

—¿Estás perdida?

Alicia evaluó la situación. Quizá si fingía amistad podría entrar al campamento y ver si estaban sus hijos. Les había seguido el rastro durante meses, había caminado hasta gastar sus suelas cuando no había encontrado quien la llevara unos kilómetros con un carro.

La gitana repitió la pregunta.

—Puedo ayudarte, ¿tienes hambre?

Alicia asintió, le vendría bien comer un poco. Siguió a la gitana, quien dijo llamarse Dika, y se adentró en un mundo desconocido.

Dentro del campamento la vida era bulliciosa y alegre. Sintió las miradas inquisitivas de algunas mujeres y también las de asombro de los hombres. Se miró y no le gustó la mujer que era. Estaba sucia y con la ropa hecha de harapos. ¿Dónde había quedado la Alicia pulcra y trabajadora? Sintió un nudo en la garganta y reprimió las ganas de llorar.

Tenía un cometido que cumplir y era encontrar a sus hijos. Dika se había detenido ante una tienda y la invitaba a entrar.

Vacilante, siguió sus pasos al interior. Adentro ardía un fuego que calentaba una olla de donde salían exquisitos olores; fue lo primero que percibió. Después vio a la otra mujer y quedó paralizada: acunaba entre sus brazos a un bebé. Era Jesús, sí, era él. Se abalanzó sobre ella e intentó arrebatárselo, pero un par de manos la detuvieron.

—¿Estás loca, acaso? —gritó Dika sin soltarla.

Alicia advirtió que esa no era la manera y se calmó. Dejó de sacudirse y la gitana aflojó la presión que ejercía sobre su cuerpo.

La mujer con el niño se había puesto de pie y estaba en un rincón de la tienda apretando al bebé, que había comenzado a llorar.

—Lo siento —balbuceó Alicia—, lo siento, de veras.

Dika le indicó un sitio donde sentarse y le sirvió de comer.

—Explícame qué pasó. —Era una orden y Alicia supo que tenía que responder.

—Yo… estoy buscando a mi bebé —confesó al fin.

—¿Y crees que está aquí? ¿Tú también crees que nosotros robamos niños? —Dika caminaba con evidente furia alrededor del fuego. Sus cabellos parecían haber adquirido el color de las llamas.

—No, yo solo creí que…

—Dime la verdad —exigió—. Aquí no somos mentirosos; eso queda para los payos, como tú.

Alicia bajó la cabeza.

—Primero come —ordenó Dika—, luego me contarás.

Cuando Alicia terminó de comer, Dika le dio agua. La otra gitana había dejado de amamantar al niño y lo había acostado entre cojines.

—Mis hijos desaparecieron —dijo al fin—. Llevo casi un año buscándolos.

La tristeza infinita de sus ojos conmovió a la gitana, que se acercó y se sentó frente a ella.

—¿Piensas que están aquí?

—La Guardia Civil de mi pueblo dijo que, el día de la desaparición, una caravana de gitanos había pasado por allí.

—Vaya… —Dika se levantó y le señaló la salida de la tienda—. Ven, vamos a recorrer el campamento.

Con una extraña mezcla de vergüenza y ansiedad, Alicia la siguió. Recibió las miradas de toda la comunidad gitana mientras ambas recorrían el asentamiento. A la fila se iban sumando niños y perros, curiosos por igual ante esa extraña visita. Entraron en todas las tiendas y preguntaron en todos los grupos. No había niños payos.

Alicia se quedó con los gitanos; en esa comunidad despreciada por la mayoría de los españoles, encontró cobijo. Con el campamento recorrió muchos pueblos de España, con la esperanza de hallar a sus hijos. Nunca los encontró.

CAPÍTULO 40

Covarrubias, 1916

Los dos amigos estaban tendidos cara al sol a la vera del río. Fumaban; lo hacían a escondidas de sus padres, más por respeto que por otra cosa.

—Me iré a la guerra —disparó Luis sin más.

—¿Qué dices? —preguntó Eduardo. Se incorporó a medias y se apoyó sobre el codo para mirarlo—. ¿Acaso estás loco?

—No, no lo estoy, lo he pensado bastante.

—Pero ¿qué bicho te ha picado? Esa no es nuestra guerra —intentó convencerlo Eduardo—, España se ha declarado neutral.

—Eso porque Dato —se refería al Gobierno del conservador Eduardo Dato Iradier— fue un cobarde y prefirió esperar al fin de la guerra para ver de qué lado acomodarse —dijo Luis con vehemencia. El estallido de la Gran Guerra en 1914 había dejado dividida a la población española entre los que querían participar en la contienda y los que querían mantenerse neutrales.

España todavía no superaba el estacazo de la pérdida de las últimas colonias en 1898, lo que propiciaba la inestabilidad social, política y económica, que sería difícil de superar en caso de entrar en conflicto.

Los partidarios de la guerra asimismo estaban divididos. Por un lado, se encontraban los «germanófilos», entre quienes se contaban los conservadores y la mayoría de los miembros del ejército que apoyaban a los imperios alemán y austrohúngaro; por el otro estaba el sector progresista, que daba su apoyo a los aliados, con el Reino Unido, Francia y el Imperio ruso a la cabeza. Incluso el rey de España, Alfonso XIII, era partidario de los aliados.

—¿Hay algo que pueda hacer para convencerte? —preguntó Eduardo, quien, conociendo a su amigo de toda la vida, sabía que la decisión ya había sido lo suficientemente meditada antes de comunicársela.

—Ya es un hecho. —Luis se sentó y sus ojos negros se fijaron en el río—. Me he enrolado como voluntario en la Legión.

Como el país no pensaba participar oficialmente en la guerra se habían buscado fórmulas alternativas. Por ello, un numeroso grupo de voluntarios se alistó a la Legión Extranjera del ejército francés a través del reclutamiento que efectuó la Association Internationale des Amitiés Françaises.

Eduardo se puso de pie, inquieto, y se llevó las manos a la cabeza.

—¡Es una locura!

—Si lo fuera no seríamos tantos los inscritos. —Luis estaba tranquilo—. Hay un gran grupo de jóvenes independentistas catalanes, supongo que es para que cuando ganemos la guerra los aliados apoyen a su causa.

—¡Hablas como si fuera nuestra guerra! —Eduardo estaba molesto—. ¿Es que acaso no eres feliz aquí, con todo lo que tienes?

—Claro que lo soy, esto no pasa por ser feliz o no.

—Pues no te entiendo, amigo, no te entiendo. —Eduardo se alejó unos pasos y empezó a arrojar piedras al agua para descargar su frustración. Luis era su mejor amigo, casi un hermano; no lo quería enredado en una guerra—. ¡Además, tú ni sabes empuñar un arma!

—Me prepararán, Eduardo, ya tengo lugar de destino donde recibiré entrenamiento y las primeras nociones militares.

—Veo que tienes todo resuelto. —Eduardo no quería asumir la partida de su amigo—. ¿A dónde irás?

—A los cuarteles de Bayona. —Luis estaba a su lado; miraba el río como si fuera la última vez—. No te preocupes, se supone que eres mi amigo y debes darme ánimos.

Eduardo se volvió hacia él y lo abrazó. Cuando se separaron, Eduardo dijo:

—¿Lo sabe? —No hacía falta aclarar a quién se refería.

—Todavía no se lo he dicho —fue la respuesta de Luis—. Voy a ir a la guerra, hermano, y no tengo coraje de contarle a Alba mi decisión.

—Debes hacerlo cuanto antes; así tendréis tiempo de despediros después de la discusión —aconsejó Eduardo, anticipando que la novia de Luis pondría el grito en el cielo ante la noticia.

—Lo sé.

En el camino de regreso al pueblo y antes de separarse, Luis se detuvo y clavó en su amigo los ojos oscuros. Eduardo ya sabía lo que iba a pedirle y no hizo falta que Luis hablara.

—La cuidaré. —Luis asintió y se lo agradeció con una sonrisa.

Esa misma tarde Luis fue a visitar a su novia. Hacía ya un año que estaban juntos; ella apenas salía de la adolescencia, él ya era un hombre.

Se habían conocido en una de las tantas fiestas del pueblo y él había quedado prendado de su simpatía. Alba no tenía nada de extraordinario, era una jovencita común, pero exudaba alegría, y eso había amarrado el corazón de Luis al de esa muchachita a la cual no podía acercarse porque siempre tenía de carabina a alguna tía o prima mayor.

Ella también lo había mirado, le había sonreído con esos ojos color miel que parecían acariciar y Luis había sucumbido.

No le había sido fácil al joven lograr una conversación con ella; fueron varias las fiestas en las que tuvo que perseguirla sin poder obtener siquiera su nombre. A ella le gustaba el juego y se reía a carcajadas, por lo cual obtenía miradas de reproche por parte de las muchachas que la acompañaban.

La dicha llegó cuando una noche Alba se quedó sola por unos minutos y Luis se apresuró a presentarse. Después de una corta pero intensa conversación ambos supieron que algo especial había nacido.

Luego vinieron las citas a escondidas, las escapadas al río y demás encuentros furtivos. Hasta que Luis quiso formalizar la relación y se presentó en la casa de los padres de Alba.

Doña María y su esposo lo sometieron a un interrogatorio digno de la Guardia Civil y finalmente aceptaron el noviazgo.

Alba recibió la noticia de que su novio se iba a la guerra como un balde de agua fría. No se lo esperaba, pero, lejos de hacer un berrinche como en el fondo deseaba, se mantuvo estoica y serena.

—¿Me escribirás? —le preguntó durante la despedida, días después.

—Todos los días.

Se abrazaron y se besaron como si fuera la última vez. Alba no pudo sostener su fachada y se deshizo en llanto entre sus brazos.

—Volveré, te lo prometo —murmuró Luis sobre su cabello.

Ella asintió.

—Estaré aquí, esperándote.

—En mi ausencia, Eduardo cuidará de ti.

La muchacha apretó los ojos para no derramar más lágrimas cuando lo vio partir.

CAPÍTULO 41

Alrededores de Burgos, 1918

Alina no dejó de vigilar a Tom; se había vuelto una obsesión para ella. Se sentía muy sola; por mucho que su padre se esforzara no lograba llenar el vacío que había dejado su madre al morir. Solo tenía a Tom. Pero Tom se le negaba como una novia virgen. Por momentos sentía que los roles se habían invertido, era ella quien deseaba a toda costa llegar con él a la cama, como si con eso se asegurara el amor eterno.

Tom era un novio cariñoso y romántico; desde que ella lo hostigaba con escenas de celos intentaba por todos los medios ratificarle su amor. Le regalaba flores frescas cortadas en los prados y cuando las noches eran cálidas la llevaba de paseo a la luz de la luna, pero nunca iba más allá de los besos y alguna caricia que ella misma provocaba.

Alina se enfadaba ante su falta de pasión y evitaba demostrárselo porque Tom se ponía peor. Ni siquiera tenían el ojo vigilante del padre, lo cual facilitaba las cosas, pero eso al parecer tampoco ayudaba. La decepcionada novia conocía los horarios y rutinas de Tom, que se había convertido en un hombre predecible y hasta aburrido. La muchacha lo seguía cuando iba al pueblo y espiaba, llena de furia y dolor, su entrada a la casa de Lola, de la cual salía aproximadamente una hora después, igual que había entrado: la misma cara de desolación, el mismo gesto de hartazgo en los huesos.

Apretando los puños y clavándose las uñas en la mano, Alina se preguntaba por qué seguía esperando algo de él y no hallaba explicación suficiente. Más de una vez se había planteado dejarlo, pero de solo pensar en no tenerlo se sentía desfallecer.

Tom nunca negaba haber visitado a Lola y siempre mantenía su versión de que solo eran amigos, buenos amigos. Alina no comprendía qué podía hablar con esa mujer que no pudiera compartir con ella, y por eso dudaba. De solo ver la voluptuosidad de Lola, su mirada gatuna y su sonrisa liviana, por su cabeza pasaban imágenes que le rasgaban el pecho y le impedían dormir por las noches. Lola y Tom desnudos, Lola y Tom haciendo malabares en la cama, Lola y Tom teniendo sexo desenfrenado.

Alina se partía por dentro, pero Tom negaba. Hasta que la muchacha decidió poner fin a esa situación. «Yo seré su mujer, yo le demostraré que puedo ser mucho mejor que esa fulana de Lola», se dijo.

Aprovechó una tarde que su padre tuvo que viajar a un pueblo cercano e invitó a Tom. Este se excusó con que tenía trabajo, pero la joven se mostró tan insistente que decidió ir. La amaba, y la relación venía tan mal en los últimos tiempos que decidió acudir a su encuentro.

Cuando llegó, llamó a la puerta y escuchó la voz de Alina que lo invitaba a entrar. La casa estaba en penumbras, las cortinas cerradas, y el interior olía a jabón.

El comedor estaba desierto.

—Alina… —llamó.

La voz de la novia le llegó del dormitorio. Pensó que quizá estuviera enferma y por eso la insistencia en que fuera a verla. Tom avanzó por aquel pasillo que había transitado solo una vez y se asomó al cuarto. Lo que vio lo dejó paralizado.

Ella yacía sobre el lecho, desnuda. De costado, el cuerpo blanco y lechoso se le ofrecía sin tapujos. Sintió una punzada en la entrepierna, la boca se le secó y caminó hacia ella como un autómata. Ella hizo un gesto para que se sentara; él obedeció y elevó los dedos, temeroso, hasta que los apoyó sobre la cadera tibia de su amada.

Alina temblaba; había esperado tanto ese momento que la emoción la embargaba, también el miedo. Como él no hacía nada y se limitaba a observarla como un tonto, tomó su mano y la apoyó sobre su seno. Los pezones se irguieron de inmediato y la muchacha sintió cosquillas y humedad en la entrepierna.

—Eres… —A Tom le costaba hablar; entonces ella lo hizo callar apoderándose de su boca.

Se besaron, al fin, apasionados. Alina lo fue desnudando mientras los dedos de Tom recorrían sus redondeces y sus curvas. Cuando él también estuvo libre de sus ropas se acostó a su lado sin dejar de tocarla. Alina notaba su erección en los muslos y su tibieza.

La muchacha quería sentirlo en las manos y deslizó el brazo hacia abajo para tocar aquello que tanto anhelaba. Apenas lo rozó y creyó que desfallecería de placer; en ese instante Tom estaba bebiendo de sus pezones y era lo más maravilloso del mundo. Cuando los delicados dedos femeninos se cerraron sobre su virilidad y apretaron, sintieron el latir de la sangre alborotada, pero fue solo un segundo. De inmediato, todo había terminado. La flaccidez se había adueñado de Tom, quien, al advertirlo, se levantó de repente y cual niña virgen empezó a vestirse.

Alina no comprendía qué pasaba; de pronto el frío la había invadido y se sintió sucia y avergonzada. Atinó a tomar una sábana para cubrir su cuerpo abandonado.

Una vez vestido, Tom le dio la espalda. Alina lo vio temblar, quizá sollozar, pero no dijo nada, no podía decir nada, las palabras se habían exiliado.

El hombre apretó los labios y contuvo las lágrimas; no podía dejarla así, humillada. Debía darle explicaciones, pero la vergüenza era mucho más poderosa que cualquier razón que pudiera esgrimir. Ella no entendería, o quizá sí, pero… ¿cómo lo aceptaría en un futuro? No, nunca lo admitiría ante ella, se llevaría ese secreto a la muerte.

Se giró; su rostro era una máscara blanca e inexpresiva. Ella lloraba; con la sábana apretada contra el cuerpo, lloraba. Se sentó a su lado y la abrazó. Ella lo dejó hacer.

Cuando la sintió vacía de lágrimas al fin habló:

—No puedo, Alina, no puedo hacerlo.

—¿Por qué? —Una pregunta tan simple y tan difícil de responder.

—No puedo explicártelo. No lo entenderías.

Ella se tensó y él intuyó su rechazo. La liberó de su abrazo.

—Ya no me amas —afirmó.

Tom sonrió y ella lo amó por esa sonrisa sincera.

—Te amo más que nunca, Alina. —Abrió los brazos en gesto de impotencia—. Pero esto es lo que soy, con esta... limitación. —La joven no supo por qué, pero le creyó—. Si tú me amas todavía, a pesar de todo, mi promesa de matrimonio sigue en pie.

Por toda respuesta Alina se colgó de su cuello y lloró.

Después, Tom desapareció, como solía hacer cada vez que discutían o tenían alguna diferencia. Partía en viaje durante algunos días, nadie sabía a dónde iba ni para qué. Pero a su regreso estaba igual o más triste que cuando había partido.

CAPÍTULO 42

Burgos, 1921

Alina y Tom finalmente se habían casado. Había sido una ceremonia sencilla en la parroquia del pueblo, que habían coronado con un almuerzo al aire libre en la casa de los Castro, dado que era la mejor equipada para recibir gente.

Toda la parentela de hermanos, primos y allegados concurrió a festejar con la flamante pareja. Tom estaba feliz, aunque un buen observador habría leído en el fondo de su mirada el desasosiego que lo embargaba. Amaba a Alina, ella era su complemento, su mejor amiga, pero algo oscuro se interponía entre ellos y temía no poder desalojarlo jamás de su interior.

Alina estaba radiante con su vestido de lino blanco y su corona de flores silvestres. Sonreía a uno y a otro, y se detenía con cada miembro de la familia para conversar, agradecer el presente de boda y recibir las felicitaciones. El novio permanecía sentado junto a su padre y los demás varones del clan Castro.

Hasta el último momento la joven novia había dirigido su mirada hacia el camino, temiendo que la amiga de su esposo apareciera a arruinar su gran día, pero Lola había cumplido la palabra empeñada a Tom y no se había dejado ver. Alina sabía que ellos continuaban viéndose, Tom no le ocultaba sus visitas, pero él seguía sosteniendo que solo eran amigos, que nunca había intimado con ella. Debía creerle, hacía esfuerzos para ello.

Lola había llorado toda esa mañana, y la tarde anterior, y la mañana anterior a la boda. Ella amaba a Tom, incluso conociendo su oscuro pasado y sus tormentos. Lo aceptaba como era y estaba dispuesta a curar sus traumas, pero él nunca se lo había permitido. Solo le había abierto su corazón para confesarle aquello que jamás podría compartir con otra persona, pero nunca le daría su amor, ese amor que le había entregado a Alina. Se había colado en la iglesia por una puerta lateral, necesitaba verlo dar el sí, desterrar de su mente y de su corazón la esperanza de tenerlo. Y lo había visto. Tom estaba de perfil y ella pudo advertir su nerviosismo en su respiración agitada, la nuez subiendo y bajando, los dedos abriéndose y cerrándose. Se odió a sí misma por ser tan débil; ella, una mujer que podía tener a cualquier hombre, lloraba por un don nadie que ni siquiera podía... Se arrepintió de inmediato. Ella sabía, no podía culparlo; por el contrario, debía comprenderlo.

De todo eso ya habían pasado varios meses y la pareja se había mudado a la ciudad de Burgos. Gracias a la intervención de uno de los tantos amigos de su padre, Tom había conseguido un trabajo en la nueva Casa de Correos y Telégrafos.

—Ahora que tienes una familia —había dicho don Castro— debes tener un trabajo en serio, con un salario y un horario.

Si bien la pareja no estaba del todo convencida de abandonar el pueblo, ambos padres opinaron que era lo mejor.

—No quiero dejarlo solo, papá —había sollozado Alina al comunicar la decisión en su casa.

—No estaré solo... —Un nudo atenazó sus palabras y la hija supo que sufría. Se habían abrazado y, ocultos los rostros en la espalda del otro, habían llorado—. Además, Burgos está aquí cerca... Tú eres una mujer casada ahora.

Para Tom la despedida había sido más fácil porque su familia era multitudinaria. Le había pedido expresamente a su padre que se ocupara del de Alina.

—No quiero que la extrañe; además, ya es un hombre mayor.

Con un magro equipaje y más dudas que certezas, la pareja había partido a la ciudad, donde una modesta vivienda los aguardaba para iniciar una nueva vida.

Lo único que alentaba a Alina era saber que finalmente Lola estaría lejos. Ya no le sería tan fácil a Tom ir a visitarla; por breve que fuera la distancia era un viaje y sus horarios eran acotados. Confiaba en que con el tiempo la amistad se fuera diluyendo en las ausencias.

Una vez instalados, se miraron y se sintieron extraños. Fue Alina quien dio el primer paso y se acercó a él. Se abrazaron y las manos llevaron a los besos. Sin pensarlo estaban desnudos en la cama aún sin hacer, sobre un colchón gris que crujió cuando recibió su peso.

Desde que se habían casado no habían podido consumar el matrimonio; en el tramo final Tom se evadía y su cuerpo se aflojaba. Al principio Alina lloraba y él la consolaba con palabras de amor que ella ya no sabía si eran ciertas. Pero esa vez, quizá debido a la lejanía de todo lo conocido o a causa de tanta plegaria elevada por la muchacha, sus cuerpos pudieron unirse. Caricias ardientes, bocas insaciables, pieles húmedas y anhelantes, hicieron el amor. Tom era el más asombrado y, sin pensar que ella estaba sufriendo el desgarro de la virginidad, empujó, embravecido, hasta vaciarse de placer. Ella lloró y rio a la vez, estaba feliz, sumergida en un vaivén de emociones que nunca antes había experimentado. Al fin Tomás era suyo en cuerpo y alma.

—Te amo, Alina —murmuró Tom sobre sus labios—. Eres una mujer increíble.

Ella se había quedado sin palabras; temía que todo fuera un sueño. Se apretó contra él y permanecieron así un buen rato, hasta que el frío y sus desnudeces los desalojaron de la cama.

Cenaron felices esa primera noche en la ciudad; una nueva vida se desplegaba para ellos.

Pero la alegría se evaporó esa misma velada cuando las pesadillas que Tom había creído haber dejado atrás regresaron con toda su virulencia.

Despertó gritando en medio de la noche; gritos desgarradores y palabras ininteligibles brotaban de su boca. Alina no pudo hacer nada para calmarlo; si bien él tenía los ojos abiertos, parecía estar ausente de cuerpo y alma.

La mujer se asustó y salió del lecho; él no permitía que lo tocara, mucho menos que lo abrazara. Desde la puerta del cuarto lo miraba sin saber qué hacer, hasta que Tom se calmó y volvió a la realidad de la habitación.

CAPÍTULO 43

Covarrubias, 1916

Ya hacía dos meses que Luis se había ido para luchar en la Gran Guerra con la Legión Extranjera. Eduardo extrañaba a su amigo y Alba, a su novio. Si bien entre ellos no eran cercanos había un nexo que los unía. Un nexo que estaba ausente y cuya ausencia pesaba en ambos.

Eduardo era dependiente en un almacén y su vida sin su amigo era rutinaria y aburrida. No tenía hermanos, tampoco primos, por lo cual sentía que al no estar Luis le faltaba algo sustancial.

Alba vivía con sus padres y su hermana Luisa, con quien solía disfrutar paseos y verbenas, pero desde la partida de Luis la muchacha había perdido los bríos y lo único que hacía era estar pendiente del cartero.

El novio ausente solo le había enviado una carta. En ella le contaba de su entrenamiento y de sus compañeros, en su mayoría catalanes y vascos. No evidenciaba que la extrañaba, al menos no tanto como ella lo echaba de menos a él; por el contrario, parecía entusiasmado con su nueva vida. Y eso a Alba le revolvía el sentir. Por momentos se llenaba de broncas y maldecía; al rato, la tristeza la sofocaba.

Con el correr de los días Alba cayó en la resignación, no tenía demasiadas opciones, e intentó retomar su vida con normalidad, aunque por las noches reforzaba sus rezos para que Luis volviera a casa de una pieza.

Escuchaba por radio todas las noticias de la guerra, siempre con el corazón en la boca, con temor a oír el nombre de su amado.

Tiempo después recibió una carta donde Luis, tras reafirmarle su amor y decirle cuánto la echaba de menos, porque con el correr de los meses el tenor de sus misivas se había vuelto más melancólico y menos entusiasta, le contaba que estaba en la École d'Application de Tir, al este de Francia, para completar su adiestramiento. Eso implicaba que pronto estaría en el frente.

La noticia la conmocionó hasta el punto de buscar consuelo en el lugar al que solía ir con él.

En la orilla del río lloró y se vació de dolor y miedo. Al finalizar se recostó sobre las enormes piedras planas que custodiaban la orilla, de cara al sol que entibió su corazón.

Así estuvo unos cuantos minutos hasta que se sintió observada. Se sentó de repente y giró en dirección a esos ojos que sentía en su perfil. Eduardo le sonrió desde la piedra vecina.

—No quise despertarte —dijo él. Se puso de pie y se acercó.

—No dormía. —Alba se encogió de hombros y lo miró—. Recibí carta. —No hacía falta decir de quién.

—Yo también —informó Eduardo. Buscó una roca frente a ella y se sentó.

Alba sonrió con ironía.

—Parece que nos escribe a los dos juntos.

—Quizá…

Permanecieron en silencio, ella pensando en Luis y él, en lo triste que se veía ella.

—Pronto estará en el frente.

—Lo sé —respondió Eduardo—. Tienes que estar tranquila. —Quería reconfortarla, pero no sabía cómo.

—¿Tú lo estás? —Había un brillo de enojo en su mirada color miel.

—No tenemos opción, Alba.

Ella se puso de pie; el sol había bajado y sintió frío. Él notó la piel erizada de sus brazos desnudos y se quitó la chaqueta que llevaba siempre consigo. La colocó sobre sus hombros.

—Gracias.

Caminaron a la par, en silencio. Cuando estaban cerca de la casa de Alba la joven preguntó:

—¿Tú crees que es cierto eso que dicen por ahí de la Legión?

—¿A qué te refieres?

—Que los alistados deben quedarse cinco años en servicio. —Había miedo en su voz.

—No lo sé, Alba, pero lo averiguaré.

—Gracias, Eduardo.

Se despidieron al frente de la casa de ella.

María, su madre, los vio desde la ventana y pensó: «Podría haberlo elegido a él y hoy no estaría llorando como una viuda».

Eduardo pasó a ser una visita frecuente en la casa de Alba. Acudía con vergüenza y solo se quedaba en la puerta, preguntaba si todo estaba bien, si la joven había recibido carta y tenía novedades.

Lo cierto era que cada vez que Luis escribía, despachaba carta para ambos y los dos recibían las mismas noticias, solo que las cartas dirigidas a Alba tenían un plus de besos y mensajes románticos.

Un domingo, Eduardo pasó a visitar a Alba; había averiguado algo.

—¿Recuerdas cuando me preguntaste sobre el contrato con la Legión?

Ella asintió; el miedo le inundaba los ojos.

—Pues los mandos franceses resolvieron que ese contrato solo será vinculante hasta el final de la guerra; luego podrán volver.

En un arranque de alegría Alba se abrazó a él, que permaneció tieso, sin responder al gesto. Al advertir su incomodidad, ella lo liberó.

—Ven, pasa, quédate a merendar con nosotros. —Lo tomó del brazo y lo arrastró hacia el interior—. Acabas de darme una excelente noticia.

La madre de Alba había preparado unos exquisitos buñuelos con la ayuda de su hija Luisa. A la mesa estaba sentado el marido de doña María y Eduardo se sintió un intruso en esa familia a la cual apenas conocía.

El padre de Alba le formuló algunas preguntas incómodas, como si fuera un pretendiente de su hija, y fue la misma joven quien tuvo que aclarar que era el mejor amigo de su novio.

Al despedirse, en la puerta, Eduardo dijo:

—Creo que a tu padre no le hace gracia que te visite.

—No le hagas caso, solo lo hace para intimidar. —Levantó la mirada y añadió—: Me hace bien que me visites, Eduardo, eres lo más cercano a Luis.

Eduardo no supo cómo tomar aquellas palabras, pero no dejó de acudir a verla.

CAPÍTULO 44

Burgos, 1944

Antón había finalizado sus estudios de bachiller y había manifesta-
do interés en las letras y el periodismo. Su responsabilidad y buen
desempeño en el correo le habían permitido escalar posiciones y
una mejora de sus ingresos, que pese a todo no eran holgados.

En el pueblo continuaban recibiendo dinero de Eduardo todos
los meses, lo cual era motivo de enojos y frustración para el muchacho.

—Abuela, no quiero que él nos siga manteniendo —solía decirle.

Pero ella siempre le daba la misma respuesta: lo necesitaban.

Antón no iba a permitir que eso siguiera ocurriendo; debía buscar la manera de sacar adelante a su familia y quitar de en medio a
Eduardo, tenía motivos más que suficientes, aunque no era capaz
de contárselos a su abuela.

Habló con su superior en la oficina de correos, un hombre que
podría ser su abuelo y que lo tenía en alta estima. Lo había formado
a su imagen desde que había iniciado su andadura allí siendo apenas
un crío.

—Permiso, don Elio —dijo Antón, asomado a su oficina.

—Pasa, pasa. —Ofreció el asiento que estaba frente a él—. ¿Qué
ocurre? Por tu cara presiento que nada bueno.

—No ocurre nada; en realidad necesito ayuda.

—¿Tu abuela está bien?

—Sí, sí, ella está bien. —Aunque había ensayado lo que le diría, las palabras no le salían como él quería. Decidió ir al grano—. Ocurre que necesito más dinero. —Levantó la mirada oscura y el otro leyó que había un urgente pedido que iba más allá de un aumento de salarios.

—Antón, sabes que…

—Disculpe, don Elio, no me expresé bien. Sé que aquí he llegado a la escala más alta dentro de lo que puedo hacer, soy consciente de ello.

—¿Entonces? —El anciano se inclinó hacia adelante en la silla—. Tú sabes que estamos en Burgos, hijo, a la buena de Dios… Esto no es Madrid.

—Por eso mismo, sé que aquí no podré progresar. Estoy estancado.

—Deja de dar vueltas y no me hagas pensar —pidió don Elio, anticipando que el muchacho tenía algo en mente.

—Quiero irme a Madrid. —Antón ya lo había decidido—. Allí podré estudiar en la escuela de Periodismo y obtener un salario mayor para enviar a mi abuela.

—¿Y cómo piensas hacer para ganar más si estás estudiando?

—Puedo hacerlo. —Había fiereza en la mirada oscura—. Solo necesito un buen trabajo, don Elio, y sé que usted tiene conexiones allí…

—Vaya… lo tienes todo planeado.

—¿Qué me dice? Usted sabe que puedo trabajar como un toro, lo he demostrado.

—Lo sé, muchacho. —El anciano recordaba los primeros días de Antón, un jovencito delgado que parecía que se lo llevaría el primer viento, pero que había desplegado una gran disposición para el trabajo y el esfuerzo, ganándose así su confianza y respeto.

—¿Haría eso por mí?

—No quisiera perderte, Antón, eres mi mano derecha aquí. —El viejo le sonrió, le hubiera gustado que fuera su nieto, el nieto que él no había tenido—. Pero sé que te irás de todas formas. Cuando se te mete algo en la cabeza… —El muchacho sonrió también—. Eres terco como una mula. —Al ver su mirada expectante añadió—: Déjame hacer unas llamadas. Te avisaré.

Don Elio tardó una semana en conseguirle un buen empleo en Madrid, nada menos que en la Compañía Telefónica Nacional de España, que desde 1924 tenía el monopolio del servicio telefónico.

—Hablé con un amigo, es gerente allí. El mes próximo se jubilará uno de sus operarios de mantenimiento; te recibirá para una entrevista, es algo meramente formal —explicó Elio—, el puesto será tuyo.

—Gracias, don Elio, significa mucho para mí.

—Lo sé.

El último día de trabajo se despidieron con un abrazo. Antón le regaló una botella de vino del que sabía que le gustaba y al anciano se le llenaron los ojos de lágrimas.

La despedida en la casa fue más sencilla; la abuela María sabía lo que ese cambio significaba para su nieto y quería lo mejor para él.

—Le enviaré dinero todas las semanas —prometió Antón.

—Olvídate del dinero. Eduardo…

—¡No quiero que siga recibiendo dinero de él! —Al notar su exabrupto suavizó sus palabras—. Lo siento, abuela, pero yo soy el hombre de la casa ahora. Prométame que le devolverá todo lo que él envíe.

—No puedo prometerte eso, Antón, no quiero que tu hermana pase hambre.

—Nadie pasará hambre, se lo juro, abuela. —Había tal determinación en su mirada que la abuela se asustó.

—Antón, no cometas locuras. —Le acarició el rostro donde la barba empezaba a crecer.

—Prométamelo, abuela.

—Está bien, lo prometo. Pero será solo a partir del segundo mes que tú estés allí.

—Pero…

—Esas son mis condiciones. Acomódate en Madrid, y el mes próximo me giras el dinero. Yo prometo devolver cada peseta que Eduardo envíe. —La abuela también podía ponerse firme.

—Usted gana.

—No se trata de perder o ganar, Antón querido, se trata de sobrevivir.

Antón se abrazó a esa mujer que había sido su segunda madre y permitió que sus ojos se aguaran.

Con un equipaje liviano, Antón cerró la puerta de su habitación y se dirigió al comedor, donde su hermana, una hermosa niña de trenzas largas, lo miraba sin comprender del todo por qué su hermano se iba y las dejaba solas.

—¿Volverás pronto?

—Claro que sí, y te traeré regalos.

—Me gustaría una muñeca —pidió la pequeña.

—La tendrás, Sarita, la tendrás. —Apretó su cuerpo delgado y tibio y sintió que el alma se le quebraba. Dolía irse, dolía dejarlas, pero era lo mejor. No podían continuar recibiendo ese dinero, él tenía que partir. La ciudad de Burgos había quedado abandonaba al trasladarse el Gobierno a Madrid, allí ya nada florecía, y él necesitaba cambiar sus hojas.

CAPÍTULO 45

Madrid, 1944

El aire olía distinto, la gente era distinta. O era la misma, pero se movía y se vestía de diferente manera.

Las calles estaban más concurridas, había más coches, parecía que el ritmo no se detenía en ningún momento.

En cuanto bajó del tren, Antón se dirigió a la pensión que don Elio le había recomendado, también de un amigo. Al recordar a su mentor una sonrisa afloró a sus labios; el viejo parecía tener brazos larguísimos, con conexiones en todos lados.

Estaba en una calle lateral, cercana a una de las arterias principales de la gran ciudad. A pesar de que el cartel de la puerta decía que estaba completa, él sabía que lo estaban esperando.

Los dueños eran dos hermanos solterones que habían dejado las tierras castellanas para probar suerte en la capital después de la Guerra Civil: Joaquín y Dorita.

Le habían reservado una habitación al fondo del pasillo, que solo contaba con una cama estrecha, una mesa de luz y unos estantes para que ordenara sus pertenencias, que no eran muchas.

—El baño es a compartir —le dijo Dorita—, y solo se puede usar una vez al día para el aseo. Y no más de diez minutos —agregó.

—No se preocupe, Dora, acataré las reglas.

—Dorita, mi nombre es Dorita. —Antes de salir del cuarto le indicó los horarios de las comidas—. Si no está a tiempo, se la pierde. Ah, y le recuerdo, esta es una pensión decente, solo de hombres.

—Comprendido.

Al quedar solo Antón sacó sus ropas y las ordenó en los estantes; sobre la mesa de luz colocó la foto que tenía de su familia, cuando estaban todos.

Se tiró en la cama y se durmió. Esa jornada se perdió la cena, pero no le importó; tenía demasiado cansancio en el cuerpo y prefería arrancar bien su primer día en la empresa de telefonía.

De pie en la Gran Vía a la altura del número 28, Antón contemplaba el enorme edificio de Telefónica. Era impresionante, uno de los primeros rascacielos en Europa, el primero en España.

Salió del estupor ante tanta grandeza, entró y se anunció para la cita.

Un hombre de edad mediana, vestido con traje y corbata, lo recibió en su oficina.

—Elio dice que es usted un buen trabajador —dijo el gerente tras intercambiar los saludos de rigor—. Y si él lo dice, debo creerle. —Sonrió y Antón se sintió un poco menos nervioso—. Elio es como un padre para mí, era muy amigo del mío. —Su mirada se ensombreció y Antón dedujo que ya no estaba entre los vivos.

—Para mí es como un abuelo —se atrevió a agregar.

—Nos llevaremos bien, siempre que usted sea lo que Elio dice.

—No tendrá quejas de mí, señor.

—Vamos a recorrer las instalaciones y le contaré sobre su empleo.

El edificio albergaba tanto equipos industriales de la red de telecomunicaciones como oficinas y los vestíbulos de cara al público, con el objeto de mostrar la riqueza de la empresa propietaria y ofrecer un atractivo a los futuros inversores.

—Se preguntará usted el porqué de un edificio tan alto —dijo el gerente.

—Es magnífico —atinó a responder Antón.

—Se debe a las características de los equipos de conmutación automática, los Rotary 7-A, que están en la primera planta. —Al ver el rostro de incomprensión de Antón añadió—: No se preocupe, nuestro jefe de mantenimiento tiene un mes para ponerlo al día. Es más fácil de lo que parece.

—Seguro que sí.

—Por eso se logró el permiso del Ayuntamiento para elevar por encima de lo permitido —siguió el gerente—, más sobre una avenida. Después de recorrer todo el lugar, el gerente dejó a Antón con el jefe de mantenimiento, que supo transmitirle en esa primera jornada un sinfín de conocimientos que Antón intentó grabar en su memoria. Cuando salió de allí, al atardecer, ni siquiera advirtió que no había comido. Le había gustado ese primer día y de inmediato supo que había elegido bien.

Comió un buen plato de carne con patatas en un bodegón cercano a la compañía telefónica y luego caminó hacia la pensión, donde sabía que Dorita le recriminaría que se había perdido el almuerzo.

Al cabo de dos semanas Antón se había adaptado al nuevo ritmo y a la gente, que en su mayoría vivía ajena a la Segunda Guerra Mundial, que estaba segando vidas y ciudades.

Antón solía comer en un mesón cercano a la compañía telefónica, al principio solo. Después empezó a compartir mesa con dos operarios que trabajaban en su sector. Uno era madrileño, el otro, gallego, pero ambos habían perdido algún familiar durante la Guerra Civil.

—Mi padre estaba en las milicias —dijo el más joven—, se marchó al frente en octubre del treinta y seis y nunca volvió. —Había enojo en sus ojos azules—. Juro que Franco las pagará algún día.

—Calla, Miquel —intervino el otro, llamado Alberto—; todos tenemos por quién llorar. Ahora solo nos queda trabajar y callar.

A veces los ánimos se alteraban y las voces se elevaban, y era Antón quien debía poner paños fríos, incluso cuando él llevaba un volcán en el interior.

Otros días las conversaciones giraban en torno a la guerra actual, aunque también debían hacerlo en voz baja; los oídos de Franco estaban en todas partes.

Durante los primeros años de la contienda, la política exterior franquista se había alineado con las potencias del eje para pasar después a una actitud de neutralidad forzada por los aliados y por la necesidad de Franco de sobrevivir a la derrota fascista y de la Alemania nazi.

En julio de 1943 el embajador norteamericano había exigido a Franco, entre otras cosas, que volviera a la neutralidad, retirara la División Azul y permitiera la difusión de las noticias sobre los avances y victorias de los aliados. Franco le replicó con una serie de excusas y acabó culpando a sus subordinados de no cumplir sus órdenes.

—Franco viene deponiendo su actitud desde el año pasado —dijo Miquel—; me gusta que los norteamericanos le marquen el paso.

Se refería al asunto de Laurel, quien había sido nombrado por los japoneses, que ocupaban el archipiélago tras la derrota a los norteamericanos, presidente de un Gobierno títere de Filipinas.

—¿De qué hablas? —preguntó Alberto, ajeno a las noticias de índole internacional.

—El ministro de Asuntos Exteriores de Franco le envió un telegrama de felicitación a Laurel, también lo hizo Hitler, y la prensa japonesa difundió todo. —Miquel seguía el paso a paso de toda radiotransmisión, que en su mayoría sufría la censura franquista, pero él siempre se las ingeniaba para conocer todo aquello que no se decía—. Los aliados protestaron de inmediato, considerando que eso era igual a reconocer el régimen de facto.

—Pues yo no entiendo nada de eso, solo quiero que mi familia pueda reponerse de tanto mal —dijo Alberto. Se puso de pie y dejó el dinero de lo que había consumido—. Os veré luego, muchachos.

Al quedar solos, Antón y Miquel variaron el rumbo de la conversación.

—¿Qué tienes que hacer el sábado por la noche? —preguntó Miquel.

—Pues… nada. Dormir, supongo.

—A ti te hace falta dinero, ¿no es cierto?

—Como a todo el mundo. —Antón no entendía a qué venía todo aquello.

—Te llevaré a un sitio donde, si tienes buen ojo, lo ganarás fácil.

CAPÍTULO 46

Covarrubias, 1917

La guerra continuaba y Luis no regresaba. Sus cartas eran cada vez menos frecuentes y Alba, si bien no había dejado de extrañarlo, por momentos sentía enojo. No lograba entender por qué él se había alistado cuando su noviazgo y futuro matrimonio deberían ser lo más importante.

La muchacha había trocado su habitual buen humor y alegría por gestos de malestar; siempre iba seria y hasta parecía haber perdido brillo.

Su hermana Luisa tenía un pretendiente que la visitaba con frecuencia y la llevaba a las verbenas y Alba enloquecía de celos. Cual si fuera una viuda, no asistía a los bailes del pueblo ni se divertía como otras jóvenes de su edad.

Eduardo había espaciado sus visitas y la muchacha extrañaba al amigo de su novio que al principio la había rescatado de la angustia y el aburrimiento.

Una tarde Alba consideró que ya estaba bien de recluirse en su casa y decidió asistir a la verbena que se celebraría calles más arriba en el pueblo. Su hermana iría con su festejante y ella sería su acompañante, aunque a Luisa no le hiciera gracia.

La madre puso fin a las protestas de la hermana menor y ambas, colgadas del brazo del muchacho, salieron para la fiesta.

Al ver la alegría de los presentes y las luces de los farolitos que engalanaban la calle, el fuego de la mirada de Alba volvió a arder.

Aceptó la horchata que el pretendiente de Luisa compró para ambas y cuando ellos se unieron a las parejas que bailaban Alba se sentó a mirar.

A lo lejos divisó a Eduardo en compañía de una joven. Se los veía conversar entretenidos y una punzada de envidia le borró la sonrisa de los ojos. Él debió advertir su mirada de perfil, porque se volvió hacia ella como si una flecha lo hubiera alcanzado. Al descubrirla sentada y sola con esa cara de viuda doliente, el muchacho se sintió en falta. Hacía rato que no la visitaba, pese a que no la había olvidado. Como pudo, Eduardo se deshizo de su compañera y avanzó hacia donde estaba Alba.

—Hola. —Se sentó a su lado—. ¿Cómo has estado?

—Hola. —La joven levantó los hombros—. Estoy, ya ves.

—¿Quieres bailar? —Él mismo se sorprendió de la pregunta, se le había escapado de la boca.

Alba se puso de pie por toda respuesta.

Se unieron a las parejas que danzaban, alegres, debajo de los farolitos de colores. Cuando la música devino más lenta Eduardo la tomó por la cintura y sus cuerpos se acercaron. Alba sintió un escalofrío por toda la columna vertebral y un intenso calor subió a su rostro. ¿Qué le estaba ocurriendo? Advirtió la mirada de reproche de su hermana, que se movía al compás de su pareja unos metros más allá, pero eludió su vista.

Eduardo por su parte no se daba cuenta de su estado y bailaba concentrado en la melodía que acariciaba sus oídos y que, junto con el perfume que ella emanaba, lo elevaba a la gloria.

Cuando la pieza terminó él la tomó de la mano y regresaron a la seguridad del banco. No volvieron a bailar, ni esa noche ni nunca. Era demasiado peligroso.

Pero el peligro ya se había liberado y por mucho que quisieran estaban enlazados por un sentimiento que les impedía escapar.

Esa noche, cuando las luces se apagaron y las parejas desaparecieron, Alba y Eduardo aún permanecían en el banco, uno junto al otro, en silencio, solo sus hombros se rozaban.

Luisa se había ido, era hora de volver.

Fue Eduardo quien se puso de pie y le tendió la mano.

—Te acompañaré a tu casa.

Ella no respondió.

Caminaron en silencio; ambos sabían que todo había cambiado en ese baile. La incomodidad junto con una extraña dicha fueron sus compañeras hasta la vivienda de Alba.

En la puerta, con una media luna como testigo, se detuvieron. Eduardo la miró a los ojos y se perdió en su miel. Le sonrió y ella, tiesa como un poste, no pudo responder a su sonrisa. La atrajo hacia sí y la apretó contra su pecho; ella no se resistió y elevó las manos para rodearle la cintura.

La muchacha sintió el beso que él dejó sobre sus cabellos antes de irse y entró a la casa con el corazón confundido.

CAPÍTULO 47

Gijón, 1956

No iba a permitir que mi amiga se marchitara por culpa de ese cavernícola que era su novio. De manera que el lunes bien temprano salí de casa decidida a sacarla de la suya para ir ambas a buscar un trabajo. Si teníamos suerte, el empleo de secretaria quizá estaba esperándola.

Mamá se extrañó de mi madrugón; sabía cuánto me gustaba quedarme en la cama hasta que el sol levantaba un poco en el cielo.

No pude escuchar las quejas de Tere cuando la avisaron de que la estaba esperando en el comedor, pero a juzgar por su rostro supe que había protestado. Pero debió haber recordado mi promesa del día anterior porque apareció vestida con su único traje decente.

—Vamos, amiga —le dije tomándola del brazo—, tenemos un trabajo que hacer ahí afuera. —Su mirada vaciló; en el fondo no estaba del todo segura.

De camino a la oficina, esperanzada de que todavía no hubieran hallado a alguien para el puesto, intenté infundir ánimos a Tere.

—Jaime se va a enojar —murmuró—, él dice que no hace falta que trabaje, que cuando nos casemos querrá una esposa y no una empleada.

—Pero todavía no estáis casados —respondí—. Además, ¿quién es dueño de tu vida? ¿Es él o eres tú?

—Ay, María de la Paz, ¡eres tan moderna! En casa tampoco están muy de acuerdo —dijo en tono de confidencia—; mamá dice que las buenas mujeres se quedan en la cocina, y ya sabes cómo es papá, fiel a los designios del Generalísimo.

—Pues en tu casa no han pasado lo que en la nuestra —lo dije sin pensar, porque había entre nosotras un pacto tácito de no hablar de esos temas, puesto que su familia era adepta al régimen impuesto por Franco y la posguerra no los había afectado como a los Exilart y a los Noriega—. ¡Oh, lo siento!

—Está bien, tienes toda la razón. Olvidemos ese tema.

Habíamos llegado a la oficina, que no era otra cosa que un consultorio médico. Nos confundieron con pacientes y debimos explicar que Tere había sido seleccionada días atrás para una prueba.

—Lo siento —explicó la mujer que nos había atendido—, pero el puesto ya ha sido cubierto.

Nos alejamos del escritorio cabizbajas; íbamos distraídas y en la puerta nos chocamos con un hombre que entraba con prisas. Nos pidió disculpas y al cruzarse nuestras miradas lo reconocí: era el médico amigo de Antón.

Él también me reconoció porque exclamó:

—¡Pero si usted es la amiga de Antón! —Extendió la mano y sonrió, contento de verme—. ¿Qué hace aquí? —añadió asombrado.

—Hola —dije.

—¡Oh, perdón, qué torpe soy! Buenos días, señoritas. Soy Mauricio —saludó a Tere, que se había quedado sin palabras ante ese hombre tan apuesto y simpático.

—Ella es Tere, mi mejor amiga.

Le expliqué que vivía en Gijón y la noticia le causó sorpresa.

—Pues mi amigo debe echarla de menos…

Nos contó que se había mudado recientemente a la ciudad, donde había abierto la consulta que acabábamos de dejar.

—¡Oh, qué pena! —dije, y mis palabras lo confundieron—. Quiero decir, que mi amiga había sido seleccionada para el puesto de secretaria, pero nos acaban de decir que ya fue cubierto. —Tere me fulminó con la mirada; estaba nerviosa, tensa.

—No está dicha la última palabra —aseguró Mauricio—; la persona elegida está a prueba, de modo, señorita…

—Miranda.

—Señorita Miranda —prosiguió—, supongo que sus datos están en mi escritorio; la llamaré en todo caso.

Nos despedimos, pero tuve la certeza de que nos íbamos a ver pronto.

Con Tere seguimos buscando empleo, leíamos los avisos del diario, escuchábamos la radio, pero nada surgía. Si su padre hubiera movido algún contacto, ella habría obtenido un puesto en alguna delegación del Gobierno, pero el señor Miranda no era partidario de la independencia de las mujeres. Y en mi caso, al cargar mi familia con el sambenito de haber sido de «los rojos» durante la guerra, estábamos marcados como con lepra. Y a menos que me fuera a trabajar al puerto era poco lo que podía conseguir. Si la guerra había sido dura, la posguerra era peor.

Incapaz de concentrarme en nada aproveché esa semana para visitar a mis abuelos. Él ya era un hombre viejo y, pese a que contenía en su mirada gris toda la fuerza del pasado, su cuerpo no le respondía como antes y a menudo su mente se perdía en algún laberinto. Mi abuela Purita, en cambio, al ser más joven, estaba mucho más lúcida y activa que él, pero también era una mujer mayor.

Siempre era feliz en casa de los abuelos; había pasado gran parte de mi infancia en sus brazos y me daba cuenta de que para ellos yo seguía siendo una niña. La abuela, que nunca se había afanado en la cocina, me preparaba exquisitos platos cada vez que iba. Ella había sido una pionera en su época, una mujer avanzada, y yo la admiraba. De pequeña me gustaba escuchar sus historias, su infancia en la Argentina con esa hermana tanto o más vanguardista que ella, que había engañado a todos haciéndose pasar por otra. Recuerdo que la primera vez que la abuela me contó que mi tía abuela Prudencia había estado en prisión por matar a un hombre que le había hecho daño sentí una gran confusión. Mamá se escandalizó y le recriminó que no tenía edad para oír esas cosas, pero la abuela le dijo que las mujeres teníamos que saber la realidad de la vida y cuanto más temprano, mejor.

De vuelta en casa decidí dedicarme a la novela, aunque nunca nadie fuera a leerla, porque a las mujeres, y más en España, nos costaba todo mucho.

Saqué la máquina de escribir que me había regalado el abuelo y la llevé a mi cuarto, donde tenía una especie de escritorio en el rincón bajo la ventana.

Puse la hoja; no sabía cómo se empezaba una novela, pero tenía a mi lado el cuaderno donde había escrito el primer capítulo. Ahí me trabé; en vez de copiar lo que ya tenía, me puse a pensar a quién le iba a interesar esa historia. Suspiré y miré hacia afuera. El día estaba tan gris como mi alma. Por mucho que quisiera aturdirme no podía quitarme de la mente a Antón.

Molesta, me levanté y abandoné el cuarto. Caminé por el jardín trasero que llevaba a un bosquecito y me adentré en él, pese al frío. Los pájaros en sus nidos me acompañaron con sus revoloteos y piares. Me senté sobre un tronco y me llevé las manos a la cabeza. Yo no quería escribir una novela, tenía que reconocerlo, quería conocer la historia de papá porque mi intuición me decía que había algo muy grande por descubrir, algo que me cambiaría la vida.

Y fue entonces cuando decidí mentir. Mis padres jamás me apoyarían en esa búsqueda; estaba visto que ocultaban algo, de modo que tenía que continuar con la historia de la novela para poder seguir investigando. Y el próximo paso era ir a ver a Jerónimo Basante.

Alcalá de la Selva estaba lejos de Gijón, a más de setecientos kilómetros. ¿Cómo haría para llegar allí? No tenía demasiado dinero, exceptuando el de las apuestas ganadas, que le había dejado a Ferrán en un arranque de orgullo. No me animaba a pedirle mi parte, aunque él había sostenido desde el principio que era de ambos. Pero tampoco podía viajar sin recursos, era una locura.

Incluso si dejaba de lado mi pedantería, ¿con qué excusa me alejaría del hogar? Mis padres no iban a permitirme viajar tan lejos así porque sí, necesitaba una coartada, algo que pudiera poner por delante como una bandera.

Y para ello necesitaba un aliado, y qué mejor que mi hermano, que estaba al tanto de todo, para ayudarme.

Ferrán estaba en esa edad en que todo lo que implicara aventura captaba su atención. Tenía que hablar con él.

Mis planes se vieron suspendidos por la fatalidad: el abuelo cayó enfermo. Su edad avanzada y sus problemas respiratorios pusieron en vilo a toda la familia. La fortaleza del gran Aitor Exilart tambaleaba y eso minó mi ánimo.

La fiebre alta, los dolores en el pecho, todo fue una sucesión de complicaciones que lo llevaron a quedar hospitalizado.

Los horarios de visita eran acotados y solo permitían que una persona se quedara durante la noche. Mi abuela pasaba allí casi todo el día, incluso cuando tenía que permanecer en el pasillo. Mamá la acompañaba y cuando ella no podía iba yo a relevarla; no queríamos que estuviera sola.

Toda nuestra existencia se modificó y andábamos tristes y preocupados. Temíamos lo peor, aquello que ninguno se animaba a mencionar, pero que rondaba por nuestras cabezas.

Los días pasaban y lo único que ocupaba mi mente era la salud del abuelo. En los pocos momentos que pude visitarlo en su cama de hospital me causó impresión su delgadez; era como si la carne hubiera abandonado su rostro y los huesos estuvieran apenas cubiertos por una fina capa de piel grisácea. Temí no volver a verlo sonreír.

No pude evitar el llanto y el abuelo me dio una gran lección. Me dijo que guardara las lágrimas para cuando fuera necesario, que él todavía presentaba pelea y que no nos libraríamos tan fácil de él.

—Eres increíble, abuelo. —Nunca lo había tratado de usted; desde pequeña, nuestra relación había sido muy cercana, me había criado en sus rodillas.

Su mano huesuda me acarició la cabeza y supe que todo estaría bien.

Pero a pesar de eso, el abuelo decayó.

Tere y Claudia me hacían compañía en el hospital cuando reemplazaba a mi madre y cuando convencíamos a la abuela para que se fuera a su casa a descansar un rato. Admiraba ese amor que mis abuelos se profesaban; ella solo veía por y para él.

—Conseguí el puesto —me dijo Tere.

—¿En el consultorio de Mauricio?

—Sí —afirmó, y pude leer en su expresión que había algo más que se me estaba escapando.

—¿Y…? —seguí, porque cuando Tere tenía algo en el buche le costaba largarlo.

—Es un trabajo agradable.

—¿Y qué dice Jaime de todo esto? —Eso me preocupaba, suponía que el novio de mi amiga se opondría.

—Pues… todavía no lo sabe.

—¡Cómo que no lo sabe! —terció Claudia, que era una polvorilla.

—Es que… como estoy a prueba —Tere se retorció los dedos y empalideció—, pensaba decírselo si logro el puesto definitivo.

—Ay, amiga, deberías decírselo ya… —Temía que Jaime se enterara por otros medios y tomara represalias.

—Es que…

—Tienes miedo —terminó Claudia—. ¿Es que acaso lo crees capaz de…?

—¡De nada! —cortó Tere en seco y elevó un poco la voz—. Habláis de Jaime como si fuera un cavernícola. —Se puso de pie y se alisó la falda, y en ese momento caí en la cuenta de que nunca había visto a Tere en pantalones. Las palabras se me salieron de la boca.

—¿Te has puesto pantalones alguna vez?

—¿Y eso qué tiene que ver? —Me miró como si yo estuviera loca.

—Nada, déjalo.

—Tengo que irme, Jaime me espera.

Al quedar a solas con Claudia, y sin ánimo de criticarla, hablamos de ella.

—Temo por nuestra amiga —dije—, no sé de lo que pueda ser capaz Jaime.

Esa semana fue larga y tediosa; las horas parecían goma de mascar, los partes médicos eran todos similares. Lo único alentador era que la fiebre había remitido y lo peor del cuadro había pasado.

Tere no volvió y me preocupé. Decidí pasar a verla al consultorio, con la secreta ilusión de enterarme de algo sobre Antón, que había vuelto a rondar mi mente como una mosca.

Me sorprendió que fuera el mismo Mauricio quien abriera la puerta.

—Adelante —me dijo con esa sonrisa que invitaba a sonreír también—. No me va a decir que está enferma —bromeó—, pues la veo muy bien.

—Es usted muy atento, doctor —respondí siguiendo el juego—. Venía a buscar a mi amiga y decidí subir a saludarlo.

Mis palabras lo desconcertaron.

—¿Su amiga? ¿A la señorita Miranda se refiere? —Asentí—. Ella no está; de hecho, renunció al trabajo.

No pude evitar lanzar una exclamación de disgusto.

—Creí que lo sabía. —Me invitó a sentarme—. Es una pena, tenía buenos modos y era eficiente.

Me disculpé por ella, incluso cuando no tenía responsabilidad alguna. Una luz se encendió en mi mente; quizá era una señal, aunque luego ajustara cuentas con mi amiga.

—¿El puesto está vacante aún?

—Usted no pierde el tiempo —fue su respuesta—. ¿Lo quiere?

—Soy toda suya. —No bien terminé la frase me arrepentí, pero él era todo un caballero y no la interpretó mal.

—Venga mañana entonces; ya sabe los horarios, supongo.

—Gracias, doctor.

—Mauricio.

Salí de ahí feliz y contrariada a la vez, y me fui directa a casa de Tere. No hizo falta que le dijera nada; al ver mi cara ella supo a qué iba.

—Lo lamento, Maripaz, pero no quiero tener problemas con Jaime, y él no quiere que trabaje.

—¿Y tú qué quieres? ¿Acaso él es tu dueño? —me exalté y levanté la voz.

—Yo estoy enamorada.

—¡Enamorada no es sinónimo de sometida! —Lo único que logré fue hacerla llorar. Así era Tere, sensible y vulnerable. Me levanté de mi asiento y me senté a su lado. La abracé—. Lo siento, discúlpame.

—Tú no entiendes; eres distinta, tan libre, tan…

Suspiré. Era difícil hacerle entender. Ella venía de una familia conservadora; su madre iba a misa todos los días y su padre seguía los designios de Franco como al padrenuestro. Sus hermanos varones estaban todos en el Gobierno y a nadie se le ocurría desafiar las leyes impuestas. Todavía no comprendía cómo habían permitido que nuestra amistad continuara; en el fondo estaba convencida de que a su madre le gustaba mi forma de ser; que, de haber podido, ella hubiera sido como yo. Una vez habíamos hablado de mi abuela Purita, una mujer avanzada para su época, y había visto en los ojos de la madre de Tere algo parecido a la admiración.

—Te entiendo, de verdad, Tere, te entiendo. Solo me da pena verte supeditada a él.

—No lo estoy, yo elijo.

Cuando salí de su casa, en la puerta me crucé con Jaime, quien, pese a su sonrisa falsa, destiló odio por los ojos.

CAPÍTULO 48

Madrid, 1944

El sábado Antón se reunió con Miquel en el punto de encuentro que habían pactado.

—¿Me vas a decir a dónde vamos?

—Será sorpresa. —Rio Miquel y echó a andar—. ¿Has traído dinero?

Antón se detuvo. ¿Y si era una trampa? Después de todo, ¿cuánto tiempo hacía que lo conocía? Nada. Era apenas un compañero de trabajo.

—¿A qué viene eso del dinero? ¿Es que acaso me la estás jugando?

—Calma, hombre, calma. —Miquel le palmeó el hombro—. Parece que tendré que desvelar el secreto.

—Suéltalo.

—Peleas —susurró como si alguien pudiera escucharlos—. Peleas, apuestas... ¿te suena?

—Conque era eso. —Antón se relajó, en parte.

—¿Y qué te pensabas? —Lo empujó con torpeza—. Vamos, que se hace tarde.

Caminaron unas cuantas calles, alejándose de las arterias principales hasta llegar a una enorme construcción cuyas ventanas estaban cerradas. El sitio parecía abandonado, pero cuando Miquel llamó a la puerta esta se abrió de inmediato. El sujeto de la entrada lo reconoció. Echó un vistazo al acompañante y al ver que era inofensivo les permitió el ingreso.

Adentro era enorme; el aire estaba viciado de humo y sudores. Al fondo había un cuadrilátero vacío y, alrededor, una enorme barra circular donde los asistentes bebían.

—Bienvenido al Corazón del Noqueo —dijo Miquel.

—Vaya nombre… —Antón dio unos pasos y observó las fotos que adornaban las paredes de la derecha; en ellas se veían hombres en pantalón corto y el torso desnudo exhibiendo su musculatura y sus golpes.

—Ven —interrumpió Miquel su observación—. Vamos a apostar, que enseguida empezará la primera contienda.

En el camino hacia la barra Miquel le explicó cómo funcionaba aquello, cuánto se ganaba por apuesta y quiénes eran los favoritos.

—Si tienes buen ojo, te harás rico —prometió.

—¿Y tú? —El otro lo miró sin comprender—. ¿Qué ha pasado contigo? Por lo que sé eres pobre como una rata.

Miquel largó una carcajada.

—Pues yo siempre elijo mal… Por eso te traje, amigo, a ver si me cambias la suerte.

Esa noche Antón se hizo con una buena cantidad de dinero, pero no era eso lo que le interesaba; apostar no era lo suyo. Él quería otra cosa, quería pelear. Ver a los contrincantes en el ring le había llevado a desear estar ahí, poder liberar toda esa furia que tenía dentro, contenida, pudriéndose, para evitar así que se derramara en cualquier momento contra quien no debía.

Cuando Miquel escuchó sus intenciones, al principio se negó. Sin embargo, cuando vio que la decisión estaba tomada y que Navarro lo haría con o sin su ayuda, se dispuso a facilitarle las cosas. Él los conocía a todos allí, de modo que lo presentó y acordaron una prueba.

Antón nunca había boxeado, jamás se había puesto un guante, pero le bullía la sangre de solo imaginarse encima de un ring. Además, estaba el dinero; sabía que con un buen entrenamiento podía llegar a ganar.

Las primeras jornadas fueron duras; no tenía estado físico, le faltaba el aire y terminaba sin poder completar el adiestramiento. Pese a ello, insistía.

A la pensión solo iba a dormir. Del trabajo se iba directo al granero que Miquel le había conseguido para ejercitarse, donde lo hacían saltar a la cuerda y tensar los músculos. Antón al principio se había negado, manifestando que no tenía dinero para pagar un entrenador.

—Ya hablé con él —dijo Miquel—; se lo pagarás cuando ganes tu primera pelea.

—¿Y si no gano?

—Pues será por su culpa. Vamos, a trabajar, basta de niñerías.

A veces dudaba de estar haciendo las cosas bien, pero era tal su sed de justicia, de acomodar las cosas como él creía que eran correctas, que seguía adelante. Había enviado una carta a su casa y aún no había recibido respuesta. Debía buscar la manera de comunicarse por teléfono con alguien de su pueblo, pero no sabía con quién.

Le preocupaba el bienestar de su hermana y su abuela, y su único objetivo era ganar suficiente dinero para poder mantenerlas sin depender de Eduardo. Por eso se esforzaba. Cada golpe que daba a la bolsa tenía un rostro, cada patada, cada sudor; nada sería en vano.

Cuando el entrenador le dijo que estaba listo para un primer enfrentamiento, Antón aceptó el desafío. De pie, frente a un espejo manchado de humedad y vejez, se miró. No era el mismo que había llegado hacía tan poco tiempo a la gran ciudad de Madrid. Era un hombre nuevo. Le costaba reconocerse detrás de esos músculos, detrás de esa figura modelada y esa barba de Jesucristo.

Vestido con un pantalón corto y a pecho descubierto salió al ruedo. Las reglas eran pocas, pero claras. No era boxeo profesional, ni siquiera era *amateur*, era boxeo, y punto. Por dinero. Las peleas que había visto le habían parecido de un salvajismo duro, pero se sentía listo.

Miquel lo había alentado hasta el último minuto; le había contado cuáles eran los puntos flacos de su oponente y el entrenador le había dado más indicaciones de las necesarias. A él lo alumbraba una sola cosa; con solo esa imagen en la cabeza era capaz de derribar a cualquiera.

En un último minuto pensó en su abuela; sabía que de enterarse lo reprendería y trataría de evitar ese encuentro por todos los medios. No le importó. La apartó de su mente de un manotazo e instaló ese otro rostro que le hacía hervir las entrañas.

—Estoy listo —dijo. Pero nadie lo oyó. Las voces, vítores y apuestas lo acallaban todo.

CAPÍTULO 49

Madrid, 1945

Después de visitar a su familia para Navidad, Antón había regresado a la gran ciudad. Había disfrutado de una semana junto a Sara y la abuela, les había llevado regalos y se había llenado la panza con buena comida, como había dicho doña María, que lo había encontrado demasiado delgado pese a la capa de músculos que lo recubría.

En el trabajo se sentía cómodo y afianzado; el dinero le alcanzaba justo para la pensión y algunos gastos extras. Era con los resultados de las peleas con lo que mantenía su casa en Covarrubias. Antón se había convertido en el favorito de las apuestas. Se había convertido en el Toro Navarro. Su fama había trascendido en los circuitos clandestinos y todos querían ir a verlo. Apostaban por él y por lo general, ganaban. Eran pocas las veces en que Antón era derrotado, pero cada fracaso lo hacía volver al cuadrilátero con más bríos.

En su casa no sabían nada de esa doble vida del nieto ausente; se había cuidado de viajar sin marcas visibles. La abuela había preguntado cómo ganaba el dinero y él había respondido que con su salario.

—¿Tanto ganas? ¿Es que acaso eres socio ahora? —La abuela desconfiaba.

—Abuela, ¿usted confía en mí?

—Tienes buena madera, Antón, no la desperdicies.

—No se preocupe, abuela, gano el dinero de manera honesta.
—Doña María frunció los labios—. Y usted, ¿cumplió su promesa?

—¿A qué te refieres?

—A devolver lo que Eduardo... —No lo dejó seguir.

—Te prometí que lo haría y está hecho —aseveró—. Soy una mujer de palabra. Y espero que tú seas un hombre de bien.

—Estará orgullosa de mí, abuela.

No había abandonado la idea de estudiar; si bien apenas tenía tiempo para leer, le gustaba el periodismo, la radio más que la prensa escrita. Había estado averiguando y en Madrid funcionaba la Escuela Oficial de Periodismo, creada bajo el amparo del régimen franquista en 1941. Dependía directamente de la Delegación Nacional de Prensa de la Vicesecretaría de Educación Popular y acataba las bases para el control de la información impuesto por la Ley de Prensa de 1938. Por ello había un exhaustivo control de censura previa y se formaba a los futuros periodistas en esa línea.

Pese a ello, a Antón le interesaba asistir. Buscaría la manera de terminar los estudios y trabajar a la par, aun si ello implicaba dejar de dormir o dormir menos.

Y como todo lo que se proponía lo hacía, a mediados de año cursaba sus estudios, lo cual le requería mayor tiempo y dinero. El dinero no era problema, solo debía acceder a un nuevo circuito de peleas clandestinas; le preocupaba el tiempo. Ya poco descanso tenía y, si quería recibir su diploma, debería dedicar espacio al estudio.

Al enterarse, Miquel le dijo que era una locura.

—Te harás daño, Antón, no debes jugar así con tu cuerpo.

—No te preocupes, podré con esto.

Antón tenía una fortaleza espiritual que lo ponía por encima de la media entre los muchachos de su edad. No se jactaba de eso, pero tenía plena confianza en sí mismo y toda la energía de un hombre joven.

En su vida no había lugar para otra cosa que no fuera cumplir sus objetivos, que eran claros. Ni siquiera las mujeres le quitaban el sueño, y no porque no le gustaran. En el trabajo, más de una telefonista le había echado el ojo, pero él las esquivaba porque sabía que, de darles atención, de buenas a primeras lo ponían de novio, y eso no estaba en sus planes.

Cuando sus necesidades masculinas llamaban a la puerta de sus deseos con recurrencia, buscaba una mujer a la que pudiera pagarle y decir hasta luego sin dar explicaciones. Pero la mayor parte de sus hormonas se las llevaba el boxeo. Era allí donde Antón se sentía vivo, donde podía liberar todo eso que le quemaba por dentro.

Una vez, a finales del verano de 1945, aceptó acompañar a sus amigos a ver un partido de fútbol. Alberto era fanático del Real Madrid y Antón accedió a ir con él a presenciar un amistoso que se jugaría en el estadio Chamartín contra el Real Valladolid.

—Vamos, que no nos pueden ganar en nuestra casa —dijo Alberto. El Chamartín era oficialmente el Campo del Real Madrid Club de Fútbol, la sede del club.

—Dicen que pronto se mudarán —acotó Miquel, a quien le interesaba poco el fútbol.

—Pues con más razón; quién sabe a dónde nos llevarán.

Antón nunca había visto un partido en vivo y le gustó la experiencia, más incluso al ver a su amigo tan feliz con el triunfo de su equipo. Pese a ello, él no sentía esa pasión por la pelota y tampoco tenía club de preferencia. Como experiencia había valido la pena.

Días después se celebró otro partido por la copa José Luis del Valle, pero Antón no pudo asistir; tenía que preparar material para uno de los exámenes de la escuela de Periodismo.

A veces pensaba que no lo lograría nunca; estaba cansado, su cuerpo le pedía reposo y horas de sueño, mas no desistía. Incluso había días en que iba al trabajo con apenas dos horas de descanso y llegaba hasta el final de la jornada como un fantasma, cada día más delgado.

Y así fue como lo vencieron en una pelea importante en la cual había en juego mucho dinero. Ese golpe fue mucho más duro que el que recibió en las costillas: tenía que pagar la pensión, que llevaba atrasada dos meses.

Había llegado el momento de elegir: o mantenía su casa o continuaba el estudio. Ninguna de las opciones le parecía viable; él debía cumplir ambas cosas, sin descuidar su trabajo, por cierto. Y eligió.

Abandonó la pensión y se mudó al granero donde se había iniciado como boxeador. Habló con el cuidador y este, conmovido al verlo esforzarse tanto, le permitió acomodarse en un rincón.

—Tendrás que limpiar los baños si quieres permanecer aquí —dijo, y Antón aceptó. Eso era mejor que dormir en la calle.

Al principio le costó adaptarse. Con el correr de los días se resignó a su nueva condición, a dormir sobre un jergón cuya vida útil ya había acabado, a tener que asearse en un fuentón y comer en recipientes de madera. Cuando logró ponerse al día con su deuda en la pensión, donde le habían tenido paciencia porque sabían que era un hombre de bien, decidió quedarse allí. Eso le permitiría ahorrar más. El dinero se había convertido en una obsesión para él, no porque fuera ambicioso o avaro, sino porque le daba seguridad. El respaldo económico le permitiría una mejor vida a su abuela y le aseguraría a su hermana el estudio. Además de poder erradicar para siempre la dependencia de Eduardo.

Continuó trabajando en la compañía de teléfonos, estudiando en la escuela de Periodismo e intercalando noches de boxeo con veladas de estudio.

Viajaba cada vez menos a su pueblo; las distancias eran largas y costosas, y él no estaba en condiciones de afrontarlo todo. Las cartas se habían convertido en un medio de comunicación habitual con su familia, a la que extrañaba sobre todas las cosas. Pero por ella se sacrificaba también.

Había noches en que un sueño recurrente lo despertaba y se sentaba en el colchón, de repente, gimiendo como un niño. Al advertir que estaba solo en esa habitación ajena que se había convertido en su provisorio hogar, volvía a la calma, pero ya no podía dormir. Las imágenes de ese día aciago jamás lo abandonarían, y la incertidumbre lo carcomería por dentro siempre.

CAPÍTULO 50

Covarrubias, 1917

Desde la noche en la verbena del pueblo, Alba andaba inquieta y, por mucho que quisiera engañarse, conocía la causa. Eduardo se había instalado en su mente; no podía desalojar su rostro ni cerrando los ojos. Él siempre se aparecía en su cabeza, sonriendo, mirándola, hablándole. También su cuerpo había empezado a experimentar cambios; sentía que su piel reclamaba caricias y que toda ella se emocionaba al recordar el momento en que habían bailado juntos. La firmeza de su pecho, la seguridad de su abrazo, la tibieza de sus manos en su cintura y su perfume.

No podía aguantar esa ausencia, andaba alterada y expectante todo el tiempo; hasta parecía haber olvidado a Luis.

Sabía que después de lo ocurrido, a lo que no podía ponerle un nombre, él no volvería por la casa. Decidió acortar distancias y procurar verlo. No era de señorita decente ir a visitarlo a su morada, pero ella sabía dónde encontrarlo.

Empezó a ir al río, al sitio donde una vez se habían cruzado. El lugar elegido era un recodo pronunciado al que solía ir poca gente. Al amparo de los árboles que custodiaban el rincón, más de una vez se había besado con Luis y era un punto conocido por Eduardo también.

Alba estuvo yendo toda una semana sin que Eduardo apareciera. Se sintió tonta y se dijo que esa era la última vez.

Llegó y se recostó sobre la roca plana de siempre, dejó a un lado el libro que había llevado, pues no tenía ganas de leer, y cerró los ojos.

El arrullo del agua la adormeció y cuando despertó descubrió que no estaba sola. Unas piedras más atrás estaba Eduardo, observándola.

Se sentó con rapidez pese al letargo del cuerpo y por la línea de su mirada supo que se le había desabrochado un botón de la blusa. Con dedos torpes se lo cerró e intentó mantener la compostura.

—Hola —dijo él, y la voz le salió demasiado ronca.

—Hola.

Eduardo se puso de pie y se acercó; la miró desde su altura. Sin pedir permiso se sentó a su lado.

—¿Cómo has estado?

—Te he echado de menos —susurró ella, y fue como si sus palabras abrieran la puerta.

El muchacho se giró y le tomó la cara entre las manos para acercarla a su rostro.

—Yo también, Alba, mucho. —Apretó los labios y cerró un instante los ojos—. Pero ambos sabemos que esto no está bien.

—No se puede detener el viento. —Fue ella quien se aproximó a su boca y lo besó.

Eduardo no pudo resistirse y la abrazó por la cintura mientras su lengua se apoderaba de la femenina.

Se besaron como nunca lo habían hecho con otras personas. Los corazones palpitaron y las pieles sudaron.

Pese a que sabía que Alba no opondría resistencia, Eduardo no quiso ir más allá; se lo debía a su amigo. Se contentó con los besos y abrazos con los que tanto había soñado. Cuando sintió que su cuerpo joven no aguantaría más y temió cometer una locura, cortó lo que estaban haciendo y se levantó. Tuvo que arreglarse la ropa y acomodar su entrepierna, que latía desaforada. Ella vio su erección y se ruborizó.

—Esto no puede continuar, Alba, no puede repetirse.

—Lo sé —dijo ella intentando sosegar su corazón—. Ha sido hermoso, Eduardo, lo mejor que me ha pasado en la vida.

—Calla, no digas eso.

Avergonzado, le dio la espalda y empezó a caminar. Tenía que alejarse de Alba cuanto antes.

El hechizo estaba hecho y ninguno de los dos pudo mantenerse distante. En tácito acuerdo acudían a la vera del río y se dejaban llevar por la pasión de sus cuerpos. Nunca iban más allá de los besos, aunque las manos levantaban la ropa y buscaban la piel. Era siempre Eduardo el que se detenía a tiempo. Avergonzado por su erección, se acercaba a la orilla, donde se refrescaba el cuello y las sienes para después regresar a ella más sosegado.

De haber sido por Alba habrían hecho el amor; la joven estaba enamorada de él, no tenía dudas de que lo que había sentido con Luis era un sentimiento menos intenso que eso que le ocurría con Eduardo.

Una tarde ella le reprochó por qué no le hacía el amor y él se sintió ofendido.

—¡Luis es mi mejor amigo! ¿Es que te has vuelto loca?

—Da igual si lo hacemos o no... —se excusó ella—. Te amo, Eduardo, y esto no tiene retorno.

El muchacho bajó la cabeza; él también la amaba, pero no se lo dijo.

—¿Eres casta, Alba?

—¡Pues claro que lo soy! —se indignó sin ser consciente de lo que ella misma propiciaba.

—Así te mantendrás entonces para tu futuro esposo.

Dio media vuelta y la dejó sola. Nunca más volvió al río, por más que ella continuó yendo todas las tardes, a la misma hora, sus ojos buscándolo entre el follaje, en el recodo del curso de agua, en los caminos. Eduardo se sustrajo a sus pretendidos encuentros. No podía fallarle a su mejor amigo.

CAPÍTULO 51

Burgos, 1956

—Necesito unos días libres —dijo Antón a su superior en la radio—. Tengo que viajar. Además, un descanso no me vendría nada mal.

—Te hará bien —le respondió De la Riviera—, así te dejas en paz la cara. Últimamente no te está yendo bien en las peleas. —No había señal de burla en sus palabras.

Desde que María de la Paz se había ido y la incipiente relación se había visto truncada, Antón no funcionaba bien. Dormía mal, estaba desconcentrado y había bajado el rendimiento en el ring. Esa mujer le había trastocado la vida y tenía que reconocer que la echaba de menos.

Por eso decidió hacer algo por ella para ganarse su confianza y poder lograr un acercamiento; la quería entre sus brazos. Sabía qué era lo que desvelaba a la muchacha y él intentaría allanarle el camino en su investigación.

Cargó unas pocas pertenencias en el coche y se dispuso a viajar a Alcalá de la Selva. Visitaría a ese misterioso hombre que le enviaba dinero a la mujer del convento. En una de sus tantas conversaciones, María de la Paz le había contado los detalles, y él, como periodista, sabría formular las preguntas correctas, incluso sin levantar sospechas. ¿Qué historia se escondería detrás del envío de billetes a la mujer recluida en el monasterio?

La carretera lo sacó de la ciudad y lo llevó por paisajes variados. Le hubiera gustado compartir el camino con María de la Paz, la muchacha asturiana que había irrumpido en su vida y la había puesto del revés para dejarlo con las ganas.

Alcalá de la Selva pertenecía a la provincia de Teruel; si todo iba bien podría llegar al anochecer. Buscaría alojamiento y al día siguiente haría su visita al sujeto.

El viaje en soledad le permitió reflexionar sobre su vida; era joven aún, pero había hecho tantas cosas que se sentía mayor.

Cuando cayó la luz del sol y las cumbres cambiaron de color supo que estaba cerca. Alcalá de la Selva estaba en plena sierra de Gúdar, a más de 1400 metros. En invierno las nieves tenían un papel fundamental y recibían turistas que buscaban en el esquí un nuevo deporte. A medida que se acercaba por la carretera, vislumbraba el pueblo colgado sobre las montañas, con el castillo de los Heredia custodiándolo todo en lo alto de la roca.

Antón detuvo el coche y se bajó a observar; aquello era digno de ver sin tener que concentrar la vista en el camino. Un graderío de casas suspendidas sobre el valle, un bello conjunto de civilización y naturaleza. El rostro de María de la Paz se le cruzó en la mirada y, si bien una leve sonrisa se evidenció en su boca, de inmediato su semblante volvió a la normalidad. No quería dejarse atrapar por eso que llamaban amor y que él no había conocido en brazos de mujer alguna. Era un hombre libre y quería seguir siéndolo, pero no le vendrían nada mal unos besos y caricias por parte de la asturiana.

Subió al coche y se internó en el pueblo; ya anochecía, debía buscar dónde dormir. Al poco de andar por las callejuelas encontró una pensión donde le ofrecieron cama y cena. Sin pensar demasiado se instaló en ella y disfrutó de una comida casera; luego reposó entre sábanas limpias.

Al día siguiente después de desayunar partió en búsqueda de Jerónimo Basante. Solo tenía un nombre, no era mucho, pero el pueblo tampoco era tan grande; alguien debía conocerlo.

Preguntó aquí y allá, pero nadie recordaba a ese sujeto. Al final, una luz se encendió en su interior: en la oficina de correos tenían que saber. Se dirigió hacia allí y al fin dio con la dirección de Basante.

No estaba lejos, pero ya había andado bastante por las calles del pueblo, algunas de pendiente pronunciada, y decidió subir al vehículo.

Al llegar vio que en la dirección que le habían dado se erigía una carpintería. FRANCISCO JAVIER, decía el cartel que colgaba al frente, con letras talladas en la madera.

Antón bajó del coche y avanzó hacia el pequeño taller donde un muchacho de su misma edad cortaba una pieza con un serrucho.

—Buenos días, ¿el señor Basante? —preguntó.

—Hola —respondió el joven, que dejó sus elementos de trabajo y avanzó hacia él—. No está. ¿Quiere encargar algún mueble?

Antón sonrió, había dado con él.

—No necesito ningún mueble, pero sí hablar con él. —Extendió la mano—. Soy Antón Navarro y vengo desde Burgos.

—¿Burgos? —El muchacho experimentó sorpresa—. Eso es bastante lejos, ¿no?

—Algo así.

—Pues verá, la casa del señor Basante está aquí a la vuelta, la reconocerá porque hay un enorme perro pastor custodiándola. —Al ver la expresión de Antón añadió—: No le hará daño, vaya tranquilo.

—Gracias. —Dio media vuelta para ir hacia la casa, pero en el último tramo se dio la vuelta para formular una pregunta—: ¿Es usted su hijo?

—¡Oh, no! Él no tiene hijos, yo soy solo su dependiente.

Antón avanzó en la dirección indicada y se impresionó al ver al enorme perro de color caramelo apostado al frente de la casa. Se acercó hasta una distancia prudencial y el animal elevó la cabeza que minutos antes tenía recostada sobre las patas. Se miraron a los ojos y Antón se detuvo. Aplaudió para llamar la atención de los habitantes de la casa.

La puerta se abrió y un hombre apareció en el umbral.

—¿A quién busca?

—Al señor Jerónimo Basante —respondió Antón, y dio un paso.

—Soy yo.

El hombre que tenía frente a sí tenía un aire que a Antón le resultó familiar, aunque estaba seguro de que jamás lo había visto.

CAPÍTULO 52

Covarrubias, 1918

El final de la guerra supuso un lento éxodo. Se habían creado dos organizaciones dedicadas a la asistencia de los combatientes españoles que habían luchado en la Gran Guerra con el ejército francés: el Comitè de Germanor amb els Voluntaris Catalans, en febrero de 1916, y el Patronato de Voluntarios Españoles, dirigido por el XVII Duque de Alba, en mayo de 1918.

Aunque ambas entidades enviaron dinero, alimento, ropa y lectura, el contenido político de la labor de cada una fue bien distinto.

Alba aguardaba el regreso de su novio, quien le había enviado carta desde su último destino para anunciarle su llegada.

No había vuelto a ver a Eduardo, no porque ella no quisiera, sino porque este había puesto distancia. A Alba le provocaba ira su reacción, y vergüenza también. A fin de cuentas, Eduardo se había comportado como un buen amigo y ella... Mejor no pensar en eso.

Intentaba olvidar los besos y caricias osadas que habían intercambiado a la orilla del río porque de solo pensar en ello se ruborizaba. ¿Qué pasaría cuando Luis estuviera frente a ella? ¿Tendría ganas de besarlo? ¿O le causaría rechazo al compararlo con Eduardo?

Con él jamás habían llegado tan lejos; su prometido siempre la había respetado y ella había estado a punto de echar todo a perder.

El día del regreso de los combatientes el pueblo se vistió de fiesta: madres que esperaban a sus hijos y novias, a sus prometidos, aunque algunas se llevaron una gran sorpresa cuando el camión que los traía se vació y el rostro anhelado no estaba. Hubo soldados que prefirieron quedarse en Francia o, incluso, seguir en la Legión Extranjera. Hubo pocos muertos en relación con la cantidad de voluntarios; un informe presentado ante la Cámara de Diputados de Francia cifró 335, aunque el nacionalismo catalán elevó el número de manera exagerada.

Al descender del camión Luis buscó entre la multitud a la mujer amada. No importaba que su madre estuviera allí apretando los ojos para no llorar; Alba era a quien él deseaba abrazar en primer término. Cuando sus ojos hundidos por el cansancio y la falta de buena comida encontraron los de color miel de Alba, sonrió. La muchacha descubrió en él un hombre nuevo, parecía haber envejecido diez años. Estaba extremadamente delgado y no pudo evitar compararlo con Eduardo, que era puro músculo.

Luis se acercó y la abrazó, haciéndola girar en el aire en dos vueltas. Ella no pudo responder con la misma alegría. Recibió el beso de sus labios resecos y sintió rechazo ante su aliento de horas de encierro. Pero él no advertía nada, estaba eufórico.

Alba se preguntaba por qué se había ido; todo sería tan distinto de haberse quedado… Pero esa guerra absurda con la que se había comprometido lo había arruinado todo.

—Pero mírate, Alba, ¡estás tan cambiada! —Luis le sonreía sin dejar de mirarla.

Ella no supo qué responder.

Fue la madre de Luis quien la sacó del apuro y reclamó el abrazo del hijo.

Cuando se acabaron los abrazos y los comentarios Luis miró a su alrededor:

—¿Y Eduardo? Le avisé de mi llegada. —Al oír el nombre Alba sintió que todo el calor del sol se concentraba en su cara.

—Seguramente ha querido darte espacio con nosotras —bromeó la madre sin desprenderse de su brazo—. Irá para casa en unos minutos.

Las piernas de Alba empezaron a temblar. No podía enfrentarse a Eduardo junto a Luis; sabía que su cuerpo reaccionaría y todos se darían cuenta de lo que había ocurrido entre ellos. Pero también sabía que ese momento era inevitable, pues Eduardo era su mejor amigo y volvería a reclamar su lugar. Y ella no abandonaría el suyo; el rechazo de Eduardo la arrojaba de lleno a cumplir su promesa de matrimonio. Instalados en la casa, la madre mimó a su hijo con buñuelos y confituras que había preparado para agasajarlo. Luis tenía la sonrisa de quien es feliz, pese al horror que sus ojos habían presenciado. Valoraba la vida más que a nada y se sentía dichoso de estar de nuevo en su hogar en compañía de las personas que más amaba.

Aguardaba ansioso el día de la boda; ya era tiempo de formar un hogar. También deseaba estar a solas con Alba. La notaba nerviosa; seguramente era por el tiempo que habían estado distanciados, pero ahora ya estaba en casa y todo sería como antes, mejor que antes.

La tarde cayó y no hubo noticias de Eduardo. Mejor, pensó Alba. Luis no volvió a mencionarlo, entusiasmado como estaba contando anécdotas de esas que se podían contar, cosas agradables que le habían ocurrido en ese tiempo. Los pesares de la guerra los dejaría guardados en lo más profundo de su corazón; no debían salir de allí.

Ante alguna pregunta de su madre, Luis refería porciones de su vida en el extranjero.

—Estuve en un campamento cerca de Lyon un tiempo; era un sitio de paso, donde también recibimos instrucción.

—Parece que te prepararon bastante, ¿no? —opinó Alba, que no sabía de qué hablar con él, como si fueran extraños—, porque en tus cartas mencionaste otro sitio de entrenamiento.

—Así es. Este tenía de especial el *foyer*, donde podíamos reunirnos cuando no teníamos servicio. Allí charlábamos, comíamos y bebíamos... siempre que no fuera alcohol, claro.

—Te gustaba ese lugar —afirmó Alba en tono de reproche. Él la miró y advirtió algo distinto en su mirada otrora dulce. Supo que algo pasaba, pero no era momento para indagar; esperaría a que estuvieran solos.

—Era un lugar agradable, sí. Desde allí te escribí algunas cartas, había papel timbrado en abundancia, plumas y tinta, además de la biblioteca. Era el sitio elegido por los catalanes también.

Al anochecer Alba anunció que volvía a su casa y el novio se levantó para acompañarla. Caminaron del brazo las calles que separaban ambas viviendas. Iban en silencio; era extraño volver a estar juntos después de casi dos años.

Cuando llegaron él le tomó el rostro entre las manos y se acercó. Notó la incomodidad de ella; se dijo que era pudor. La besó sintiendo crecer la pasión en su interior, pero ella permaneció rígida.

—¿Qué ocurre, Alba? ¡Te he echado tanto de menos!

—Dame tiempo, Luis —pidió ella alejándose un poco y rehuyéndole la mirada—. Has estado lejos muchos meses…

—¿Es que has dejado de amarme? Porque yo te he amado cada día de mi vida, Alba, y he vuelto para hacerte mi esposa.

Al sentir aquellas palabras Alba supo que no había marcha atrás. Por un momento había soñado que él se quedaba en Francia, que se había enamorado allí de una francesa, o española, daba igual. Pero no, allí estaba él, reafirmando su amor.

Alba era incapaz de pronunciar la palabra amor, al menos esa noche, pero tampoco iba a negárselo. Alzó la mirada color miel y sacó una sonrisa.

—Seré tu esposa, Luis Navarro.

CAPÍTULO 53

Gijón, 1956

Hacía una semana que trabajaba en la consulta de Mauricio. Me gustaba lo que hacía, era su secretaria y a veces lo asistía en algunas prácticas con los pacientes.

El horario de trabajo me dejaba tiempo libre para ver a mis amigas y para escribir, aunque mi cabeza no lograba plasmar frases coherentes y terminaba arrojando las hojas al cesto.

Lo único que me perturbaba era que ya no me sería tan fácil viajar a Alcalá de la Selva; no existían en esa época las vacaciones y me avergonzaba sobremanera hacer alusión a ellas.

Pensaba en Antón más de lo que hubiera querido, pero no recibía noticias de él; seguro que ya me había olvidado. No me animaba a preguntarle a Mauricio; si él no lo nombraba, yo tampoco iba a hacerlo. Pasaba algunas tardes con Claudia y entre ambas intentábamos convencer a Tere para que nos acompañara en algunas de nuestras salidas, aunque fuera al cine, pero mi amiga estaba demasiado encerrada en la relación con Jaime, que más que noviazgo parecía una cárcel.

Al ver que de momento había dejado de indagar sobre el pasado de papá, mis padres estaban tranquilos. Aceptaron de buen grado que trabajara. «Mejor, así tienes la cabeza ocupada», me había dicho mi padre con una irónica sonrisa.

Ferrán también estaba trabajando; papá le había conseguido un puesto junto a él, y aunque a mi hermano no le convencía demasiado, porque sabía que nuestro padre era muy exigente, también reconocía que era una buena oportunidad.

Una tarde antes de irme de la consulta Mauricio me invitó a salir. Me sorprendió, pues no había dado indicios de tener algún otro tipo de interés en mí, pero también me halagó. ¿Por qué no? Después de todo, yo era una mujer libre, por más que el recuerdo de Antón permaneciera intacto y perturbara mi mente todo el tiempo. Quizá me hiciera bien conocer a otro hombre y desalojar a Navarro definitivamente. Acepté y quedamos en ir a cenar el viernes. Permití que fuera a buscarme a casa; se había comprado un coche y se le notaba entusiasmado con él. Mamá recibió con agrado la noticia y Ferrán con reproche:

—¿Vas a salir con un amigo de Antón? ¿No te parece desleal?

—Tú no opines. —Le dirigí una mirada de advertencia y mi hermano calló.

Una vez en el coche, Mauricio me envolvió con su conversación; era un hombre interesante, atractivo, un buen candidato, habría opinado Claudia.

Eligió un restaurante en la zona de las playas, con vistas al mar, un sitio nuevo y, por lo que yo sabía, costoso. Comimos un exquisito pote asturiano y lo acompañamos con una de las sidras que elegimos después de que nos dieran a probar entre varias.

Mientras degustábamos el postre, Mauricio disparó:

—María, ¿puedo hacerte una pregunta personal?

—Dime —respondí intentando ocultar mi nerviosismo.

—¿Qué ocurrió entre tú y Antón?

Lo miré con reproche y enseguida agregó:

—Sé que no es de caballero, pero necesito saber antes de tirarme de cabeza contigo. —Su sinceridad hizo que me ruborizara.

—Pues… no ocurrió nada. Ya ves, yo aquí y él allá.

—¡Ay, María! Por tu tono de voz y tu mirada encendida creo que hay mucho más que eso. —Dejó la cuchara con la que comía su flan y me sonrió—. Estás perdida por él.

—No…

No me dejó continuar:

—No se hable más. —Se estiró un poco hacia atrás en la silla—. Podemos ser amigos, María; conozco poca gente aquí.

—Pero…

—No me gusta ser la segunda opción de nadie. ¿No crees acaso en la amistad?

—Pues… no lo sé. Nunca tuve un amigo hombre —vacilé.

—Lo intentaremos. Tampoco es que me haya enamorado de ti, oye. —Empezó a reír y lo imité—. Eres una bella mujer, tienes una gran personalidad, y eso te hace más atractiva. Pero tus ojos están puestos en mi amigo.

Suspiré; no había nada que pudiera decir, él tenía razón.

—Antón es un tipo difícil, María, pero yo creo que no le eres indiferente.

—¿Sabe que estás aquí, en Gijón? —me animé a preguntar, esperanzada.

—Sí, claro que lo sabe. —Su respuesta me desanimó. Hacía más de dos meses que Mauricio estaba en Gijón y Antón no había dado señales de querer verlo, de querer verme. Aunque a decir verdad no sabía cuán amigos eran esos dos—. Llamé por teléfono a la radio la semana pasada; me dijeron que se había tomado unos días, a modo de vacaciones —dijo para mi sorpresa. ¿Estaba de vacaciones y no se le había ocurrido venir a ver a su amigo? ¿A verme a mí? ¿Quién se creía, acaso? En esos tiempos yo me creía el centro del universo—. A saber por dónde anda.

—Dejemos de hablar de él —propuse.

Intenté disimular mi malestar; me había sentado muy mal que Antón estuviera de vacaciones por ahí. Lo imaginaba en brazos de otras mujeres, divirtiéndose sin mí, amando a otra.

Sobrellevé el resto de la cena lo mejor que pude, Mauricio no merecía mi desplante; era un hombre optimista, agradable, y, además, era mi jefe.

Cuando me dejó en casa, en la soledad de mi cuarto lloré de rabia y de celos, y me dormí con un nudo en la garganta.

El sábado amanecí con los ojos hinchados; el llanto nocturno se evidenciaba en mi rostro. Me miré al espejo y me dije que era una boba; Antón estaba por allí pasándolo en grande, disfrutando de vacaciones, cuando nuestro país todavía no contaba con las vacaciones pagadas.

No tenía nada con lo que disimular mi mala noche y tuve que aparecer así en la cocina.

—¿Qué ha pasado, hija? —dijo mamá en cuanto me vio—. ¿Acaso ese hombre se ha propasado contigo? —Se acercó, me tomó por los brazos y clavó en mí los ojos grises.

No pude aguantar y rompí en llanto, aflojándome a su abrazo.

—¡Cuéntame, hija, no me preocupes!

—No, no, no es eso —alcancé a balbucear—. Soy una tonta, nada más.

—¡Ay, Maripaz! Me habías preocupado. —Me soltó y volvió a lo que estaba haciendo antes de que yo entrara—. Vamos, desahógate.

No quería contárselo; prefería guardar mi secreto de amor.

—Nada, lo que le he dicho, soy una tonta… Puse los ojos en donde no debía, nada más.

—¿Es que ese médico está casado?

—No, no es él. Prefiero olvidar el asunto.

—Deja ese asunto en Burgos, entonces. —Mamá no era ninguna tonta y suponía dónde había quedado aquella ilusión truncada—. Y basta ya de llorar, que no te queda bien en ese rostro bonito que tienes. —Me sonrió y traté de imitarla—. Ve, toma el aire por ahí, que llegarán tu hermano y tu padre, y te llenarán de preguntas.

—Gracias, madre. Iré a caminar por la playa.

Me alejé de la casa y enfilé hacia la costa. Teníamos la dicha de vivir cerca del mar. Cuando llegué a la arena me quité los zapatos y caminé paralelo a la línea del agua. Dejé que el viento despeinara mis cabellos y barriera la tristeza de mi rostro. Pensé que Antón no merecía mis lágrimas; lo había visto besar impunemente a una de las muchachas que estaban aquella noche de boxeo y luego se había hecho el enamorado conmigo. Era mala persona. Me había dejado creer que estaba casado; se había divertido viéndome sufrir.

—¡Adiós, Antón Navarro! —grité y dejé que las corrientes de aire se llevaran mi voz.

La decisión estaba tomada; tenía que olvidarme de él. Recordé el refrán «un clavo saca a otro clavo» y pensé en Mauricio. Quizá no era mala opción, pero enseguida deseché la idea; él mismo me había dicho que no quería ser segundo de nadie. Sería egoísta por mi parte. Me acerqué al agua y la toqué; estaba fría. Dejé que se me hundieran los pies en la arena y jugué a que era más pequeña.

El contacto con la naturaleza me había cambiado el humor. Emprendí el regreso. Me había mojado los bajos del pantalón, estaba toda despeinada, pero me sentía mejor.

Cuando abrí la puerta de casa sentí voces que venían del comedor y el típico olor de la única comida que sabía preparar papá. Papá acostumbraba a cocinar los sábados, siempre el mismo menú, pero de esa forma aliviaba a mamá que, como yo, detestaba la cocina.

Al asomar la cabeza en el salón casi me desmayo: sentado en uno de los sillones estaba Antón. Conversaba con Ferrán, que sonreía como un bobo, y con mamá. Papá debía estar en la cocina; si lo había dejado entrar al corazón de la casa le habría parecido inofensivo.

Me detuve en seco y mi hermano advirtió mi presencia.

—¡Mira quién ha venido a visitarnos! —Dos cabezas se giraron para mirarme. Mi desaliño era mayúsculo; la vergüenza acudió a mi rostro enrojeciendo mis mejillas.

Antón se puso de pie y avanzó hacia mí. Con una enorme sonrisa en el rostro sin cicatrices extendió la mano. Como una autómata le di la mía.

—María de la Paz, qué gusto volver a verla. —Fingía respeto en su trato, de seguro debido a la presencia de mamá.

—Es una sorpresa, señor Navarro. —Avancé y me senté al lado de mi madre—. ¿Qué lo trae a Gijón? —Decidí seguirle el juego de la formalidad.

—Me tomé unos días en el trabajo y vine a ver a mi amigo. Por cierto, fue él quien me dio su dirección esta mañana, espero que no le moleste. —Sonreí con falsedad—. Me dijo que está trabajando con él. —Había un velado reproche en el modo en que lo dijo, y decidí aprovecharme de esa situación.

—¡Oh, sí, con Mauricio, somos amigos, además! De hecho, anoche cenamos frente al mar.

Mamá me miró, extrañada de mi comportamiento, pero enseguida mudó su expresión: se había dado cuenta de mi juego. Había descubierto que ese era el hombre que me quitaba la paz. Se levantó y anunció:

—Iré a ver cuánto falta para el almuerzo. ¿Se quedará a comer, señor Navarro?

—Oh, no quiero ser una molestia.

—Vamos, amigo, quédate —pidió Ferrán—. Luego te llevaré a conocer Gijón.

Cuando me levanté para ir con mamá hacia la cocina, Antón también lo hizo y me tomó del brazo al pasar. Se acercó a mi oído y me dijo:

—No he venido de vacaciones, Paz. Tengo noticias para ti.

CAPÍTULO 54

Covarrubias, 1918

Alba esquivó a Eduardo todo lo que le fue posible. Quizá él también la estaba evitando, porque no acudía a ninguno de los sitios donde solían reunirse los tres antes de la guerra; tampoco aparecía en los bares ni reuniones familiares.

Ella no preguntaba por él y Luis parecía no darse cuenta, hasta que una tarde lo mencionó:

—¿No te has preguntado, acaso, por qué Eduardo no se deja ver últimamente? —De solo escuchar su nombre Alba sintió que le sudaba la espina dorsal y le temblaban las piernas. Luis no le dio tiempo a contestar—. Pues que se ha enamorado. —Esa revelación fue como una puñalada en el medio del pecho—. ¿Me has oído? ¡Quién lo diría! El duro de Eduardo perdido por una muchacha. —Como ella no reaccionaba, la miró—. ¿No vas a decir nada?

—Pues… —balbuceó; no le salían las palabras, tenía ganas de llorar—. Pues que me alegro por él.

—Y yo, mi adorada Alba, ahora sí que podremos salir los cuatro. Creo que en los últimos tiempos Edu no ha querido ser un jueves entre nosotros.

El encuentro era inevitable. Alba tuvo que soportar que Luis le contara que Eduardo le había hecho la corte a Mariángeles, la hermana menor de un amigo en común.

—Y eso que Paco no se lo ha puesto fácil —agregó Luis—, le ha hecho jurar que iba de novio en serio. ¡Lo único que falta es que se casen antes que nosotros!

Luis no se daba cuenta del desánimo de su novia; él estaba tan feliz de estar de nuevo en casa, se sentía tan orgulloso de su aporte en esa guerra que solo pensaba en el futuro sin ser capaz de advertir que ella se deshojaba como una margarita. Ya no tenía los ojos encendidos ni la risa cantarina de otros tiempos. Alba había pasado a ser una muchacha sin luz y sin colores.

Su madre era la única que se daba cuenta del cambio operado en la muchacha, pero esta era impermeable a las preguntas. Ni siquiera su hermana Luisa le prestaba atención suficiente como para ver su decaimiento.

Los planes de boda avanzaban de la mano de Luis y Alba no tuvo más remedio que comprometerse con estos. Era ella quien tenía que poner el cuerpo para la costura del vestido.

Hasta que sobrevino el reencuentro. Era el cumpleaños de Luis; Alba no podía faltar, a menos que estuviera muerta debía concurrir. Sabía que Eduardo tampoco faltaría; lo único que rogaba era que no fuera con su novia, no podría soportarlo.

Los ruegos de Alba fueron en vano: Eduardo apareció del brazo de Mariángeles, una jovencita rubia y sin más gracia que unos dulces ojos del color del cielo.

Los vio entrar, sonriendo, y el puñal en su carne se enterró aún más. Tuvo que fingir la bienvenida, soportó el beso de la muchacha y la extraña mirada que le dirigió Eduardo, que no supo descifrar.

Después se sentaron todos alrededor de la mesa, comieron los buñuelos de manzana y las tartas, bebieron y soplaron las velas como era costumbre.

Alba no supo cómo pudo sobrellevar todo aquel circo; le dolía ver a Eduardo pasando su brazo por la cintura de Mariángeles, le hacía recordar las caricias que le había prodigado en el río.

Luis estaba feliz y esa felicidad que parecía haber contagiado a todos a ella le rebotaba en el cuerpo; se veía forzada a simular, a representar el papel de novia contenta cuando lo único que quería era huir de allí.

Observaba a Eduardo cuando se creía a salvo de las demás miradas y no podía entender su actitud. ¿Cómo podía haber olvidado todo lo que habían vivido? De solo recordar lo que habían estado a punto de hacer sus mejillas se coloreaban. En ese momento la vergüenza la acometía; había sido él quien había detenido el volcán que bullía entre ellos. Ella hubiera seguido hasta el final aun si causaba dolor y decepción en Luis. Reconocer que el amigo lo quería más que ella la hacía avergonzarse todavía más.

Eduardo parecía feliz, hasta que hubo un instante en que sus miradas se cruzaron y Alba supo que él también estaba mintiendo. Solo que era mejor actor que ella.

CAPÍTULO 55

Covarrubias, 1919

Con el tiempo a Alba no le quedó más opción que acostumbrarse a la presencia de Eduardo y Mariángeles; a donde iba él, iba ella, parecían siameses. Por un lado, le molestaba, pero por el otro facilitaba las cosas; ya no había oportunidad de estar con Eduardo a solas. De ocurrir eso, ¿qué pasaría? ¿Cómo reaccionaría él? ¿Sacaría el tema o continuarían fingiendo? Era mejor no saber.

Simular se había convertido en su rol de cada día; fingía ser una novia dichosa, una futura esposa enamorada. Quería a Luis, era un buen hombre, pero, tras el volcán que había despertado en ella Eduardo, sabía que su prometido nunca lograría algo de igual magnitud.

Todavía no había tenido intimidad con Luis, ni siquiera alguna caricia subida de tono; él la respetaba tanto que Alba creía que no le gustaba. A veces le daba por pensar que quizá era mejor; tal vez en el tramo final hacia la boda Luis se arrepentía y ella quedaba libre de ese compromiso que no se atrevía a romper. Pero los planes avanzaban como un tren y parecía que nada los detendría.

El casamiento estaba previsto para fin de mes. Habían elegido esa fecha porque el clima era cálido y suave, y permitiría a la novia lucir un bonito vestido sin tener que preocuparse por el frío o la lluvia. Además, el festejo estaba previsto al aire libre. Mesas alargadas en el patio de la casa del novio, flores de estación engalanando los centros de mesa, manteles bordados a mano por las tías de los novios.

La comida también estaba resuelta; el panadero del pueblo cocinaría en su horno un cerdo adobado, regalo de la familia del novio. La bebida, las tartas, todo estaba listo; solo faltaba que llegara la fecha prevista.

La vivienda también estaba casi terminada, una casa algo alejada del caserío, pero que Luis había levantado con sus propias manos con la ayuda de algunos peones. Lo último había sido el techo, que había coronado la obra.

Ahora les tocaba a las mujeres acondicionarla, y para ello habían acudido en comitiva las de ambas familias: las consuegras, la novia y la hermana. Entre las cuatro habían adornado con cortinas, jarrones para poner flores, algunos retratos de la pareja y demás enseres que necesitaba todo hogar.

La madre de Luis se había desprendido de su propia mantelería para obsequiar a su nuera, pues no tenía hijas. Alba había recibido el regalo con sincero agradecimiento y parte de culpa, ¿alguna vez podría quitarse ese sentimiento?

Al desplegar el envoltorio, el olor a lavanda inundó sus sentidos. Alzó la mirada y exclamó:

—¡Es bellísimo! —Frente a ella había ocho servicios con servilletas grandes y pequeñas para té, en color lino natural, bordadas en beige. El esquema decorativo era una guirnalda floral dispuesta en óvalo en el centro del mantel y se completaba con un pequeño ramo en las esquinas.

—Lo hizo mi madre para mi boda —dijo la mujer con franca emoción—. El bordado fue hecho con mucho detalle, ¿lo puedes apreciar? —Ambas acercaron la tela al rostro y los ojos de la suegra se llenaron de luces—. Cordoncillo, cordón a realce, bodoques y vainicas ciegas —suspiró—, aún recuerdo el énfasis que ponía en enseñarme... Nunca pude aprender.

—Lo cuidaré —murmuró Alba, emocionada—. Gracias.

Su madre también sacó su regalo; ella tenía su propio tesoro.

—Las bordé para ti —dijo María, y Alba se preguntó en qué momento lo había hecho, pues nunca la había visto.

Abrió el envoltorio y un juego de cama de batista en tono natural, bordado en el mismo color, se desplegó ante sus ojos. ¡Cuánta expectativa había en ese matrimonio! Todos estaban felices excepto ella, que solo podía experimentar una tenue alegría.

También las sábanas tenían una decoración muy fina, en forma de guirnalda de hojas de laurel dispuesta alrededor del embozo y en las bocas de la almohada. Habían sido bordadas en bastidor: plumetis, punto de talle, bodoques rodeados por cordón y punto de sombra con adorno encima a punto cruz doble.

—¡Gracias, madre! —Alba se abrazó a ella y María percibió la angustia de su hija. Tenía que hablar con ella.

Pero ello no fue posible hasta dos días después, cuando finalmente se quedaron solas. Entre tanto trajín siempre había alguien en la casa y por la noche estaba Luisa. María pensaba que era Alba la que impedía el acercamiento; era propio de su hija escapar a los problemas, pero no se saldría con la suya. Era su responsabilidad como madre tener esa conversación.

—Alba, querida —empezó María, y la joven supo de antemano la filípica que se le venía. Pero su madre no iba de reprimenda, sino de consejo—. Sabes que puedes contar conmigo para lo que sea.

—Lo sé, madre, ¿a qué viene eso? —Le eludió la mirada; no quería que leyera en ella su agobio.

—Tú no estás enamorada de Luis. —Así era María, directa.

—Pues claro que lo estoy…

La madre no la dejó terminar:

—A mí no me mientas, Alba, que sé de qué pata cojeas.

—Yo lo quiero.

—Querer no es amar, y tú lo sabes bien. Has conocido la diferencia. —La madre le buscó la mirada y vio los ojos llorosos de la hija—. Todavía estás a tiempo.

—Me casaré con Luis, madre, no puedo hacerle eso.

—Yo solo quiero tu felicidad, y que sepas que estoy de tu lado.

—Lo sé, madre. Seré feliz con Luis, se lo juro.

A fin de mes se celebró la boda en la capilla del pueblo. El novio lucía exultante; la novia tenía en la boca una sonrisa de cartón.

CAPÍTULO 56

Gijón, 1956

La comida de ese almuerzo me sentó mal. Papá y Ferrán estaban seducidos con la presencia de Antón, era un encantador de serpientes. La sobremesa se extendió más de lo habitual y me asombró escuchar a papá interesarse por el boxeo; nunca lo habría imaginado.

—Como le expliqué a Ferrán —continuó Antón—, lo mío no es boxeo profesional, solo *amateur*.

—Pero gana dinero con ello —intervino mi madre.

No había crítica en su frase, pero Antón así debió interpretarlo porque añadió:

—Tengo un trabajo decente también, señora. Soy periodista.

—No pensé que no lo tuviera —agregó mamá—, solo fue una observación. ¿Lo hace por el dinero? ¿O hay algo más que lo impulsa a la pelea? —Ahora sí mi madre estaba siendo más inquisitiva. Contra todo pronóstico, Antón dijo la verdad que ninguna madre quiere oír:

—Un poco de cada, debo reconocer.

—Vaya —dijo mi padre poniéndose de pie, anunciando que la sobremesa había terminado—. Me gusta este hombre. —Sonrió—. Tiene agallas.

Mi boca se abrió para decir algo, pero no supe qué. Antón sonrió también y Ferrán lanzó una carcajada. Mamá lo miró con reproche y se fue detrás de papá.

—Me gustaría dar un paseo por la playa —dijo Antón y fijó el carbón de sus ojos en mí.

—Ferrán puede acompañarte, él siempre está dispuesto —respondí con ironía.

—Pero yo quiero que me acompañes tú. —Mi hermano anunció que se iba al pueblo y nos dejó solos. No me quedó más remedio que cumplir con su deseo.

Caminamos en silencio hasta la línea de la costa; por primera vez no sabía qué decir. Al llegar a la orilla Antón se detuvo y miró el mar.

—Eres afortunada de tener esto para ti cuando lo deseas. —Abrió los brazos y abarcó con ellos toda la extensión—. Es magnífico, me gusta este sitio para vivir.

—¿Estás pensando en mudarte acaso?

—Quizá, hay aquí varias cosas que me gustan. —Se acercó a mí y me retiró un mechón que la brisa marina había llevado a mi boca—. Dichosos tus cabellos. —Al principio no entendí la frase, pero cuando su dedo índice delineó mis labios supe a qué se refería. Me besó sin prisas, pese a que pude sentir su deseo demorado; yo estaba igual. Ese encuentro venía a saciar mi sed de él, lo había extrañado.

Al beso sumó las manos, que me apretaron por la cintura, acercándome a su cuerpo. Sentí su pecho firme y el calor que emanaba. Si alguien acercaba un fósforo de seguro que nos quemábamos.

Interrumpí la unión porque sentí que estaba en zona peligrosa. Antón me tomó de la mano y caminamos por la orilla.

—¿A qué has venido?

—Ya te lo he dicho, tengo noticias para ti. —Nos sentamos sobre la arena, de cara al mar—. Quería que dejaras de pensar mal de mí. —Me sonrió de lado, con esa ironía que lo caracterizaba.

—Igual pienso mal de ti. Me la jugaste sucio. —Seguía resentida con él.

—Yo no hice nada, Paz, tú sola creíste tu historia.

—Pero me dejaste creer… —reproché—. ¡Llevas un anillo de matrimonio! Eso no puedes negarlo.

Al escuchar esa frase su mirada se ensombreció y eso me condujo a pensar que Antón albergaba otro secreto. ¡Era como una caja de sorpresas! ¿Y si estaba casado? Quizá fuera viudo y eso lo entristecía…

—¿Vas a contarme?

Me miró con fiereza antes de hablar.

—Te dije que confiaras en mí. ¿Acaso no puedes hacerlo?

—Necesito saber —pedí.

—Pues tendrás que contentarte con saber que me gustas. —Se aproximó y me tomó la cara entre las manos—. Me gustas mucho, Paz, ¿no es eso suficiente?

Me alejé; no quería caer de nuevo bajo su hechizo, tenía el poder de convertirme en cera líquida entre sus manos.

—No, no lo es.

No le gustó mi respuesta, pude leerlo en todo su cuerpo, pero yo no iba a dar el brazo a torcer. El malestar le duró poco; Antón era un hombre acostumbrado a adaptarse a las situaciones que se le ponían enfrente.

—Estuve en Alcalá de la Selva. —Si quería captar de nuevo mi atención, la tuvo toda. Abrí los ojos, incrédula—. Fui por ti, Paz. —Era un gran manipulador; intenté mantenerme inmune.

Como yo no preguntaba nada y me limitaba a esperar, continuó:

—Estuve con ese hombre, Jerónimo Basante. Me confirmó que es él quien envía dinero a Alina en el convento de Nuestra Señora de la Perseverancia.

—¿Te dijo por qué?

—Tal como suponíamos, una deuda de los tiempos de la guerra. Al principio le costó hablar; no era un buen recuerdo para él.

—¿Él también tiene secuelas? —No sé por qué formulé esa pregunta.

—Sí, perdió la movilidad de una de las manos, la llevaba colgando al lado del cuerpo. Pero me pareció un hombre fuerte —me dijo Antón—. Su mujer fue más reacia, se veía incómoda con mi presencia; por lo que pude deducir, ella también combatió en la guerra.

—Vaya, qué historia… —Quedé pensativa; me hubiera gustado conocer a esa gente—. ¿Le preguntaste si conoció a un Noriega? ¿A Bruno Noriega?

—Claro que le pregunté —me respondió con sorna—. ¿Por quién me tomas? —Como no me contestaba lo insté a seguir—. No, no conoció a ningún Noriega.

—¡Creo que nunca voy a armar el rompecabezas! —pensé en voz alta.

—¿Qué rompecabezas? —Antón sacó un cigarro y lo encendió ahuecando sus manos para evitar que la llama se apagara con la brisa del mar—. Esto no es un juego, niña. —No me gustó que me hablara en ese tono.

—No soy una niña —protesté.

—No lo estás demostrando.

Miré hacia adelante; no soportaba sus ojos inquisidores en mi rostro, esa mirada burlona que por momentos parecía desnudarme.

—¿Tú crees que Alina desvaría?

—No lo sé. Te dijo que su marido salvó a tu padre y tu padre nunca estuvo junto a Tom Castro; ni siquiera lo conoció.

—Pero ella sí estuvo con mi padre, ella dejó la nota en su bolsillo —insistí—. ¿Cómo podía saber ella que mi padre había sido abandonado? ¿Cómo podía saber que él no conocía su verdadera identidad?

—No lo sé, Paz —Antón se estaba cansando, noté el hartazgo de su voz—. Después de todo, ¿es tan importante para ti? Si tu padre, que es el implicado en esta historia, no tiene interés en saber… ¿No crees que es hora de dejarlo en paz?

—¿Por qué ese hombre le envía dinero a Alina? —Antón me miró con sorpresa.

—¡Eres incansable!

—Solo quiero saber… ¿le preguntaste?

—Me dijo que Tom Castro lo ayudó a escapar de un campo de concentración.

CAPÍTULO 57

El matrimonio de Tom y Alina no era lo que la muchacha había soñado. El marido pasaba casi todo el día fuera de la casa; con la excusa de que el dinero nunca alcanzaba, Tom trabajaba más de lo normal.

Alina sospechaba que tenía una amante; sin embargo, las veces que lo había seguido no había descubierto nada nuevo. De la casa al trabajo y viceversa, a veces un vermut con los amigos. Nada que la hiciera sospechar.

De vez en cuando, Tom se ausentaba unos días y no daba mayores explicaciones por más que ella las reclamaba. Alina sabía que se iba de viaje; él no se ocultaba al preparar la maleta ni negaba la partida.

—¿A dónde vas, Tom? ¿Vas al pueblo? —El fantasma de Lola seguía rondando en la mente de la muchacha, aunque hacía tiempo que no viajaban a ver a la familia.

—Sabes que no, mujer. De ser así iríamos juntos.

—¿Entonces?

—Volveré a más tardar en una semana. —Dejaba dinero sobre la cómoda, le daba un beso en la frente y partía.

Al quedar sola, Alina vagaba por la casa y por la ciudad en busca de respuestas, pero nada aliviaba su desazón. Amaba a Tom, pero cada día era más difícil sobrellevar ese matrimonio del que a menudo se arrepentía. Pasaba sola la mayor parte del tiempo, y cuando estaban juntos no existía esa comunión que tenían cuando eran amigos.

Por las noches, sus cuerpos ni siquiera se buscaban; ella había desistido de ir a su encuentro porque Tom no tenía interés en hacerle el amor. A Alina le dolía su rechazo, la hacía sentir fea y desagradable, y el temor de que él tuviera otra mujer volvía a rondarla.

Ni siquiera dormían bien porque Tom tenía esas extrañas pesadillas cada vez más seguido. Se despertaba a gritos, empapado en sudor en pleno invierno, llorando como un chico, y ella no podía hacer nada para ayudarlo. Ante sus preguntas, él siempre repetía que había sido un mal sueño, pero eso ella ya lo sabía.

Alina no lograba atravesar esa barrera que él había levantado a su alrededor.

Decidida a enfrentarse al problema, aguardó a que Tom regresara de su viaje para poner las cosas en orden. No tenía sentido sostener esa unión ficticia, ya no lo soportaba. Volvería al pueblo, con su padre, y aguantaría con estoicismo la vergüenza que eso significaría, pero cualquier cosa era mejor antes que sufrir ese agravio.

Cuando Tom abrió la puerta y entró con su cara triste y su maleta, halló a Alina esperándolo. La muchacha había preparado sus cosas hacía ya unos días. Hubiera podido irse antes, pero decidió que ella sí daría la cara y le contaría lo que le pasaba. Ella no sería igual que él, que iba por la vida mintiendo y fingiendo algo que no era. Se iría, pero con la frente en alto.

El hombre se sorprendió; dejó su equipaje en el suelo y avanzó hacia ella. La abrazó, temiendo una mala noticia.

—¿Le ha ocurrido algo a tu padre?

Alina lo miró con pena; Tom era incapaz de darse cuenta de su estado. Se separó de él.

—No, Tom, mi padre está bien. Somos nosotros los que estamos mal.

—No entiendo... —Se sentó; venía cansado del viaje después de tantos pueblos recorridos.

—Pues que me voy, esta farsa se acabó.

Al oír sus palabras Tom se puso de pie como un resorte; enseguida estuvo a su lado y le tomó las manos.

—¿Te has vuelto loca, mujer?

—¿Loca, dices? ¡Harta! ¡Estoy harta! —Era la primera vez que ella levantaba la voz—. No puedo sostener este matrimonio yo sola, porque estoy sola, Tom, tú no eres un marido.

—Escucha, tranquilízate. —La llevó hasta el sillón y la hizo sentar a su lado—. Sé que en este último tiempo he estado...

—¡No has estado, Tom! Ese es el problema, que no estás nunca, y cuando estás es como si no estuvieras. No tenemos nada, Tom, ni siquiera cariño. —Alina se puso a llorar.

—Puedo explicártelo, Alina, pero no me dejes. —Él también tenía los ojos brillantes y ella se conmovió.

—Quiero la verdad —imploró—, aun si tienes una amante quiero saberlo.

—¿Amante? —Tom soltó una risa lastimera—. ¿Es que no confías en mí? En el pueblo era Lola, y aquí es otra... —Se pasó las manos por el pelo—. No, Alina, no tengo una amante.

—¿Entonces? ¿Por qué no podemos ser marido y mujer de manera normal?

Tom suspiró y bajó los ojos; era tiempo de decir la verdad. Empezó a hablar.

CAPÍTULO 58

Alba y Luis llevaban ya casi cuatro años de casados, pero los hijos no llegaban. Ambos deseaban tener una bulliciosa descendencia y quizá esa misma ansiedad era la que impedía el embarazo.

Alba se había reconciliado consigo misma y con la vida, había dejado atrás el resentimiento de ese amor que no pudo ser y se afanaba en hacer que su matrimonio funcionara. Tal como se lo había prometido a su madre, sería feliz junto a Luis.

La noche de su boda le había costado entregarse a la pasión de su flamante esposo, quien, si bien supo conducirla por el camino del amor, no logró encenderla lo suficiente para alcanzar el clímax que a él arrojó sobre el pecho femenino una vez saciada su sed.

—No te preocupes; las primeras veces costará un poco más —la había consolado Luis cuando ella rompió en llanto. No lloraba por su falta de placer, como él ingenuamente suponía, lloraba por lo perdido, que era mucho más que su virginidad.

Con el correr de los tiempos, Alba fue aprendiendo a hacer el amor y a disfrutar de los placeres carnales, aunque siempre se preguntaba cómo habría sido con Eduardo. Ese pensamiento ya no le generaba culpa, se había perdonado ese querer. El amor nunca podía ser algo malo, y ella había amado. Quizá aún lo hacía, pero el respeto por su esposo estaba por encima de todas las cosas. Y la amistad porque, en contra de todos sus pronósticos, se había hecho amiga de Mariángeles.

Eduardo se había casado con ella el año anterior y parecían felices. Nunca más vio en la mirada de él algo que no fuera amistad. Nunca más se habían visto a solas. Todo marchaba sobre ruedas.

Mariángeles era una muchacha tímida y algo corta de carácter, lo cual, a Eduardo, tan seguro de sí y tan activo, le venía de perlas porque hacía y disponía de los tiempos del matrimonio a su antojo. Si tenía ganas de irse a pescar, allá iban, ella detrás como un perrito faldero. Si por el contrario a Eduardo se le ocurría escalar los cerros en busca de algún animal para cazar, Mariángeles lo esperaba en la casa asando pasteles.

Luis, en cambio, era más tranquilo y hogareño, raras veces se le ocurrían planes extraordinarios; la guerra en la que había participado lo había cambiado y sosegado su espíritu otrora combativo. Además, estaba esa secuela que se había evidenciado con el correr de los meses: algo había afectado sus pulmones y a menudo se agitaba y debía guardar reposo. El médico que lo atendía dijo que podía deberse a alguna explosión cercana, y Luis había sufrido varias. Había estado en sitios cerrados que habían ardido bajo las bombas, y todo eso que había inhalado en los incendios lo había afectado.

María, la madre de Alba, al fin se había tranquilizado. El fantasma de ese amor truncado la había rondado incluso en sueños y temía que sus miedos se hicieran realidad. Pero los años habían pasado y las cenizas parecían haberse apagado.

Cuando se reunían los matrimonios, ya fuera en una casa o en una taberna, las mujeres empezaban a hablar de bebés y los hombres, de política, donde no coincidían.

La guerra de Marruecos ya había dividido a la población española y más aún al ejército, donde se cuestionaban los ascensos entre los que defendían los méritos de la guerra y los que preferían la antigüedad.

Pero lo que afectaba al país desde septiembre era el golpe de Estado por parte del capitán general de Cataluña, Miguel Primo de Rivera, quien se sublevó contra el Gobierno.

Y ahí era donde los amigos no estaban de acuerdo.

Luis era defensor del Gobierno democrático, incluso cuando el sistema monárquico estaba en crisis y los partidos de turno eran incapaces de afrontar el régimen en pleno.

—Pero ¡qué puedes esperar de un rey como Alfonso XIII! —discutía Eduardo con énfasis—. Cuando el Gobierno le pidió la destitución de los generales sublevados y la convocatoria a Cortes Generales, su majestad nombró a Primo de Rivera como presidente.

—¡Han suspendido la Constitución, Eduardo! ¿Es que no adviertes la gravedad de lo que estamos viviendo? —refutó Luis—. Han disuelto los partidos políticos y declarado el estado de guerra.

—Tú tranquilo, amigo —consoló Eduardo—, verás que estaremos mejor que antes.

Alba escuchaba la conversación con una oreja mientras que con la otra oía a su amiga. No le gustaba esa nueva faceta de Eduardo porque el Gobierno de Primo de Rivera era dictatorial, había sido un golpe de Estado. Y, aunque una parte de la sociedad española había recibido la dictadura con entusiasmo, ellos no estaban de acuerdo.

—¡No entiendo la postura de nuestro rey! —se quejó Luis—. ¡Una dictadura decidida por el propio Alfonso XIII!

—No es nuevo esto, Luis —informó Eduardo—. Lo mismo hizo el año pasado el rey de Italia, Víctor Manuel III, cuando se negó a firmar el decreto que declaraba el estado de emergencia para impedir la marcha sobre Roma por parte de los fascistas para luego nombrar a Mussolini jefe del Gobierno.

—No sabía… —confesó Luis, dudando.

—Es lo que se viene, amigo, yo te diré hacia dónde debes recostarte.

—¡Una dictadura con rey! ¡Dónde se ha visto!

A partir de ese momento Eduardo empezó a involucrarse cada día más en las cuestiones políticas, acercándose a militares que llegaban al pueblo quién sabe para qué, haciéndoles pequeños trabajos, metiéndose poco a poco en ese nuevo Gobierno.

CAPÍTULO 59

Covarrubias, 1925

La dictadura de Primo de Rivera iba a ser temporal, pero su propósito de permanecer solo noventa días para regenerar el país duró seis años y cuatro meses.

La vida en el pueblo no había cambiado demasiado, excepto por la restricción de las libertades políticas, la suspensión de las garantías constitucionales y la censura en las publicaciones de la prensa. Pero en lo cotidiano de un caserío entre las montañas no se notaba tanto, excepto por la presencia militar en las calles.

—Aquí al menos somos todos españoles —solía decir María cuando recibía la visita de su hija Alba—, imagina a los pobres catalanes y los vascos. Les han prohibido sus banderas y su lengua.

—Pero ¡qué dice, madre! Si somos todos españoles —se quejaba Alba.

Con Luis solían hablar del tema, pero siempre de puertas adentro; así lo prefería Alba, aunque su marido no temía nada.

—Calma, mujer, si Eduardo forma parte, tan malo no puede ser.

—Pero Alba no estaba tan segura.

Los gobiernos democráticos del resto de Europa también se tambaleaban; el fascismo se había impuesto en Italia en 1922 y los regímenes autoritarios habían alcanzado a Portugal y Polonia.

Toda la cuestión política quedó desplazada para el matrimonio cuando Alba descubrió que estaba embarazada. ¡Al fin serían una familia completa!

Luis saltó de alegría cuando recibió la noticia para terminar tosiendo a causa del esfuerzo exigido a sus debilitados pulmones. María, que soñaba con ser abuela, se puso a tejer y coser de inmediato el ajuar del ansiado bebé.

Las conversaciones ahora giraban en torno a náuseas, tamaño de la ropa, la cuna y demás cuestiones que tenían que ver con el nuevo integrante de la familia.

Mariángeles se sintió dichosa por la novedad, aunque un dejo de tristeza se coló entre la alegría; ella también quería ser madre, pero la cigüeña no venía.

Alba, conmovida, en un arranque de emoción le dijo que ella sería la madrina del bebé. A Mariángeles se le llenaron los ojos de lágrimas, pero enseguida recapacitó:

—Pero… ¿qué dirá tu hermana? —A Alba también se le opacó el rostro, pero se recompuso enseguida; no podía causar más desazón en su amiga.

—Luisa será la madrina del segundo.

—¿Estás segura?

—Claro que lo estoy, tú serás la madrina.

Las amigas se abrazaron y empezaron a planear para el futuro. Cuando los matrimonios se reunieron para celebrar, Luis le ofreció el padrinazgo a Eduardo, sin creer necesario consultarlo con su esposa. Después de todo ella había puesto de madrina a Mariángeles, y qué mejor que ambos compartieran al ahijado.

—O ahijada —dijo Eduardo, que soñaba con una niña, esa niña que ellos no podían concebir.

Durante el brindis las miradas de Alba y Eduardo se cruzaron; él le sonrió, y ella no estuvo tan segura de que entre ambos no quedara nada. Una chispa fue suficiente para avivar el viejo fuego.

El embarazo transcurrió con los vómitos habituales y la joven madre aumentó unos cuantos kilos. La ansiedad la llevaba a comer más de lo normal, pero lo hacía pensando que todo lo que ingería iba para el bebé, que crecería sano y fuerte como un toro.

María había cosido y tejido un ajuar completo en color beige, porque no podían saber si sería niña o niño. La otra abuela lo había hecho en verde pálido porque opinaba que había que darles color a los niños en cuanto llegaban al mundo.

—Yo siento que es un varón —dijo Alba pasados los cinco meses.

—Entonces lo será —contestó María—; una madre nunca se equivoca.

Alba sonrió y empezó a pensar nombres para su hijo.

Luis la mimaba y consentía más que nunca, le llevaba flores como en los primeros tiempos de novios y le cumplía todos los antojos.

El médico había dicho que nacería en mayo del año próximo.

—Preciosa época para nacer —dijo la abuela por parte de padre—, ya empezará el calor y no se enfermará tanto.

Las futuras abuelas la visitaban a diario y a menudo discutían sobre la crianza que había que darle el niño, sin prestar atención a la sonrisa burlona de la madre, que no permitiría que ninguna de ellas invadiera su hogar para dictar órdenes. Pero de momento las dejaba hacer.

Cuando se lo contaba a su marido por las noches, reían juntos y delineaban su propio plan para formar a ese hijo tan ansiado.

—Si es niña me gustaría que se llamara como tú —dijo Luis—, porque tú eres luz, eres día, eres amanecer.

—Oh, Luis, ¡qué dulce eres! Pero no quiero una niñita que ande por ahí con mi nombre. Los hijos deben ser únicos. —Le acarició el rostro con ternura—. Además, será varón.

—Sigues con eso…

—Pues sigo porque lo sé, lo siento aquí —dijo tocándose el pecho—. Me gustaría que se llamara Antón.

—De acuerdo —concedió Luis—, si es niña elegiré yo, y si efectivamente es niño se llamará Antón. Antón Navarro, suena bien.

CAPÍTULO 60

Gijón, 1956

Mamá invitó a Antón a cenar, lo cual no fue de mi agrado. No tenía ganas de pasar todo el día con él. Por fortuna, después del paseo por la playa se fue a ver a Mauricio, lo que me dio un poco de libertad. Al quedarme sola anoté los datos que Antón me había dado:

Jerónimo Basante había escapado de un campo de concentración ayudado por Tom Castro. Y este había muerto por su culpa.

Recordé lo que me había dicho Alina. Según ella, su esposo había muerto a causa de un prisionero al que había ayudado a huir. La historia era cierta, solo que no había sido mi padre. Quizá de allí partiera su confusión. Noriega es un apellido común. Debía cerrar esa puerta que lo único que hacía era agregar datos que no llevaban a ningún sitio. Sí, era una confusión. De todas maneras, decidí investigar, si es que era posible, la historia de Jerónimo Basante.

Luego quedaba unir la nota que mi padre había hallado en un bolsillo con el propósito que había impulsado a Alina a dejarla allí. Eso sí que no era casualidad, porque mi padre carecía de un pasado cierto. Revisé mis anotaciones, necesitaba cerrar las intrigas, pero siempre quedaba la principal: ¿quién era mi padre? ¿Por qué su madre lo había abandonado siendo un bebé?

Al atardecer, después de devanarme los sesos tanteando posibilidades, decidí ayudar a mamá con la cena.

—¡Vaya sorpresa la de hoy! —me dijo apenas me asomé a la cocina—. Por tus ojitos deduzco que ese es el hombre que te trae de cabeza.

—¡Ay, madre! —suspiré; no tenía sentido mentirle—. Así es... Antón es... —Me costaba trabajo encontrar las palabras adecuadas para compartir con ella—. Es un tornado en mi vida. Llega y desordena todo.

—Así es el amor. —Me miró con esos ojos grises, como los del abuelo, tan elocuentes—. No te deja opciones.

Metí mano en las verduras y la ayudé a cortarlas.

—Ponte un delantal —aconsejó—. A tu padre le gustó, y mira que tu padre es exigente.

Sonreí.

—Ahora solo queda que él se decida, madre.

—¿Tienes dudas de lo que pueda sentir por ti? —Mamá dejó lo que estaba haciendo y se puso de costado para verme la cara.

—Antón es... No lo sé, mamá. No sé lo que siente por mí.

—Pues yo creo que le gustas. —Me sentía extraña hablando de eso con mi madre, cuando debería estar hablándolo con una amiga. Sin embargo, mamá era una persona moderna para la época y sabía que podía confiar en ella—. Vino hasta aquí para verte. ¿O acaso te crees esa excusa de una investigación?

Antón le había dicho a mi familia que se había tomado unos días en la radio para investigar un tema que tenía pendiente. Fuera como fuera, la investigación me concernía a mí.

—Me dijo que le gusto, pero de ahí a algún tipo de sentimiento...

—Entonces, querida mía, ten cuidado. —Mamá volvió a concentrarse en la olla donde metía las verduras que yo cortaba—. Ten cuidado con lo que le das —agregó.

La miré de reojo; estaba algo ruborizada y no era por los vapores de la comida.

Cuando Antón llegó, se sentó en el comedor a conversar con papá y Ferrán mientras mamá y yo poníamos la mesa. Entre pasada y pasada pude escuchar que mi padre le preguntaba sobre Burgos, el trabajo y cuánto tiempo se quedaría en Gijón. Esa parte me interesó y me escondí detrás de la puerta. El corazón me saltó de alegría cuando Antón dijo que se quedaría una semana.

Una vez sentados para cenar, como buen visitante, Antón elogió la comida de mamá y esta agregó que yo había participado. Recibí la sonrisa burlona de Antón, quien sabía que no me gusta cocinar.

—Supongo que al estar en la radio debe recibir las noticias de primera mano —dijo papá mientras cenábamos.

—En gran parte es así —afirmó Antón—, aunque todavía sufrimos una importante censura en los medios de comunicación.

—¿Y lo de Marruecos lo supieron antes que el resto? —quise saber. En marzo, Francia había otorgado independencia a la zona que estaba bajo su Protectorado, y al mes siguiente le tocó a España.

—En cuanto ocurrió lo de Francia —dijo Antón, mirándome con asombro, como si le extrañara que estuviera informada de lo que pasaba fuera de mi mundo—, tuvimos información sobre disturbios y revueltas en la zona española. Era evidente que algo iba a suceder.

—Eso no quedará así —sentenció papá—. En unos meses Marruecos reclamará su soberanía sobre el enclave de Ifni.

—Cuéntenos, Antón —pidió mamá—, ¿cuáles son sus planes en este viaje de vacaciones? —No sé si mamá trataba de ayudarme, pero agradecí que ella formulara la pregunta que yo no me animaba a hacerle.

—A decir verdad, no tengo demasiados planes más que descansar y disfrutar del mar. Mi investigación está encaminada. —Mirándome añadió—: Me gustaría que María de la Paz me acompañara en algún paseo.

—No lo creo —me apresuré a decir—; tengo que trabajar.

—Eso seguro que tiene arreglo. —Bebió un sorbo de vino—. Hablaré con Mauricio.

No me gustó su actitud, como si pudiera resolver sobre mí, pero no dije nada. Vi las miradas que intercambiaron mamá y papá, y el gesto de ella como diciendo «luego te explicaré».

Seguí a mamá a la cocina, con la esperanza de que Antón se fuera pronto.

—Ese muchacho tiene interés en ti, hija, aunque hay algo que lo hace vacilar. Ten cuidado.

—Lo tendré, madre, gracias por el consejo. —En ese momento no sabía por qué mamá temía que me apresurara a entregarle mi cuerpo. Había un porqué.

Antes de medianoche Antón anunció que se iba. Ferrán lo acompañó hasta la puerta y el resto nos despedimos desde el comedor. Creí que estaba a salvo hasta que mi hermano me llamó:

—Antón quiere decirte algo.

Molesta, fui hacia el umbral.

—Pasaré a por ti mañana por la tarde —anunció con esa sonrisa de autosuficiencia.

—Tengo que trabajar, ya te lo he dicho.

—Y yo te he dicho que eso no será problema. —Se acercó y me robó un beso—. Estate lista.

Se fue sin darme tiempo a replicar.

CAPÍTULO 61

Después de su confesión, Tom se quedó aliviado. Ya no tenía que mentir ni fingir. Alina lo había comprendido. Incluso le había pedido disculpas por haber desconfiado de él.

—Lo que no entiendo es por qué Lola... —La muchacha temía ofenderlo, sin embargo, necesitaba saber—. Por qué ella es tan amiga.

Tom vaciló, pues no estaba seguro de que su esposa entendería esa amistad. No obstante, decidió ser sincero.

—Es una larga historia, que en parte no va a gustarte.

—Quiero oírla. Necesito oírla.

Tom suspiró.

—Está bien.

Le contó de ese día, cuando sus hermanos y primos lo llevaron para iniciarse con ella.

—No pude, Alina, por más que Lola se me ofreció e incluso llegó a... llegó a tocarme, no pude, no sentí nada. —Alina lo miraba mientras una extraña mezcla de sentimientos crecía—. Entiende que esto es muy difícil para mí, aunque prometí contártelo.

—Sigue. —Se tuvo que tomar de las manos para detener su temblor.

—Lola se burló de mí, insinuó que era mariquita. —Tom se dio la vuelta; no podía mirarla a los ojos mientras le contaba aquello—. La golpeé. Golpeé a una mujer, Alina, y eso me causó mucho dolor. No quería ser así. —Su voz estrangulada lo obligó a callar.

—¡Oh, Tom, lo siento tanto! —Alina se puso a su espalda y lo abrazó.

—Después... tuve que contarle a ella la verdad. —Giró con ímpetu y clavó los ojos oscurecidos en los de su esposa—. No podía dejar que creyera que yo... que yo era así. Le conté todo, y Lola lo entendió y perdonó mi reacción. —Alina bajó la mirada—. Sé que es duro para ti, pero ella fue una gran amiga. No me juzgó. Hicimos un pacto; nunca nadie sabría lo que pasó allí dentro. Para todos, habíamos sido amantes. —La tomó por los hombros—. ¿Lo entiendes, Alina? Ella nunca le contó a nadie de mi vergonzoso problema. Y ese secreto nos convirtió en amigos. —Alina se puso rígida, no le gustaba lo que oía—. Sé que ella me quería, Alina, lo sé, nunca lo ocultó. Sin embargo, me respetó. Y por ese amor que ella sentía por mí yo le di mi amistad. ¿Qué otra cosa podía hacer?

—Y durante esas visitas...

—Durante esas visitas hablábamos. A veces íbamos a mi problema; otras, conversábamos de cualquier otro tema. —Los ojos de Alina estaban brillantes, mezcla de pena y de impotencia—. ¿Me crees?

—Sí, Tom, te creo.

—¿Entonces?

—Me duele que conmigo nunca hayas alcanzado ese nivel de confianza. ¡Creí que éramos amigos! —El orgullo de mujer herida era inevitable.

—Y lo somos. —Tom la abrazó y la apretó contra su cuerpo—. Lo somos y lo fuimos, no tengas dudas de eso. A ti te amo, Alina, nunca dudé de ese amor. Y tú, con tu amor, poco a poco fuiste sanando esas viejas heridas.

—Sin embargo... —calló. No quería avergonzarlo de nuevo con su problema.

—Sin embargo, solo contigo he podido hacer el amor, Alina, aunque no sea lo mejor que haya hecho en la vida. —Sonrió con pena—. Intentaré darte eso que tanto anhelas, mi amor.

No hacía falta aclararlo; ambos sabían que Alina quería un hijo con desesperación.

Los meses siguientes el matrimonio pareció florecer. Tom se había sacado una pesada carga de encima y a menudo terminaba contándole a Alina esa parte de su pasado que oscurecía su presente.

Alina lo escuchaba, a veces callada; otras, con ansias de saber, lo llenaba de preguntas que Tom no podía responder.

Así pasaron los años. El fantasma de Lola había quedado en el pueblo, rara vez Tom se refería a ella, ni siquiera le escribía una carta. De vez en cuando Tom partía en uno de esos viajes que antes a Alina le parecían misteriosos y que ahora comprendía. Lo dejaba ir y lo colmaba de buenos deseos.

Cuando Tom regresaba, algo triste, encontraba en la casa a una esposa que lo recibía con la alegría del reencuentro y el amor que curaba sus cicatrices.

El matrimonio empezaba a funcionar, sin secretos y sin rencores. Pero por mucho que lo intentaban, los hijos no llegaban. Eso era lo único que opacaba el hogar.

A la muerte del padre de Alina la muchacha se desmoronó. Volvieron al pueblo, pero ya nada era igual. La familia política la acompañó, sus cuñadas la cuidaron y mimaron durante los días que llevó toda la ceremonia, pero la tristeza se había instalado en sus ojos. Su padre era lo único que le quedaba. No tenía hermanos, ni primos, ni tíos. Solo a Tom.

Por ello, cuando se desató la Guerra Civil y él se unió a las milicias, ella se sintió desnuda. No quería estar sola en esa ciudad tomada y cuando no aguantó más se fue para el convento, forzada por la soledad que crecía a su alrededor.

CAPÍTULO 62

Covarrubias, 1930

Alba tenía razón, era un niño. Después de un embarazo tranquilo, en el mes de mayo nació Antón, un bebé regordete y con buenos pulmones. Desde el inicio el pequeño mostró su carácter y su afán por el alimento. La madre no daba abasto entre lo poco que dormía y la energía que se le iba en el amamantamiento. Más allá de eso, era feliz. Ya con casi cinco años, el hijo había llenado ese vacío que sentía cada vez que se quedaba a solas con Luis. Él era un marido cariñoso y atento, y en las noches solían hacer el amor incluso cuando estaba cansado a causa del trabajo. Sin embargo, Alba sabía que había algo que iba más allá, algo que faltaba en su existencia y cuyo nombre conocía: Eduardo. Por mucho que hubiera querido desterrarlo de su corazón, el sentimiento estaba allí, agazapado, fingiendo no estar, pero más fuerte que nunca.

Alba lo amaba, así de simple y así de complejo. Ambos estaban casados con otras personas, buenas personas que los amaban a su vez. Nada podía hacerse excepto simular. Desconocía qué le pasaba a él; Eduardo era mejor actor que ella porque jamás evidenciaba nada. Quizá no era eso, sino que él se había enamorado de su esposa y el antiguo fuego se había extinguido.

Mariángeles se había convertido en su amiga; era una muchacha dulce, triste en los últimos años debido a su imposibilidad de concebir.

Poco después del nacimiento de Antón, y cuando Alba se hubo recuperado, juntas habían consultado a una curandera, que le había

353

dado unas hierbas y varios consejos en cuanto a fechas, posturas y lunas.

A Mariángeles le había dado pudor compartir esa visita con su esposo; sabía que a Eduardo no iba a agradarle. Tuvo que fingir iniciativa propia para ciertas posiciones que enardecieron a su marido, quien la creyó una mujer más osada de lo que en verdad era.

Nada de lo que hizo o tomó Mariángeles ayudó a la fecundidad. Tampoco ayudó que Alba quedara nuevamente embarazada. Al enterarse, la muchacha dudó en contárselo a su amiga. Lo habló con Luis, quien, como todo varón orgulloso de su hombría, minimizó el hecho y salió a gritarlo a los cuatro vientos.

Mariángeles se enteró por boca de Eduardo del nuevo niño por nacer y rompió en llanto ante la noticia. Su marido, incapaz de ponerse en su lugar, creyó que era por la emoción, pero, al ver que las lágrimas eran demasiadas y la congoja era enorme, cayó en la cuenta.

—Cálmate, mi vida, ya verás que pronto vendrán los nuestros —intentó consolarla, sin lograrlo.

—No podré, mi cuerpo está malo, no podré —repetía.

—Yo te daré un hijo, te lo prometo.

Alba vivía ese nuevo embarazo entre vómitos y bajadas de tensión; era un suplicio comparado con el que había pasado con Antón.

Estaba demacrada y delgada; nada de lo que comía se le quedaba en el estómago. Encima, el niño era muy demandante y le quitaba la poca energía que tenía.

Mariángeles dejó pasar unos días antes de ir a visitarla; no quería que su amiga le leyera en los ojos su enorme tristeza.

Al encontrar a Alba limpiando su vómito del suelo y al pequeño Antón correteando a su alrededor, olvidó su sentir y se dispuso a ayudarla.

Mariángeles amaba al niño como si fuera propio. No se había resignado a un hijo de sus entrañas, aún era joven. Cada día acudía a ver a su ahijado y asistía a Alba, que revivió gracias a la ayuda de su amiga.

Si bien su madre la visitaba a diario para echarle una mano, María también tenía que hacerse cargo de Luisa, cuyo hijo pequeño vivía enfermo.

Cuando pasaron los primeros cuatro meses de embarazo, Alba empezó a mejorar. Aumentó de peso y ya no vomitaba.

Las amigas se reunían a diario, cosían el ajuar del nuevo bebé y tejían mantitas color rosado; Alba insistía en que era una niña.

Mariángeles sufría en cada visita, aunque a la vez disfrutaba. Eran sentimientos contradictorios.

Al llegar al hogar le comentaba a Eduardo sobre los avances de Antón y lo que había hecho junto con Alba para la niña por llegar.

—Hablas de la niña como si fuera un hecho —decía su esposo—. ¿Y si viene otro chico?

—Alba dice que el presentimiento de la madre es siempre acertado. Con Antón pasó igual.

Eduardo notaba que su esposa sufría en silencio y, por mucho que pensaba en cómo ayudarla, no podía. Le había prometido un hijo y, a pesar de simular y fingir normalidad, él también se sentía en falta. ¿Y si no era lo suficientemente hombre como para embarazarla? Esa duda amenazaba su hombría. Aunque jamás lo admitiría, tenía miedo.

CAPÍTULO 63

Gijón, 1956

Antón pasó a buscarme puntual. No sé en qué momento había hablado con Mauricio, pero cuando fui esa mañana al trabajo él ya había recibido noticias de nuestro paseo. Me puse colorada, más por la furia que por la vergüenza de que Antón se metiera en mis cosas y con mi empleo. Y más aún de que Mauricio lo tomara como un interlocutor válido.

Antón se comportó como el caballero que yo sabía que no era y bajó del coche para saludar a mamá.

—No se preocupe si se la devuelvo tarde —le dijo, y su frase me enojó.

Mamá, conocedora de mi carácter y mis ansias de libertad, le respondió a la altura de las circunstancias.

—Más me preocupa que hable de ella como si fuera un paquete. —Añadió a sus palabras una de sus mejores sonrisas, y Antón cayó en la cuenta de que estaba ante una familia de mujeres rebeldes.

—Vaya… —Se pasó la mano por el pelo; se le veía desconcertado—. Tiene razón, señora Noriega. Cuando María de la Paz quiera regresar, la traeré de vuelta.

—Diviértanse —dijo mamá y me guiñó un ojo cuando Antón le dio la espalda para salir.

En el coche, Antón me miró y se rio.

—Ya veo a quién sales…

—Y eso que no conoces a mi abuela Purita.

—Por cierto, me gustaría conocerla, y a tu abuelo Exilart también. —Mientras me hablaba conducía en paralelo a la costa.

—No eres de la familia.

—Podría llegar a serlo. —Estiró la mano y me acarició la rodilla. Se la quité de inmediato, su calor me quemaba.

—Escucha, Antón, no sé qué quieres conmigo —comencé sin saber qué iba a decir—. Pero te recuerdo que estoy molesta por tu engaño y tus actitudes.

—Mmmm, si te dijera realmente lo que quiero contigo saltarías del coche. —Se concentró en el camino y se detuvo en el parque de Isabel la Católica. Me asombró que me llevara ahí.

—¿Qué hacemos aquí?

—Me dijo Mauricio que es un bello lugar para caminar y conversar. —Bajó del coche y tuve que seguirlo—. ¿O acaso no hemos venido de paseo? Estoy tratando de ser romántico contigo.

No sabía si me hablaba en serio o en broma. Preferí no preguntar. Me tomó de la mano y caminamos. Hacía mucho que no iba al parque, había gran variedad de árboles y arbustos. Atrajo mi atención la rosaleda, plena de capullos coloridos.

Avanzamos sin decir nada y de pronto me sentí turbada. Llegamos a la zona de esculturas y Antón se detuvo a observar. Nunca pensé que le gustaría el arte; me quedé a su lado, mirando también.

Después llegamos a una zona de descanso y nos sentamos. Quería preguntarle tantas cosas y no me animaba.

—Vamos, dispara —dijo él como si leyera mi mente.

—¡Ay, Antón! Me desconciertas. —Decidí ser sincera—. ¿Por qué has viajado hasta aquí?

—Para verte. Te fuiste enojada, con una idea errónea de mí. —Sus ojos parecían sinceros—. Quiero demostrarte que me interesas y creí que la mejor manera de hacerlo era buscando esa información que tanto quieres.

—Los hombres normales lo hacen con flores… o chocolates —dije, sonriendo a medias.

—Yo no soy un hombre normal. —Fruncí la nariz—. Y tú no eres una chica normal. Si te hubiera traído flores, no te habría convencido.

—¿Convencerme? Que yo sepa no me has convencido de nada.

—Vamos, Paz, estamos aquí, solos. Ambos sabemos lo que nos pasa cuando estamos juntos. —Bajé la mirada y me ruboricé; sus ojos decían mucho más que sus palabras.

—¿Entonces? —No me conocía, ¿esperaba una declaración?

Por toda respuesta Antón me tomó por la nuca y me atrajo hacia él. Su boca me devoró y yo no me quedé atrás. Nos abrazamos y besamos con pasión demorada; sus manos recorrieron mi cuello y mi cintura, mi espalda y mis piernas, mientras yo lo dejaba hacer.

Hasta que una voz masculina rompió el embeleso. Un desconocido nos miraba desde escasos metros y le gritaba a Antón, sugiriendo obscenidades para conmigo, mientras él se tocaba la entrepierna.

Como un rayo, Navarro me soltó y se le fue encima. No le dio tiempo a nada y en pocos segundos lo tenía contra el suelo, golpeándolo como si estuviera en un ring de boxeo.

La poca gente que había empezó a amontonarse alrededor, sin atinar a nada. Yo me había convertido en una estatua, incapaz de reaccionar. No me gustaba esa violencia en Antón, que se encendía de la nada. Si bien ese sujeto había dicho cosas horribles, no justificaba su reacción.

Fue una mujer la que frenó la pelea golpeando a Antón con un bastón. Por un instante temí que la atacara también a ella, pero al girar fue consciente de lo que estaba haciendo y se detuvo.

Liberó a su presa, cuyo rostro sangraba y empezaba a hincharse, le dijo algo que sonó a amenaza y no llegué a escuchar, y vino hacia mí.

—Te llevaré a tu casa —dijo sin mirarme a los ojos. No sé si estaba avergonzado o imaginaba mi filípica si hacía contacto visual.

El resto de la gente se dispersó y el hombre que había dicho la grosería se levantó y huyó.

El viaje de regreso fue en un incómodo silencio. Antón había mostrado su peor cara, esa a la que tanto le temía. No quería estar con alguien violento.

Él lo sabía y no esgrimió ninguna excusa. Detuvo el coche lejos de la entrada de casa, seguramente para no tener que ir a saludar.

Apagó el motor y me miró.

—Lo siento. —Le creí—. Quizá algún día pueda contarte. —Estaba abatido y me aflojé.

—¿Por qué no ahora?

—No quiero que me tengas pena. —Su sonrisa fue triste.

—¿Prefieres que te tenga miedo?

—Jamás te haría daño. —Se giró hacia mí—. Eres importante para mí, Paz. —Me di cuenta de que le costaba eso que estaba diciendo. Me hice ilusiones de que era la primera vez que le decía algo así a una mujer.

Quise ser sincera con él también, aunque me jugaba el corazón.

—Tú también eres importante para mí, Antón. —Sentí que me estaba emocionando—. Solo que no puedo confiar en alguien que tiene esos… impulsos. Necesito conocerte para poder relajarme a tu lado.

—Lo entiendo. —Me tomó las manos y las besó—. Una vez te dije que confiaras en mí; te lo repito.

—Me tengo que ir. —Sus labios en mi piel hacían estragos, y si no me iba rápido caería de nuevo en sus redes.

—Solo un beso —pidió, y no pude negarme.

Al día siguiente fui a trabajar como de costumbre; Mauricio no dijo nada sobre su amigo y yo tampoco lo mencioné. Por sus actitudes supe que se había enterado del episodio del parque.

Cuando estaba a punto de irme me dijo:

—Tienes la tarde libre. —Ante mi mirada de extrañeza añadió—: Antón quiere mostrarte algo; llamó hace un rato.

Me pregunté en qué momento lo habría hecho porque era yo quien respondía el teléfono y él no había llamado. Decidí callar y me despedí hasta el día siguiente.

Almorcé con Tere, mi querida Tere, que estaba en plenos preparativos de su boda.

—Jaime quiere una recepción íntima —me dijo mientras comíamos el postre.

—¿Y tú qué quieres? Porque solo he escuchado lo que él quiere… —No podía evitar mis reproches a su sumisión.

—Yo solo quiero casarme, Maripaz. —Me miró con esa ternura que siempre tiene en la mirada y no pude evitar sonreír. Deseé que fuera feliz; en verdad se lo merecía, aunque me preocupaba que no tuviera ideas o deseos propios y que todo fuera lo que decía Jaime.

—Y te casarás y serás una novia hermosa. —Extendí las manos por encima de la mesa y tomé las suyas. Decidí dejar de atormentarla con mis aires de libertad.

Cuando llegué a casa me enteré de que Ferrán había salido del trabajo directo a encontrarse con Antón. No me gustaba que mi hermano estuviera hechizado también con él, era un muchacho influenciable y lo prefería lejos de Antón. Al parecer, ellos congeniaban, pese a la diferencia de edad.

A media tarde sentí el motor del coche y me asomé a la ventana. Allí estaba Navarro, dejando a mi hermano en casa. Quizá se había olvidado de que me había hecho faltar al trabajo. Mejor, así no tenía que verlo más que a través de las cortinas.

Ferrán me sacó de la duda.

—Antón tiene algo para ti —me dijo.

Pensé que había cambiado de estrategia y me traía flores o chocolates. No sabía si me gustaba eso.

Salí y allí estaba él, de pie al lado de su coche.

—Hola. ¿Me acompañas a una taberna? —Sus manos estaban vacías, excepto por esa alianza de oro que brillaba y me seguía inquietando.

—¿Para qué?

—Tengo algo que contarte. —Pensé que había meditado y me hablaría de su pasado y sus impulsos agresivos, pero no fue así.

Accedí. Al rato estábamos sentados frente a frente en un café de la zona del puerto. Antón empezó a hablar de Jerónimo Basante.

—No quedé demasiado convencido de lo que me dijo ese hombre —dijo— y, como periodista que soy, decidí corroborar su historia.

—¿Y qué averiguaste? —No puedo explicar por qué, pero sentí una extraña sensación en el cuerpo, como si lo que fuera a decirme me afectaría de algún modo. Quizá es cierto eso de que tenemos un sexto sentido que todavía no sabemos explorar.

—Que Jerónimo Basante no participó de ningún intento de fuga.

—¿Entonces...?

—Entonces quiere decir que ese sujeto de Alcalá de la Selva está pagando la deuda de otro. —Antón se echó hacia atrás en su silla y encendió un cigarro. Qué atractivo era.

—¿Por qué mentiría? ¿Crees que todo esto está relacionado con mi padre?

—No lo sé. Deberíamos averiguarlo. —Se inclinó hacia mí y fijó sus ojos oscuros en mi boca—. Puedo ayudarte.

Me afectaba, ese hombre me afectaba. Tenía que romper su embrujo.

—¿Por qué no te convenció lo que te dijo ese hombre?

—Su actitud, como si escondiera algo. Y su mujer, vigilante y protectora.

—Es extraño. —Suspiré y bebí el resto de mi chocolate—. ¡Si Alina me explicara por qué le dejó esa nota a papá!

Antón se puso de pie y me tendió la mano.

—Te llevaré a un sitio.

Sin preguntar, lo seguí.

Antón condujo en silencio hacia las afueras de la ciudad, a un barrio que se estaba poblando poco a poco.

—¿A dónde vamos?

—Averigüé que la familia Basante volvió a Gijón hace unos años. —Antón era una caja de sorpresas. ¿Cuándo había investigado todo eso?—. Durante la guerra se exiliaron a Francia, donde vivían unos parientes de la madre de Jerónimo.

—Vaya... —Me miró de costado y sonrió.

Estacionó frente a una casa de dos plantas, de aspecto cuadrado y sin lujos. Decidido, Antón llamó a la puerta. Escuchamos ruidos de pasos, voces y el ladrido de un perro.

—¿Qué diremos? —pregunté.

—Déjame a mí.

Enseguida apareció una mujer; tendría alrededor de sesenta años y lucía cansada.

—Buenas tardes, ¿qué desean?

—Somos de *El Comercio* y estamos haciendo entrevistas sobre las familias de los soldados que participaron en la Guerra Civil

—informó Antón con soltura—. ¿Podemos hacerle unas preguntas sobre Jerónimo Basante?

La mujer dudó y posó sus ojos en mí. Yo no sabía qué cara poner; debí inspirarle confianza porque se hizo a un lado y nos permitió entrar.

—Gracias —dijo Antón. Extendió la mano y se presentó—. Ella es mi asistente, la señorita María de la Paz Noriega Exilart.

—¿De la antigua fábrica de aceros? —preguntó la mujer.

—Así es, era de mi abuelo.

—Gran hombre, su abuelo. —Me emocionó escuchar eso—. Mi padre trabajó allí, que en paz descanse. Por fortuna no llegó a ver los estragos de la guerra.

La seguimos por un amplio pasillo que desembocó en una acogedora sala de estar.

Nos sentamos; nos ofreció algo de beber, pero rechazamos la invitación. No queríamos importunar más de lo necesario.

—Querían saber sobre mi hermano —dijo la mujer con un dejo de nostalgia.

—Según lo que estuvimos averiguando, su hermano fue reclutado a los pocos meses de comenzar la guerra.

—Así es, pobre muchacho... No estaba preparado para eso. —Había mucho cariño en sus palabras—. Su salud era débil, él se dedicaba a la música. —Sonrió—. Tocaba la guitarra. —Nos miró y una pregunta debió cruzar por su mente porque enseguida preguntó—: ¿Qué es lo que desean saber, exactamente?

—El diario se propone escribir una crónica sobre alguno de los soldados. —No supe si Antón estaba improvisando o ya tenía su discurso en mente; caí en la cuenta de que era un gran fabulador—. Y por ello estamos entrevistando a los familiares para poder luego hacer la selección.

—Entiendo. No sé si seré de gran ayuda, es poco lo que supimos de él.

—Según nuestros registros estuvo detenido en Camposancos.

—Sí —asintió y sus ojos se empañaron—. Debe haberlo pasado mal allí; sé de las torturas a los prisioneros.

Simulando mi papel de asistente yo tomaba notas de lo que iban diciendo.

—Pero luego fue traído aquí para ser juzgado. —Antón quiso poner una nota de alegría al ominoso momento—. Y liberado al poco tiempo.

—Cierto. Eso fue cuando nosotros estábamos en Francia.

—¿Usted sabe de su comportamiento durante su época de prisionero? —La pregunta la desconcertó.

—¿A qué se refiere?

—Si Jerónimo alguna vez intentó escapar, o algo similar.

—No, no que yo sepa. No tuvimos contacto con él, pero Jerónimo no tenía carácter para hacer algo así. —Sonrió con pena—. Era un muchacho sumiso. Lo debe haber pasado muy mal en la guerra.

—¿Está segura? —insistí.

—Bueno… en verdad, segura no. —La mujer vaciló—. Le repito, no tuvimos contacto con él, nosotros ya estábamos en Francia. Pero es poco probable que él hiciera algo así… no estaba en su naturaleza. Además… ¿creen que de ser así lo habrían liberado?

La hermana de Jerónimo Basante tenía razón, no habíamos tenido en cuenta ese detalle. A los prisioneros con mala conducta o antecedentes no se los liberaba tan fácilmente.

—¿Pudo ver a su hermano después de su liberación? —preguntó Antón.

—No… eso fue lo más extraño. —Los ojos de la mujer se empañaron—. Nunca más se puso en contacto con nosotros… y nosotros no pudimos encontrarlo. Mi madre murió sin saber de él.

Iba a decirle que Jerónimo Basante vivía en Alcalá de la Selva, pero ella se levantó de repente y no sé por qué permanecí en silencio.

La mujer caminó hasta un aparador y tomó algo. Al entrar había visto que el estante estaba lleno de retratos, pero no reparé en ellos más que de un vistazo.

Avanzó hacia nosotros con una foto en la mano y me la mostró.

—Mire, dígame si ese muchacho pudo haber intentado fugarse de algún sitio.

Desde un fondo de árboles, un hombre joven y esmirriado sonreía. Era de baja estatura y tenía el cabello negro como la noche. Sus ojos, redondos y grandes, también eran oscuros, y su mirada era mansa y soñadora.

No, decididamente el sujeto de esa foto no podía haber hecho nada así.

A mi lado, Antón se acercó al retrato y lo estudió.

—¿Este es Jerónimo? —Había algo en su tono de voz que me alertó.

—Sí. Ruego a Dios todas las noches que lo proteja, dondequiera que esté.

Le dimos las gracias y nos despedimos; de repente Antón estaba ansioso por salir de esa casa.

Una vez en la calle me dijo:

—El hombre que vive en Alcalá de la Selva no es Jerónimo Basante.

CAPÍTULO 64

Covarrubias, 1935

La relación entre Eduardo y Mariángeles se tambaleaba. La esposa se había obsesionado con un hijo, pero el embarazo no llegaba. Eduardo había consultado a los mejores médicos de Burgos y todos coincidían en que no había ningún problema, que seguramente era la ansiedad la que impedía la fecundación. Pero ya habían pasado unos cuantos años desde el matrimonio y la preocupación se había transformado en guerra. Mariángeles quería un bebé, costase lo que costase.

El marido, incapaz de darle una solución, se ofreció a llevarla a Madrid; quizá allí alguien encontrara la punta de ese ovillo que parecía tan enredado. Le habían hablado de un médico, Gregorio Marañón, especialista en endocrinología, y, aunque a Eduardo no le gustaba demasiado su ideología —era republicano a ultranza—, decidió consultarlo.

Costó convencer a Mariángeles. La mujer se negaba y se sentía ofuscada a la vez; no tenía ganas de seguir siendo un conejillo de Indias para los médicos.

—No deseo que otra vez me hagan estos estudios tan incómodos, Eduardo —argumentó.

—Te prometo que será la última vez. —Se acercó a ella y la tomó por los hombros—. ¿No quieres, acaso, tener un hijo? Pues vamos a Madrid, donde la ciencia está unos pasos más adelante que aquí.

—¿De verdad crees eso?

Eduardo no estaba del todo convencido, pero ya no sabía qué hacer para rescatarla de esa zozobra. De paso tendería algunas líneas para lo que se estaba gestando.

—Intentémoslo. ¿Qué podemos perder? —Ella lo miró, mezcla de esperanza y duda—. Además, podemos aprovechar para pasear por Madrid y cambiar un poco de aires. —El marido sabía que el matrimonio estaba en la cuerda floja.

Finalmente viajaron y consiguieron la entrevista. Tuvieron que esperar unos días hasta que el doctor Marañón los recibió, días que disfrutaron recorriendo las calles de Madrid.

A Mariángeles le llamó la atención cómo había crecido el tránsito desde la última vez que había estado allí. Caminar por la Gran Vía, entre los peatones, el bullicio y el ruido de los vehículos, se convirtió para el matrimonio en una verdadera aventura.

—Fíjate que los accesos a Madrid y sus calles principales son amplios —le dijo Eduardo, siempre observador—, pero a medida que nos aproximamos al centro se estrechan.

—Casi no se puede circular —se quejó su mujer.

—Encima estacionan los coches en las calles. Deberían modificar el trazado urbano.

De la mano recorrieron los principales sitios de interés, hasta que llegó el día del turno con el médico.

Mariángeles fue sometida a varios estudios, algunos invasivos, otros no tanto. Después de analizar todo, el doctor anunció que había escasas probabilidades de que quedara embarazada. Explicó algo sobre la posición de sus trompas y ovarios. Al ver la decepción en el rostro de su nueva paciente, se apresuró a no descartar la posibilidad.

—Una en un millón —dijo dando consuelo, a lo cual la mujer respondió con un ataque de llanto.

Le costó mucho a Eduardo sacarla del pozo de angustia. Hubiera querido llevarla de viaje, conocer París, como ella siempre había soñado, pero el momento del país no era el mejor, sabía que se avecinaba un gran cambio y él iba a ser parte de este. No podía estar lejos, su nombre debía circular.

Ya habían sufrido la insurrección anarquista del año pasado, en

Asturias, que había sido sofocada por el ejército. No era momento de hacer una gira por Europa.

De vuelta en Covarrubias, Eduardo le propuso adoptar a alguna criatura carente de familia.

—Bien sabes que hay muchos niños que son abandonados por sus padres —le dijo. Ella levantó los ojos al cielo, resignada.

—¿No crees que pueda ocurrir el milagro? —preguntó, aunque sin esperanzas.

—No creo en los milagros, Mariángeles. —Eduardo era demasiado racional como para mentirle e ilusionarla—. Pero si tanto quieres un hijo, ¿qué importa que sea de nuestra simiente? Lo criaremos con el mismo amor.

Con lágrimas en las mejillas la mujer asintió.

A los pocos días se había reconciliado con la idea; le costó aceptarla, pero comprendió que era lo mejor. Los años pasaban y, si bien todavía era joven, temía que de quedar embarazada el bebé viniera con problemas.

Esperanzada, fue a ver a su amiga, que continuaba en plena crianza de sus hijos. Alba se alegró de la decisión; sentía pena por Mariángeles y quizá un poco de culpa por haber conformado ella una familia completa: la parejita, como solían decirle cuando iba a hacer las compras o a misa.

La Guerra Civil se desató a los pocos meses.

CAPÍTULO 65

Burgos, 1950

Finalizada la guerra y su carrera de Periodismo Antón regresó a Burgos. Había pasado muchos años alejado de su familia y la echaba de menos. Madrid quedaba muy lejos y sus viajes habían sido pocos.

Consiguió un trabajo en la radio y contactó con los circuitos de peleas clandestinas para seguir boxeando. A menudo se preguntaba por qué lo hacía. No era solo por el dinero; había una furia reprimida, una culpa que pagar y que a nadie podía confesar.

En el ring dejaba todo eso atrás. Los golpes ya no dolían y tampoco le importaba que su rostro quedara marcado. Más marcado estaba su corazón por aquello que había presenciado tantos años atrás. El primer fin de semana que tuvo libre viajó a Covarrubias y sorprendió a las mujeres. No les había contado nada y terminó emocionado con el llanto de su hermana Sara y las lágrimas reprimidas en los ojos de su abuela. Era dura María. Había sufrido mucho en el pasado y se había revestido de una coraza gruesa que le impedía expresar sus sentimientos en público.

Ambas le reprocharon que no hubiera avisado, pero olvidaron todo cuando él les anunció que de ahora en adelante viviría en Burgos, a pocos kilómetros.

En esa época, Sara iniciaba su noviazgo con Álvaro y Antón dio el visto bueno, pese a que en ese tiempo de ausencia ellas se habían arreglado perfectamente solas.

—¿Te quedarás hasta el lunes? —preguntó María.

—Así es, mi querida abuela. Supongo que te propones alimentarme bien.

Antón se dedicó a recorrer el pueblo; lo vio cambiado. Los niños habían crecido y los viejos habían muerto. Pensó que su decisión había sido acertada. La abuela, aunque estaba bien de salud, era mayor, y no quería estar lejos de ella en sus últimos años. También estaba Sara, su única familia.

Recordó la última noche que estuvo con su madre. Esa imagen de ella en la despedida jamás se borraría de su mente. No quería evocarla con tristeza, aunque le era inevitable. Sabía que la habían matado, quizá incluso antes de que tuviera el bebé. De ahí que él estuviera lleno de odio.

Se miró la mano donde el oro del anillo apenas brillaba. Su madre, anticipando el final, le había entregado el pequeño tesoro familiar: las alianzas de boda.

Alba había presentido que algo grave ocurriría y lo había enviado a la casa de la abuela junto con Sara. ¿Qué habría ocurrido de permanecer los niños allí? Seguramente estarían muertos.

Antes de partir, ella le había pedido que revolviera en su cajón y se hiciera con un envoltorio. Antón no lo había mirado hasta unos cuantos días después, y fue cuando descubrió que eran los anillos de sus padres. Luis no lo usaba porque le molestaba para trabajar; ella se lo había quitado porque tenía los dedos hinchados.

Antón guardó ese tesoro durante años, hasta que sus dedos crecieron y se puso la alianza que fue de su padre y que llevaba el nombre de Alba grabado en su interior.

Sara se negó a usar la sortija de su madre; dijo que no se sentía lista para hacerlo, y cuando se casó, en su dedo lució la que le regaló Álvaro. Antón todavía conservaba la de Alba; era lo único que le quedaba de ella. Apretó los puños con ira al recordar. No entendía la traición, jamás comprendería lo que había visto esa noche, cuando esos hombres se habían llevado a su madre a la fuerza. Menos entendía lo que había ocurrido después. Él, un niño de apenas diez años, había callado por temor. Quizá era eso lo que más se reprochaba, el haber callado; el silencio lo convertía en cómplice. Tal vez si su abuela hubiera sabido… ¿qué habría hecho María? ¿Qué habría pasado con ellos? Nunca lo sabría. Su instinto de conservación lo había obligado al silencio y, también, al infierno.

Recordó el rostro de pena de Mariángeles, su madrina. La mujer había querido acercársele y consolarlo, y él la había rechazado.

¿Ella lo sabría? Sus ojos color cielo desmentían cualquier actitud de maldad; sin embargo, la duda se había instalado.

En las pocas oportunidades que estuvo con ella a solas se sintió incómodo; esa tía postiza era buena con él, amable y cariñosa. Sin embargo, él no pudo volver a confiar en ella.

Al principio, Mariángeles iba a menudo por la casa, incluso en los primeros tiempos después del nacimiento de Aurora, la hija que tanto había anhelado. Ni el frío ni las nevadas la detenían. Llegaba con la pequeña envuelta en mantas, cubierta con su gorro de lana y sus zapatones de cuero. Siempre tenía algo para los niños. Sara corría a su encuentro, fascinada con la bebé que se ocultaba debajo de todo ese abrigo, y recibía los dulces o galletas que su madrina llevaba. Él se mantenía en un rincón, observando todo con ojos oscuros y el ceño fruncido. Nadie entendía su actitud y, por mucho que la abuela María intentara que él se integrara, no lo lograba.

Con el tiempo, Mariángeles desistió de llegar a él, dejó de llevarle dulces y se limitó a mimar a Sara, que congeniaba con la pequeña Aurora.

Parecía que todos habían olvidado a sus padres, desaparecidos de un día para el otro. Él no podía olvidar.

Ahora ya era un hombre de veinticuatro años y toda esa malograda infancia había quedado atrás. Sabía que Eduardo vivía de nuevo en Covarrubias, junto a su mujer y su hija, una jovencita vivaz y bella que solía visitar a Sara y a la abuela. Él prefería no verla; no entendía por qué Aurora le generaba rechazo.

Se concentraba en el trabajo en la radio y por las noches gastaba toda su energía en el ring de boxeo. El dinero que ganaba en el circuito de peleas clandestinas lo ahorraba; quería comprar un coche. De esa manera podría viajar más seguido al pueblo y, también, llevar a las muchachas con las que se relacionaba a dar algún paseo y robarles algunas caricias.

CAPÍTULO 66

Gijón, 1956

Descubrir que ese hombre que enviaba dinero a Alina no era el verdadero Jerónimo Basante me llenó de nuevas energías. Presentía que había algo muy extraño en toda esa historia y en un arranque le pedí a Antón que me llevara allí.

—¿A Alcalá de la Selva?

—Sí, quiero ver cara a cara a ese embustero. Tengo la intuición de que sabe mucho más de lo que dice.

—Sabes que puedes contar conmigo para lo que sea, Paz, pero ¿no crees que no tiene sentido? —intentaba disuadirme—. ¿Por qué crees que ese hombre que envía dinero a una mujer encerrada en un convento tiene que ver con la historia de tu padre? Es algo descabellado.

—No puedo explicarlo de manera racional —expuse—, es solo un fuerte presentimiento.

Estábamos en el coche, estacionados en un recodo del camino que llevaba a la playa.

—Yo también tengo un presentimiento —dijo, y su voz sonó extraña.

Se acercó a mí y apoyó su mano en mi cintura. Subió con ella hacia mi axila, no evitó el borde de mi seno, y la electricidad que sentí me hizo temblar. Sonrió.

—Yo presiento que podamos pasarlo muy bien juntos. —Dejé que me besara; yo también lo deseaba.

No sé cómo terminé sentada encima de él, a horcajadas. Ese cuerpo y esa boca me atrapaban de una manera enloquecedora, ni siquiera me daba cuenta del volante que se clavaba en mi espalda. En lo único en que podía pensar era en las manos de Antón tocando mi piel por debajo de la ropa y en la dureza que sentía entre mis piernas.

Hacía calor, demasiado calor dentro de ese coche, parecía que estábamos incendiándonos. Mis dedos habían desabrochado los botones de la camisa de Antón y le acariciaban en el pecho, ese pecho amplio y duro. Él gimió cuando rocé sus pezones; me reí, de los nervios quizá.

Sin soltar mi boca susurró:

—Vamos a otro sitio, no quiero hacerte el amor en un coche.

Sus palabras me trajeron a la realidad. Estaba semidesnuda, con los pechos frente a sus ojos, a punto de cometer una locura.

Me cerré la camisa y traté de volver a mi asiento con toda la dignidad que me fue posible; no lo logré. Había que ser contorsionista para hacerlo.

—Llévame a casa —pedí.

—¿A casa? ¿Acaso estás pensando en dejarme así? —No me gustó el tono en que lo dijo; pude ver el enojo en la noche de sus ojos.

—No soy una cualquiera, Antón, no tendré sexo contigo.

Lo vi echarse hacia atrás y cerrar los ojos. Su respiración era agitada, su nuez de Adán subía y bajaba. Sin ninguna delicadeza hacia mi persona se llevó la mano a la entrepierna y se acomodó algo.

No quise mirar más, aunque la curiosidad me llamaba. Yo misma sentía mi entrepierna húmeda y caliente.

Al fin habló:

—Ya sé que no eres una cualquiera, Paz. Lamento haberme comportado así —suspiró—. Parece que no sabes lo que ocasionas en mí.

No supe qué contestar.

Arrancó el coche y condujo en silencio. No sabía si estaba enojado o qué. Yo estaba triste, quería complacerlo y a la vez quería preservarme.

Cuando llegamos a casa se detuvo un poco más atrás. Apagó el motor y las luces; ya estaba anocheciendo.

—Si quieres, mañana vendré a buscarte para ir a Alcalá.

—Antón... ¿qué pretendes conmigo? —Me arrepentí de inmediato de formular esa pregunta. No quería ser ese tipo de mujer que termina por forzar las relaciones.

—¿Qué quiero? ¿Es que acaso no te das cuenta?

—Además de llevarme a la cama —respondí, molesta.

Se dio la vuelta en el asiento y me miró de frente. Me costó sostenerle la mirada después de lo que habíamos estado a punto de hacer.

—¿Quieres una declaración de amor? —Me sorprendió con esa frase—. Pues no puedo dártela.

Me eché a reír de pura rabia, como suelen hacer las mujeres despechadas.

—No pretendo tu amor, Antón. Tienes demasiada ira en tu interior y podrías hacerme daño.

Mis palabras lo hirieron; lo vi en la expresión de sus ojos.

—Nunca te lastimaría, Paz. —Encendió el motor—. Jamás.

Descendí y me quedé con una sensación amarga.

Esa noche me costó dormir; las imágenes del coche se repetían en mi cabeza. Por la mañana, cansada y ojerosa, me pregunté si finalmente Antón iría a buscarme para ir a Alcalá de la Selva; no habíamos quedado en nada. Pero las horas pasaron y no apareció.

Me arreglé para ir a trabajar, no quería quedar mal con Mauricio; después de todo, me había dado la oportunidad de un empleo y lo único que yo hacía era pasear por ahí con su amigo.

Llegué a la consulta antes de la hora prevista y tuve que esperarlo en la vereda. No tenía llave. El doctor se demoró más de lo habitual; solía ser muy puntual, y me asombró su demora.

Cuando lo vi doblar la esquina supe que algo no andaba bien. Su rostro, a menudo distendido y sonriente, estaba serio y con una expresión de preocupación.

Aguardé sin preguntar, no quería invadir su privacidad; ya me contaría si tenía ganas.

—Buenas tardes, María de la Paz.

—Hola —dije mientras lo seguía a través del pasillo.

—Tengo un mensaje para ti. —Abrió la puerta del consultorio, encendió la luz y entramos—. Antón volvió para Covarrubias.

Si alguien me hubiera disparado creo que el impacto habría sido menor.

Antón se había ido por mi culpa, lo había presionado para que me declarara un amor que no sentía. No sabía qué pensar. Me arrepentía de no haberle dado el gusto de acostarme con él; ahora lo había perdido para siempre y ni siquiera me quedaría el recuerdo. Por otro lado, me consolaba diciendo que era lo mejor, que un hombre así no me servía. Yo necesitaba a alguien que arriesgara todo por mí.

Iría sola a Alcalá de la Selva, podía hacerlo. Había viajado a Burgos y me había arreglado bastante bien. En el peor de los casos llevaría a Ferrán conmigo, así mis padres se quedaban más tranquilos, como si el pelmazo de mi hermano fuera un guardaespaldas.

Todo eso pensé en una décima de segundo, hasta que oí la voz de Mauricio decir:

—Su abuela acaba de fallecer.

CAPÍTULO 67

Covarrubias, 1956

Me costó convencer a mis padres de viajar nuevamente. Tuve que admitirle a mamá que estaba enamorada de Antón; eso pareció conmoverla.

—Necesito estar a su lado en este trance tan difícil para él, madre.

En ese momento yo no sabía las cosas que había hecho ella por amor y me sorprendió que accediera tan fácilmente.

Papá fue más reacio y solo dio el permiso si Ferrán venía conmigo. Otra vez tendría que aguantarlo, aunque confiaba en que la presencia de Lupe lo mantendría correcto como un señorito.

Con Mauricio no hicieron falta demasiadas explicaciones, solo me pidió que le buscara una sustituta, aunque fuera durante esos días, porque tenía una gran cantidad de pacientes; necesitaba ayuda.

Antes de partir, corrí, desesperada, a rogar ayuda a Tere; después de todo había sido ella quien había ganado el puesto de secretaria.

Tere estaba en plenos preparativos de la boda y me costó muchísimo convencerla.

—Si se entera Jaime, tendré problemas… —adujo.

—¡Tere, por favor! ¡Estamos en el siglo XX! —La tomé de las manos—. Por favor —repetí—, te necesito.

Mi amiga accedió, aunque me hizo prometer que sería solo una semana. Juré que así sería, sin pensar en el costo de ese favor.

Arribamos a Burgos en medio de un aguacero, como si el cielo llorara la muerte de doña María. Pensar en ella me conmovió. Me había recibido en su casa y había generado una conexión especial conmigo. Lloré, ocultándome de mi hermano; no podría soportar su burla.

No sabía si llegaría a tiempo para el entierro, desconocía los detalles de lo que tenían preparado; seguramente habrían aguardado el regreso de Antón, que solo se nos había adelantado por unas horas. O al menos eso esperaba.

Era casi de noche; en la casa había dos coches y las luces estaban todas encendidas.

Nos quedamos los dos de pie frente a la puerta, sin saber qué hacer, hasta que Ferrán se decidió a llamar.

Nos abrió la puerta Tadeo, quien nos miró con sorpresa. Enseguida se recompuso y nos sonrió, aunque su sonrisa estaba cargada de congoja.

Nos invitó a pasar y le dimos el pésame. Estaban todos reunidos en el comedor, ese comedor donde había cenado junto a la dueña de la casa. Se me hizo un nudo en la garganta y simulé entereza.

—Tenemos visita —dijo Tadeo, y sentí que todos los ojos se posaban en nosotros.

Mi hermano avanzó y empezó a saludar. Yo me quedé tiesa; mis ojos solo buscaban a Antón.

Estaba sentado y tenía la cabeza entre las manos. Nunca lo había visto así, abatido, vencido. Se me encogió el alma y quise salir corriendo a abrazarlo.

Sara, con el vientre en punta, se acercó y me tendió los brazos. Estaba entera. Hasta ese momento había creído que las mujeres embarazadas se ponían sensibles, pero no parecía su caso. Sin embargo, al alzar la mirada, vi que sus ojos estaban rojos; ya había llorado todas las lágrimas.

La abracé y me susurró «gracias por venir». De forma autómata saludé al resto; había caras nuevas, pero no retuve sus nombres.

Llegué al lado de Antón, que se había puesto de pie al advertir nuestra presencia. Sin pensar me arrojé a sus brazos y me reconfortó sentir los suyos apretar mi cuerpo. Quería decirle muchas cosas, pero no me salía ninguna.

Después, una a una las visitas se fueron yendo y solo quedamos nosotros cinco. Deduje que había llegado tarde, que el entierro ya había pasado.

Álvaro fue a la cocina a preparar la cena y Sara se fue a recostar, pero antes le dijo a Ferrán:

—¿Por qué no lo ayudas? —Quizá era para dejarnos solos. Antón no parecía el mismo; estaba derrotado y su abatimiento me impulsaba a abrazarlo y darle todo mi amor. Tuve que contenerme.

Me tomó de la mano y nos sentamos en el sillón, frente al hogar encendido. El gato vino de inmediato a mi regazo y lo acaricié.

—Hola, Angelito —le dije, y Antón murmuró:

—Te acuerdas de su nombre. —Iba a responderle que lo recordaba todo de él, pero callé—. Gracias por estar aquí, Paz, me haces bien.

Apoyó la cabeza en mi hombro, parecía un niño. Elevé la mano y le acaricié la mejilla áspera por la barba.

Así permanecimos hasta que Ferrán vino con los platos y Álvaro, con la fuente de comida.

Cenamos los cinco casi en silencio; ninguno sabía qué decir. Ni siquiera me atreví a preguntar qué había pasado, una muerte así, tan repentina. El recuerdo que tenía de doña María era de una mujer llena de vitalidad y una gran sabiduría.

Luego Sara me contaría que sencillamente se había quedado dormida.

A la hora de acostarnos me dieron la misma habitación que la vez anterior. Antón ni siquiera se despidió de mí y salió; dijo que iba a caminar.

La casa quedó a oscuras y callada, pero no pude dormir. Permanecí escuchando los ruidos de la noche, expectante por si Antón volvía. Creo que el cansancio del viaje me venció porque me dormí.

Me despertó un crujido mucho más tarde, un gozne mal engrasado. Me senté en la cama y presté atención. Escuché los pasos que iban de la puerta de entrada al comedor.

Tomé la bata que Sara había dejado para mí y me asomé al pasillo. Estaba a oscuras. Iba descalza y sentí el frío subir por mis piernas.

En el comedor, Antón estaba sentado frente al fuego. Podía ver su perfil al reflejo de las llamas. Era evidente que no podía dormir, ni siquiera se había quitado la ropa. Miraba los leños arder como si ellos pudieran darle las respuestas que al parecer lo atormentaban.

Me deslicé a su lado; él sabía que yo estaba allí porque no se sobresaltó. Solo extendió la mano y tomó la mía. Me recosté contra él y olí su aroma a pino y sudor.

—No puedo dormir —dijo—. Todavía no puedo creer que se haya ido. —Hubo un rato de silencio—. No pude despedirme de ella.

—Lo siento, Antón, de verdad lo siento.

—Ella fue una segunda madre para mí. —Miró de nuevo las llamas; tenía los ojos del color del fuego—. A mi madre la mataron, ¿sabes? —Había furia en sus palabras—. Estaba embarazada, a punto de parir, como está Sara ahora.

No pude decir nada, solo dejar que las lágrimas cayeran por mis mejillas.

—Lo peor de todo es que fue alguien de la familia quien lo hizo. —Esa revelación me heló la sangre. ¿Cómo podía ser alguien tan malvado para asesinar a una mujer? ¡A una mujer encinta!—. ¿Entiendes ahora mi furia, Paz? ¡Llevo toda una vida callando! ¡Yo sé quién es el asesino de mi madre y, sin embargo, no pude hacer nada!

—¡Cálmate, Antón! —Le acaricié la cara, pero rechazó mis manos.

—Yo era un niño, un maldito niño cobarde —masticó una a una las palabras—. Y no hice nada. Corrí, como un gallina.

—Antón, piensa… ¿podrías haberlo evitado? ¿Quieres contarme cómo fue?

Antón empezó a hablar y me relató esa horrible noche en que su padrino se llevó a su madre de su casa.

—¡Yo estaba ahí, escondido con Sara entre mis brazos! ¡La sacaron casi a rastras! —Tenía las mandíbulas contraídas y los puños cerrados—. Mi padre había desaparecido unos días antes, no sabíamos nada de él. —Me miró y vi todo el dolor que encerraban sus ojos—. Nunca antes había podido contarlo, Paz, jamás pude ponerlo en palabras. —Se tomó la cabeza entre las manos—. ¡Mi padrino! El mejor amigo de mi padre.

Cuando terminó, se desmoronó y empezó a llorar como una criatura. Lo abracé lo más fuerte que pude y lloré con él. ¿Qué otra cosa podía hacer?

Después nos deslizamos sobre el sillón y nos acostamos, uno en brazos del otro. Tomé una manta y nos tapé.

Poco a poco su respiración se fue normalizando, hasta que dejó de llorar. Más calmado, sacó la mano de debajo de las mantas y me enseñó la alianza:

—Solo esto me queda de mi madre. —Sentí un nudo en la garganta ante la explicación a lo que yo creía su anillo de boda.

CAPÍTULO 68

Covarrubias, 1936

La noche que se llevaron a su madre jamás se borró de la mente de Antón. Nunca contó a nadie lo que vio. Ese secreto era su condena, la gran culpa que lo atormentaba. Quizá si hubiera hablado, el peso de esa desgracia se hubiera repartido, pero había callado.

Esa tarde habían recibido la visita de su padrino, en quien él confiaba. Había prometido encontrar a su padre y había hablado a solas con su madre, aunque nunca supo de qué. Solo sintió que algo en ella había cambiado al salir Eduardo de la casa. Pero su madre no dijo nada.

Y después… la noche. Esa noche aciaga en la que cambió todo. Desde las sombras pudo ver el coche aproximarse a la vivienda, los faros apagados, en total clandestinidad. Él escondido entre los árboles, con la pequeña Sara en brazos, adormilada, sus propios músculos entumecidos por cargarla, el temor ante su llanto y ser descubiertos.

El vehículo se detuvo y de él descendieron tres sujetos. A uno de ellos lo reconoció por el andar y por el contorno de su cuerpo, era Eduardo. En un principio, Antón estuvo tentado de correr hacia él y pedir ayuda, pero, al ver las armas en brazos de los otros dos, se contuvo y se refugió en la oscuridad.

Con el corazón en un puño, tuvo que presenciar que fuera su propio padrino quien llevara a su madre del brazo, empujándola en su estado hacia el coche. Alba gemía y pedía por favor, rogaba por la vida de su bebé. Solo recibió gritos y maltrato por parte de sus captores, que lo único que querían era llevársela de ahí cuanto antes.

Desde ese momento odió a Eduardo, el mejor amigo de su padre, un tío para él, un hombre al que admiraba tanto o más que a su progenitor, porque Eduardo era más decidido, más valiente, más fuerte. Luis, quizá a causa de su debilidad producto de esa guerra en la que había luchado, carecía del ímpetu que caracterizaba a su padrino.

Después de ver aquello, su corazón empezó a destilar desprecio hacia ese falso amigo que se había llevado a su madre. ¿Cómo podía un ser humano ser capaz de cometer semejante crueldad? Alba estaba embarazada, a punto de dar a luz.

Cuando llegó a la casa de la abuela no tuvo la fortaleza de contarle lo que había visto. Nunca pudo determinar si fue miedo a que doña María, a quien conocía por su carácter, encarara a Eduardo y todo terminara peor. Miedo, cobardía, para él eran la misma cosa. Sin embargo, calló. Callar era una manera de estar a salvo, aun cuando eso le ocasionara repulsión y deseos de matar a quien le había arrebatado todo. Por eso cuando Eduardo se presentó después, fingiendo preocupación, Antón se orinó encima.

Eduardo jamás imaginó que él sabía, y la abuela, quizá presintiendo otra tragedia, no mencionó que Antón lo había visto todo. Como si lo hubiera sabido, María también calló.

En un granero apartado, Alba daba a luz. No llegó a ver con precisión a la criatura; la debilidad por el esfuerzo, la pérdida de sangre y el cansancio de horas de contracciones y trabajo de parto la dejaron extenuada.

Alcanzó a ver que el bebé pasaba de mano en mano hasta llegar al hombre que ella tan bien conocía. Al hombre que había amado en silencio durante tantos años.

La tarde anterior, cuando habían hecho salir a Antón de la casa, él le había hecho una promesa:

—Vienen tiempos difíciles, Alba. —Se había acercado y le había tomado las manos—. Haré todo lo posible para evitar una desgracia. —Los ojos femeninos se habían humedecido—. Sabes que Luis es mi mejor amigo.

—Lo sé… lo elegiste a él antes que a mí —había dicho ella con una pizca de resentimiento.

—Sabes que te amé desde el primer momento, Alba. Y te sigo amando. —Le había acariciado la mejilla, conteniéndose de besarla—. Estoy en medio de esta guerra que se está desatando y temo por nuestras vidas. —Ella había abierto los ojos con sorpresa—. Me están vigilando, creen que soy un traidor, Alba, por ello debo andar con pies de plomo.

—Vete entonces, no te arriesgues por nosotros. —El amor estaba allí, latiendo y encendiendo viejos fuegos. Las bocas se habían unido apenas un instante—. Vete, pero antes prométeme que cuidarás de mis hijos. —Alba se había llevado las manos al vientre, manos que él cubrió con las suyas.

—Te lo juro, Alba.

Por eso, cuando vio que su bebé recién nacido estaba en brazos del hombre que amaba, supo que pasara lo que pasara, su hijo estaría a salvo.

Eduardo se fue de allí con su preciada carga, era un pedacito de ella, la mujer que adoraba. Con lágrimas en los ojos dejó el lugar, tenía que poner a resguardo a esa criatura. Luego volvería e intentaría liberar a Alba, y, si no lo lograba, movería cielo y tierra para que ella estuviera en buenas condiciones. Sabía lo que hacían con los prisioneros y no quería eso para Alba. Mas lo urgente era sacar a ese bebé de las garras de la Falange.

Cuando al fin Eduardo pudo regresar, tranquilo de que la criatura estaba siendo alimentada y recibía cariño, le dieron la noticia: Alba no había resistido a tanta pérdida de sangre y había muerto.

CAPÍTULO 69

Covarrubias, 1956

Me despertó el frío. Los leños se habían apagado y la estancia estaba helada. Abrí los ojos; Antón dormía dándome la espalda, al borde del sillón. Debía estar incómodo, pero no me animé a tocarlo. Le había costado mucho dormirse. Después de revelar el misterio del anillo no había vuelto a hablarme, pero supe que estaba despierto.

Me gustó dormir con él, aunque ni siquiera nos dimos un beso. Eso también era parte del amor, al menos del que yo sentía por él.

Me moví un poco, pues estaba acalambrada. Antón se giró hacia mí y se apretó contra mi espalda. Deslizó una mano y me rodeó por la cintura. Me acomodé contra su pecho y cerré los ojos.

Cuando volví a abrirlos me encontré con la mirada burlona de Ferrán, que desde su altura nos observaba. Sentí que el calor me cubría las mejillas y me dio vergüenza. No tanto por mi hermano, sino por Sara y su esposo. Pensarían que era una cualquiera.

Sin embargo, cuando más tarde aparecí en la cocina para desayunar, nadie dijo nada ni lanzó miradas acusatorias.

Antón se despertó y se restregó los ojos. Los tenía hinchados, pero no como cuando peleaba, eso era distinto.

—Hola —dije, y me respondió con un gesto que quiso ser una sonrisa.

Se levantó y desapareció en dirección al baño.

—¿Qué diría papá si se entera de que dormiste con un hombre? —disparó mi hermano.

—Pero no va a enterarse. Además, tú conoces bien las circunstancias. —Me levanté, recogí las mantas y las doblé—. No estorbes, por favor.

Después de desayunar nos quedamos los cinco sin saber qué hacer. Nadie hablaba, ni siquiera se cruzaban nuestras miradas. No supe si estaba bien que nosotros estuviéramos ahí; quizá como familia preferían estar solos.

—Tal vez sea mejor que Ferrán y yo nos vayamos —sugerí.

—¿Por qué? —fue Sara quien habló.

—Pues… porque no somos de la familia y es un momento especial.

—Quédate. —No era una orden, pero tampoco sonó a petición. Antón lo dijo sin siquiera levantar la vista de su taza. Lo dejé pasar; no era ocasión para discutir.

Álvaro y Sara se levantaron de la mesa y se recluyeron en su cuarto. Ella se veía cansada y no era bueno en su estado exigirle demasiado al cuerpo.

Ferrán dijo que iría a visitar a Lupe y me pareció una buena idea.

Al quedar solos, permanecí tiesa en mi silla, incapaz de proponer algo. Fue Antón quien dio el primer paso.

—Demos un paseo; esta casa me está ahogando.

Nos abrigamos y salimos. Quería tomarlo de la mano, pero como él no hizo nada metí las mías en los bolsillos.

Caminamos sin rumbo y llegamos hasta una de las plazas, la más céntrica. Antón se sentó en el borde de una fuente, vacía de agua y llena de pastos y musgos, y se llevó la cabeza a las manos. Me coloqué a su lado.

—¿Quieres hablar?

Negó con un suave movimiento.

Enfrente había una taberna y de ella salió un grupo de chicas. Una de ellas miró en nuestra dirección, tendría mi edad. Era bella; sus cabellos negros hasta la espalda ondeaban a merced del viento. Dijo algo a sus amigas y corrió hacia nosotros.

—¡Antón! —exclamó cuando estuvo frente a él.

Él se puso de pie como si lo hubieran pinchado y la muchacha se le echó encima, abrazándolo. Sentí una furia tremenda y tuve ganas de separarla de su cuerpo. Advertí que Antón estaba tieso, que él no la había abrazado, y en parte me dio gusto.

—¡Lo siento tanto! Sabes cuánto quería a tu abuela —dijo.

—Ya, está bien. —Antón se desprendió de ella, se notaba incómodo.

—Papá no me dejó ir al entierro —se excusó—. Desde que mamá murió mi padre está extraño.

—Tu padre por una vez tuvo razón —fue su dura respuesta, y ocasionó un gesto de dolor en el bello rostro.

—No entiendo qué te pasa conmigo, Antón —insistió—, sabes que yo te quiero mucho, a ti y a tu hermana. —Era dulce; por mucho que me disgustara, la joven era dulce, y por un momento sentí pena por el rechazo al que él la condenaba—. Por cierto, ¿cómo está Sara? ¿El bebé?

—Si tanto te importa, ve a la casa y pregúntale.

—¿Sabes qué, Antón Navarro? ¡Eres detestable! —Por primera vez la chica me miró y me dijo—: Y tú, ten cuidado con él, porque te romperá el corazón.

Furiosa, se dio la vuelta y se fue con sus amigas.

Antón volvió a sentarse. Quise preguntar a qué se había debido todo aquello; quizá era una antigua novia, una jovencita que insistía en el amor truncado. Antón se adelantó y dijo:

—Es la hija de mi padrino, Aurora.

—Entiendo… —Reflexioné unos instantes y volví a la carga—. A decir verdad, no entiendo. ¿Qué tiene que ver ella? Si los cálculos no me fallan, ella era una cría en los tiempos de la guerra.

—Pero es su hija, y detesto todo lo que venga de él.

—Me dio pena, ¿sabes? No parece una mala muchacha, creo que siente por vosotros un cariño sincero.

—Ay, Paz, ¡tú sí que quieres echarme a perder! —Hizo una mueca parecida a una sonrisa—. Me hace mal todo lo que tenga relación con ese malnacido.

Como si lo hubiera invocado, un hombre dobló la esquina y se paró en seco al ver a Antón sentado en la fuente. Era un sujeto de edad avanzada y caminaba lento. Llevaba un sobretodo largo y un sombrero, y me di cuenta de que era el mismo que lo había visitado el día de su cumpleaños.

Cuando estuvo frente a nosotros se quitó el fieltro y formuló su pésame.

Antón se puso de pie de repente y lo tomó con violencia de las solapas.

—¡Tú la mataste! —Lo sacudió; el hombre parecía un muñeco entre sus brazos fuertes.

—¡Déjalo, Antón, déjalo! —Intenté separarlo, pero los dedos de Antón eran como garras. El anciano no se resistía, permanecía a su merced como si mereciera el castigo.

—Vamos, hazlo —le dijo—. ¿Quieres convertirte tú también en un asesino?

—¡Conque lo admites! —bramó Antón—. ¡Yo estaba ahí cuando te llevaste a mi madre! ¡Eres una mierda, Eduardo, una real mierda!

Antón estaba fuera de sí y temí una desgracia. La gente empezó a amontonarse y alguien amenazó con llamar a la Guardia Civil.

Sin embargo, todo se detuvo de inmediato cuando Eduardo dijo:

—¡Yo no la maté! ¡Yo la amaba!

Vi la transfiguración en la cara de Antón. Lo vi bajar las manos y soltar tan abruptamente a su padrino que este casi cae al suelo.

—Yo la amaba, Antón. Amé a tu madre desde el primer día que la vi. Y ella me amaba a mí.

—¡No ensucies la memoria de mi madre!

—Es la verdad, hijo; nos amamos en silencio durante muchos años.

Antón se desplomó sobre el borde de la fuente, la gente volvió a sus quehaceres. La pelea había terminado.

CAPÍTULO 70

Convento de Nuestra Señora de la Perseverancia,
finales de 1937

Alina ya se había habituado a la vida del monasterio, a donde llegaban heridos y refugiados de esa guerra que había partido a España en dos, derramando la sangre de tantos inocentes.

No recibía demasiadas noticias de su marido; ya ni siquiera sabía dónde estaba. La última carta que le había enviado estaba fechada varios meses atrás. Ella le había escrito en cuanto llegó al convento para avisarle de que de ahora en adelante tenía que remitirlas allí, pero la correspondencia se demoraba o, sencillamente, se extraviaba.

Sentía miedo de haberlo perdido para siempre. Ya no le quedaba nadie, porque su vida giraba en torno a Tom. ¿Y si no volvía a verlo? De solo pensarlo rompía en llanto; siempre a solas, nadie podía conocer su debilidad.

Hasta que llegó el correo. Tenía fecha del mes de agosto. El sobre venía manoseado y algo ajado, pero al fin recibía noticias.

Con premura se escabulló al jardín trasero, casi siempre desierto. Se sentó en el banco de piedra, que pese al calor estaba frío. Rasgó el pliego con cuidado de no romper la esquela y leyó, apresurada, sin entender demasiado lo que su esposo le decía. Fue necesaria una segunda lectura para tomar verdadera conciencia de lo que Tom le estaba contando.

Mi amada Alina:

Espero que estés bien cuando recibas estas letras. Sabes que no soy bueno con las palabras y que apenas sé escribir bien. Como siempre, pedí ayuda a un compañero para que revise estas líneas.

No te preocupes, aunque lo harás cuando veas la dirección que figura en el sobre. Caí prisionero; estoy en un campo de trabajo, en Miranda de Ebro. Pero por mi comportamiento o falta de antecedentes, me han pasado de bando; ahora sirvo a los nacionales. Por eso me han permitido escribirte esta carta; no todos los detenidos pueden hacerlo. Estar a cargo tiene algunas ventajas, aunque muchos de mis compañeros me miren de mal modo.

Estoy bien, algo más delgado, pero al menos estoy en una pieza. Solo me atormentan esas horrendas pesadillas que no me dejan en paz, aquí todo se agudiza y apenas puedo dormir dos o tres horas, porque ellas vienen a reclamarme por viejas culpas. Sabes de qué te hablo, y me siento en paz por habértelo contado al fin.

Antes de pasar a este lado hice un amigo; tú sabes cuánto me cuesta relacionarme con la gente, pero ese muchacho logró conmoverme. Es oriundo de Gijón, se llama Marco Noriega, tiene una esposa que se llama Marcia y una hija de pocos meses. Me apena, porque tengo el presentimiento de que no la verá crecer. ¿Sabes cómo le han puesto? María de la Paz... un nombre esperanzador.

¿Y tú cómo estás? Cuéntame cosas bonitas... necesito alejar los fantasmas del pasado que se me vienen encima.

Abrazo, amada mía, sabes cuánto te quiero, pese a no haber sido un buen marido.

Alina leyó y releyó la carta infinidad de veces. Después la apretó contra su pecho como si fuera un tesoro. En ese momento no relacionó el apellido del tal Marco con Bruno Noriega, el hombre al que ella había asistido hacía unos meses.

No sabía que esa sería la última carta que recibiría de su esposo. A principios de 1938 se enteraría de que Tom Castro había sido fusilado por traidor. Había permitido la fuga de un preso: Marco

Noriega. Otra vez ese nombre, Noriega, como el hombre al que le habían extirpado el ojo, el hombre de las manchas de nacimiento. ¿Serían familia? ¿El destino podía ser tan cruel?

Su marido salvaba a un Noriega y ella encontraba al otro. Su mente era una maraña de preguntas sin respuestas, de rostros reales e inventados. ¿Era él? No podía ser casualidad.

A partir de ese día Alina empezó a decaer sin que nadie se diera cuenta. Ya no servía para ciertas tareas, y menos para asistir a heridos. Sufría desmayos y mareos. El único médico que auxiliaba en el convento no tenía tiempo para dedicarse a ella, había muchos lisiados y soldados dañados gravemente que lo necesitaban. La mujer se aisló, parecía vivir en un mundo paralelo. A veces confundía a las personas y el pasado de su marido se mezclaba con su propio presente de mutilados. El horror de la guerra se sumó a su soledad.

CAPÍTULO 71

Covarrubias, 1956

No sabía qué hacer. Antón estaba abatido, perdido. La cabeza gacha y el cuerpo flojo. A su lado, Eduardo permanecía erguido.

—Es una larga historia, Antón. Puedo contártela si quieres. —Me miró, sonrió con pena y me invitó a sentarme a su lado. Obedecí.

—Es mentira. —Antón elevó la cabeza; sus ojos negros despedían dagas—. Yo vi cuando te la llevaste de la casa; estaba allí, con Sara.

—Lo siento, Antón, no tuve opción. ¿Recuerdas que esa tarde estuve en tu casa? ¿Recuerdas que te hicimos salir para hablar un momento a solas? —Antón asintió—. Le dije a tu madre que la situación era delicada, le conté también que me estaban vigilando, me creían un traidor. Y lo era.

—¡Claro que lo eras! Traicionaste a mi familia.

—No, Antón, no fue así. —Eduardo bajó la cabeza—. Quizá traicioné la amistad que tenía con tu padre al enamorarme de su novia… sin embargo…

—¿Cómo explicas que te llevaras a mi madre?

—Tuve que hacerlo, me obligaron. —Se pasó la mano por la frente, sudaba—. Tú no entendías, eras un niño. Sabía que estaban sacando a los «rojos» de sus casas. Se lo advertí a tu madre para que se pusieran a salvo. Ya se habían llevado a tu padre, no pude encontrarlo por más que removí todos los archivos y recorrí todas las prisiones. Nunca pude saber qué pasó con él. —Sus ojos brillaban—. Luego me dijeron que irían por la zona de tu casa y preferí formar parte de la patrulla, por si acaso. Esperaba encontrar la casa vacía. ¡Tu madre debería haberse ido! Sin embargo, ella se quedó: esperaba a tu padre.

—¡Tú te la llevaste!

—¿Qué otra cosa podía hacer? Al menos me aseguraría de que no le hicieran daño.

—¡Eres un hijo de puta!

—Entiende, Antón, era mejor que fuera yo y no otro. Al menos evité que la golpearan. —Eduardo lloraba y creí en lo que decía—. Iban a hacerlo de todas formas. Esa tarde le hice una promesa a Alba. Le juré que cuidaría de vosotros, de sus hijos, y eso hice.

—¡No te creo, Eduardo, no te creo! ¿Cómo puedes decir algo así de mi madre? Ella era una mujer íntegra.

—Claro que lo era, pero nos amábamos —insistió Eduardo—. Cuando tu padre se alistó para ir a esa guerra, fui yo quien estuvo a su lado. Y fue allí cuando nos enamoramos.

—¡Basta! —Antón estaba al límite de su paciencia y temí lo peor—. ¿Qué pasó con el bebé? —Su mirada echaba chispas de odio—. Le hiciste una promesa, ¿no? Entonces, ¿dónde está el bebé?

Eduardo sonrió con pesar.

—El bebé… Era una niña, una hermosa niña. Se llama Aurora.

Fue como si estallara una bomba. De repente todas las piezas parecieron encajar. Antón se puso de pie y volvió a tomarlo de las solapas, levantándolo en el aire.

—¿Estás diciendo que Aurora… Aurora es mi hermana?

—¡Déjalo, Antón! ¡Por amor de Dios, suéltalo! —intervine; no me fiaba de su reacción. Antón estaba fuera de sí.

Obedeció, a regañadientes, obedeció y bajó a Eduardo al suelo.

—¿Por qué… por qué nunca nos lo dijiste?

—Así como hice una promesa a tu madre de velar por sus hijos, prometí a mi esposa darle un bebé. —Eduardo se mostraba abatido—. Mariángeles no podía concebir y esa imposibilidad estaba acabando con nuestro matrimonio. Logré convencerla de adoptar a algún chiquillo abandonado… luego ocurrió todo aquello, el horror de la guerra, los campos de prisioneros, los niños robados… No podía decirle que la pequeña era hija de Alba; ella la hubiera entregado a la familia. Aquella acción habría trascendido y yo, sospechoso de traición, hubiera acabado con un tiro entre las cejas.

—Te pusiste por encima de todos.

—No es así, Antón, no me juzgues. Si yo no estaba, ¿quién cuidaría de vosotros? Los tres hijos de Alba eran mi responsabilidad. Por eso callé.

—Ella…

—Ella no lo sabe, pero la sangre tira, hijo… —Sonrió al pensar en la muchacha—. Aurora, le puse así en honor a tu madre, porque ella fue mi amanecer. —Ese hombre no mentía, lo pude leer en su mirada—. Aurora siempre ha sentido un afecto especial por ti y por Sara, por no mencionar la afinidad que tenía con tu abuela. ¿Recuerdas que de pequeña iba a menudo a visitarla?

Miré a Antón; sus ojos se veían más calmados, con un dejo de nostalgia. Asintió.

—Antón, espero que algún día puedas perdonarme —dijo Eduardo, con lágrimas en las mejillas manchadas por la edad—. Hice lo que creí que sería lo mejor para todos. —Antón no dijo nada—. Hay algo más que debes saber.

Tuve miedo de lo que diría. ¿Cuántos secretos ocultaba ese hombre?

—Aurora también es mi hija.

CAPÍTULO 72

Covarrubias, 1935

Hacía frío, mucho frío, pero Alba decidió salir igual. Necesitaba comprar algunas cosas; la mesa de Navidad era importante para ella. Miró a sus hijos; Antón jugaba al ajedrez con su padre y la pequeña Sara estaba sentada sobre la alfombra tejida por las manos de su madre, frente a los leños que ardían en la chimenea. Vistos así eran una familia perfecta, feliz.

Sus ojos de miel se enternecieron, pero fue apenas un instante. A ella no le bastaba con eso, necesitaba algo intangible, inmaterial, algo que tenía nombre, pero que estaba vedado pronunciar, ni siquiera pensar.

—Iré al pueblo —anunció.

—¿Es urgente? Mira que está por nevar. —Luis intentó detenerla.

—Estoy preparada. —Le enseñó la bolsa donde llevaba las madreñas, unos zuecos de madera con tres tacones—. Volveré enseguida.

Se acercó a su esposo y le dio un ligero beso en los labios. Después acarició la cabeza de Antón y besó a la pequeña Sara.

El aire fresco le dio de lleno en la cara, suspiró y se sintió libre. Le vendría bien estar un rato a solas, necesitaba espacio. El invierno se hacía largo, todo el día dentro de la casa, con los niños, dedicada a las tareas.

Un viento helado despeinó los cabellos que escapaban del gorro de cuero que llevaba. Los liberó y se sintió niña de nuevo.

Llegó al pueblo y se adentró en la tienda de dulces. Un pedazo de chocolate en su boca alivió su pesar. Sonrió; el chocolate curaba todos los males. Después compró turrones y unas peladillas para vestir la mesa navideña.

Entró en otro comercio y cargó su bolsa con el resto de las provisiones para la comida con que deleitaría a su familia.

Al salir, la nieve había comenzado a caer. Se envolvió el cuello con el chal y lo subió de manera que solo se vieran sus ojos. Se calzó las madreñas y avanzó. Era una nevada leve, pero a medida que transitaba las calles cada vez más desiertas advirtió que la cosa se pondría peor.

No tuvo miedo, estaba acostumbrada a ese clima. Sin embargo, cuando salió del pueblo todo estaba blanco y los copos caían de manera abundante. Le costó caminar, pues las galochas se hundían. Alba retrocedió; mejor buscar un refugio en el pueblo hasta que pasara la tormenta que se insinuaba.

Con la cabeza gacha dio un paso y luego otro. El ruido del viento le impidió oír el motor del vehículo que se abría paso entre la gran nevada. Solo cuando lo tuvo a su lado se dio cuenta de que alguien la llamaba desde el interior. Era Eduardo.

Sin dudar subió.

—¡Vaya nevasca! —dijo él a modo de saludo—. ¿Cómo se te ocurre salir con este tiempo?

Ella se encogió de hombros mientras se sacudía un poco para quitarse el agua que empezaba a mojar su ropa.

Al coche le costaba avanzar; las ruedas se enterraban cada vez más y Eduardo tuvo que detenerlo bajo una arboleda.

—Estás empapada. Deberías quitarte el abrigo.

Alba obedeció y se quitó también las madreñas.

—Tengo los pies helados.

—Dámelos. —Ella lo miró, creyendo que había escuchado mal—. Que me los des, mujer.

Alba se puso de costado y se recostó contra la puerta. Extendió las piernas y las posó sobre las rodillas del hombre.

Eduardo le quitó las medias y empezó a frotar sus dedos morados.

—Tú estás loca, Alba, salir con este clima.

—No estaba así cuando salí de casa.

Eduardo seguía masajeándole los pies, que iban entrando en calor. De vez en cuando le soplaba su aliento cálido y Alba se relajó. Cerró los ojos y se dejó llevar por esas caricias que no tenían nada de malo, o al menos quería convencerse de eso.

Cuando las manos de Eduardo subieron por sus piernas y tocaron sus rodillas supo que habían entrado en terreno peligroso, tanto como el que estaba fuera, en la gran nevada. Vaciló; debía detenerlo, pero se sentía tan bien… Luis nunca la había acariciado de esa forma. Con él era siempre todo igual, rutinario.

—Eduardo…

—Shhh…, por favor, Alba, nos merecemos esto. —Abrió los ojos y vio su mirada ardiente. Se reconoció en ella—. Al menos una vez en la vida.

Por toda respuesta ella se colgó de su cuello y lo besó. Una vez, solo una vez. Necesitaba ese recuerdo para subsistir en ese matrimonio que la estaba ahogando. Quería saber qué se sentía al hacer el amor con el hombre que amaba.

Ya no hacía frío, la nieve había quedado en el exterior. Los vidrios empañados por sus respiraciones jadeantes fueron testigos de la pasión que se desató.

Hicieron el amor con urgencia, una urgencia que venía desde hacía más de quince años. Sus cuerpos ya no eran los mismos que se habían rozado cuando eran más jóvenes; sin embargo, nada opacó el desborde que los fusionó en uno solo.

—Te amo, Alba, nunca dejé de hacerlo.

—Y yo te amo a ti. —Se abrazaron luego del amor, y ambos lloraron.

Esa tarde concibieron a Aurora.

CAPÍTULO 73

Después de la confesión de Eduardo nos quedamos los tres sin saber qué hacer. Antón no reaccionaba y yo solo atiné a tomarle la mano, que sentí laxa y fría. Estaba destrozado, había perdido su ímpetu combativo. Imaginé que su mente sería un torbellino de preguntas y sentimientos.

—Antón... —murmuré, pero él ni siquiera me miró.

—Sé que es duro, hijo —empezó Eduardo—, pero es la verdad. Tengo una carta. —Eso logró captar su atención. Antón elevó la mirada vidriosa—. Tu madre me envió una esquela cuando se desató la guerra y supo que la situación se ponía peligrosa. En ella me decía que el bebé era mío.

Me pregunté cómo una mujer dejaría por escrito esa confesión, y Eduardo, como si me leyera la mente, añadió:

—Al principio no entendí por qué lo hizo, era un gran riesgo para ella. Luego comprendí. —Antón continuaba con sus ojos negros clavados en el rostro imperturbable de su padrino, que parecía estar dispuesto a decir toda la verdad de aquella historia—. Ella sabía que corrían peligro y quiso asegurarse de que no solo yo supiera que el bebé era mío, sino quienes la sobrevivieran. De otra manera, ¿quién me creería?

»Después de esa carta me enfrenté a ella, le pregunté cómo podía decir algo así, cómo podía estar segura. Y me confesó que cuando se quedó embarazada hacía mucho tiempo que no tenía intimidad con Luis. La pasión entre ellos se había ido diluyendo y ninguno reclamó por ello. Después, cuando Alba advirtió el embarazo, forzó la situación. ¿Cómo explicaría si no la presencia de ese bebé?

—¡Basta! —Antón se puso de pie y caminó en círculos—. No quiero oír más.

—Está bien, Antón; lo lamento, pero necesitaba que supieras toda la verdad.

—Quiero ver esa carta —pidió para mi sorpresa.

Como si hubiera esperado ese momento durante años, Eduardo buscó en el bolsillo interior de su abrigo y sacó un sobre. Se notaba en él el paso del tiempo, estaba arrugado y amarillento. Lo extendió y Antón lo tomó.

Incrédulo aún, desplegó la misiva y la leyó. Supe por su expresión que todo lo que había dicho Eduardo era verdad.

Antón se dejó caer sobre la fría piedra y la carta voló por el suelo. Desesperado, Eduardo la recogió; quizá, además de su hija, era lo único que le quedaba de la mujer que había amado.

—Creo que debo irme. —Eduardo me miró a mí cuando lo dijo—. Me gustaría que vinierais a casa alguna vez y pudiéramos hablar más tranquilos.

Asentí, incapaz de formular palabra alguna. El padrino se fue y nos dejó allí, desamparados. Sentí una orfandad tremenda, no puedo explicar por qué.

Los minutos pasaron y Antón permanecía tieso, con la cabeza gacha. Lo prefería en su actitud agresiva; no me gustaba verlo así, desarmado.

—Antón —susurré.

—Vete. —Su voz sonó dura y fría.

—Vamos, Antón, vamos a tu casa.

—Vete, Paz, vete a tu ciudad. —Me miró y descubrí el hielo en su mirada. Había tanto rencor en él que sentí temor—. No soy el hombre para ti. Estoy lleno de odio.

Sin poder evitarlo, mis lágrimas empezaron a caer. Él no hizo nada para detenerlas. Se puso de pie y se fue en dirección contraria a su vivienda.

Herida, corrí. No sabía a dónde ir y terminé llorando en una iglesia. A esa hora estaba vacía; era un buen refugio para los desconsolados como yo.

Me senté en uno de los bancos y dirigí mis ojos hacia el Cristo que colgaba de su cruz encima del altar mayor. No fui capaz de rezar, no pude decir ninguna oración. Solo le pregunté por qué jugaba así con las personas, como si aquella imagen fuera a responderme.

Cuando salí de la capilla supe que era hora de buscar a mi hermano y volver a casa. Sin embargo, antes de partir de ese pueblo para no volver jamás, haría una visita.

Mis pasos me llevaron a la casa de Lola; quizá el destino estaba escrito y era ella quien iba a darme la punta de ese ovillo enredado.

Me abrió ella misma y, si se sorprendió al verme, no lo noté.

—Vaya, pero si eres tú otra vez. —Se hizo a un costado y me invitó a pasar—. Has llorado, seguro que por mal de amores.

Nos sentamos frente a frente en el recibidor y disparó:

—¿Vas a contarme qué te hizo el desgraciado?

No pude evitar esbozar una sonrisa. No quería entrar en detalles sobre la vida y el pasado de Antón; era su historia y ese era un pueblo pequeño. Solo dije:

—Me enamoré de alguien que carga culpas ajenas… —La miré y los ojos se me llenaron de lágrimas—. No puede amarme, está lleno de odio.

—¡Ay, las culpas de un hombre! —Se echó hacia atrás y pude ver el nacimiento de sus senos. Lola no había perdido su estilo, seguía siendo una mujer llamativa pese a sus años—. ¿Te conté que yo también me enamoré de un hombre que estaba preso de su culpa?

No supe si me hablaba del mismo hombre de la vez anterior, del marido de Alina.

—Sí, sí, te conté de Tom —dijo, sacándome de dudas—. Pobre muchacho… —Se inclinó hacia adelante, a modo de confidencia, como si alguien más pudiera oírnos—. A ti puedo contarte, total… han pasado tantos años, y Tom ya está muerto.

Empezó a hablar de su juventud y de los muchachos del pueblo, hasta que llegó a la noche en que los hermanos y primos de Tom lo llevaron con ella para hacerlo hombre.

—Tom era muy tímido, nunca había estado con una mujer. Y sabes que para los muchachos eso es algo muy importante. —Clavó en mí sus ojos curiosos—. ¿Tú has estado con un hombre? —Sentí que los colores se me subían al rostro—. ¡Vaya, con que eres virgen aún! Como te decía, me trajeron a Tom y nos encerraron en un granero. El pobre temblaba de miedo cuando me abalancé sobre él y le ofrecí mis pechos, no supo qué hacer con ellos. Entonces decidí tomar la iniciativa, le bajé los pantalones y deslicé mi mano: estaba muerto. —Debió ver mi expresión porque se echó a reír—. No estaba muerto él, ¿qué cosas piensas?, me refiero a su miembro. No reaccionaba. Lo puse en mi boca y fue peor. —A esa altura del relato no quería escuchar más. ¿Qué tenía que ver todo aquello conmigo?—. Herida, lo acusé de ser marica —continuó Lola—, eso no le gustó y me dio un puñetazo. Sí, así como te lo cuento, Tom me golpeó.

—No coincide mucho con el perfil de hombre que está describiendo —dije.

—Después, vino su confesión. —Me adelanté en el asiento, curiosa—. Tom tenía un pasado oscuro, aberrante. —Abrí los ojos, otro hombre que era una caja de sorpresas. ¿Cuántos secretos pueden guardar las personas? Ese día había descubierto bastantes—. Tom Castro había sufrido abusos sexuales por parte de su padrastro, desde niño, y harto de ese calvario un día mató a ese sujeto y huyó de la casa.

—Pero... no me queda muy claro. ¿Por qué volvió entonces con su familia? ¿Acaso no lo condenaron por lo que hizo?

—Es que aquí viene la otra parte de su historia, querida mía: Tom Castro no se llamaba realmente así. Apareció en el pueblo después de vagar durante meses, muerto de hambre, huyendo de ese pasado. Los Castro lo adoptaron y él se integró en esa familia maravillosa, pero nunca pudo tener una vida normal. Tenía esa especie de... impotencia.

—¡Vaya historia!

—¿Sorprendida? —Lola se puso de pie y fue hacia la cocina. Me hizo un gesto para que la siguiera—. ¿Quieres un poco de vino?

No acostumbraba a beber alcohol, excepto en situaciones especiales. Y esa lo era.

—Te lo conté para que veas lo que hace la culpa en los seres humanos. —Se dio la vuelta y me tendió la bebida—. Yo por eso, querida mía, no siento culpas por nada. —Alzó su copa y brindó—. ¡Salud!

—Salud. —Bebí, el vino estaba caliente y enseguida lo sentí fluir por mis venas—. Lola, ¿usted sabe cómo se llamaba realmente Tom?

—Ángel, ¿puedes creerlo?

Salí de la casa de Lola algo mareada. Ya era de noche, se me había pasado la hora. Traté de orientarme y caminé en dirección a la de Antón. ¿A dónde más podía ir? Imaginé que estarían preocupados por mí, y así fue. No había recorrido unos metros cuando los faros de un coche me encandilaron.

Enseguida se detuvo y de él descendió Ferrán y, por el lado del conductor, Antón.

—¿Dónde te habías metido? —me dijo este tomándome del brazo con violencia.

—¡Suéltame! —Me sacudí con fuerza y como no me soltaba le di una bofetada—. ¡Te he dicho que me sueltes!

—María, estábamos preocupados por ti —intercedió Ferrán, y logró que Antón me soltara—. Vamos, que Sara está a punto de dar a luz.

Eso cambiaba los planes; estaba dispuesta a irme de inmediato, pero no podía hacerlo en un momento como ese. Subí al coche y Antón arrancó a toda velocidad.

Llegamos a la casa. Álvaro caminaba de un lado al otro, nervioso. Sentados alrededor de la mesa estaban Tadeo y sus hijas.

De la habitación de Sara llegaban sus gritos; deduje que Guillermina estaba ahí dentro también, con la partera.

Me ofrecí para hacer café, o algo, pero todos negaron. Ferrán se sentó junto a Lupe y empezaron a hablar en voz baja. Sin saber qué hacer me senté en el sillón, frente a la chimenea. Angelito, el gato, se vino enseguida a mi falda.

Mientras escuchaba los quejidos de Sara reflexionaba sobre todo lo que me habían desvelado aquel día. La historia de amor entre el padrino de Antón y su madre, y su media hermana Aurora. Y por el otro lado, la increíble vida de Tom Castro. Era para escribir un guion de cine.

Un llanto de bebé interrumpió mis pensamientos y todos nos pusimos de pie. Del cuarto de Sara salió Guillermina; cargaba en sus brazos un paquetito de sábanas blancas del cual asomaba una cabecita.

Se acercó a Álvaro y se lo entregó.

—Es un niño —le dijo, y los ojos del padre se llenaron de luces. La noche se hizo larga y, más tranquilos todos, corrió el té, el café y también el vino, aunque nadie cenó. Cuando ya no hizo falta la ayuda de la familia, Tadeo y los suyos se fueron a su casa. Solo quedamos Ferrán y yo, los intrusos.

—Mañana nos iremos —dije sin dirigirme a nadie en especial, aunque en el comedor solo estaban Antón y Álvaro.

—No hace falta —contestó el flamante padre—. Sara se pondrá contenta con un poco de presencia femenina.

Sonreí, pero ya había tomado la decisión de partir, al menos de esa casa.

Antón no me dirigió ni la mirada ni la palabra; no entendía por qué estaba así conmigo. Quizá era porque yo había presenciado esa tremenda confesión. ¿Qué haría con todo aquello que había descubierto? ¿Se lo habría contado a Sara? Deduje que no, no era el momento.

Terminé de recoger los restos de tazas y botellas, y me dirigí a la habitación que me habían asignado. Sentí la puerta y supe que era Antón quien había salido porque enseguida oí el motor del coche. Me costó dormir, estaba angustiada. Amaba a ese hombre atormentado, y si bien comprendía, en parte, el motivo de su ira, no podía justificarlo. Tanto su padrino como su madre habían obrado mal, pero él no tenía la culpa de aquello. Quizá en su mente todavía vagaba el recuerdo de esa noche aciaga, cuando presenció y juzgó. ¿Pero quién podía juzgar sin estar en esos zapatos?

Cerré los ojos, me dolía la cabeza. Las horas pasaron y yo sin dormir. Sé que esperaba el regreso de Antón. ¿A dónde había ido? ¿Estaría durmiendo con alguien más?

Tenía que sacármelo de la cabeza; ese hombre terminaría lastimándome. Con esa decisión finalmente caí en el sueño.

Cuando me levanté vi por la ventana que el coche estaba en la puerta, señal de que al fin Antón había regresado. Seguramente dormía porque la casa, excepto por el llantito del bebé, estaba en silencio.

Me asomé a la habitación de Sara; la noche anterior no había querido molestarla. Me hizo una seña para que entrara y me sentara al borde de la cama.

—¿Cómo estás?

—Algo dolorida, pero feliz —dijo—. ¿Lo has visto? —Asentí—. Es hermoso.

Le habían puesto Luis, como su abuelo, y me vino a la memoria la historia que había escuchado el día anterior, de la cual seguramente Sara todavía no tenía noticias.

—¿Qué te pasa? —me preguntó Sara, sorprendiéndome—. Tienes aspecto de no haber dormido… y llorado.

¡Sí que era perceptiva!

—Quizá me costó dormir un poco…

—¿Es por Antón? ¿Mi hermano acaso…?

—No, no. Tú no debes preocuparte de nada que no sea tu bebé. —Le sonreí, aunque me costó el gesto.

—Mmm, a mí no me engañas… —El bebé se quejó y Sara lo cargó sobre su hombro—. Acaba de mamar y todavía no ha eructado —explicó—. Debes tenerle un poco de paciencia. —Al ver mi cara de incertidumbre añadió—: A mi hermano. Él te quiere, solo que le cuesta dar el brazo a torcer.

—Pues… —No quería hablar de eso con ella, quería irme—. Sea como sea, me iré hoy mismo.

—¿Te irás? —repitió frunciendo el entrecejo.

—Sí, debo volver a casa. Ya no tengo más que hacer aquí. —Me puse de pie—. Un trabajo me espera. Tengo que retomar mi vida.

Sara extendió la mano y la tomé.

—Antón es un hombre especial, María de la Paz, pero yo sé que te quiere. Quizá tengas que darle un tiempo... —Cambió al bebé de lado—. Sé que hay cosas que tiene que resolver, aunque él no es confidente conmigo.

—Tú no te preocupes. —Me agaché y le di un beso al bebé en la frente—. Cuida de este tesoro.

CAPÍTULO 74

Antes de que Antón se levantara llamé a Ferrán y, pese a sus protestas, nos despedimos de Álvaro y dejamos saludos para el resto de la familia.

Partimos como si huyéramos. Por primera vez mi hermano tuvo algo parecido a la empatía y no preguntó nada.

Ni siquiera cuando le pedí al cochero que me llevara al convento de Nuestra Señora de la Perseverancia.

No sé por qué, pero sentí que tenía que hablar con Alina por última vez. Ahora que conocía otra parte de la historia de su esposo quise corroborarla con ella. Por más que me habían asegurado que desvariaba la mayor parte del tiempo, tenía la esperanza de encontrarla en un momento de lucidez.

Sor Juana no se asombró al verme y, con su parsimonia habitual, nos ofreció chocolate.

—Sabía que volvería —me dijo mientras bebíamos, sentadas en la misma salita de mi segunda visita—. No es usted de las que desisten a la primera.

—No quisiera importunar, madre, pero necesito ver a Alina una vez más. —Me estudió, quizá pensando en la conveniencia de mi petición en relación con su pupila—. Regresaré a mi ciudad y no volverá a verme por aquí.

—Tiene suerte —dijo poniéndose de pie y haciendo sonar una campanita que no había visto la vez anterior, que colgaba de un saliente—. Alina está muy bien. Recibió visitas, ¿sabe?, aquella cuñada con su hija, una jovencita ahora.

—Me alegro por ella —dije con sinceridad.

—Solo espero que su presencia no la desestabilice. Hay posibilidades de que salga de aquí y se mude con la familia. —Esbocé una sonrisa; esa mujer merecía ser feliz.

—Prometo que no haré nada que pueda dañarla.

A la llamada apareció sor Milena y al verme frunció el ceño. Seguramente recordaba cómo se había puesto Alina con mi visita anterior.

—Hermana, acompañe a la señorita al cuarto de Alina. —Mirando a Ferrán añadió—: Yo me quedaré con el jovencito jugando al ajedrez. Porque sabe jugar, ¿verdad?

Seguí a sor Milena por los pasillos que conservaban el frío de todos los inviernos del mundo, hasta desembocar en la galería que llevaba a la habitación.

La religiosa entró sin llamar y me invitó a entrar.

Alina estaba sentada en una silla, con la espalda recta, y tejía con dos agujas algo parecido a una manta.

—Alina —dijo sor Milena—, tienes visita. ¿Recuerdas a la señorita?

La aludida miró en nuestra dirección y sonrió. Dejó la labor y se puso de pie.

—¡Claro que sí! La escritora, ¿verdad? —Extendió la mano y la tomé; estaba fría pese a tenerla en movimiento con las agujas—. Siéntese, ¿quiere tomar algo? —Se comportaba como una verdadera anfitriona.

—Lo que tome usted. —Pensé que el compartir algo podía generar mayor intimidad.

Sor Milena nos dejó solas.

—¿Cómo va con su novela? —Me sorprendió su pregunta y tuve que improvisar una respuesta.

—Estoy algo demorada en ciertas escenas, ¿sabe? Me falta algo de información sobre uno de los personajes.

—Entiendo. ¿Y su padre? ¿Está bien? —Temí que mi respuesta pudiera ocasionar un desequilibrio en ella.

—Oh, sí, él está bien.

Sor Milena entró y nos sirvió el té. Puso también un platito con unas galletas.

—La vez anterior no me contó demasiado sobre él. ¿Le quedó alguna secuela de la guerra? —Hablaba con tal naturalidad que confirmé que aquello que me había dicho de que su esposo había muerto por ayudar a escapar a papá era toda una confusión de su mente perturbada.

—Perdió un ojo —me animé a decir—. Es más, fue aquí donde se lo extirparon.

Mis palabras operaron un cambio en ella. Me miró fijo y tuve miedo.

—¿Aquí? —Desvió la mirada hacia un costado, como buscando en sus recuerdos—. No, no puede ser. Su padre no estuvo nunca aquí.

—¡Oh, sí! —Estaba entrando en terreno peligroso—. Fue aquí donde lo operaron, en octubre del 37.

—Mire, señorita, si algo no me falla es la memoria. Aquí se extirparon muchos miembros, pero en esas fechas, ojos solo dos. Uno fue el de un soldado gallego, que murió a los pocos días, y el otro fue el de Bruno Noriega.

—¡Eso es! —Al fin coincidíamos—. Bruno Noriega, mi padre.

Alina casi escupió el té que estaba bebiendo y largó una carcajada.

—¿De qué se ríe? —Tenía una risa nerviosa.

—Es todo una gran confusión. —Me miró con fiereza—. Usted se llama María de la Paz Noriega, ¿verdad? —Asentí—. De Gijón. —Volví a asentir.

Alina se puso de pie y fue hacia la cómoda. Buscó en los cajones hasta que halló una caja. La sacó y empezó a revolver dentro de ella. La vi hacer a un lado objetos y papeles hasta dar con un sobre. Por el color supe que tenía unos cuantos años.

Regresó a la mesa con él en la mano y volvió a sentarse.

—Voy a contarle una historia. —De repente parecía una abuelita a punto de leer un cuento a sus nietos—. Al parecer, mi Tom no era el único que tenía secretos. —De modo que ella sabía del pasado de su marido—. Mi querido Tom tuvo una infancia desgraciada; su padre murió cuando era un niño y su madre al poco tiempo volvió a casarse. Omar Ponte, su padrastro, no era lo que se dice un buen referente. Desde el principio fue una amenaza, era un bueno para nada, y dedicado a la bebida. —Aunque conocía la desventura de Tom no quise interrumpirla—. Después vinieron los golpes, y Tom se convirtió en su víctima. Su madre no se enteraba de nada, era ella quien debía salir a trabajar. Hasta que quedó embarazada. —Eso era nuevo. De alguna manera sentí que aquello que iba a decirme me afectaría. Un pájaro enloquecido empezó a golpear mi pecho desde adentro—. El pobre Tom, ya adolescente, que venía soportando azotes y maltratos desde hacía tiempo, sintió miedo por el bebé que estaba en camino. Cuando el niño nació, porque fue un varón, Tom se convirtió en su guardián. Su madre, no bien se repuso del parto, volvió al trabajo, a lavar y remendar ropa ajena.

»A Omar no lo conmovió ni siquiera la presencia de su hijo y cada vez que podía arremetía contra el pobre de Tom. Hasta que un día, harto de esa realidad y temiendo que su hermano corriera su misma suerte, Tom tomó al bebé y huyó de la casa. Vagó por los distintos pueblos, cargando al crío, sin saber qué darle de comer, curando sus irritaciones... —La voz de Alina se estranguló un poco y yo sentí que la garganta me quemaba. Todo eso que estaba escuchando de algún modo...—. Se alejó tanto de su pueblo que ya no supo dónde estaba. Hasta que se dio cuenta de que, si no hacía algo, su hermano moriría de hambre; el bebé estaba con llagas en las nalgas y muy desmejorado. Con todo el dolor de su joven corazón, Tom tuvo que abandonar al niño. Lo dejó entre unas matas cerca de una casa donde vio a un joven y amoroso matrimonio. —Me miró y vio que yo tenía los ojos llenos de lágrimas—. ¿No es un gran acto de amor y renuncia? —Asentí, sin poder articular una frase—. Después, Tom siguió errando por los caminos, hasta que llegó a la familia Castro y ellos lo adoptaron. Pero la culpa de haber abandonado a su hermano lo acompañó siempre. Nunca dejó de buscarlo; cuando fue adulto empezó a viajar, a rondar los pueblos en busca de esa criatura, ya hombre, que él había entregado a ese matrimonio. Nunca lo halló. Solo tenía de él unas marcas de nacimiento, dos grandes lunares, uno en el vientre y otro en el cuello. —Volvió a mirarme—. ¿A que sabe de qué estoy hablando? ¿No le suena familiar?

No podía dejar de llorar, pero entre lágrimas e hipos logré decir:

—¿Quiere decir que Bruno Noriega es el hermano de su marido?

—¡Eureka!

—Por eso usted le dejó esa nota cuando estuvo aquí…

—Veo que está comprendiendo todo…

—Alina… ¿usted sabe cómo se llamaba mi padre? Es decir, el nombre que le dio su madre biológica. —De repente tenía tantas preguntas para hacerle… ¿cómo se llamaba mi abuela?

—No fue su madre quien le puso el nombre, fue Ángel. Ese era el verdadero nombre de Tom. Él se llamaba Ángel Turón. —Como no me desvelaba el nombre de mi papá insistí—. Y a su hermano lo llamó Jesús.

—Jesús —repetí, aturdida.

—Jesús Ponte, como el malnacido de su padre.

—Es decir, que yo debería llamarme… ¿Ponte? —No me gustaba; justo en ese momento uní los trozos del relato con lo que me había contado Lola. Era evidente que Alina no sabía de los abusos que había sufrido su esposo; quizá por vergüenza a ella le había contado solo un pedazo de la historia. ¿Qué diría papá cuando se enterara de todo aquello? Él no quería saber… ¿Qué hacer? Sabía que cuando saliera de allí me enfrentaría a una difícil decisión.

—¿Ponte? ¡Oh, no! Usted es una genuina Noriega. —Todavía tenía en la mano el sobre que había sacado de la caja y que hasta el momento no sabía qué contenía.

—Acaba de decirme que mi padre en verdad se llama Jesús Ponte.

—Ese es el tema, querida, que ni Jesús Ponte ni Bruno Noriega son su padre. —Sonrió, triunfal. Empalidecí—. ¿Acaso no se acuerda de que la vez anterior le dije que Tom murió por ayudar a escapar a su padre de un campo de prisioneros?

—Eh, sí… —vacilé; de pronto tuve miedo—. Pero mi padre no estuvo en ningún campo… —No me dejó continuar.

—Su verdadero padre es Marco Noriega.

Cuando desperté estaba acostada en una cama. A mi lado estaban la madre superiora, sor Milena y mi hermano. Todos me miraban. Me incorporé a medias y busqué a Alina. La vi más atrás, sentada a su mesa, tejiendo.

—Te desmayaste —dijo Ferrán—. ¿Qué ocurrió?

—Pues... —Me senté y apoyé la cabeza en el respaldo. Recordaba lo que Alina me había dicho. Hasta la historia de Tom y el bebé abandonado todo iba bien. Al fin cerraba la incógnita sobre el origen de papá y el porqué de esa nota que había hallado entre sus cosas. Todo encajaba y tenía una explicación. Me gustara o no, ahora sabía quién había abandonado a mi padre y el porqué. Todavía me quedaba decidir si le contaba todo eso a papá; sería muy duro para él saber que era hijo de un violador. ¿Era necesario?

Pero luego... Alina había lanzado sobre la mesa una bomba que no estaba preparada para recibir. ¿Cómo que mi verdadero padre era Marco Noriega? Marco era mi tío, ese tío del cual en casa no se hablaba, ni siquiera había una foto de él.

En ese instante, con tres pares de ojos mirándome, me pregunté el porqué de ese silencio, como si fuera una persona prohibida. Mis padres hablaban poco de la guerra, pero más de una vez evocaban a sus muertos. La abuela María Carmen, el abuelo Francisco Javier... pero nunca se mencionaba a mi tío Marco. Era una señal.

Bajé de la cama pese a los consejos de sor Milena y me acerqué a donde estaba Alina. Los otros me siguieron, callados, expectantes.

Me senté a su lado y le pregunté qué tejía.

—Una manta. —Vi que el sobre que había sacado de la caja estaba aún sobre la mesa.

—Alina, hace unos momentos usted habló sobre mi verdadero padre.

—Antes de que se desmayara. —Dejó las agujas y me sonrió con pena—. Es duro descubrir que nos han engañado durante toda una vida y, por lo que veo, con usted ha sido así. —Me tomó la mano y me la apretó—. Perdone, pensé que sabía. —Quise creer que era sincera—. La vez anterior me enojé con usted, creí que me mentía...

—De modo que recordaba—. Mi marido estuvo con su padre en Miranda de Ebro, un campo de prisioneros. A Tom lo habían pues-

409

to a cargo de una centuria. ¿Sabe lo que eso significa? —asentí, aunque no estaba del todo segura—. Tom había congeniado con su padre, con Marco; me habló de él en su última carta. Le daba pena que no pudiera ver crecer a su hija, que tenía pocos meses. —Un nudo se formó en mi garganta y otra vez los ojos me quemaron—. Tom vivía con culpa, por lo que había hecho con el niño. Esa culpa no lo dejó vivir, tenía pesadillas y otros problemas que no vienen al caso. Creo que quiso redimirse y por eso ayudó a su padre a escapar. Después… cuando descubrieron la fuga, lo mataron. —Esta vez fui yo quien apretó su mano.

—Lo siento —balbuceé.

—¿Quiere leer la carta? —dije que sí y me tendió el sobre. Con miedo, lo abrí:

> Antes de pasar a este lado hice un amigo; tú sabes cuánto me cuesta relacionarme con la gente, pero ese muchacho logró conmoverme. Es oriundo de Gijón, se llama Marco Noriega, tiene una esposa que se llama Marcia y una hija de pocos meses. Me apena, porque tengo el presentimiento de que no la verá crecer. ¿Sabes cómo le han puesto? María de la Paz… un nombre esperanzador…

No pude seguir… ya era suficiente. Doblé la misiva y sentí que cerraba una etapa y que se abría otra.

—Gracias, Alina. —Nuestras manos estaban unidas—. Disculpe si fui una molestia para usted.

—No se preocupe, me hizo bien reconciliarme con el pasado. La primera vez que usted vino me dejé llevar por el resentimiento. —Había pesar en su voz—. Al menos pude serle útil.

Me levanté y vi la mirada conmovida de mi hermano. ¿Qué estaría pensando? Yo tenía muchas preguntas en mi mente; la carta decía que Marco y mi madre estaban casados. ¿Sería verdad? ¿Por qué Tom inventaría algo así? Quise creer que era un hombre perturbado y que quizá había elucubrado esa historia… pero no había motivo.

—Vamos a casa —le dije a Ferrán.

Sor Juana me miraba con benevolencia y sor Milena, con asombro.

Ya en la puerta, a punto de salir, una pregunta vino a mi mente. Volví sobre mis pasos y me acerqué a Alina, que me miró, extrañada.

—Una última pregunta, Alina. Ese hombre... el que le envía dinero, ¿usted sabe por qué lo hace?

—¿No se lo dije? —Su mirada parecía perdida otra vez—. Es el hombre al que Tom ayudó a escapar de Miranda de Ebro.

CAPÍTULO 75

Burgos, 1956

No sé cómo llegamos a Burgos; Ferrán debió encargarse de todo, pues yo estaba como en un trance. Me sentía febril, débil, perdida.

Cuando desperté estaba en una cama desconocida y mi hermano me miraba con pena desde una silla. Me dolían los ojos y la cabeza, debí haber llorado mucho. ¿Toda mi vida había sido una mentira?

Me senté y Ferrán enseguida estuvo a mi lado.

—¿Cómo te sientes? —Su mirada me enterneció y di gracias de tenerlo conmigo. Por mucho que a veces peleáramos y tuviéramos distintas opiniones, Ferrán estaba ahí, cuidándome.

—Como si me hubiera arrollado un tren.

—¿Es que no lo recuerdas? —Abrió los ojos con exageración—. ¡Te arrolló el coche que nos trajo a Burgos!

No pude evitar sonreír ante su broma; el pobre no sabía qué hacer para ayudarme.

—¿Qué día es? Siento que he dormido mucho.

—Así es, llevas como la Bella Durmiente cuarenta y ocho horas.

—¿Estamos en Burgos? ¿Qué es este sitio? —No reconocía el entorno.

—Pensé que era mejor aguardar a que te pusieras bien antes de ir a casa —explicó—. Tuviste fiebre, delirabas... Te traje a un hotel.

—¡Gracias, Ferrán! Hiciste bien.

Me levanté para comer algo, aunque mi hermano tuvo que ayudarme porque estaba mareada. Finalmente me recompuse y decidimos volver a casa.

—¿Quieres que avise a Antón? —dijo mientras empaquetaba mi escaso equipaje.

Debo haberlo mirado muy mal porque alzó las manos en son de paz.

—¡Solo era una sugerencia!

Salimos del hotel y nos metimos en un coche que nos llevó a la estación. Íbamos en silencio; mis ojos aún doloridos se despedían de esa ciudad en la que había conocido al hombre que amaba. Tenía que sacar a Antón de mi corazón.

Ya en el tren Ferrán se animó a hablar del tema.

—¿Qué harás cuando lleguemos? —No hizo falta preguntarle a qué se refería.

—No lo sé, no quiero verlos. —Estaba enojada—. Si todo lo que ha dicho Alina es cierto… me han mentido durante toda mi vida.

—¿Crees que esa mujer dijo la verdad?

—Tú estabas ahí, Ferrán. Viste la carta.

—¿Y si su marido mentía? —Era una posibilidad, pero muy remota.

—Piensa, Ferrán. ¿Cómo iba a conocer ese hombre, que dicho sea de paso era el hermano de papá, los nombres de mamá y el mío? ¿Por qué iba a inventar una historia así?

—Quizá porque estaba perturbado, por todo lo que él había sufrido… —Ferrán me hizo reflexionar—. Es una historia demasiado complicada, todavía no logro comprenderla bien. ¿Papá entonces fue robado por su hermano para ponerlo a salvo de un tipo violento?

En parte era así. Fue en ese instante cuando decidí no contar jamás la otra cara de la historia, aquella oscura que me había revelado Lola. Amaba a mi padre y sabía que para él sería destructor enterarse de que era hijo de un violador. No, no tenía por qué saberlo. Aun si mis padres me habían hecho daño ocultándome mi origen, yo no les clavaría ese puñal.

—Así parece —le respondí—. Después de todo, para papá será importante saber que no fue su madre quien lo abandonó. ¿No crees?

Mi hermano asintió.

—¿Se lo contaremos? —me preguntó.

—Supongo que sí..., pero debo esperar a que se me pase este enojo que siento hacia ellos. —Apreté las mandíbulas, que de por sí tenía tensas—. Todavía no me siento fuerte para mirarlos a la cara.

—¿Y Antón?

—No quiero volver a saber nada de él, Ferrán. —Mi hermano me miró con dudas—. Te prohíbo que vuelvas a mencionarlo.

—Como tú digas.

Permanecimos unos cuantos minutos en silencio, hasta que Ferrán habló de nuevo:

—Me dijo Lupe que quizá venga con su familia de vacaciones al mar.

—Te gusta esa chica, ¿eh? —le sonreí. Ferrán iba camino de ser un hombre.

Sus mejillas se colorearon un poco y advertí que, además, también tenía un corazón.

—Si va para Gijón, por favor, que no mencione a Antón —le pedí.

CAPÍTULO 76

Covarrubias, 1956

A Antón le costó encontrar el rumbo. La muerte de la abuela lo había golpeado con fuerza, mucho más que cualquier puñetazo que hubiera recibido en el ring. Se sintió culpable por estar lejos, por no haberse podido despedir de ella como hubiera querido. Lo único que lo consolaba era saber que no había sufrido. Del sueño había pasado al descanso eterno.

La quiso imaginar junto a su madre, reencontrándose y abrazándose. Pensar en Alba le trajo aquel otro recuerdo. Todavía no podía comprender cómo ella había traicionado así a su padre. ¿Debía él juzgarla? ¿Conocía él los arrebatos del amor? No estaba seguro.

El rostro de Paz se cruzó en su mente. Paz. Eso era lo que sentía cuando estaba con ella, esa paz que necesitaba para calmar todos los demonios que llevaba dentro. Y a su vez, ella lo revolucionaba de tal manera que todo se convertía en un torbellino.

Sin embargo, la había echado de su lado, quizá porque no la quería lo suficiente, quizá para preservarla de su ira. Esa ira reprimida por aquello que había presenciado y que aún, después de la explicación de su padrino, se negaba a aceptar.

Eran endebles las justificaciones que había esgrimido Eduardo. ¿Había sido verdad que él también estaba en peligro y había hecho lo que había creído mejor para salvar a su familia? Nunca lo sabría. Él era un niño cuando estalló la Guerra Civil y la visión que tenía de todo era muy distorsionada respecto de la cruel realidad.

Y estaba Aurora, esa jovencita que siempre había intentado acercarse a su casa, que había congeniado con Sara y con la abuela, y que él había rechazado, como si juzgara, sin saber, su origen.

Aurora era su hermana, su media hermana. ¿Qué hacer con eso? La muchacha no tenía la culpa de los errores de sus padres. Evocó a su madre el último día que la vio, su vientre prominente, sus ojos color miel suplicando que se llevara a Sara.

Se remontó mucho más atrás incluso y trató de rescatar de su memoria reuniones de amigos. Los dos matrimonios juntos, su madrina, Mariángeles, cariñosa con él y amiga de su madre. Nunca advirtió nada extraño. Su padre y Eduardo eran como hermanos; jamás vio una mirada que significara otra cosa en los ojos de su padrino. Tal vez porque él era pequeño no sabía distinguir un mirar cariñoso de otro de deseo, pero estaba casi seguro de no haber percibido nada fuera de lo común.

Era evidente que los amantes habían sido muy cuidadosos. No le gustaba esa palabra, amante. Tenía sabor a clandestino, sabor a pecado. Pero había una carta, una carta que él había leído, donde había reconocido la caligrafía y los modos de su madre.

La realidad era tan dura como la piedra que lo sostenía en ese momento, frente al río, que fluía y se llevaba los despojos de su escasa felicidad.

Cuando cayó la noche decidió volver a la casa, donde lo único alegre era esa nueva vida que latía: el pequeño Luis, su sobrino.

Se asomó al dormitorio de Sara y la imagen que vio lo conmovió. Su hermana le daba el pecho al bebé, mientras Álvaro los observaba con ensoñación.

—Perdón, no quiero interrumpir. —Su cuñado alzó la mirada y lo descubrió.

—Pasa, pasa, y ve cómo se alimenta el glotón de tu ahijado —fue la respuesta de Sara.

—¿Mi ahijado? —Sintió que las palabras le salían con una voz que no era la suya; la emoción lo había desarmado.

—No tenemos a nadie más —respondió Sara en son de broma.

Antón se acercó al lecho y estiró la mano para tocar los pies del bebé.

—Gracias.

No era momento para contarle lo de Aurora; dejaría pasar unos días. Después vería qué hacer con la muchacha. Y con su padrino.

Sin embargo, no fue necesario esperar mucho porque fue la misma jovencita la que llamó a su puerta el siguiente domingo.

Cuando Antón le abrió, leyó en sus ojos que ella sabía. Si bien parecía decidida, también estaba asustada. En el pasado, Antón no la había tratado muy bien y desconocía cuál sería su reacción.

Eduardo la había sentado frente a él la tarde anterior y le había contado toda la verdad. Para Aurora fue muy duro enterarse, de un día para el otro, de que su madre no era su madre y que era fruto de un amor prohibido de la época de la guerra.

Su padre no omitió detalle y, aunque le fue muy difícil referirse a esa noche de espanto, no se calló nada. También le enseñó la carta y le dio una vieja foto en la cual estaban los dos matrimonios, de la que él era el único superviviente.

Después de llorar durante horas y elaborar en su mente lo que había escuchado, Aurora decidió ir a ver a sus medio hermanos. De pie frente a Antón, Aurora perdió toda resolución y no supo qué decir. No fue necesario. De repente se vio envuelta por unos brazos fuertes y sacudida por un cuerpo que se convulsionaba por el llanto.

Lloraron juntos.

CAPÍTULO 77

Gijón, 1956

Cuando bajamos del tren le pedí a Ferrán ir a casa de los abuelos. No quería ver a mis padres, no todavía. Temía que continuaran mintiéndome; de repente, había perdido la confianza en ellos. Sabía que mi abuela Purita me diría la verdad.

Al verme, la abuela me abrazó y enseguida advirtió que algo pasaba porque no era habitual que yo llegara a su casa con una maleta. No preguntó nada y me llevó a la cocina, donde se cocinaba la vida.

—¿El abuelo?

—Duerme la siesta. ¿No has visto la hora, acaso? —me sonrió con picardía.

—¡Oh! ¿La he levantado de la cama?

—¿Tengo aspecto de dormir la siesta? —fue su respuesta—. ¿Qué queréis tomar? Tenéis cara de hambre.

Ferrán hizo su pedido; a mí me daba igual.

Una vez que la abuela puso las tazas frente a nosotros se sentó a escuchar.

—Vamos —me instó—. Cuéntame.

—Abuela... —No sabía cómo empezar—. Necesito saber la verdad sobre mi origen. —Por su expresión supe que esperaba cualquier cosa de mí, excepto eso.

Le narré la historia que me había contado Alina, solo lo concerniente a mi padre. ¿Quién era en verdad mi padre? Yo quería que

418

Bruno, el hombre pirata, lo fuera. El otro, Marco Noriega, era un tío a quien no había conocido siquiera.

Cuando terminé, vi que la abuela se había desmoronado; ya no tenía esa apostura de siempre.

—Dígame, abuela, por favor, dígame si eso es verdad. ¿Estuvo mi madre casada con mi tío Marco?

Y la abuela empezó a hablar:

—Así es, querida, así es. —Sentí que se me helaban las manos y el alma misma. No tanto por esa noticia que ya venía asumiendo como cierta, sino por la mentira a la que me habían sometido—. Tu madre también fue joven, como tú. Y era muy bella. En una verbena conoció a los hermanos Noriega, tan distintos uno del otro.

»Bruno, si bien era apuesto, era serio y responsable, pero tu madre se encandiló con el otro, con Marco, que era guapísimo y causaba revuelo entre todas las mujeres; un picaflor. Mi querida hija se encaprichó con él, tanto que finalmente se le entregó. Sí, así como te digo, tu madre se entregó a Marco Noriega. Al poco tiempo descubrió que estaba embarazada. Marco asumió el compromiso y se casó con ella. Pero no había amor por parte de él.

»Después vino la guerra y Marco se alistó, estaba comprometido con los comunistas; yo creo que se fue para no tener que estar en la casa, con su reciente esposa. Y mi querida Marcia se quedó allí, en la de los Noriega, junto a su suegra y su cuñado.

»Fue Bruno quien se hizo cargo de ellas, quien procuró que nada les faltara. Tu madre no se daba cuenta de que el rechazo que él sentía por ella era porque la amaba. Bruno la amó desde el primer momento que la vio, pero no quiso ser desleal con su hermano. ¿Sabes? Él fue quien hizo tu cuna, tallada por sus propias manos.

»Por una extraña razón tu mamá no quiso volver aquí, con nosotros; supongo que empezó a fijarse en Bruno. Creo que ellos estuvieron juntos cuando tu abuela María Carmen falleció en un bombardeo. Luego tu madre volvió a casa y él se fue a la guerra. Desconozco qué ocurrió entre mi hija y Bruno, solo sé que ella estaba perdida sin él. Yo creía que era por su esposo, de quien no sabíamos nada, pero hubo actitudes que me hicieron advertir que estaba así por Bruno. ¿Quién podía culparla? Había pasado más tiempo con él que con su marido.

»Al regresar Bruno, le volvió el brillo en los ojos y se empeñó en traerlo a la familia, aunque él se resistía. Tú eras lo único con lo que mi hija podía manipularlo, él te adoraba. Y Marcia se aprovechó de eso hasta que logró vencer su resistencia. Pero eso ocurrió cuando supimos que Marco había muerto. Bruno le fue leal hasta el último momento.

Mientras la abuela me contaba eso yo lloraba. No podía evitar que las lágrimas cayeran por mis mejillas. Era una gran historia de amor, aun cuando esa historia me involucraba por entero. A través de su relato pude ver a esa joven pareja debatiéndose entre la pasión y la lealtad, entre el deber y el amor. Sentí pena por ellos, por tantos obstáculos que debieron sortear.

Ferrán también estaba emocionado. Lo miré, era el calco fiel de papá. Yo no me le parecía en nada. Siempre me había preguntado de quién había heredado mis ojos verdes. Mamá los tenía grises, como el abuelo, y quien yo creía mi padre, negros.

—Abuela... ¿tiene alguna foto de... —no pude decir «mi padre»—, de Marco?

La abuela se puso de pie y salió de la cocina. Regresó al rato con una caja que nunca había visto. Comprendí por qué no había fotos de Marco Noriega por ningún sitio.

Le quitó la tapa y empezó a sacar fotografías y cartas descoloridas. Allí debía estar todo su pasado porque le vi los ojos empañados. Encontró lo que buscaba.

—Aquí lo tienes. —Me extendió una foto, en blanco y negro. En ella se veía a mi madre, mucho más joven, con un rictus amargo en la boca. A su lado, un hombre alto y musculoso. Tenía el cabello claro y unos ojos hermosos, claros también. El gesto de su boca era desafiante—. Es la única foto en que están juntos. Es del día de la boda.

No podía quitar la vista de esa imagen; ese hombre que me miraba desde el retrato era mi padre. Pude advertir que sus ojos eran mis ojos. Las lágrimas volvieron a caer; me dolía la cabeza de tanto llorar, llevaba días haciéndolo.

Era una foto triste, seguramente había sido una boda triste.

—¿Puedo llevármela? —la abuela asintió.

—¿Qué vas a hacer ahora?

—Tendré que hablar con mis padres. ¿Estarás a mi lado? —le pregunté a Ferrán. Por primera vez sentí que necesitaba a mi hermano.

—Siempre, María, siempre estaré contigo.

En la puerta de casa nos abrazamos como nunca lo habíamos hecho. Por el rabillo del ojo vi que las cortinas de la ventana del frente se movían y anticipé que mamá aparecería de inmediato.

—¡Hijos! ¿Ha ocurrido algo? —Seguramente le extrañaba que estuviéramos así—. ¡Por favor, responded!

—Nada, madre —dijo Ferrán separándose de mí y tomando las maletas—. Entremos.

—Hija, ¿qué te pasa? ¡Has estado llorando! —Me pasó el brazo por los hombros y me empujó a la cocina.

Papá se puso de pie y avanzó con sus largos pasos hasta llegar a mi lado. Miró a Ferrán, quien permaneció imperturbable, y me abrazó.

—¿Estás así porque nos echabas de menos? —preguntó queriendo poner una nota de humor.

Me abracé a él con fervor. Por mucho que me había enojado, al conocer esa tremenda historia de amor, de repente no me sentí capaz de reprocharle nada.

—Papá… —balbuceé.

—¿Vais a contarnos qué ocurre? —insistió mamá cuando nos sentamos.

Incapaz de decir nada metí la mano en mi cartera y saqué la foto. La puse en medio de la mesa. Vi la transformación en sus rostros y quise ahorrarles las excusas.

—Lo sabemos todo.

Papá se levantó y fue hasta la ventana. No pude ver su cara, imaginé que esa imagen era dolorosa para él.

—Te dije que no hurgaras en el pasado. —Su voz sonó como un trueno.

—Lo sé, papá. —Que lo llamara así lo tranquilizó porque se dio la vuelta y me miró con su único ojo, donde había un resto de ternura. Quizá había temido que nunca más volviera a llamarle de esa manera—. Fui a buscar otra cosa y encontré esto.

—¿De dónde sacaste esa foto? —preguntó mamá.

—La abuela me la dio. —Su gesto se endureció—. No te enfades con ella, que todo esto lo descubrimos con Ferrán en un convento.

—¿En un convento?

Les resumí la historia de Tom Castro y Alina, aunque sin contarle a papá que ese hombre era su hermano. Cuando finalicé, los ánimos estaban más calmados.

—¿Cómo te sientes con esto? —quiso saber mamá. Papá permanecía rígido y serio.

—Al principio sentí mucha furia. ¡Me mentisteis durante años! ¡Me negasteis mi pasado! —Vi que mi padre apretó los puños—. Luego comprendí y acepté. Aunque hubiera preferido saberlo.

Anticipaba que papá no me diría nada, al menos no en ese momento. Seguramente necesitaría reflexionar antes de conversar conmigo.

Mamá empezó a hablar, a contar cosas de mi infancia, cosas que jamás me había contado. Me di cuenta de que papá no tenía ganas de estar allí, que quería irse. Pero yo no había terminado de hablar.

—Padre —lo detuve cuando ya estaba en la puerta—. Hay algo más que debe saber.

Y le conté la historia de Tom Castro, omitiendo lo de las violaciones.

Esa noche, en la cama, me costó dormirme. Habían sido días de muchas emociones y secretos desvelados.

Creo que a papá le hizo bien enterarse de que su madre no lo había abandonado. De alguna manera, supongo que eso lo reconcilió con su pasado. Aunque permaneció imperturbable durante todo mi relato, supe que lo conmovió saber que había tenido un hermano que lo había salvado y que luego lo había buscado durante toda su vida.

Aún me faltaba contarle que Tom Castro, cuyo nombre real era Ángel Turón, también había salvado a su otro hermano, a Marco Noriega. Y que todavía quedaba un misterio por descubrir: ¿quién era el hombre que se hacía llamar Jerónimo Basante?

Decidí dejar pasar unos días; necesitaba reponerme de tanto trajín. Además, noté cierta tensión entre mis padres y no quise sumar preocupaciones.

Al día siguiente fui para el centro; debía retomar mi vida y mi trabajo. Empezar de nuevo. Hice algunas compras y me dirigí a la casa de Tere. Me extrañó que todavía no hubiera recibido la invitación a la boda; estaba segura de que era en ese mes.

Su madre me trató con parquedad; eso me generó intriga, pues ella siempre había sido cordial y cariñosa conmigo. Me hizo esperar en el recibidor, algo inusual también.

Cuando vi aparecer a mi amiga, la boca se me abrió sola, no atiné a decir nada.

Tere estaba llena de golpes, tenía el rostro desfigurado. De inmediato pensé en Antón y su boxeo. Llevaba un brazo en cabestrillo.

Con un gesto me invitó a seguirla a su cuarto, donde después de cerrar la puerta dijo:

—Fue Jaime.

—¿Jaime te ha pegado? —Me costaba creer eso.

—Cuando se enteró de que había vuelto al trabajo.

—¡Oh! —Llevé las manos a la boca. Me sentí culpable y entendí la reacción de su madre—. Lo siento, Tere, fue culpa mía.

—No, no fue tu culpa. —Esbozó una media sonrisa—. Fue culpa mía por dejar que el agua corriera.

—¿Qué quieres decir?

—Que tenías razón. Jaime dirigía mi vida a su antojo, no me dejaba ser yo. Más de una vez, ante alguna cosa que yo decía u opinaba, me apretaba el brazo y me lo dejaba morado. Yo lo atribuía a su exceso de fuerza, pero, en verdad, era una manera de controlarme.

Sentí pena por ella.

—¿Estás triste? ¿Te duele mucho? —Señalé el cabestrillo.

—Duele un poco, pero estaré bien. Me siento libre al fin.

—¿Necesitas algo?

—Solo una cosa, pero me avergüenza pedírtela.

—Dime, haré lo que sea. —Era mi mejor amiga y yo había estado lejos de ella en su peor momento. Estaba dispuesta a hacer lo que me pidiera.

—Que no reclames tu trabajo con Mauricio.

De modo que cuando salí de allí me encontré en la calle, sola, sin amor y sin empleo. Y con una duda que todavía había que aclarar.

CAPÍTULO 78

Alcalá de la Selva, enero de 1957

Sin que me diera cuenta habían pasado los meses. Decidí que la Navidad no era buen momento para contarle a papá sobre Jerónimo Basante y mis dudas. La relación entre mis padres había vuelto a ser como antes y quise dejarlos en paz.

Para fin de año, para mi sorpresa, había recibido carta de Antón. Al abrir el sobre me temblaban los dedos, y no a causa del frío.

En ella me contaba sobre su ahijado, Luis, que crecía fuerte y sano, aunque lo veía poco porque viajaba con escasa frecuencia a Covarrubias. Finalmente, había aceptado a su nueva hermana. Aurora se había mudado a Burgos, al igual que él, y estaba estudiando Periodismo. Antón le había conseguido un trabajo en la radio; la estaba formando para que pudiera reemplazarlo en algún momento. Después me preguntaba por mis padres y «toda la situación». Deduje que se había escrito con Ferrán y estaba al tanto de todo.

Nada personal, nada que indicara que me extrañaba o que tuviera algún tipo de sentimiento hacia mí. Solo hacia el final me pedía disculpas por cómo me había tratado. Y la despedida fue por demás intrigante: «Si hubiera un mañana, quizá podríamos empezar de cero».

No quise pensar más en esa frase. No habría un mañana para nosotros. Guardé la carta en el fondo de un cajón e intenté olvidarla. No le respondí tampoco. Necesitaba cortar ese lazo.

El viaje a Alcalá de la Selva me había resultado largo. Pese a que habíamos hecho noche a mitad de camino, habíamos cruzado todo el país. Papá había aceptado acompañarme después de que le contara toda la historia. Aunque no me lo reconoció, supe que él también tenía curiosidad por saber quién era el hombre que se hacía llamar Jerónimo Basante. No podía olvidar que Antón lo había ido a ver y no era el mismo hombre que su hermana nos había mostrado en una fotografía. Ferrán se quedó a acompañar a mamá, quien se negó rotundamente a venir con nosotros. Como si temiera algo, en la despedida, se colgó de papá y le susurró algo al oído. Vi que papá la abrazaba y besaba con ternura, tranquilizándola.

—Ya falta poco —dije mirando el mapa que tenía sobre las rodillas.

La entrada al pueblo era bellísima, con todas esas casitas suspendidas de las montañas nevadas.

—¡Qué bello sitio!

—Prefiero el mar —dijo papá.

Preguntando, al igual que había hecho Antón el año anterior, llegamos a la casa de Basante.

Mi padre se detuvo en seco al ver el cartel que colgaba delante de un granero cerrado: «Carpintería Francisco Javier».

—Padre, ¿no se llamaba así el abuelo?

Pero papá no respondió. Su ojo negro estaba clavado en las letras y vi que se llenaba de lágrimas.

—¿Padre? ¿Se siente bien?

—Necesito tomar el aire. —Lo acompañé hasta un banco de madera que había debajo de un árbol. Aire había de sobra, corría un viento helado capaz de asustar a cualquiera.

—¿Quiere que volvamos? —ofrecí.

—No, ya estamos aquí. —Se puso de pie con decisión—. Quiero ver quién es ese hombre.

Iba a tomarlo del brazo, pero papá avanzó primero y tuve que hacer un esfuerzo para seguirlo entre la nieve. No había ido preparada para ello.

Golpeó la puerta y aguardó. Yo ya estaba a su lado. Cuando esta se abrió apareció él. Era el hombre de la foto: mi padre biológico. Fue una gran impresión verme en sus ojos verdes, que se abrieron con desmesura detrás de sus arrugas. Estaba muy desmejorado en comparación con mi padre, parecía más viejo que él, aunque yo sabía que era más joven. Tenía los cabellos rubios matizados con canas, algo largos, y vi que llevaba un brazo colgando, como muerto, al costado del cuerpo.

Asistí al abrazo de esos dos hombres y de pronto me sentí una intrusa. Ambos lloraban.

Detrás apareció una mujer, que al vernos se llevó las manos a la boca y exclamó:

—¡Oh, Dios!

Permanecieron así un buen rato, frente a frente, dejando rodar las lágrimas. La nieve caía sobre nuestras cabezas y fue la señora la que nos invitó a pasar.

En el salón ardían unos leños y el ambiente estaba cálido. Marco alzó la mirada hacia mí.

—¿Es ella? —preguntó. Mi padre asintió. Marco se acercó a mí; me sentí extraña. Ese hombre me había engendrado, pero no podía sentir nada por él. Era un desconocido. Elevó la mano sana y acarició mi mejilla—. Eres igual a tu madre.

—¿Por qué, Marco? ¿Por qué nos hiciste creer que habías muerto?

El aludido se desplomó sobre una silla.

—Yo… quise que fuerais felices. —Miró a la mujer y ella le sonrió—. Cuando finalmente obtuve la libertad estaba en Gijón —dijo para nuestra sorpresa—. Blanca logró cambiar mi identidad por la de un muchacho sin antecedentes; los míos no eran los mejores. Llegamos allí y le pedí que te buscara, que buscara a mi familia. ¡No sabía si estabas con vida, Bruno!

»En la fila ella se encontró con Marcia. ¿Puedes creerlo? Justo en el momento exacto en que le anunciaron mi muerte. Blanca iba a confesarle la verdad, que yo estaba allí, bajo otro nombre, pero Marcia le confesó su amor por ti, Bruno. Si yo aparecía, vosotros no podríais estar juntos. Y yo no amaba a Marcia. Lo siento, María de la Paz, pero no la amaba. Creí que lo mejor era dejar que creyeran que estaba muerto, desaparecer. ¿Qué podía ofrecerles?

La tarde se hizo noche, las confesiones eran muchas. Papá le contó de Tom Castro, y Marco se emocionó al saber que era su hermano biológico.

En un momento, Blanca me hizo una señal para que los dejáramos solos y me llevó a la cocina.

—Ayúdame con la cena.

Ella me relató parte de la vida de Marco en la guerra, en la cual ella misma había participado. Allí se habían conocido. Me gustó Blanca, era una buena compañera para él.

Para mí siempre sería mi tío, nunca pude llamarlo de otra manera, y él lo aceptó. Mi padre era Bruno, el hombre que me había amado desde mi nacimiento, el hombre que me había criado. Y el que amaba a mi madre.

CAPÍTULO 79

Gijón, julio de 1957

El verano había estallado en las playas de Gijón. Ferrán había conseguido trabajo en un balneario y contaba los días para la llegada de Lupe, que iría a pasar sus vacaciones al mar.

Mi tío Marco escribía regularmente; en realidad la que redactaba las cartas era Blanca, pero él le ponía el contenido.

Al enterarse mamá de que su primer esposo estaba con vida, su reacción fue confusa. Primero manifestó culpa, luego nervios y finalmente, alegría, más por papá, que había recuperado a su hermano, que por sus propios sentimientos. Como me confesó una vez, se dio cuenta, tarde, de que nunca lo había amado, sino que se había dejado llevar por su atractivo.

—Por eso, mi querida hija, ten mucho cuidado de dónde pones el corazón —me había dicho.

Yo había conseguido empleo en una farmacia; no era el mejor trabajo, dado que solo me empleaban por medio turno y para hacer repartos, pero había sido lo único que había hallado. Y de momento, me servía. Quería tener mi propio dinero.

Además, me dejaba tiempo libre para escribir, había comenzado una novela. Todas esas historias que se me habían desvelado en esos meses, la de Alba y Eduardo, la de Tom y Alina, incluso la de mis padres, me habían dado letra suficiente para escribir un folletín.

Tere seguía trabajando con Mauricio, pero ahora su relación iba más allá de la consulta. Ese noviazgo era mucho más libre que el que había mantenido con Jaime, y mi amiga estaba feliz.

Los fines de semana solíamos ir a la playa, con Claudia. A veces Mauricio se nos sumaba; otras, disfrutábamos las tres juntas del sol de ese verano ardiente.

Cuando mis amigas no podían, no tenía inconveniente en ir sola, y aprovechaba para avanzar en mi historia, que había titulado *Secretos al alba*.

Estaba tumbada al sol cuando algo me hizo sombra. Permanecí con los ojos cerrados; ya se iría, quizá era un niño que no se daba cuenta de que me estaba tapando; como la sombra no se iba, los abrí.

Frente a mí estaba Antón. Creí que era una alucinación; en los últimos tiempos pensaba mucho en él, era inevitable, parecía que no podría sacarlo de mi mente. Parpadeé y él seguía ahí.

Me senté y él se agachó a mi altura.

—Hola —dijo—. ¿Puedo sentarme contigo?

No pude responder, pero debí haberle hecho algún gesto porque lo sentí junto a mí, ambos mirando el mar.

—Soy Antón Navarro, también apodado el Toro Navarro por mi antigua afición al boxeo —se presentó y extendió la mano. No pude evitar sonreír, la tomé—. Vengo de Burgos, donde viví unos cuantos años, aunque mi familia vive en Covarrubias. Tengo dos hermanas, Sara y Aurora, y un ahijado bravucón que se llama Luis. —Lo dejé hablar—. Soy periodista y acabo de llegar a la ciudad para trabajar en una nueva frecuencia de radio, la frecuencia modulada. —Eso me sorprendió. ¿Sería verdad que se quedaría en Gijón? Sentí que mi corazón palpitaba fuerte y tuve miedo—. ¿Y tú? Cuéntame de ti.

—Ya lo sabes todo de mí, Antón…

Giró hacia mí y me acarició la cara. Hice fuerza para no flaquear y saltarle a la boca. Tampoco quería llorar.

—Dame una oportunidad, Paz, te necesito.

Fue él quien me besó. Y yo le respondí.

Después nos abrazamos y nos acariciamos sin reparar en la gente, hasta que alguien silbó y nos despegamos.

De la mano, nos alejamos por la arena hasta llegar a una zona menos concurrida. Allí nos tumbamos y nos pusimos al día tras tantos meses de separación.

No hicimos el amor. Recordé las palabras de mamá, también las de la abuela. Él tampoco lo intentó. Estaba decidido a empezar de cero. Y así lo hicimos.

Tuvieron que pasar varios meses hasta que Antón dio el brazo a torcer y dijo que me amaba. Pero yo ya lo sabía.

AGRADECIMIENTOS

A mis hijos, que saben respetar mis tiempos de creación y mis ausencias.

A mis «lectores cero», mi hijo León y mi amiga Gladis Díaz, por su lectura atenta, sus comentarios acertados, sus correcciones y críticas. Dos generaciones con ojos afilados para encontrar aquello que a mí se me escapa.

A Glenda Vieites, por confiar en mis letras y ayudarme a cruzar los mares y llegar a la tierra de mis ancestros, que también siento mi tierra.

A Aurora Mena, mi editora en España, por ayudarme en la adaptación de la obra.

A todo el equipo de Penguin Random House, presente en cada una de las etapas del libro y su recorrido.

Y el mayor agradecimiento va para los lectores, por darme la oportunidad de seguir creando sueños, por sus palabras, por su pasión y compromiso con la lectura, por tantos mensajes y cariño recibidos, por hacerme sentir especial.

La creación de un libro es un trabajo en solitario; sin embargo, nunca me sentí sola en este viaje. Gracias por tanto.

Este libro
se terminó de imprimir
en el mes
de noviembre de 2023

«Para viajar lejos no hay mejor nave que un libro».

Emily Dickinson

Gracias por tu lectura de este libro.

En **penguinlibros.club** encontrarás las mejores
recomendaciones de lectura.

Únete a nuestra comunidad y viaja con nosotros.

penguinlibros.club